千禧年後台灣文學社群的生產與介入——
以「小說家讀者」為觀察核心

Production and intervention of Taiwan's literary communities in the new millennium : an examination of "Novelist-cum-readers"

蔡易澄　著

謝辭

　　感謝張俐璇老師一路以來的指導，以及口試委員陳國偉老師與劉乃慈老師的各種建議。

　　感謝耕莘青年寫作會以及小說家讀者。高中時，因為參加文藝營，誤打誤撞地開始了這條文學之路，讓我認識了不少同輩的文學人。這本論文，某種程度也算是我對自己的反省與梳理。

　　感謝東華華文系與吳明益老師。大學時代，在系上所接受的訓練，為我打下了良好的基礎。在我一度對文學創作感到灰心喪氣時，也是吳明益老師給我很大的鼓勵。

　　感謝台大台文所的各個教授與同學。在碩士班這個階段，有了很多意想不到的收穫。特別是學術上的訓練，讓我在很多思考層面上有了很大的改變。這兩年半的成長，遠遠大過以前的任何一個階段。也感謝俐璇老師總是給我非常多的鼓勵和機會。未來還要繼續在這條路上走下去，之後還請大家多多擔待了。

　　感謝師大台文所的呂美親老師。在台語不順的情況下，硬著頭皮修了台語小說課。課堂上為我補充了不同本土社群的觀點，對本論文有了不少助益。

　　感謝許宸碩、盧靖涵，幫我省去了通勤到中南部找資料的時間。

　　感謝爸媽，讓我任性地走在這個賺不了錢的文學之路上。

　　感謝鄭琬融。因為一路上有你，我才能走到今天。

目　錄

謝辭 ……………………………………………………………………… 3

第一章　緒論 ……………………………………………………………… 9
　　第一節、研究動機與問題意識 ………………………………………… 9
　　第二節、文獻回顧 …………………………………………………… 17
　　第三節、研究框架與範疇 …………………………………………… 29
　　第四節、章節概要 …………………………………………………… 31

第二章　文學獎下的純文學出道 ……………………………………… 34
　　第一節、寫實主義作為新鄉土的例外 ……………………………… 34
　　第二節、文學獎成為唯一的突破口 ………………………………… 54
　　第三節、小說家讀者的集結 ………………………………………… 82

第三章　創作上主打的中間文學 ……………………………………… 115
　　第一節、在「中間」以前：流行文化的大眾寫作 ………………… 115
　　第二節、中間文學：以愛之名 ……………………………………… 137
　　第三節、KUSO趣味作為另一種中間文學的可能 ………………… 169

第四章　行動文學與解散後的影響 ·········· 198
第一節、行動文學的佔位與反叛 ·········· 198
第二節、行動過程的新秀產物 ·········· 223
第三節、延繼的文學遺產 ·········· 249

第五章　結論 ·········· 280

第六章　參考資料 ·········· 284

附錄 ·········· 303

表目錄

表1 「每月猛讀書」閱讀書目 ……………………………… 86
表2 中間文學的書寫主題 ………………………………… 151
表3 「搶救文壇大作戰」活動中所開設的書單 ………… 226
表4 「小說家讀者」與新秀作家所票選的「新台幣上的作家」… 252
表5 「小說家讀者」與新秀作家所票選的「台灣最接近諾貝爾文學獎的作家」……………………………………… 253

第一章　緒論

第一節、研究動機與問題意識

一、研究動機

　　在近四十年的戒嚴管制下，台灣終於1987年正式擺脫禁令，整體社會邁入自由開放的階段，並同步反映在其後九〇年代的文化生產上。隨著政治力的干涉減弱，圖書市場朝向自由化發展。書店的暢銷書排行榜隨著書籍的銷量，每月定期更新排名，大眾類型文學也蓬勃發展。書籍不再只是傳遞知識的嚴肅媒介，商品化的趨勢也讓不少書籍轉向娛樂取向。而在高層文化裡，各式外國理論蜂擁而入，呼應國族、性別等多重身分認同，後殖民、後現代之爭更是一時喧囂。面對蓬勃多元的文化論述，學界多半也用「眾聲喧嘩」來形容世紀末的台灣文學生態。

　　而台灣於2000年首度政黨輪替，長年扮演反對派的民進黨，引領著本土化勢力，在各式政策上企圖擺脫過往的中華民國觀點，以強化台灣歷史、鄉土文化、母語教育為方法，來塑造新型的台灣文化性格。地方學與區域型研究，也在九〇年代本土勢力的帶領下，成為了台灣學的重要養分，並在千禧年後蔚為發展，為大量的台灣研究打下根基。而各縣市政府除了致力於史料資料建置，更開展了區域文學的調查，企圖打造屬於地方的文化想像。地方文化局的政策除了建置「縣市作家」作品集，更推出地方文學獎，以挖掘新人寫手為目標。在各地的文化局紛紛效仿兩大報的匿名文學獎徵獎機制下，地方文學獎在九〇年代徵辦以後，開始在千禧年後逐漸濫

觸,每年起碼有數十個地方文學獎徵辦。

不同於國外,台灣新人作家的首要攻略目標往往是匿名文學獎。在過去報業尚未開放的階段,兩大報文學獎不僅提供了新人作家高額的獎金,更能收穫大量的名氣,並有機會與出版社簽下第一本書。然而在解嚴以後,通貨膨脹般的文學獎雖提供了更多競技角逐的場合,卻也削弱了得獎後能換得的文化資本。外加激烈的市場競爭,純文學書籍的銷量不如從前。到了千禧年初期,剛要出頭的青年作家不再只能仰賴單一文學獎。也因此,他們的出道作品不只是多為短篇小說合集,同時也是且往往由多個獲得文學獎的得獎作品集結而成。

對於這批當時約莫二十幾歲,被稱之為「六年級」世代(泛指民國六十年至六十九年出生)的青年作家,范銘如於2004年時提出「輕鄉土」的概念,嘗試定位這些甫出版第一本小說集的作家們,諸如許榮哲、甘耀明、伊格言等作家,在書寫題材與表現形式上的共同傾向。其認為,這些小說家表面上雖書寫鄉土事物、民俗信仰,但在深層意義上卻不具有傳統鄉土小說的強烈批判意識,而是表現出一種另類且多樣的輕質感。范銘如將這個文學生產的現象歸因於兩點,一則是當時風起雲湧的本土化運動,一則是世代變遷下產生的感覺結構差異[1]。而後,學界多用此一概念去分析這一批小說家,並相衍出「新鄉土」、「後鄉土」的說法。值得注意的是,此一概念的分析對象不僅止於六年級世代,諸如七年級的楊富閔、八年級的陳柏言,[2]也都經常被納入此一範疇討論。

---

[1] 范銘如,〈輕・鄉土小說蔚然成形〉,《中國時報》開卷版,2004年5月10日。

[2] 李妙晏,〈後鄉土小說中的空間敘事——以李儀婷、楊富閔、陳柏言為研究對象〉(嘉義:中正大學台灣文學與創意應用碩士論文,2020年)。

筆者曾於不同階段中,與這些被稱之為「新鄉土」的作家有所接觸。在初踏入文學的時期,因耕莘青年寫作會舉辦的「搶救文壇新秀再作戰」文藝營,從而認識了許榮哲、伊格言等作家。其後在大學階段,於華文系修習了吳明益所開設的課程。有趣的是,他們不約而同地都對這個標籤有所抵抗。而這也不是什麼太讓人驚訝的事,不少作家也都曾反對過這樣的標籤[3]。對於創作者而言,任何一種定型可能都不是他們所樂見的,因那可能限制住了自我創作的範圍,侷限了讀者對於他們作品的想像。當然,創作者與評論者在「新鄉土」標籤上持有不同看法,並無純然的對錯問題。對學界來說,標籤化所指出的成因與風格特色,更能便於討論與分析。兩造在立論上都有各自預設的前提,在討論的範疇裡,其實並不存在直接性的衝突。

不過,筆者在這幾個階段裡,卻注意到了這幾位被稱之為「新鄉土」的作家,在美學觀點上存在著根本性的不同。這種觀點上的不同,並不單純只是個人的品味素養,而是牽涉到作家背後所處的場域位置,其作為新秀在初踏入文學場域時,所隸屬的團體社群、意識形態、文藝體制等。依據他們各在場域中所佔據的位置,其慣習與可獲得的資源也會有所差異,進而影響了取得文化正當性的過程。然而,「新鄉土」論述慣以使用世代觀點去解釋此類文本的生產現象,慣以取消掉這種細緻且關鍵性的區別。加上「鄉土」一詞容易外衍的「本土」、「台灣意識」,更可能讓人錯認這批作家與本土勢力有著直接性的關聯。這促使筆者進一步對此標籤反思,試著從另一個角度重新切入千禧年的文學生產,以此映照出「新鄉土」所遮蔽的事物。

其中,本文所關注的文學社群「小說家讀者」,係由許榮

---

[3] 林欣誼,〈鄉土文學作家不想要的大帽子〉,《中國時報》,2010年9月5日。

哲、高翊峰、王聰威、甘耀明、李崇建、李志薔，於2003年組成的文學團體，其後又新增了伊格言與張耀仁兩人。而該團體的成員，則多為新鄉土論述所觀察的對象。不過，若是細看「小說家讀者」雖推出的兩大文學嘗試──「中間文學」與「行動文學」，不難發現其核心理念、創作文本與新鄉土所論述的「鄉土題材」、「後學式抽象表現」有著極大的落差。他們在「中間文學」上，以「都會愛情題材」來進行通俗創作；在「行動文學」上，以惡搞活動來顛覆嚴肅陰鬱的純文學形象。這種極端的反差，則成為筆者尋找新切入點的一個良好素材。畢竟相較起鮮有作家認同的「新鄉土」論述，自發性組成的社群團體，或許更能適切地說明這些作家的特性。

在當代文學史論述裡，傾向將解嚴後視為眾聲喧嘩、各自發展的文學現象，多以作家個人及其作品內涵而論。而這樣的觀點，往往忽略了文學史當中隱性存在的、與作家個人背後有關的系譜脈絡。事實上，價值的養成、美學的判斷等，並非「任意一個」，技藝的誕生也不可能「自然而來」。文學場域的發展確實複雜，但並不是雜亂無章，總會留下可待追蹤的線索。而其中，文學團體作為一種志同道合的寫作者組成，儘管在個人風格不見得全然一致，但集結的原因勢必是存有某種共通的「志」。亦即，這群人在最基本層面中共享著某種價值觀。而不同團體則會因應不同世代、成員、背景、地區等元素，在共享的價值觀、崇尚的美學品味上有所差異。這種差異的產生，基本標榜了我族與他族的分別。而也是這樣的差異，讓我們能見到文學發展的過程裡，並非單一個體所產生的「眾聲」，而是塊狀一般的「眾聲」。即便是解嚴後大興各種文化想像，在後現代與後殖民複雜的衝突下，女性、政治、自然、酷兒、母語等各式文學類型，也必然存在一定的界線，能讓我們辨別出那塊狀的輪廓。

此外，筆者所待過的「耕莘青年寫作會」與「想像朋友寫作會」，實際上與「小說家讀者」存有某種延繼關係[4]。諸如「耕莘青年寫作會」舉辦的文藝營，最早是由「小說家讀者」所發起，後續也多由其成員擔任營隊導師。或者如「想像朋友寫作會」的李奕樵，便也明確提到其上承「小說家讀者」與「耕莘青年寫作會」的核心價值[5]。這顯示了「小說家讀者」確實向下影響了不少青年創作者，包括筆者自身，也曾在營隊中獲得某種文學性的啟蒙。而「小說家讀者」的不少成員如甘耀明、伊格言，在脫離了青澀的新人作家階段後，陸續繳出分量級的作品，至今已是備受認可的中生代作家，也在文壇中開始發揮各自的影響力。

　　然而，現階段在學界的視野裡，卻沒有任何一篇以「小說家讀者」為主體的論述，多半仍延伸新鄉土的框架分析文本。在各篇以作家為主體的論文裡，也都只將此團體做背景式的描繪，但對其所生產的文本與活動並未有深入的解析。這種視野的侷限與資料的闕漏，極有可能妨礙我們對這批小說家的理解，忽略了作家所處的現實與困境。

　　故本文以「小說家讀者」為研究對象，期望藉著新資料的引入，打開另一種不同的思考途徑。除了希望能反思舊有的「新鄉土」分析框架，亦希望能提供一個更為宏觀的研究視角，以此重新理解千禧年初期的文學生產現象。

---

[4] 基於學術倫理的考量，本文並不打算以這幾個團體的差異作為焦點，且在論述上盡可能不牽涉筆者所參與的寫作團體與時間，以維持研究上的客觀性。
[5] 李奕樵，〈想像朋友寫作會〉，《聯合文學》雜誌405期，2018年7月，頁38。

二、問題意識

「小說家讀者」2003年成軍於網路部落格，內部成員多得過文學大獎，彼此則因文學獎、大學、工作而相互結識。由於人數有所異動，以及出版社的行銷考量，在指稱此一團體時又有「八匹狼」、「8p」、「網路六匹狼」、「愛情6p」等稱號[6]。而他們最初成立的契機，是基於純文學市場逐漸萎縮，企圖找回從前的文學盛世。以推廣閱讀為目標，他們同時作為「小說家」與「讀者」，推出了「本月猛讀書」與「來篇屌小說」兩個固定欄目。前者為網路讀書會形式，透過每月的選書與評論，讓更多人加入閱讀的行列。後者則是徵辦主題徵文，從網友投稿的作品中挑選出最好的一篇，並附上小說家的意見講評。其藉由部落格的平台，一則推廣文學，一則鼓勵新人，同時亦發表團體活動側記、個人小說等，或可說一整個「小說家讀者」為數位平台上的「同人誌」。

而「小說家讀者」所活動的範圍，也不僅侷限於虛擬的網路空間。在團體成立之前，各個成員都已得過不少文學獎，作品零星刊登於紙本刊物上，多半也已出版過小說集。在他們於網路成軍不久後，他們也將目標鎖定在實體刊物，以團體的身分在傳統紙本刊媒介上發表作品。諸如在《星報》上連載愛情小說、《中國時報》人間副刊上連載「文學魯賓遜──百日不斷電」等，在閱讀載體與受眾上有了一定程度的轉換與擴展。而許榮哲與高翊峰各別進入到《聯合文學》雜誌與《野葡萄文學誌》工作，在兩本雜誌中策畫了與「小說家讀者」相關的企劃，也大幅提升了團體的能見度。

---

[6] 「出版社建議我們改名『網路六匹狼』。後來再出書時，又改名為8p。」許榮哲，〈那一年，大家都叫我們8P〉，《聯合報》副刊，2014年03月20日。

面對純文學市場低迷的困境，除了在網路平台推廣閱讀外，「小說家讀者」也在許榮哲的主導之下，走出了「中間文學」與「行動文學」的路線[7]。前者意旨的是介於大眾文學與純文學間的文類，兼備了大眾的通俗性與純文學的藝術性。後者則意旨跳出舊有的紙本載體，諸如櫥窗書寫、簡訊小說等，拓展文學的不同形式與可能[8]。他們一方面在外部文學行動上打著惡搞創新的精神，一方面在內部文本生產上推出愛情題材的中間嘗試，並以團體身分出版了《愛情6P》、《不倫練習生》與《百日不斷電——別為文學抓狂》。

「小說家讀者」於2006年夏季為耕莘文教院舉辦「搶救文壇新秀再作戰」文藝營，是他們以「小說家讀者」稱號進行的最後一次活動。按許榮哲而言，具體並沒有解散的理由或宣言，就這樣「原地解散」了[9]。就其他相關因素來看，伊格言為寫作《噬夢人》長篇小說，或李崇建、甘耀明等人陸續退出，可能也是原因之一[10]。只不過後續仍能見到幾位作家陸續合體出席活動，或許該把解散視為一種「階段性的結束」。

在團體解散以後，雖有成員各自往不同方向發展，諸如李崇建往人本教育、李志薔往影視產業發展，但留在文學產業工作的

---

[7] 王聰威，〈小說家讀者：「文學是從今天開始，我們做出來那樣！」〉，《作家日常（二版）》（台北：木馬文化。2018.01），頁59。

[8] 一般而言，「行動文學」指稱的是「簡訊文學」。不過在「小說家讀者」，傾向將它視為「傳統文學載體與活動以外」的形式。

[9] 許榮哲，〈那一年，大家都叫我們8P〉，《聯合報》副刊，2014年03月20日。

[10] 伊格言發表「暫時離開」聲明。伊格言，〈伊格言暫時離開小說家讀者〉，2006年6月15日，網路連結：https://web.archive.org/web/20060627133659/http://www.wretch.cc/blog/novelist，2021年4月9日最後瀏覽。李崇建亦曾提到自己與甘耀明離開8P。李崇建，〈書寫一輩子的高翊峰〉，2006年12月26日，網路連結：https://im80081888.pixnet.net/blog/post/2967982，2021年4月9日最後瀏覽。

成員，亦對整個文學生態造成不少影響。重要的如王聰威，進入《聯合文學》雜誌擔任總編輯，對整體雜誌進行品牌調性的改造。又或者如許榮哲，擔任耕莘青年寫作會總幹事，透過舉辦文藝營來推廣文學，培育了不少新人作家。在文學成就來說，伊格言、高翊峰、甘耀明等人，也多次入圍了國內外多個獎項，備受文學界肯定。當各個成員開始在自己的領域略有所成時，我們不免也會好奇，在他們年輕時所組成的這個團體，裡頭所宣揚的精神與目標，是否也在他們日後的發展裡，留下可供追蹤與想像的線索？

是而，本文第一重的焦點在於挖掘「小說家讀者」此一團體的內涵。過往的研究裡，偏重於單一作家的文本研究，未能將作家背後的社群屬性釐清。以「小說家讀者」作為研究焦點，關注的是這一個社團所推崇的美學價值、文學寫作、推廣活動的實踐。舉凡其集結的動機、宣言、成員屬性等，並嘗試捕捉他們「被什麼影響」以及「影響了什麼」，「向上」與「向下」地勾勒出文學史的延繼關係。

本文亦企圖分析「小說家讀者」的「中間文學」與「行動文學」。對於這批文學獎出身的純文學寫作者，如何打破傳統「嚴肅」的標籤，成為他們首要解決的當務之急。是而，在他們塑造的「中間文學」作品中，又與文學獎作品呈現了兩極的差異。這樣的落差具體展現在哪些層面上？而以「行動文學」四處惡搞挑釁的行動，又意圖顛覆什麼樣的文學現況？這些都是本文意欲探究的問題。

當然，將「小說家讀者」作為焦點，並不意在提升其「大寫」的地位。將「小說家讀者」以團體的方式進行討論，旨在方便於指出在當時代裡，這群作家所共通面臨的難題為何、相應的美學價值又如何產生。目前學界針對這批作家的討論，多集中在

使用「世代」的焦點，並以「新鄉土」或「新寫實」論之，將六年級世代作家「回歸鄉土／寫實」一概視作為本土意識下自然而然的產物。但若以社團的焦點來觀察，不難發現這之間的落差。在破除掉這種對同世代均質化的標籤後，我們或許還能注意到同一時間點、同代人組成的其他寫作社群，諸如「台灣新本土社」與「紫石作坊」。

在指認出了「小說家讀者」作為一個團體，並以什麼樣的方式去實踐理念後，或許能更進一步探問，為什麼這樣的社群會進一步影響到新生代。什麼樣的價值被傳承下去？又為什麼被傳承下去？相較之下，那些被遺漏的、散佚的價值又是什麼？以「小說家讀者」作為範疇，也意在於映照出千禧年後台灣文學生態的變遷。此為本文的第二重焦點。

綜上所述，本文期望透過「小說家讀者」社團的焦點，打破當代對解嚴後文學的「眾聲喧嘩」、「世代性」等均質化看法，並嘗試指出背後隱藏的延續關係。期盼能以新的視角，重新思索當代文學現象與問題。

第二節、文獻回顧

一、解嚴後台灣文學生態發展

本文為處理「小說家讀者」此一社群屬性，需先梳理其所處的文學環境。其中，九〇年代文學生態蓬勃發展的態勢，經常被視作解嚴後的「喧嘩」之始，並一路向下蔓延至千禧年後。若以集體來看待，多用豐富、多元的形容詞概括，拒絕具體的標籤與定義。隨之而來的，缺乏分類的論述下，普遍讓學界中多傾向以

「個人」作品觀察論之，算是對於「眾聲」的具體實踐。

劉乃慈在《奢華美學：台灣當代文學生產》中，打破了這樣的論述限制，其關注對象為九〇年代的台灣小說，連結了外在「消費社會的誕生」與「躁動的文化氛圍」，以「奢華美學」稱此一時期的文學現象，一方面有「華麗」的正面意味，另一方面又存有「奢侈」的危機，以批判性的視角取代過往讚揚性的後學論述。

更重要的是，其點出了台灣於九〇年代進入成熟的消費社會中，文學生產的過程也與主導文化、商業傾向互相影響平衡。其中九〇年代書寫又能二分為「文化市場傾向」與「本土書寫傾向」。前者意旨創作者兼備菁英身分，以引介西方知識顯示其位階，同時滿足了中產階級對典雅文化的需求。在此種情況底下，表現上是百科全書式的冗長的敘事與細節，內容上將理論與議題融於消費文化中，並失去原本的抽象思考或社會現實性。後者則意旨，為呼應著解嚴後族群意識、台灣意識的興起，建構自身記憶與認同成為迫切的實踐。但在小說策略上卻採取模糊猶疑的觀點，並挪引大量文獻史料，以後設形式質疑「虛構與真實」。而無論是哪一種傾向，折射出的其實是「中產階級異議文化」，表面看上去前衛，但內裡與多重觀點妥協，以至於涉及到意識形態都呈現曖昧狀態。「當代小說家對各種美學的形式技巧的效仿，卻不一定意味著對深層結構（美學原則、認知精神）的滲透。小說家可以用十分『現代』的技巧表達極為保守的認同價值……。」[11]，除卻文本傳遞的曖昧立場，舊有得以用來判別的題材、美學形式，皆無法直接反映作家的意識形態。「奢華美學」點出了九〇年代文學如何主導上層文化，符合中產階級的價值品味，以

---

[11] 劉乃慈，《奢華美學：台灣當代文學生產》，（台北：群學出版，2015.7）。頁82。

及此現象可能潛在的危機。

在這樣雍容華麗的表面上,九〇年代卻也頻頻冒發出「文學已死」的聲音,映照出內部的空洞問題。林淇瀁〈戰後台灣文學傳播困境初論:一個「文化研究」向度的觀察〉[12]裡,認為台灣在九〇年代前,文學傳播上仰賴報紙副刊、雜誌與特定文學出版社來進行。然伴隨報紙解禁、消費社會多元的需求,在政治與經濟雙重的改變下,文學副刊版面臨壓縮裁減。其指出當前文學傳播面臨四大困境:副刊報紙的意識形態掛帥、副刊內容與形式因「消費文化」變得速食、文學雜誌與出版社逐漸凋零、班底凋零與世代的匱乏。約十年後,林淇瀁除修正第一項的「副刊報紙的意識形態掛帥」,認為其他三項都有逐漸惡化的趨勢[13]。其中往昔的班底如「台灣筆會」、「中華民國筆會」等文學團體已失去影響力,作家在世代交班過程亦出現了斷裂。伴隨舊有傳播媒介式微,「文學已死」成為九〇年代奢華美學底下的焦慮。相應的,一方面以「類菁英」的知識建構來鞏固其小眾的上層地位,一方面以華麗奇詭的敘事與消費文化呼應。劉乃慈雖未觸及太多「文學已死」的面相,但筆者認為,九〇年代文本表現的奢華現象,或可說是一種對於逐漸萎縮的文學市場,自我膨脹式的另類改造。

而林淇瀁指出,「新世代作家多單兵作戰,一直到近一兩年來,因為網路媒介才逐漸蔚為社群」[14]須文蔚亦認為,「網際網路的出現澆熄了文學界的悲嘆,大量新生代作者在網路上建構了一個

---

[12] 林淇瀁,〈戰後台灣文學傳播困境初論:一個「文化研究」向度的觀察〉,《新聞學研究》51期,1995年7月,頁143~162。
[13] 向陽,〈期待新的篝火點燃——從傳播的角度談文學的生死〉,《聯合文學》225期,2003年7月,頁90~93。
[14] 向陽,〈期待新的篝火點燃——從傳播的角度談文學的生死〉,頁91。

創作、發表、閱讀與批評的傳播環境。」[15]在千禧年初期,伴隨著網際網路的普及,BBS站台、部落格的成立提供了創作者新興的發表平台。樂觀者認為,網路為已陷入窠臼的文學提供了新的思考途徑;亦有悲觀者認為,網路提供了更多元豐富的資訊,加速剝奪了文學本已單薄的版面。尤其網路文學缺乏守門人機制,無有限制的表現題材、方法,處處充滿了未經檢驗的美學價值。靠著網路發表平台而快速竄紅的九把刀、痞子蔡等人,也經常性被批評不夠典雅嚴肅。諸如楊照、袁瓊瓊等人,都從對網路文學表達過非議[16]。

不過真正挑動這些悲觀思維的並非「媒介」,而是「嚴肅與否」的問題。在網路文學背後的問題,並不是其形式本身如何可能及多變,而是網路文學危害到了純文學的正統性。尤其網路媒介的興起,帶動了新一波的大眾文學,更激化了長期純文學將大眾文學排除在外的慣性。陳國偉在《類型風景──台灣戰後大眾文學》中各引了詹明信與林芳玫的論述,認為大眾文學與純文學為孿生關係,當純文學與大眾文學處於分化階段時,除了對大眾文學持續的批評,位在中間的作品也容易遭受責難[17]。分化的確立即是對自我內部的肅整,唯有確立了屬於哪一邊之時,這種批評才會停止,因為肅整的目的已達成。千禧年初期學界環繞著對網路小說的批評,在新的十年過去後已逐漸消退。而近年來對於時下流行「厭世詩」[18]的批評,或可視為分化場域中「進行排除」的

---

[15] 須文蔚,〈數位文學的前世今生〉,《文訊》183期,2001年1月,頁42。
[16] 李文瑄,〈出版媒介與性別化的書寫位置:台灣網路愛情小說發展歷程(1998-2014)〉(台中:中興大學台灣文學與跨國文化研究所碩士論文,2016年),頁1~2。
[17] 陳國偉,《類型風景──台灣戰後大眾文學》,(台南:國立台灣文學館,2013.11),頁18~22。
[18] 「厭世詩」泛指台灣在臉書、instagram等社交平台中,廣為流傳、帶有憂鬱情結的現代詩,而其中厭世、憂鬱情緒並不等同於精神疾病中的自毀傾向。被稱作厭世詩的詩人中,亦存在著希望被學術界正典化的焦慮。

例證之一。

陳國偉將大眾文學與純文學視為孿生關係，為的是避免往昔「典雅」、「通俗」的二元對立，以及可能伴隨的「雙方作者或讀者階級對立」、「價值高低」等偏見。大眾文學與純文學的雙生模式，可視作互相彌補其所不能到達之處，並無孰優孰劣問題。換句話說，無論純文學或大眾文學，都各有其面對的社群美學價值，亦存在各自的典律。更重要的是，其點出了台灣的純文學與大眾文學存在複雜的動態關係，在不同類型的大眾小說裡，與純文學的聯繫存有遠近之別。

少數介在這兩者之間的，被稱作「中間文學」，是在「純文學」與「大眾文學」把這兩者想像為對等與對立的兩端，在這種光譜概念下所界定出來的。此一詞彙源自日本「中間小說」，而「中間小說」在日本發展已有一段時間，其中亦存有不少論述。然台灣在「中間文學」的界定尚未健全，概念上仍停留於「介於純文學與大眾文學」的文類，具體在指涉作家、文本上始終較為含糊。

二、「新鄉土」與「新寫實」論述

學界目前多使用「新鄉土」與「新寫實」評論「小說家讀者」的社群成員。唯高翊峰作品的形式與內容都與這兩個標籤有所差異，僅被陳慧齡使用「科幻鄉土」來界定[19]。

范銘如首要於〈輕·鄉土小說蔚然成形〉[20]一文中，率先提出了「輕鄉土」的概念，認為新世代作家創作出一種新型文類，

---

[19] 陳惠齡，〈從「生產鄉土」到「科幻鄉土」——台灣新世代鄉土小說書寫類型的承繼與衍異〉，《國文學報》55期（2014年6月），頁259~295。
[20] 范銘如，〈輕·鄉土小說蔚然成形〉，《中國時報》開卷版，2004年5月10日。

其雖書寫鄉土,但已無傳統鄉土小說的使命感。在風格上可能輕盈,可能沉重,不過並不具備介入社會的「寫實性」。其認為,這種差異體現了世代上的差距。另一方面,其將這類型小說,視作「台灣主體論述、本土化運動的產物與回應」。

同年年底,郝譽翔也於〈新鄉土小說的誕生:解讀六年級小說家〉[21]中,提出了相似的看法。該論述綜論六年級世代小說家的處境,並約略提到「小說家讀者」在網路愛情小說上的實踐,不過仍著重於個人作家的小說集。其提出了較為明確的分類,認為如童偉格、伊格言、張耀升風格較為陰暗憂鬱,而吳明益、許榮哲、甘耀明則各有生動、輕盈之處。而高翊峰、李儀婷則不在前述兩個類別,並無特意劃分進入「新鄉土」的範疇。而無論是范銘如或郝譽翔,兩者在歸納新鄉土的作家皆一致,如袁哲生、張耀升、童偉格、伊格言、許榮哲、甘耀明與吳明益。

其後范銘如於〈後鄉土小說初探〉[22]一文中,對「新鄉土」定義進行改動與擴充。提出了「寫實性的模糊」、「地方性的加強」、「多元文化與生態意識」三種範疇,並在後兩者中各自增列了陳淑瑤、廖鴻基、夏曼・藍波安、霍斯陸曼・伐伐、王家祥等作家。若按照指涉作家區分,舊有的「新鄉土」應僅指「寫實性的模糊」。不過,後兩者則各有「區域文學」、「自然文學」、「族群文學」等更好的分類使用,在討論上不免遭受質疑,後續學界多半聚焦於既有「新鄉土」提及的作家。[23]而最為重

---

[21] 郝譽翔,〈新鄉土小說的誕生:解讀六年級小說家〉,《文訊》230期,2004年12月,頁25-30。

[22] 范銘如〈後鄉土小說初探〉,《台灣文學學報》11期,2007年12月,頁21~49。

[23] 僅甘耀明被列入「多元文化與生態意識」,不過後續學界討論中,依然有分析甘耀明的「寫實性模糊」特色。倒是廖鴻基、夏曼・藍波安、霍斯陸曼・伐伐、王家祥等人,後續未見被以「後鄉土」框架討論。

要的是,該論文補充了在新鄉土裡曾提及的,台灣本土化運動對於新世代作家的影響。在後鄉土的概念中,除了將本土化運動納入文學生產的外緣因素,亦將地方文化中心建置、地方文學獎興起、地方學蓬勃發展等納入考量,後鄉土被視為是一系列九〇年代本土化的產物。

　　泰半學位論文皆順延著「後鄉土」建構的外緣因素,「新鄉土」指涉的內緣文本風格,進行作家專論、作家比較或作品分析。較為特殊的有,陳惠齡《鄉土性、本土化、在地感——台灣新鄉土小說書寫風貌》[24]專書,其不僅鎖定新生代作家,亦把過往鄉土作家於千禧年所寫作的鄉土小說納入考量,勾勒一整個時代的「後」鄉土圖景。翟憶平〈九〇年代以降後鄉土小說發展研究〉[25]則首度將李崇建與胡長松納入討論範疇,不過後續未見其他論者延伸討論。何京津〈從「鄉土」到「在地」:論90年代以降新世代鄉土小說〉[26]則一反多數論者的樂觀、期望,對伊格言、童偉格較為陰鬱的書寫提出批評,認為其不具「現實主義」精神而流於文字遊戲。筆者雖反對以此衡量作品優劣、好壞的批評,不過何京津所提出的質疑,確實存有值得反思之處。而這些使用「後鄉土」框架的論述,雖提及了「小說家讀者」團體,不過都只視為作家式的背景介紹。僅進行「文本本位」式批評,分析文本中出現的手法、象徵以及與後鄉土的連結。由於本論文反對以此框架檢視,故不另行再做列篇學位之回顧。

　　而「新寫實」則為2007年由李昂、郝譽翔等人,於聯合文學

---

[24] 陳惠齡,《鄉土性、本土化、在地感——台灣新鄉土小說書寫風貌》,(台北:萬卷樓出版,2012年)。
[25] 翟憶平,〈九〇年代以降後鄉土小說發展研究〉(嘉義:南華大學文學系碩士班研究所碩士論文,2008年)。
[26] 何京津,〈從「鄉土」到「在地」:論90年代以降新世代鄉土小說〉(臺南:成功大學台灣文學系碩士論文,2011年)。

新人獎決審時，介定新世代作家的另類風格，並指這類作品擺脫了議題與形式的套路。有趣的是，此項分類提出的時間與「後鄉土」同年，最初可能與「後鄉土」指陳的範圍有所重疊。李昂在同場會議上也因「不願叫本土或鄉土」，而另以「寫實」來替代[27]。而提出「新鄉土」概念的郝譽翔與范銘如，在同場會議中也未見反駁。後續報章雜誌報導中，亦可見「新寫實」與「新鄉土」的混淆使用[28]。「新寫實」最初是否僅是「新鄉土」的一種修正，這點倒難以確認。

不過「新寫實」概念的確立，倒是在王國安的論述中完成。〈從花柏容〈龜島少年〉及《愛食小便宜的安娜》探看「台灣新寫實主義」〉[29]與〈再探「台灣新寫實主義」——以張經宏、徐嘉澤的小說為觀察文本〉[30]，其就2001至2010年的聯合文學新人獎觀察，認為有種新型文學正在崛起，而其正是「新寫實主義」。其特別強調「新鄉土」的現代主義頹廢特質，與之對立的「新寫實」在風格上較為輕盈，而兩者同樣都不具有介入社會的「現實性」。據王國安歸納，「新寫實」具有「凸顯人性正面價值」、「真實的生活感」、「輕盈筆法」三種特質。其強調，這類小說不再因被形式、議題束縛而「難看」。描繪日常、平凡的生活風景，是新寫實小說的「回歸人性」，也是「回歸小說本位」。

可惜的是，現階段進行「新寫實」討論的論述並不多。不過筆者也認為，「新鄉土」與「新寫實」應分屬不同概念。尤其若

---

[27] 陳維信記錄，〈新台灣寫實主義的誕生——21屆聯合文學小說新人獎決審紀實〉，《聯合文學》277期，2007年11月，頁11。
[28] 丁文玲，〈台灣新寫實主義文學　年輕崛起〉，《中國時報》a20版，2008年03月21日。
[29] 王國安，〈從花柏容〈龜島少年〉及《愛食小便宜的安娜》探看「台灣新寫實主義」〉，《實踐博雅學報》17期，2012年1月，頁43~62。
[30] 王國安，〈再探「台灣新寫實主義」——以張經宏、徐嘉澤的小說為觀察文本〉，《人文社會科學研究》第7卷第3期，2013年9月，頁1~18。

按王國安的脈絡去定義,諸如伊格言、童偉格較為陰鬱的風格,實難以納入「新寫實」範疇。標籤與分類的使用,本在於能直接區分出不同風格、主題。不過,本文不傾向使用「新鄉土」與「新寫實」來界定。這兩種概念反映的是另一重的文學史問題,牽涉的不僅是命名與標籤適不適宜,也是純文學場域裡的變動。

筆者曾對學界慣以使用的「新鄉土」標籤提出質疑[31]:在過往「新鄉土」論述中,集中以「世代」與「鄉土」為焦點,並進一步造成了某種遮蔽,將某些分屬不同美學場域的作家給均質化。筆者以「小說家讀者8P」與吳明益、胡長松所屬的「台灣新本土社」為例,映照出同為六年級世代的兩個社群幾乎完全相反的價值觀。諸如吳明益所屬的「台灣新本土社」批評大中國教育體制對日治時期本土作家的忽視;但「小說家讀者」卻認為日治時期本土作家已遭受重視,遭受忽視的是當代後現代作家如黃凡、張大春等人。這兩個不同社群透露出的是美學意識形態的鬥爭,然新鄉土論述中卻忽視了這層關係,存在著將兩者均質化的危險。此外,這批被視作以地方文學獎出道的「新鄉土」作家,實際仍以大報文學獎為主。筆者於該文僅粗略的點出這些「被遮蔽之物」,尚未能做更深入地探析。這些問題將留於本文中進行討論。

三、「小說家讀者」成員的相關論述

現階段並未有以「小說家讀者」作為討論範疇的論述。但由於其成員多半已在文壇備受肯定,著重個人的相關論述已有不

---

[31] 蔡易澄,〈如何生產新鄉土?——重探千禧年新鄉土論述〉,國立中正大學台灣文學與創意應用研究所主編,《躍界×台灣×文學:第十七屆全國台灣文學研究生學術研討會論文集》(台南:國立台灣文學館,2021),頁317~342。

少。諸如甘耀明、李志薔、伊格言、王聰威都已有各人專論,許榮哲、高翊峰、李崇建、張耀仁亦多有單篇作品評論等等,對於定義作家風格上有著諸多貢獻。尤其集中於單一作家論述,宏觀審視了作品之間多元的變化,避開了新鄉土等既有框架。只不過這些論述基本排除了「小說家讀者」活動相關的意涵。

江盈佳〈王聰威小說研究〉[32]綜合了王聰威多本著作,認為舊有「新鄉土」框架無法闡釋王聰威的風格。該文集中分析純文學著作《稍縱即逝的印象》、《複島》、《濱線女兒》、《師身》,認為其語言受法國新小說、村上春樹影響甚深,而內容著重於描寫愛情。而《複島》、《濱線女兒》兩本描繪高雄哈瑪星的作品,地景與鄉土成為一種想像,核心實於童年、死亡、家庭等主題。《師身》則是將預設讀者朝向大眾的作品,並延繼其對女性角色描繪的偏好,不過在調度女性情慾的表現仍受限於男性觀點。論者指出,在王聰威的純文學著作上,由較為晦澀的語言,轉向較為輕盈的風格。較為可惜的是,該論文並未著墨於王聰威其大眾文學與純文學作品互動的關係。

郭怡均〈愛如何可能?伊格言小說研究〉[33]則採用了《甕中人》、《噬夢人》、《拜訪糖果阿姨》與《零地點》四部小說,指出伊格言小說一概關注的「存有」主題。其認為,應以「現代主義」取代原有的「後鄉土」、「科幻鄉土」思考,更能指出伊格言寫作的真正核心。即便各本小說集在內容、類型上不同,但始終關注的是「人」的問題。論者認為,在語言使用上儘管較為「現代主義」,但並不代表伊格言並不關注現實。其基本指出

---

[32] 江盈佳,〈王聰威小說研究〉,(新竹:清華大學台灣文學研究所碩士論文,2014年)。

[33] 郭怡均,〈愛如何可能?伊格言小說研究〉,(台南:成功大學台灣文學系碩士論文,2016年)。

了，伊格言在風格上偏好使用斷裂的、視覺化的書寫，作為一種「現代主義」的自我美學展現。

王國安〈許榮哲及其小說研究〉[34]較為全面的評論許榮哲的作品價值。其從「小說家讀者」結社談起，認為此社團意圖去除純文學的神聖性。作為提倡「中間文學」的許榮哲，也另外出版了非純文學的《吉普車少年的網交生活》、兒童讀物《最後一名土地公》等。而在純文學的作品中，現實事件、鄉土符號都是懸浮的，小說真正的核心始終都在對「時間」與「記憶」徹底懷疑。這種對說謊、懷疑與虛構的偏好，進而影響了七年級世代作家如朱宥勳、神小風與黃崇凱。王國安清楚地點出了許榮哲的文學活動與風格，亦關注到了其所帶來的影響。可惜篇幅較短，並未能對文本、文學社群等進行更深入的討論。

黃晨芳〈地域、歷史與敘事的三重奏：李志薔作品研究〉[35]綜合了李志薔的散文、小說與電影作品，指出李志薔在書寫上一概的人道關懷。其中，在描繪高屏山鄉土地誌，皆以散文文類為主，關注軍旅、勞工、自身家庭等困境。而在描繪台北空間，倒選擇小說文類，虛構各類角色的異鄉處境，僅專注於小人物困境，難以看見壓迫者的形象。論者並指出，在作家敘事策略上，明顯可見文類越界之情形，在散文上明顯有虛構之痕跡，致使於分類上有些困難。

而研究甘耀明的論文甚多，有針對單篇作品、作家風格、不同作家比較等，亦多置於後鄉土的脈絡中。其中對本研究較有助益的為羅惠娟〈甘耀明小說研究——以2011年以前的作品為討論

---

[34] 王國安，〈許榮哲及其小說研究〉，《人文社會科學研究》第7卷第4期，2013年12月，頁21~39。
[35] 黃晨芳，〈地域、歷史與敘事的三重奏：李志薔作品研究〉（高雄：高雄師範大學國文學系碩士論文，2017年）。

範圍〉[36]，論者進行了較為深入的訪談，提供了本研究不少有益的資訊。而饒展彰在〈甘耀明新鄉土小說中的死亡書寫研究〉[37]，則以「死亡」為焦點，分析甘耀明小說中的新鄉土特質。該論文指出了鄉土文學的衰微與九〇年代鬼魅、躁動的社會氛圍，其認為甘耀明在這兩種外緣因素底下，開創出了新型的、奇幻式的書寫。其中亦比較了甘耀明與黃春明，在共同處理老人議題底下，所採用不同的書寫策略，以此映照出甘耀明的獨特性。舒懷緯的〈論甘耀明《殺鬼》的後鄉土書寫〉[38]，則觸碰到了甘耀明在外部文學場域的問題，其注意到甘耀明從大報文學獎出道、官方藝文補助、聯合報出版與雜誌系統等，並對「後鄉土」標籤重新思索，更細緻看到了甘耀明的轉變，可惜其對文學場域的著墨僅點到為止。而其他論文亦有針對客家族群意識、母語使用、後殖民歷史等進行討論，在不同面向的研究上近乎飽和，礙於篇幅限制不再多談。只不過，這些論文都僅集中於甘耀明的個人作品集；發表於報章雜誌，或是「小說家讀者」所進行的集體書寫，都未能納入討論，是少數甘耀明未被挖掘之處。

此外，丁明蘭的〈耕莘青年寫作會之發展與研究（1966~2009）〉[39]，觸及了前述所提及的「小說家讀者」與「耕莘青年寫作會」的延續、繼承關係。耕莘文教院的歷史悠久，在戒嚴時期強烈的文化政策管控下，因宗教關係而成為了藝文人士活躍的地方。而該論文亦詳細列述了許榮哲在2006年接管後，所舉辦的種種活動，文末

---

[36] 羅惠娟，〈甘耀明小說研究——以2011年以前的作品為討論範圍〉（嘉義：中正大學台灣文學與創意應用研究所碩士論文，2012年）。
[37] 饒展彰，〈甘耀明新鄉土小說中的死亡書寫研究〉（台中：中興大學台灣文學與跨國文化研究所碩士論文，2014年）。
[38] 舒懷緯，〈論甘耀明《殺鬼》的後鄉土書寫〉（台中：靜宜大學台灣文學研究所碩士論文，2013年）。
[39] 丁明蘭，〈耕莘青年寫作會之發展與研究（1966~2009）〉（臺北教育大學台灣文化研究所碩士論文，2010年）。

亦有針對李儀婷、許榮哲的訪談，頗具有參考價值。

上述針對個人作家、團體的專論，不只便於確認作品的風格，亦能更清楚地看見作品外部的作家。尤其相關訪談資料，更有利於思考，作家如何向內產出作品，又如何被外部的場域給影響。而也因為看見了作為個體的作者，才能思考在團體運作的過程中，成員之間的差異性。更甚者，團體與個人如何互相產生影響，或許也能略窺一二。

第三節、研究框架與範疇

在基礎的研究框架上，本文將「小說家讀者」、「台灣新本土社」與「紫石作坊」這幾個同一世代的文學社群，視作場域中的不同美學位置。這三個社群在組成形式、發表媒介、文本內容上都呈現了極大的差異。其中，「台灣新本土社」與《台灣新文學》、《台灣e文藝》兩本刊物密切相關，後續多數的成員轉換到以台語為主的「台文戰線聯盟」。而「紫石作坊」則是在日漸成熟的出版市場中，以經紀人的制度來培育新人作家，並在推廣行銷上捕捉流行的大眾口味。筆者之所以特別分立這三個不同社群，不僅單純是因為他們的文化屬性不同，也包含了他們背後握有的各式資源有所差異，在取得正當性的過程裡也有明顯的不同。而「台灣新本土社」與「紫石作坊」兩個文學社群的不同屬性，也恰可作為「小說家讀者」在政治意識形態與通俗文化市場上的對照。

不過，「台灣新本土社」與「紫石作坊」現階段缺乏系統性的研究，加上本論文研究主軸以「小說家讀者」為主，因此只能概略性地介紹這兩個社群。而本研究在定義「小說家讀者」社群上，也額外將李儀婷納入其中。李儀婷雖非「小說家讀者」一

員，但由於與內部成員互動密切，又在成書途徑、創作形式與「小說家讀者」有所交疊，幾乎可將之視為此團體的一員，故也列入討論[40]。本文所界定的「小說家讀者」社群，係為了納入與該團體互動密切的作家，期望能更廣泛地描繪出他們的面目。

本文採用的文本，以「小說家讀者」已集結成冊的文本為主，並包含發表在報章雜誌等散篇。且在使用文本上，傾向以尚未討論過的小說集、未被挖掘過的散篇作品為主。也由於某些小說發表與收錄成冊的時間過久，或是需比較同一時期的作品差別，將盡可能找到各篇目最初發表的媒介與日期，用以確認合輯中各篇的發表前後順序。

本研究在進行文本分析時，以夾敘夾議為主。由於不少文本都為新資料，在進行較為抽象的分析之前，還需概略的簡介。然為了不讓論文留於單純的介紹型論文，在分析方式上也採批判性視角，希望能保有一定程度的省思。在使用文本上，也力圖將大眾文學與純文學擺在同一個位置上進行批評，打破過往「重嚴肅，輕通俗」的習性。本文意不在於評價作品優劣，而是為了指出文學生產裡的種種現象。哪些作品是相似的、哪些作品又是不同的。之於同一作者所寫作的兩種作品，之於同一團體寫作的集體性，又或者之於場域內既有美學的模仿與因襲等。唯有使用文本批評方式，才得以指出這些事實。

本研究也將文學獎會議紀錄、新鄉土論述視為影響這些寫作者的其中一項要素，以較為後設的視角進行思索。評論者對他們作品的定位，並不僅僅只是單向的關係，評論不再是單純地作為

---

[40] 李儀婷為李崇建妹妹，許榮哲妻子。「小說家讀者」相關活動，幾乎由李儀婷以「發條女」筆名側記，參與活動的活躍度極高。與團體中其他成員互動密切，如王聰威接任《FHM男人幫》副總編後，隨即找來李儀婷接任編輯。另，李儀婷與許榮哲一同接任「耕莘青年寫作會」幹事，也對新生代作家發揮影響力。

文本內容的註腳。創作者往往也會從這些評論裡面獲得某種指標，尤其他們在文學獎的制度下競逐，極可能依循評審意見調整文本的方向。當然，他們也可能企圖與某些論述進行抗衡。這要視具體的情況細而論之。

而「小說家讀者」運作的網路平台，其中如「無名小站」與「明日報站台」皆已關閉，不少資料已散失。雖「小說家讀者」發表於網路上的文章，多同步刊載於報章雜誌，但「網友互動」作為網路媒介的特點，已無法進行觀察，實屬可惜。「明日報站台」的內容後來備份於「Pchome站台」，而「無名小站」的相關內容已無留存[41]。本文亦將其備份於「Pchome站台」上的內容，作為研究範疇之一。

第四節、章節概要

本文緒論先介紹了台灣文學在解嚴後的發展現象，伴隨著出版市場的自由化，傳統純文學的銷量逐漸降低，多數新人作家在千禧年後仰賴文學獎作品出道。而「小說家讀者」則是在此一背景下，為了改善純文學市場衰疲，而集結起來的文學團體。不過，在以往的新鄉土論述中，都忽略了他們以團體推出的「中間文學」與「行動文學」。如何藉著新資料來提供一個新的視野，即為本論文最初發想的起點。

---

[41] 現階段能使用軟體「way back machine」，來檢視部分「無名小站」上的內容。該軟體使用的是不定時的網路截圖，故往往只能見網站上文章的標題，但無法詳閱內文。因而本文在註錄「無名小站」時期的活動、文章等，僅從網站首頁、分類所引標籤來觀察，勢必有所闕漏。

第二章：文學獎下的純文學出道
第一節、寫實主義作為新鄉土的例外
第二節、文學獎成為唯一的突破口
第三節、小說家讀者的集結

在第二章中，本文從該成員尚未集結以前的文學作品開始，指出了多位成員都曾有過極為寫實的作品。不過在本土文學雜誌式微，新人作家只能仰賴文學獎出頭，因應得獎機制生產文本，並逐漸轉換為新鄉土式的作品。這連帶影響了他們的文學理念，並幾度與本土派有所摩擦。而「小說家讀者」的成立，也與反本土派的黃凡復出有關。在美學觀點上，他們並非如「台灣新本土社」大力強調寫實主義與本土意識，反而沿襲著兩大報所打造的優質文學觀點。

第三章：創作上主打的中間文學
第一節、在「中間」以前：流行文化的大眾寫作
第二節、中間文學：以愛之名
第三節、KUSO趣味作為另一種中間的可能

在第三章中，則從「小說家讀者」集結後，率先執行的「中間文學」為討論對象。這些從文學獎出身的純文學寫作者，為了尋回讀者閱讀，從自身創作的文本開始改造，戮力創造一種新的類型寫作。本章先從各成員在不同文化工業下的作品談起，指出他們在文本創作上的有著多樣化的類型選擇。接續論及他們在紙本媒介上所嘗試的「中間文學」，以都會愛情題材鎖定青年族群，在表現上又慣以翻轉既定成見，而不流於單純的娛樂形式。本章亦力圖向外擴展「中間文學」的範疇，指出自張大春以降的

青少年惡搞小說,如何在小說家讀者身上產生影響,並同時生產了此一類型的文本。

　　第四章:行動文學與解散後的影響
　　第一節、行動文學的佔位與反叛
　　第二節、行動過程的新秀產物
　　第三節、延繼的文學遺產

　　第四章則是聚焦在「小說家讀者」後期戮力執行的「行動文學」,個別介紹了他們如何跨越媒介載體,突破純文學的嚴肅想像。他們一則以挑釁的姿態,對於文壇現況提出許多批評。另一則又以將文學包裝成文化商品,以各種遊戲的形式進行推廣。也因為他們創新大膽的嘗試,吸引了不少新秀創作者,在線性文學史上有了延繼關係。在團體解散後,「小說家讀者」則回到了純文學的寫作,備受認可的作品也多以純文學的新鄉土作品為主,顯示了某種文化正當性的牢而不破。而他們在美學理念上雖與既有的本土派有所衝突,但在整體上已接收了台灣史觀,已明顯無前一世代激烈的國族衝突。

第二章　文學獎下的純文學出道

第一節、寫實主義作為新鄉土的例外

一、從例外個案談起：吳明益與「台灣新本土社」

> 新的小說類型又蔚然成形了。這股新興勢力由五年級中段班的袁哲生領銜，六年級的吳明益、甘耀明、童偉格、伊格言、張耀升、許榮哲等為主力，共同開創了一種輕質的鄉土小說。這種文學跟70年代或更早期的鄉土小說貌合神離。……新鄉土的奧趣卻不在反映（後）資本主義侵入的社會問題；因此不似前者偏好以畸零人或特殊經歷／行業者為敘述角度，後者多是少年或青年的眼光。敘述形式因襲鄉土小說既有的寫實與現代主義，兼且鎔入魔幻、後設、解構等當代技巧以及後現代反思精神，但又不若90年代小說在形式與文字上的繁複。[1]

范銘如於2004年率先以「輕／新鄉土」，為當時的六年級作家的書寫風格命名，認為這些作家不約而同地都回到了鄉土，且作品不再有沉重的社會使命感。其於2007年亦延續這樣的看法，並將之命名為「後鄉土」小說，認為其繼承了「八〇年代後期以迄九〇年代襲捲台灣知識界藝文界的後結構思潮，如後現代、後殖民、女性主義、解構主義、新歷史主義等等的『後學』」，已

---

[1] 范銘如，〈輕・鄉土小說蔚然成形〉，《中國時報》開卷版，2004年5月10日。

無傳統鄉土小說的形式，甚對其表現出「嘲擬、解構與後設性反思」[2]。而本文所論述的「小說家讀者」團體，同樣都為六年級世代，絕大多數都為此一標籤所界定過。

不過，就如第一章所述，筆者對於這樣的論述抱有一定的存疑，並已在論文裡以「台灣新本土社」與「小說家讀者」這兩個完全不同的社群，嘗試指出新鄉土論述可能抹除了這種根本性的差異[3]。尤其新鄉土論述所指的「無社會使命感」、「後學式的鄉土小說」，事實上就與「台灣新本土社」的諸多理念完全相反。若要破除新鄉土的迷霧，或許可以先從此一社群開始談起。

由本土派宋澤萊主導的《台灣新文學》雜誌，在2000年時因應本土政黨執政，由雜誌內部成員成立「台灣新本土社」，並於2001年時推出《台灣e文藝》。其成員橫跨老中青，屬於六年級世代的作家則有吳明益、胡長松與吳菀菱。在《台灣e文藝》的創刊號中，該社團便發表了極具現實主義的「新本土宣言」，認為舊有國民黨把持的大報媒體，將本土文學作家排除在外，還不斷鼓吹著情色與虛無的世紀末文學。為此，他們希望在文學創作上，應該更加在乎台灣的人民與土地，回歸到素樸自然的寫實文學[4]。而這樣的宣言內容，實則與新鄉土所指的「無使命感」、「後學式小說」背道而馳。

身為「台灣新本土社」一員的吳明益，則提到自己雖然在1992年獲得了「聯合文學小說新人獎」，但後續在投稿大報媒體

---

[2] 范銘如，〈後鄉土小說初探〉，《台灣文學學報》11期（2007年12月），頁23~24。

[3] 蔡易澄，〈如何生產新鄉土？──重探千禧年新鄉土論述〉，國立中正大學台灣文學與創意應用研究所主編，《躍界×台灣×文學：第十七屆全國台灣文學研究生學術研討會論文集》（台南：國立台灣文學館，2021），頁317~342。

[4] 台灣新本土社，〈台灣新本土主義宣言〉，《台灣e文藝》創刊號（2001年1月），頁30~89。

卻相當不順利,是因為宋澤萊創辦的《台灣新文學》,才讓他的作品有機會亮相,在宋澤萊的鼓勵下而重拾了寫作的動力[5]。相較「小說家讀者」多數成員,吳明益出道的時間點更早,且其《本日公休》、《虎爺》的多數作品皆是刊登在《台灣新文學》、《台灣e文藝》,而非匿名文學獎的得獎作品。

　　對於創作者而言,發表的途徑往往影響到其自身創作的作品。創作者在生產文本的過程裡,勢必會預設其讀者群,依照相應的美學標準來調整自我的文本風格。在不同類型的報章雜誌裡,創作者便會以主編、社群作為參照的依據,適度的去生產容易被刊登的作品,並且與編輯、雜誌有較為密切的關連。而匿名文學獎則完全異於雜誌的發表途徑。評審無法像主編一樣,能在不斷的退稿中給予修正的意見,反而是為了公平性的競爭制度,每年更新的評審名單與匿名的文本,讓產品的守門員無法與生產者保持長期良好的互動回饋關係,只能仰賴生產者自行捕捉合格的最佳策略。以文學宣言搭配文學創作的生產方式,也不可能出現在匿名文學獎競逐的作品上。單就發表的途徑來說,吳明益仰賴著同人雜誌出道的方式,完全異於仰賴文學獎出道的「小說家讀者」各成員,而這也讓他們在文本創作上最基礎的地方上產生了差異。

　　然而,收攏了吳明益與「小說家讀者」的新鄉土論述,在挑選的文本上卻是特意專注在吳明益獲得聯合報文學獎的〈虎爺〉,亦即匿名文學獎的作品。在范銘如的輕鄉土論述裡,便獨獨偏好於〈虎爺〉以及〈廁所的故事〉,對於其他多數作品則認為「小說內容大都是青少年時期或當兵時期的塵封往事,風格尚不清晰,甚至不及他在散文形式上的獨創。」[6]而在其後的後鄉土

---

[5] 張鐵志、蘇郁欣,〈吳明益:「書本閱讀能讓你擁有一段無與倫比的沉浸經驗。」〉,《Verse》第4期(2021年2月),頁25。

[6] 范銘如,〈輕・鄉土小說蔚然成形〉,《中國時報》開卷版,2004年5月

論述中,也將焦點擺在〈虎爺〉對鄉土民俗的後設操作,及其表現出的解構後學思維。不過,作為「台灣新本土社」的核心人物宋澤萊,卻持完全相反的意見。他肯定這種成長經驗的描繪,認為其小說具有精準的描寫能力與氣氛渲染,並對其後現代、解構的手法反省:「我個人倒不希望吳明益往後現代文學的路走得太遠,因為吳明益的才情不是那樣的,他更傾向的是一個精工的、理性的小說家。」[7]

新鄉土論述對於〈虎爺〉情有獨鍾的選擇,排除掉了吳明益多數刊登在本土雜誌的作品,僅挑選了具有後學精神的文學獎作品。新鄉土的分類是「被發明」的,它是在特定的美學意識下,經過排除與收編後所產生。當然,這並非意指其指涉的文類風格、作品的同質性為誤。若已有諸多論者共同指出其特性,基本能確立某種現象是真實存在著,筆者也認同其指涉文本的風格共性。然而,我們或許更該注意的,是被這個框架所隔絕在外、被隱蔽起來的文本。因為這些文本,或許能幫助我們理解台灣文學史更深層的問題。

吳明益作為一個新鄉土的「例外」,這項個案提醒我們的,是應該更加注重到作家本身所屬的社群,而非單純以世代論進行批評。儘管《台灣e文藝》於2002年停刊,吳明益後續並未加入胡長松於2005年領導的《台文戰線》,在創作上也並沒有明顯的往本土派靠攏,但仍然可以說明其在幾次事件中的立場[8]。由於本研

10日。

[7] 宋澤萊,〈第四代台灣作家的美麗初航〉,吳明益,《本日公休》(台北:九歌出版,1997年),頁4。

[8] 如吳明益在曼布克獎入圍時,因國籍被改為(Taiwan, China)而提出抗議,最終改回了(Taiwan)。又如黃春明與蔣為文的台語文論爭事件,吳明益為爭執不休的台語文學緩頰,並在留言中提到自己曾是「台灣新本土社」一員,有責任在這議題上發聲。詳見:吳明益,〈伏案書寫,正如仰望繁星〉,2011年5月28日,網路連結:https://www.facebook.com/notes/3771366766229584/,2021年4月9日最後瀏覽。

究主要研究對象為「小說家讀者」,無法對「台灣新本土社」有太深入的分析。不過,「台灣新本土社」在本研究的特殊意義,乃是其作為長年與主流文學在政治意識與美學抗衡的本土派,在千禧年後本土政權執政後,本土派在文學界中所傳承的新興社群。而這樣一個本土社群,在本土化運動以後戮力推廣的寫實主義與母語文學,並沒有在千禧年後的文學生態裡影響到多數的年輕創作者。與之相反的,反而是「無使命感」、「後學式」的新鄉土小說大力襲捲了後續的青年寫作者。這些創作者在文本上表現出的美學風格為何如此?又究竟是什麼機制造就了這樣的結果呢?這是本章企圖釐清的主要問題之一。

而在此一小節中,透過吳明益與「台灣新本土社」這項例外,也為我們指出了在現階段新鄉土的框架,容易忽視傳統寫實的小說。而本研究的主要對象「小說家讀者」,其成員早期也曾寫過此類傳統的寫實小說,飽含著悲憫基調的鄉土色彩,全然無所謂「後學式」的解構與懷疑,只不過長年為多數論者遺忘。而在第一節中,本研究嘗試重新挖掘這些寫實小說,一則是更加貼切地還原這些成員的創作,另一則是為了指出新鄉土風格並非單純的世代因素所致。而是在某種文學機制與主導美學下,這些青年作家慢慢的從悲憫的寫實小說轉向後學式的鄉土小說,才誕生出的新型書寫。

二、甘耀明與寫實主義的障礙

被譽為「六年級第一人」、「新鄉土領頭羊」的甘耀明[9],是「小說家讀者」中學界討論度最高的作家,多數討論亦集中在文本中的新鄉土風格。如羅慧娟的研究中指出,甘耀明將童話形式

---

[9] 陳瓊如,〈甘耀明——六年級第一人〉,《聯合文學》299期(2009年9月),頁38~41。

融合了魔幻寫實，以後現代拼貼、挪移融入鄉土寫作，用輕盈詼諧的手法擺脫舊有小說書寫歷史或鄉土的悲痛性格[10]。集中研究於《殺鬼》的舒懷緯，亦認為其與鄉土小說最大的差別在於，敘事者與小說角色保持距離，不再直接控訴時代或明確對小人物悲憫[11]。而范銘如比較甘耀明《水鬼學校和失去媽媽的水獺》中的〈尿桶伯母要出嫁〉與黃春明的〈青番公的故事〉，指兩者風格表現上差異甚大，「黃春明樸實、訓誨的寫實筆法，被甘耀明誇張地轉變成既污穢又神聖、既詼諧又嚴肅的鄉土奇幻秀。」[12]以展現甘耀明的「新」或「後」之處。

不過，甘耀明的這種輕盈風格，並非在他寫作初期時定下的。事實上，在范銘如的輕鄉土論述時，針對僅出版《神祕列車》的甘耀明，認為其「應算是最沉重、企圖最強也最接近正宗鄉土小說的異數」[13]，仍將甘耀明擺在傳統鄉土的路線。在舒懷緯的論文裡，則認為在甘耀明在第二本小說集《水鬼學校和失去媽媽的水獺》後，〈匪神〉與〈香豬〉明顯呈現出不同甘耀明以往寫作鄉土的風格，這種戲謔誇張形式的新鄉土風格才逐漸確立[14]。假如按照現有集結成書的資料判讀，或許會認為其處女作《神祕列車》中的〈伯公討妾〉、〈吊死貓〉等作品，已經是甘耀明最接近傳統鄉土小說的嘗試。

---

[10] 羅惠娟，〈甘耀明小說研究——以2011年以前的作品為討論範圍〉（嘉義：中正大學台灣文學與創意應用研究所碩士論文，2012年），頁103~104。
[11] 舒懷緯，〈論甘耀明《殺鬼》的後鄉土書寫〉（台中：靜宜大學台灣文學研究所碩士論文，2013年），頁116。
[12] 范銘如，〈後鄉土小說初探〉，《台灣文學學報》11期（2007年12月），頁45。
[13] 范銘如，〈輕・鄉土小說蔚然成形〉，《中國時報》開卷版，2004年5月10日。
[14] 舒懷緯，〈論甘耀明《殺鬼》的後鄉土書寫〉（台中：靜宜大學台灣文學研究所碩士論文，2013年），頁43。

但在羅慧娟的採訪中，甘耀明提到自己在2002年書寫這批文學獎作品（即《神祕列車》多數作品）前，曾經進入很長一段摸索期。在他剛開始寫作小說時，「我嘗試用更寫實的手法去寫，但這種方式對我而言，效果不是很好，我為此吃了許多苦頭。」[15]顯然，諸如〈伯公討妾〉等這類作品，都是甘耀明跳脫了這個「更寫實」困境而生的。但讓人疑惑的是，其口中的「更寫實」，究竟意指什麼樣的作品，又如何對寫作者產生了難題？

若我們探就甘耀明其就讀於東海中文時，獲得系上夔鳳文學獎二獎的作品〈副校長〉，或許可以稍微釐清其口中的「更寫實」作品。小說以第一人稱敘事，講述大學生「小趙子」，為了完成師範學業，而遠到中部小鎮的國中擔任實習教師。而在他任教的期間，認識了一名長年擔任校園警衛的趙老，其綽號為「副校長」。

初來到學校的主角，對於「副校長」的熱情招呼感到尷尬。然而，他漸漸發現整個校園都有意疏離「副校長」，無論是教師或是學生。甚至有男學生目睹了獨身衰老的「副校長」翻看黃色書刊，因而招集同學大合唱「校歌」，「副校長啊怪老子／擦屁股又當馬子／playboy當馬子……」[16]，但趙老面對這種霸凌式羞辱未有太大反應，表現出讓人悲憫的隱忍性格。主角後來輾轉得知，原來「副校長」為外省老兵，離開軍隊後在同袍的引薦下，靠著這份職業維生。但不知什麼原因，他總堅持住在學校的警衛室裡，不肯搬到山下的小鎮。生活所需的三餐盥洗，一概都在學校中解決。

敘事者最初描寫「副校長」血性耿直的形象，「泌汗的光滑

---

[15] 羅惠娟，〈甘耀明小說研究——以2011年以前的作品為討論範圍〉（嘉義：中正大學台灣文學與創意應用研究所碩士論文，2012年），頁111。
[16] 甘耀明，〈副校長〉，《夔鳳文學獎作品集第三集》（台中：東海大學中文系，1994年），頁29。

額頭釉彩著金黃光亮,太陽穴旁怒凸的青筋隱隱浮動,節奏配合著頰側不斷咬合的上下齒骨。」[17]然而在理解了其邊緣的處境後,某日目睹了「副校長」於廁所盥洗的場景,「胸肌膀膀鬆弛毫無彈性的樣子,腰身浮腫有著女人胴體的白晰顏色⋯⋯」[18],以衰老的身體形象加以凸顯「副校長」在校園、社會的邊緣位置。主角每每意識到這樣的處境,總是感到難以言名的羞愧,不知所措地想要避開。

校園內新蓋的禮堂、操場等現代化建築,與老舊的警衛室形成對比,並成為小說中重要的轉折點。縣府、校友等資金的挹注,外加日益增多的就學人口,加速了校園的擴建,並促進了各種硬體設施的更換。「副校長」長年居住的警衛室,也成為下一個翻新的目標。面對自己的住所即將被拆除,「副校長」立刻抗議翻修工程,並打算捐贈資金,希望能與校長達成共識。然而在現代社會裡,人與人之間的人情不再有用。在「副校長」發現了工程並沒有停止後,在辦公室憤怒力爭時,「『我是照著公文辦事。』校長說完自抽屜拿出卷宗,奮力擲在桌上。」[19]

因在學校任職已久,而有了「副校長」之稱。但面對自身利益遭剝奪時,「新任校長」與「久任警衛」雙方在身分位階的懸殊關係,便忽然明確了起來。而久任所伴隨的「年老」,亦成為了開除「副校長」的良好理由。吞不下這口氣的「副校長」決議自請離職,並找來主角幫忙整理家具。未料「副校長」在收拾行李時,卻哼起了同學們曾經嘲笑過他的「校歌」,但歌詞則為

---

[17] 甘耀明,〈副校長〉,《鷟鳳文學獎作品集第三集》(台中:東海大學中文系,1994年),頁24。
[18] 甘耀明,〈副校長〉,《鷟鳳文學獎作品集第三集》(台中:東海大學中文系,1994年),頁30。
[19] 甘耀明,〈副校長〉,《鷟鳳文學獎作品集第三集》(台中:東海大學中文系,1994年),頁35。

「騎著馬兒趕娶親／馬兒快跑到橋東／賣了馬兒娶姑娘……」[20] 原來他之所以如此中意於學校，乃至於住在警衛室裡頭，是因為從校門望出去的景色與他中國的故鄉極為相似。而學生所改編的「校歌」，其實是他每次思鄉時所唱的歌曲。

小說末尾透過解謎，加深了「副校長」被迫離開校園的哀傷之情。他既失去了工作與棲身之地，亦失去了精神意義上的故鄉。選擇自主離職，又或是面對學生的嘲弄、教師間的疏離都不為所動，甚至是最後「副校長」的不告而別，實際都再現了小人物的隱忍性格，進而讓主角對自己的袖手旁觀而感到羞愧。小說結束在滿是黃沙的山道上，主角追上了「副校長」，並幫忙整理因會車而灑落一地的行李。「副校長」向主角交代了幾句，便再度獨自一人上路，留下主角目送他離去。小說如此收結在一貫寫實的筆法：

> 抬起視線向早晨的小鎮推延，不見海面，但我似乎聞到腥鹹的海風吹過灰質街弄而來的味道，刺激鼻腔。我抬起手在風中無力搖擺，然而早已知道老早走遠了。[21]

小說徹頭徹尾地將焦點擺在「副校長」身上，專注描繪其率直的性格，以凸顯其遭到體制放逐的悲哀。與之相比的，主角儘管深知對方艱難處境，卻總是無法適當回應，面對「副校長」在校園中被疏離的情形，總是心有餘而力不足。文本無論在敘事或鋪排結構上，都未有怪誕詭奇的表現。儘管整體的閱讀基調沉

---

[20] 甘耀明，〈副校長〉，《鳳凰文學獎作品集第三集》（台中：東海大學中文系，1994年），頁35。

[21] 甘耀明，〈副校長〉，《鳳凰文學獎作品集第三集》（台中：東海大學中文系，1994年），頁37。

重,但並非現代主義式的向內自我探索,而是面向他人的、社會的結構問題。透過被純化的(未見任何負面意涵描述)、率真的小人物,對比著一整個校園、現代社會所帶來的機械式體制。這種傳統小人物與現代社會的拉鋸,實為傳統鄉土小說經常使用的母題。

小說確實是相當寫實主義的。它如同鄉土文學一般,透過刻劃邊緣小人物,去反映出現代社會的問題。「副校長」的處境,不僅僅反映了外省老兵被迫離鄉、獨身終老的悲涼情形,亦遭到黨國「反共返鄉」承諾的背叛。儘管退役至校園中充當雜工、警衛,並找到了替代家鄉的風景,卻仍不敵社會資本、位階的侵擾,再度失去自己的居所。這種批判性,和其後多數的新鄉土作品,以輕盈厘俗方式表現的鄉村、民俗信仰並不相同。它無疑具有關注社會現實的使命感。〈副校長〉的寫實主義,即藉著逼視被時代淘汰的弱勢族群,以此質問整個社會變遷下所帶來的問題。

然而這樣的寫實作品,卻僅僅只出現在甘耀明的早期寫作中。按甘耀明所言,是因為這樣的作品讓他吃了不少苦頭,方才有所轉向。而讓甘耀明所挫折的,極有可能是這樣的作品難以被刊登發表。若按前一小節的吳明益個案來看,其早期的寫實作品,也多不為大報所接受,只得在本土社群的刊物發表。新人作家在寫作上顯然遇到了明顯的障礙——當他們創作完一篇帶有寫實主義調性的作品時,卻往往找不到發表的園地。

三、李志薔與虛構散文的弔詭

這種對於現實的關注,並非僅甘耀明一人。李志薔早年的諸多作品,同樣也慣以悲憫的筆法,描繪遭到漠視的弱勢族群,以此揭露整個社會的黑暗面。在他散文集《甬道》的後記中便曾提到,他

欲藉著描繪他故鄉的高雄，尤其是「那群曾在背後默默扮演小螺絲釘的勞動者們，卻在整體經濟環境巨變之後，成為被世人遺忘的一群」[22]，以局部來映照出整體當代台灣勞工的困境。在該散文集的分輯中，更特有「勞動者的身姿」一輯，顯見其關懷之重。

如同論者所提到的「作家的散文出現滲透小說語言的越界現象」[23]，李志薔的散文集中經常出現小說式的敘述。散文本作為作者生命經驗的真實再現，但對於同一事件的描繪，在不同篇散文時卻全然不同。黃晨芳便指出了，諸如〈甬道〉描寫父親死於自家廁所，但在〈藤蔓〉中的父親卻死於工寮旁的草地[24]。黃晨芳同時也比較小說集《台北客》收錄的〈奔跑的少年〉與散文集《雨天晴》收錄的〈壽山公園〉，兩篇具有極高的相似內容，只有些微的細節改動，認為李志薔在創作上有明顯地在散文與小說越界的現象[25]。

散文與小說同樣為非韻文，兩者在文體的界線上並不容易判斷，最經常以「散文真實，小說虛構」來進行區分。而「虛構型散文」的弔詭，即在於其虛構的本質，便已違背了散文對於作者生命經驗真實的基本要求。而「虛構型散文」在近年以角逐獎金的文學獎場合裡，也因有為了利益偽造身世、欺騙博取評審同情等爭議，而數度引發多起討論[26]。我們無法揣測創作者在進行書寫

---

[22] 李志薔，〈後記〉，《甬道》，（台北，爾雅出版，2001年），頁169。
[23] 黃晨芳，〈地域、歷史與敘事的三重奏：李志薔作品研究〉（高雄：高雄師範大學國文學系碩士論文，2017年），頁108。
[24] 黃晨芳，〈地域、歷史與敘事的三重奏：李志薔作品研究〉（高雄：高雄師範大學國文學系碩士論文，2017年），頁109~110。
[25] 黃晨芳，〈地域、歷史與敘事的三重奏：李志薔作品研究〉（高雄：高雄師範大學國文學系碩士論文，2017年），頁111~114。
[26] 以2010年楊邦妮獲時報散文首獎的〈毒藥〉為最知名。其描繪愛滋病患者的心路歷程，但後被評審鍾怡雯以〈神話不再〉影射其虛構身世。更爆出決審會議現場，主辦單位聯絡參賽者應證散文的真實性，以作為最終給獎的名次。

時，究竟是抱著什麼樣的文類預設來進行創作，最多只能以其所投稿的文學獎文類、作品集的定位來作判斷。由於黃晨芳在進行文類判斷時，是直接以成冊以後的散文集來進行論斷，筆者認為應該將各篇作品還原到其最初發表的脈絡裡，尚可以看到更為精緻的變化。

經筆者翻閱資料，〈甬道〉最初發表之時，是以小說文體刊登在《文學台灣》[27]與《台灣文藝》[28]。但最後卻都被收入進散文集《甬道》與《雨天晴》中。此外如〈霧港笛聲〉，其雖獲竹塹文學獎散文獎佳作[29]，但另外刊登於《中央日報》[30]時，卻也以小說文體定位。這兩篇文本若以文本敘事而論，都具有明顯的情節轉折，或許可先暫時以小說文體來看待，而不是直接跳入「散文小說化」的結論。

其中，〈霧港笛聲〉[31]如同甘耀明的〈副校長〉一般，具有寫實主義的批判觀點。文本以第一人稱開展，敘事者「我」服役於高雄紅毛港的海防班哨。紅毛港聚落早年為興旺的漁村，然因政府於1969年將其規劃為工業區，發布禁建政策，導致人口外移、產業沒落。儘管政府曾計畫進行遷村，卻長達數十年都沒有進一步動作，外加環境汙染問題，多次引發居民抗爭，自2007年才完成遷

---

[27] 李志薔，〈甬道〉，《文學台灣》37期（2001年1月），頁113~129。其標註為小說。
[28] 李志薔，〈甬道〉，《台灣文藝》173期（2000年12月），頁115~125。其標註為小說。
[29] 評審亦認為具有小說傾向，郭兀：「這篇散文，有小說的韻味。」郭兀，〈喜訊——散文評審感言〉《一九九九竹塹文學獎得獎作品輯》（新竹市立文化中心，1999年6月），頁461。
[30] 竹塹文學獎於五月公布，六月印製出版作品集。而中央日報於8/22刊登。不確定是否因一稿多投而有重疊。
[31] 此處採用版本為散文集《甬道》版本。經筆者比對，得獎、刊登與散文集版本僅細微字詞差異。為後續論者方便查找，此處以成冊版本為主。

村[32]。寫於1999年的〈霧港笛聲〉，在開頭一踏入紅毛港漁村時，便一邊描繪村落沒落的場景，一邊控訴都市工業所帶來的危害。

> 儲煤場的高牆似一條巨蟒，圈圍出一帶狹長的低矮磚舍，和這灣幾被世人遺忘的紅毛港。川流交錯的運煤車不時低掠過村落上空，灑下灰濛濛的粉塵……唯一的變遷是港外由鋼樑、鐵骨構築而成的造船廠、發電廠和煉油廠，像一群崢嶸跋扈的巨獸，緊緊逼鎖住村落的東南隅。遠遠望去，林立的煙囪遮蔽了半個天空，終日噴吐著橙黃藍綠的濁煙……。[33]
>
> 一家三代，七、八口人塞在十五坪步道的磚房裡，隔開客廳與廚房，可以躺下的空間已經不多了；間或須得忍受空氣和海洋汙染帶來的漁獲枯竭的窘境。……多年來，政府遷村的允諾一再跳票，並且看似遙遙無期了。幾戶人家門楣恆懸的那些抗議的白布條，在風吹雨淋之後，都塗積了一層厚厚的泥沙，彷彿也算是一種嘲諷吧。[34]

文本到此處還不具有小說的樣貌，多為敘事者「我」將漁村的困境、風景大致描述而已。在描繪了整個村子的沒落，以及日益嚴重的人口外移問題後，「我」某次在魚市場裡卻遇到一名年輕人阿笛。「籮筐裡零星幾尾龍蝦彷彿受擄的戰士，萎靡成一團。」[35]，原來阿笛是當地的漁民，只靠賣龍蝦的零星收入，來

---

[32] 〈從國家與社會的關係看紅毛港遷村案的歷史變遷〉鄭力軒；陳維展，《高雄文獻》第4卷3期（2014年12月），頁142-152。
[33] 李志薔，〈霧港笛聲〉，《甬道》，（台北，爾雅出版，2001年），頁69~70。
[34] 李志薔，〈霧港笛聲〉，《甬道》，（台北，爾雅出版，2001年），頁71。
[35] 李志薔，〈霧港笛聲〉，《甬道》，（台北，爾雅出版，2001年），頁72。

養活家中的母親與祖父。理應負擔家計的父親與哥哥,要不是失蹤,便是因工安意外而死。

敘事者眼中的阿笛,飽含了少年的憤怒與不滿。少年抽菸、跳八家將、出入紅燈區,這些在世俗社會中被視作為不良的偏差行為,在敘事者悲憫的視角下倒顯得情有可原。政府開發與規劃的不當,導致村落人口與產業的沒落。留在漁村生活的人,無法擺脫世襲的階級與困境,僅以微薄的收入維持家計。這其實是一整個結構性的社會問題。而就本質來看,少年的血性與迷茫,其實和尋常人沒什麼兩樣,「彷彿一頭容易衝動的幼犢,無端讓我想起哨所內同年紀的士兵。」[36]

不過,就也因為結構性的問題,才導致難以挽回的悲劇。某夜,敘事者一如往常地在海邊巡防,「煤灰壟照的漁港後方,煉油廠不時吐出慘綠的廢氣,像一團陰森的鬼霧。」[37]卻忽然聽見遠方傳來槍響,迅速斷定是走私客遭捕。然而抵達到了現場後,卻發現這名走私客正是阿笛,「中槍的阿笛像只卸了殼的龍蝦,無力癱軟成一坨。」[38]敘事者並未明述阿笛走私了什麼,而是將焦點定向了從海岸線列隊而來的士兵,以留白取代了批判。原本被與阿笛類比的士兵,卻在此處形成了執法者與犯法者的對比;靠販賣龍蝦為生的阿笛,最終也成為被擄之物。

這樣前後呼應、以意象連結角色、具有劇情轉折的文本,基本難以散文來看待。這牽涉的並不是真不真實、有無可能發生的「虛構」之爭,而是在基本的文體上來說,它就是小說。弔詭的是,這種明顯是小說的文體,為何投了散文獎,且最終放入散文集中?這之中牽涉的,無疑是作家對作品的自我定位。這裡引發

---

[36] 李志薔,〈霧港笛聲〉,《甬道》,(台北,爾雅出版,2001年),頁73。
[37] 李志薔,〈霧港笛聲〉,《甬道》,(台北,爾雅出版,2001年),頁76。
[38] 李志薔,〈霧港笛聲〉,《甬道》,(台北,爾雅出版,2001年),頁77。

的問題是,這樣的文本難道無法被作家自認為是小說嗎?這之中有什麼樣的東西在作祟著,甚至於李志薔在另一本散文集中,發明了「虛構散文」[39]一詞,藉此說明其「散文」中的虛構性。關鍵的並不在於散文可否虛構,而是它分明已經是小說,它具備劇情轉折、角色等小說要素的敘事文體,卻要用散文的文體來替代。以至於,當這樣的散文被質疑為真實與否時,甚至要使用「虛構散文」來為此說明。

李志薔所創作的文本,在散文與小說兩個文類的跳躍,確實存在著不少有趣的問題。無論是將看似小說的文本,轉換成虛構散文。又或者是在出版小說集時,將散文集已有的篇目重新修潤成小說。這些現象都顯示了李志薔在發表與集結成冊時,對於散文與小說這兩種不同文類的想像,已產生了某種轉折。而讓筆者最感興趣的,或許是其在2005年出版的第一本小說集《台北客》,為何沒有挑選這些當初曾以小說形式刊登的文本?這或許也是,這些「曾經的」小說文本已經不再符合他對小說的美學想像。在時過境遷後,小說便成為了虛構散文。

李志薔的這種轉折,不免讓人聯想到甘耀明在〈副校長〉裡的寫實主義的障礙。他們同樣都在早期的文學創作裡,帶著寫實主義的批判性,以悲憫的角度描繪了被體制迫害的弱勢族群。對小人物投入了同情的關懷,並凸顯現代社會變遷中所隱藏的問題。我們雖然無法斷定,究竟李志薔為何要把如同〈霧港笛聲〉這樣的寫實小說,以虛構散文的文類來替代之。但或許,我們可以嘗試將甘耀明所遭遇的寫實困境納入思考,假設這樣的難題同樣發生在李志薔身上,以至於他需要以非小說的文類來包裝自己早期的寫實作品。那麼,我們或許更可以看出這個世代的創作者,在早期創作上所面臨

---

[39] 李志薔,〈有夢迢迢〉,《雨天晴》,(台北,麥田出版,2003年),頁4。

的一致困境,進而產生了某種風格與美學上的轉折。

四、高翊峰與未完成的客語書寫

若要探究這批作家的「障礙」與「轉向」,無疑不可略過高翊峰。其第一本小說集《家,這個牢籠》與李志薔《甬道》各獲第一屆青年文學獎的小說獎與散文獎。該小說集收錄七篇短篇小說,在小說對話內容上多以客語書寫,是極為罕見的嘗試。尤其敘事上一致採用寫實筆法,描繪在都市化社會底下,家庭、親族結構性的崩壞,隔代教養、世代隔閡都為其關注的議題。就如同張耀仁所言,「我們看到高翊峰細緻地、寫實地,不玩弄花腔地描繪一則又一則近乎鄉土文學的傳統故事。」[40]不過,高翊峰在後續的作品中並未繼續這種形式的寫作,諸如《烏鴉燒》、《幻艙》等作品,不僅未再有客語書寫,形式與內容上也朝向極致的抽象化。這種大幅度的轉向,無疑的揭示了某種「障礙」,似乎同樣發生於高翊峰的寫作之中。

相較起上述甘耀明、李志薔的作品,高翊峰在《家,這個牢籠》中的寫作,更著重於描繪家人之間的情感與衝突。小說並不具有鮮明的劇情轉折,而是對日常生活的切面敘事,以家庭內部角色間的互動來映照出外在的社會變遷。諸如〈好轉屋家哩!〉寫除夕夜中,等不到兒子回來吃飯的老人,想起自己另一個早逝的女兒;〈掛紙〉寫親族上山替爺爺掃墓,兼觸及爺爺的大老婆、小老婆分房問題;〈少年小羽〉寫青少年面對各種眼光,照顧身心障礙的姐姐。小說的敘事往往於平凡之處收尾,其角色並

---

[40] 張耀仁,〈【一九七三】讀高翊峰《家,這個牢籠》——評論:耀小張〉,2003年05月15日。網路連結:https://mypaper.pchome.com.tw/novelist/post/2888964,2021年4月9日最後瀏覽。

不在情節之中直接遭受到體制的摧殘（被趕走的副校長、被槍擊的走私客），未有受難的情節能直接辨析出批判之意。不過，一貫的寫實基調，其實也來自於對現實的關懷，「因此他會為了一位在街頭販賣口香糖的斷臂老人寫出令人關注的報導，在高速公路上看見孜孜不息的鋤草者而構思出〈國道蔓草〉。」[41]敘事者冷靜地描繪場景，刻劃出傳統與現代衝突下，人情中淡淡的悲哀。

獲寶島文學獎佳作的〈石塌媽媽〉[42]，同樣描繪以寫實基調，描繪家庭內的日常風景。小說始於敘事者小惠「我」與「阿姨」的對話，因當日為農曆十五日，需先至附近的市場準備供品，回到農村中的土地公廟拜拜。其中「阿姨」特別關心小惠的弟弟，並希望能順道在義民廟求籤，詢問弟弟與其女友阿敏的婚事。

「你又不知道小敏他爸媽肯不肯嫁她？他們兩個自己也沒說。」
「話無嘿俺樣講！小敏沒過門就一直住兜屋家，做無得！俺樣會吩人講話，無好聽！」
「沒關係啦！又不是妳和阿爸那個時候。」
「我想，去義民廟求籤問問看！神明嘿講作得、有合，就先討轉來。」[43]

小說開頭透過兩人的對話，彰顯了世代間在民俗信仰與語言上

---

[41] 李崇建，〈「書寫一輩子」的理想〉，《文訊》198期（2002年04月），頁82。
[42] 此處採用版本為小說集《家，這個牢籠》版本。經筆者比對，得獎與小說集版本僅細微字詞差異與微量段落調整。為後續論者方便查找，此處以成冊版本為主。
[43] 高翊峰，〈石塌媽媽〉，《家，這個牢籠》（台北：爾雅出版，2002年），頁198。

的隔閡。敘事者「我」在通篇文本對話時，一概使用華語，在信仰認同上也未如上一代之深。敘事者於都市工作一段時間，遠離了傳統的鄉下空間後，對於「阿姨」所代表的傳統價值略感陌生。諸如「我」因不慎將供品給弄髒時，遭到「阿姨」怒斥為對祖先的不敬時，心底便充滿了對傳統信仰的質疑，顯見了雙方價值觀的落差。

　　「阿姨」的傳統性格，反映在其自我內化的勤儉性格。不僅一手攬起家務，亦到工廠上大夜班貼補家用。儘管「我」努力想分擔家事，為家計付出心力，卻始終被拒絕於外。在這樣的拉扯之下，雙方的關係逐漸緊繃。外加「阿姨」傳統觀念裡的重男輕女，明明是不成材的的弟弟卻備受寵愛，進而讓「我」深切感受與「阿姨」的隔閡。

> 我能感覺到我和客廳站著的她，都意識到彼此心理的那條鴻溝，……一次都沒到台中看過我的阿姨，應該不會像弟弟離家時那樣，每天傍晚都守在門口注意一個個跑過巷口的身影；也應該很少在跪拜時順便幫我求個平安符吧！[44]

　　兩代間的衝突在此一展無遺。甚至是「我」到了土地公廟祭拜時，仍與「阿姨」持反對意見，認為這僅是迷信而已。不過這種衝突並沒有持續下去，相反的，高翊峰企圖尋找和解的契機。而和解的關鍵，來自於小說自開頭埋下的伏筆，亦即「阿姨」的真實身分。原來，「阿姨」為「我」的親生母親，只不過因為民俗信仰的關係，拜石母娘娘為義母，因而只得稱自己的親生母親為「阿姨」。敘事者忽然意識到自身的矛盾之處，明明排斥民俗信仰，也試圖想為母親分擔點辛勞。然而，自己在日常中卻都喊

---

[44] 高翊峰，〈石塭媽媽〉，《家，這個牢籠》（台北：爾雅出版，2002年），頁213~214。

著「阿姨」,無形之中更加疏遠了母親。

> 我不是沒有給過自己答案。我告訴自己,不是發不出媽媽這兩個字的語音,而是這兩個字就像這些年來沒有機會環境去說的客家母語一樣,已經疏遠得失去了它原本應有的平仄音調。[45]

　　世代的隔閡,並非對立的存在。敘事者尋求一種和解的途徑,企圖在母親的傳統信仰中,找到新的可能。即便看著母親「老癱軟的執迷體態」[46]感到生氣,但仍不願再次起衝突。小說末尾,敘事者「我」在土地公前,以客語在心中默念:「伯公伯婆!我無求錢財,只希望伯公伯婆作得吩我阿婆的心,因為對伯公伯婆有求後,感到心安,俺樣就夠乁!希望伯公伯婆吩伊心安!」[47]小說以親情化解了世代隔閡所帶來的衝突,較為正向地以語言與信仰兩個層面,隱然透露出「回歸鄉土」的精神。

　　高翊峰確實是很有自覺地以《家,這個牢籠》在建構「客家書寫」。尤其該書在出版之際,略過了幾篇已得獎之作品,並收錄了未發表之作〈好轉屋家哩!〉與〈國道暮草〉。這種決心同樣反映在語言的使用上。就如他自言的,「我有意無意選了絕大部分人都不熟悉的文字來包裝這些故事。」[48],其清楚地意識到客語書寫的困難之處,尤其面臨著文字尚未標準化的問題。其中,

---

[45] 高翊峰,〈石塌媽媽〉,《家,這個牢籠》(台北:爾雅出版,2002年),頁220。

[46] 高翊峰,〈石塌媽媽〉,《家,這個牢籠》(台北:爾雅出版,2002年),頁221。

[47] 高翊峰,〈石塌媽媽〉,《家,這個牢籠》(台北:爾雅出版,2002年),頁221~222。

[48] 高翊峰,〈自序〉,《家,這個牢籠》(台北:爾雅出版,2002年),頁1~2。

陳國偉認為,高翊峰不像不甘耀明挑選特定客語辭彙,他在客語書寫上的企圖更強,是盡可能以「完全擬音」來還原整個句子。但也因此,對非客語使用的讀者,在理解難度上更為困難[49]。

只不過,為何高翊峰在後來,卻沒有在繼續進行相同的書寫呢?若單就客語使用問題,或許會往語言有無標準化、讀者受眾群少等方向思考。然而,僅就這層次的範疇進行思考,還不足以照見更深層的問題。關鍵確實可能是語言的,但也不僅僅是語言的。畢竟諸如甘耀明,亦能在其寫作歷史、鄉土中融入客語辭彙。然而,高翊峰後續的作品卻幾乎無關鄉土,反倒朝向都市情慾或是科幻等題材,且在美學上不再採用傳統的寫實主義。形成障礙的,或許並不僅於語言本身,而是如上述提及的,是一種「寫實主義」的障礙。

此處所指的「寫實主義」,不只是單純的文學技法,而是更深層的意識形態運作,具體表現在小說所關注的題材、視角、觀點等。無論是〈副校長〉、〈霧港笛聲〉或〈石塌媽媽〉,都帶有知識分子的悲憫眼光,關照在現代化社會中被遺忘、被淘汰的弱勢族群,描繪他們苦難卑微的身影。這樣子的寫實作品,很難與後來新鄉土所稱的「不具社會使命感」連結。

多數的新鄉土論者多以成冊的小說集為主。其關照到的作品在表現上,也確實沒有這麼強烈的寫實性。外加作家並未繼續這類型寫實性的寫作,這些早期的作品因而被忽略掉了。或許會有人以為,這些早期作品的嘗試,僅是作家摸索自我風格的不成熟之作,進而否認這些作品的重要性。不過恰恰相反的是,正是因為風格尚未定型,寫實主義本身的可能性才得以彰顯出來。換言之,這些作家本可以持續這樣的寫作,甚或已立於寫實的基礎上

---

[49] 陳國偉,《想像台灣:當代小說中的族群書寫》(台北:五南出版,2007年),頁192~195。

出版了小說集。然而,他們卻選擇不再進行這類型的書寫。

本節藉著爬梳小說家讀者中的甘耀明、李志薔、高翊峰三人早期的作品,指出這批小說家曾具有批判意識、寫實主義的寫作。所謂不具社會使命感的「新鄉土」,並不是一種世代差異下自然的產物,而是作家有意識地進行調焦。不過,究竟是什麼造成了這樣的轉向?前述一再提及的「障礙」究竟為何物?具體將於下文進行闡述。

第二節、文學獎成為唯一的突破口

一、本土媒體與寫實主義的衰退

就如同前一節所敘述,「小說家讀者」中的幾位作家在文本表現上,都透露出了一種傳統的寫實主義性格。這些作品多數不被研究者照見,也在作家日後自身的轉向後,逐漸為人遺忘。如高翊峰日後不再有此類關注客家、鄉土的小說書寫,反倒以都市、科幻題材為人所知。而甘耀明在第一本小說集《神祕列車》中,亦未將〈副校長〉收錄其中。

吳明益與「台灣新本土社」的個案,為我們指出了「新鄉土」容易忽略的寫實主義小說。而吳明益作品裡被側重的〈虎爺〉,卻也正好是文學獎的大獎作品。就如同筆者一再強調的,「小說家讀者」成員在第一本小說集中,多數作品並非是發表在傳統報刊媒體,而是以文學獎的形式出道。「新鄉土」在關注的作品上,實以文學獎作品為大宗。這讓筆者在思考文學作品的美學風格時,更加額外注意到發表的途徑,例如新鄉土風格是否與文學獎機制有所關聯?寫實風格是否與本土雜誌有所關聯?因為

發表的途徑決定了創作者面對的讀者群,直接地影響到文本生產的風格傾向。本文之所以不斷強調,應將吳明益與「小說家讀者」視作完全不同的社群,即是為了避免將相異的文學生產過程簡化為粗淺的世代論。

　　文學發表的途徑,很大一部分決定了創作者的美學思考,乃至於因長年發表在特定刊物,最終歸屬到該刊物的作者群。在台灣,因為刊物而形成的文學社群甚多,從早年《三三集刊》富含神州中國想像的「三三集團」、《現代文學》與《中外文學》形成的以現代主義為主的學院派、《文季》強調左翼精神的鄉土陣營。而本土社群則長年有《台灣文藝》、《文學台灣》,以及前述所提及的《台灣新文學》。不同的文學社群往往有著不同的美學風格,在意識形態上也互相有所衝突[50]。

　　作為台灣的本土社群,則如同鄉土陣營一般,在美學上經常強調寫實主義風格。以關懷現實的批判力,與台灣主流純文學的「純藝術」劃分開來。而這兩個陣營因其背後握有的資本,無法與維持主流文學的大報相比,長年位處於台灣的邊緣位置。本土陣營的作家由於美學上與主流純文學有所落差,投稿的作品不見得能被大報採用,也因此多集中在本土刊物上。

　　吳明益早期的寫實主義,與其投稿的本土刊物存有很大的關係。就如上文所提及的,吳明益早年的作品頻頻遭大報退稿,然本土雜誌的寫實主義美學則不排斥這些作品,反而對此大力讚揚[51],並讓吳明益與該刊物的社群形成緊密的連結。不過,吳明益並非唯一與本土刊物有連結的創作者。若翻閱《台灣新文學》,

---

[50] 張俐璇,《兩大報文學獎與台灣文學生態之形構》,(台南市:南市圖,2010年),頁83~100。
[51] 譬如吳明益便獲得了《台灣新文學》的「王世勛文學獎」。

不難發現李崇建亦曾在上面發表〈兄弟〉[52]與〈想念我陌嵐村的兄弟們〉[53]。宋澤萊則認為其小說表現出外省族群的困境，並大力讚許其流暢的文字[54]。而被譽為新鄉土的領頭的袁哲生，亦曾在《台灣新文學》上發表〈時計鬼〉。不過，李崇建與袁哲生都是在《台灣新文學》接近停刊前所發表，也未在下一本《台灣e文藝》中露面，與該雜誌的緊密程度並不如吳明益。

除了《台灣新文學》此一本土雜誌，「小說家讀者」成員也與《台灣文藝》有所關聯。諸如高翊峰的〈掛紙〉和李志薔的〈甬道〉[55]，都曾發表在此一老牌的本土雜誌。而這兩篇也同屬於兩人早期的寫實主義小說階段，皆以描繪鄉下地區的家庭傳統為主，以沉重的筆調描繪社會變遷下的困境，尚未有明顯的新鄉土式的後學風格。而他們發表的時間點，正好是《台灣文藝》轉型的新階段。

《台灣文藝》於1964年由吳濁流創辦，為台灣本土文學在解嚴前的重要刊物，並創立了非徵文形式的「吳濁流文學獎」[56]。淵源已久的本土雜誌，在1996年以前，已有八位不同負責人接辦過，與台灣筆會、前衛出版社有緊密關聯。而據彭瑞金分析，儘管各負責人對於雜誌風格的取向有所差異，但都一致的「都是透過對現實批

---

[52] 李崇建，〈兄弟〉，《台灣新文學》第11期（1998年12月），頁144~156。
[53] 李崇建，〈想念我陌嵐村的兄弟們〉《台灣新文學》第12期（1999年6月），頁89~93。
[54] 宋澤萊，〈照亮台灣的真實──兼論王世勛所言「一國文學若強，則國勢必強」的道理〉，《台灣新文學》第11期（1998年12月），頁12~13。
[55] 高翊峰〈掛紙〉刊於《台灣文藝》197期；李志薔〈甬道〉刊於《台灣文藝》173期。
[56] 其不以匿名文本來進行評選，而是綜合考量各創作者一年內的表現、潛力後，才選定作者的代表作予以給獎。早期僅發表在《台灣文藝》的作品，後同步放寬至本土派的雜誌。而《台灣新文學》的「王世勛文學獎」也是比照此一模式辦理。

判、反省、以逐漸建立具有批判性的寫實文學」[57]，在美學風格上強調寫實主義，並對台灣主體意識的建構有著不可忽視的貢獻。

不過在1996年由李喬轉交給鄭邦鎮主辦後，《台灣文藝》的出刊變得相當不穩定。作為雙月刊雜誌，1997年的發刊量卻未達正常的六期，甚至在169期（1999.6）出刊後，一度中斷發行。直到2000年3月，由台灣筆會會長李喬委任傅銀樵接辦，並趕於6月發行170期，製作「吳濁流百年誕辰」專輯[58]。在傅銀樵主辦以後，便刊登了長期徵求小說的啟事，徵求有志書寫的年輕創作者，並特別標註接受各母語書寫之作品[59]。此次由傅銀樵接手，恰逢千禧年本土政黨執政，在徵求小說作品上，也是為了呼應整體政治社會的本土化傾向，頗有藉此重振本土寫實主義的意味。而173期的小說專輯中，即刊出了李志薔的〈甬道〉。

傅銀樵底下的《台灣文藝》，背後運作的意識形態是更為本土的。傅銀樵為建國黨的創辦人之一，就如其自言的，在他主編的《台灣文藝》中，「總是在封底加上『文化認同，土地認同，國家認同！』用來表述理念。」[60]其在每期雜誌的卷頭語中，也不時高舉台灣主體意識，強調「去中國化」的重要性。同時控訴媒體八卦腥羶、逢台必反的亂象，並期望眾人支持本土報紙雜誌如《台灣日報》、《台灣新聞報》、《自立晚報》、《文學台

---

[57] 彭瑞金〈從《台灣文藝》、《文學界》、《文學台灣》看戰後台灣文學理論的再建構〉，封德屏主編，《台灣文學發展現象：五十年來台灣文學研討會論文集（二）》，（台北：文建會，1997年），頁198。

[58] 傅銀樵，〈眾人共寫的文化發展史，《台灣文藝》接力四十年〉，《邊陲文化筆記——台灣文壇遊走四十年的驚奇》（苗栗縣政府，2018.11），頁43~46。另外，傅銀樵並非台灣筆會人員。

[59] 傅銀樵，〈編輯報告〉，《台灣文藝》172期（2000年10月），頁2~3。

[60] 傅銀樵，〈文學的台灣認同到位了嗎？〉，《邊陲文化筆記——台灣文壇遊走四十年的驚奇》（苗栗縣政府，2018.11），頁77。

灣》、《台灣e文藝》[61]。而《台灣e文藝》也在「台灣新本土宣言」中,批判了大報媒體業的亂象,認為新聞充斥著色情與八卦,與傅銀樵的論調極為相似。面對整個社會因泛消費化引發的問題,本土派依舊致力以文化、文學來改革社會。

然而,無論是新生的《台灣e文藝》,或是老牌的《台灣文藝》,都因為資金的緣故,相繼在2002、2003年時停刊。不僅如此,區域性質較為濃厚的本土報紙,諸如《台灣新聞報》、《台灣日報》,也相繼結束營業。表面看來,在解除報禁以後,各種獨立的小報大量興起,應是媒體業的全盛時代。但實際而言,原本握持龐大經濟資本的大報,則可以透過各種促銷活動、成本壓縮等手段,去打擊新興的小報。在《聯合報》、《中國時報》與《自由時報》三大報各自以強烈的政治掛帥競爭下,千禧年初期台灣的報業已呈現疲軟的狀態。而《蘋果日報》則突破這種政治意識形態掛帥的報業,往更加大眾通俗的路線前進,以消費文化底下的娛樂八卦為主要內容,成功吸引到更多的讀者[62]。原本體質不好的本土媒體,在整體閱讀市場轉向通俗娛樂的情況下,政治、異議不再能有效吸引讀者,只能逐漸退出媒體產業。

而文學雜誌,也因解嚴後的文化娛樂產物大肆增加,文學閱讀人口被其餘娛樂媒介逐步瓜分,漫畫、電影、電視劇都成了文化娛樂的新寵兒。大眾通俗文學,也成為了書本出版的主要市場。以強調嚴肅、藝術性的純文學,老早便在這種強烈的競爭底下,感受到強烈的危機感。本土文學在純文學的戰場裡,一方面要與內部長年無現實批判、強調純藝術的主流文學對抗,一方面

---

[61] 傅銀樵,〈推行「淨化媒體」的全民運動!〉,《台灣文藝》176期(2001年6月),頁4~5。
[62] 林麗雲,〈變遷與挑戰:解禁後的台灣報業〉,《新聞學研究》95期(2008年4月),頁183~212。

要擔憂外在強烈的通俗文化會危害大眾。本土文學雜誌在這樣的環境下，只能黯然退場。

本土雜誌的衰頹，自然影響了新人作家的去向。相較文學獎所提供的獎金誘因、曝光量，遠遠高過於本土雜誌。一舉成名後，在大報媒體上能得到更高的曝光度，書籍出版、稿酬也優於本土媒體。在吸引新人發表的環節上，無法與大媒體相比，導致了本土雜誌陷入了惡性循環。而其所強調的寫實主義精神，自也在這種不對等的資本競爭下，成為了被淘汰的美學風格。

當然，「小說家讀者」的部分成員，在創作美學上不再帶有傳統的寫實主義，並不見得與這些本土媒體的退潮有著明顯的正相關，他們早期各自的創作上所依附的發表管道，也並不完全是本土媒體[63]。例如李儀婷早年是靠著言情小說出道、王聰威的實驗型小說與《中外文學》有所關聯、甘耀明的寫實小說似乎未曾發表在本土雜誌上[64]。而王聰威雖然以實驗性質小說為名，但其自言早年曾寫作家族史小說〈回娘家〉，描繪年輕人帶著童養媳的奶奶一同追溯身世之謎，是一篇「情節通俗，結構簡單」的得獎作品。然在被廣播劇改編後，他對這種「鄉土劇」的樣子非常失望，方才轉向了實驗型的寫作[65]。由於缺乏文本資料[66]，我們難

---

[63] 張耀仁曾在本土媒體《台灣時報》上連載專欄，後因該報停刊，無法繼續專欄寫作。由於研究能力有限，筆者並無尋找其在該媒體上的作品，無法說明是否為寫實主義的作品。留待後續有興趣者進行研究。

[64] 由於現階段沒有更多文本資料，筆者很難具體斷言。不過，甘耀明與李崇建、陳慶元等人曾創辦《距離》雜誌，此一期間較接近甘耀明的寫實創作階段，該雜誌中或許還有其發表的小說以及相關線索。可惜《距離》雜誌屬於獨立刊物，目前並沒有取得相關資料。

[65] 王聰威，〈家族境域的形成〉，《複島》（台北：聯合文學），頁266~267。

[66] 其參加的廣播比賽徵文，為中廣「星河夜語」節目所辦理。據筆者猜測，可能為1991年中廣與培根文化出版社合辦的徵文比賽，徵文題目為「遊子心聲」。資料來源：編輯部，〈「遊子心聲」徵文〉，《中國時報》，1991年6月25日。

以直接判斷〈回娘家〉一文，是否接近於「寫實」的。不過其對於鄉土劇式的「灑狗血」的排斥[67]，其實也意味著從寫實鄉土的轉向，也有可能是來自於文化工業底下的通俗劇影響。

不過，藉著本土雜誌的現形，本文意欲提供的其實是另一種文學史的想像。如果，「小說家讀者」成員是如同吳明益一樣，大量的在本土雜誌上發表，與本土社群有著密切的聯結，在強調現實關懷的社群宣言下，那麼所謂無政治使命的新鄉土風格，或許並不會誕生。在失去了主要刊物的陣地後，本土派只能轉移到單純的美學競技場合，亦即文學獎的角逐之地。而這也是「小說家讀者」成員主要出道的地方。在下一小節中，我們將明確看到為何這些新進者，會紛紛從寫實主義轉向。

二、文學獎機制與優質文學的沿承

在九〇年代末期，文學獎如雨後春筍般地蓬勃發展。有資金的報社、基金會，紛紛比照兩大報文學獎模式，以不同名義推出文學獎，聘請一定聲量的作家或學者作為評審，圈選出個人心目中的好作品。而政府也與之效法，從中央的文建會到地方的文化局，都各自推出了匿名文學獎。讓此一時期的文學新人有了更多角逐競賽的空間，高額的獎金則成了優渥的稿酬。

不過，大量文學獎所導致的通貨膨脹，讓獎項的名氣收益降低。即便獲得了最具盛名的兩大報文學獎，也不見得能馬上出版作品，在後續發表的途徑上也不保證順暢。這使得文學新人只能在其文學初養成的階段中，不斷在各個文學獎間流浪，將創作的

---

[67] 〈駐館作家王聰威先生於高雄文學館開講──現場實況錄影〉，影片內容第24分。網路連結：http://kcrm.ksml.edu.tw/lit_00_61.htm，2021年4月9日最後瀏覽。

心力投入在文學獎作品上。這讓這些文學新人在出版第一本作品時,往往都由文學獎的短篇作品集結而成。這種獨特的出版現象,與前幾個世代截然不同。

為了靠著獲獎而得到知名度,他們勢必對文學獎評審會議抱有一定的敏感度,要能大致了解評審的厭惡與愛好,藉此來調整自己的美學風格。而本土派長年在文壇中屬於少數,即便受邀擔任文學獎評審,但往往並不是整場決審的關鍵人物。本土派所支持的寫實主義美學,也經常因而趨於弱勢。這正好可以說明,為何「小說家讀者」部分成員,會逐漸從傳統的寫實主義轉向。以下將就文學獎中的兩個案例為說明。

在第一屆「寶島文學獎」中,該比賽由許榮哲具後現代風格的〈泡在福馬林的時間〉獲得首獎,高翊峰的〈石塭媽媽〉獲得佳作,評審委員有李昂、林黛嫚、陳義芝、廖炳惠、鄭清文共五人。決審共分三輪投票,第一輪次先圈選作品,第二輪次則為給分計算,第三輪次則選定得獎作品五篇。在第一輪圈選作品時,〈石塭媽媽〉僅獲鄭清文圈選。然而,獲兩票、三票與五票之篇數已有六篇,若直觀從勾選票數來看,〈石塭媽媽〉已經不可能獲獎。而在第二輪綜合給分之時,〈石塭媽媽〉在總分順位上為第六名,也僅獲鄭清文三分而已。第五名的〈想飛的豬〉總分為四分,各為鄭清文兩分、陳義芝一分、林黛嫚一分。照理而言,應由〈想飛的豬〉獲獎,其已在分數、評審席次獲得領先。不過在第三輪投票時,評審卻都一致同意讓〈石塭媽媽〉獲獎。

這中間作用的,若按林黛嫚所言,是因為「基於某些『政治』考量,應該推薦這一鄉土且客語的作品」[68],面對罕見的客

---

[68] 洪韶翎紀錄,〈在生死間辯證與閒置——決審會議紀錄〉,林水福編,《泡在福馬林的時間——第一屆寶島文學獎作品集》(台北:台灣文學協會,2000年),頁147。

語寫作,以給獎作為鼓勵性質。乍看之下,或許會以為這種鄉土的、客語的作品受到認可。但恰恰相反的是,這種「政治的」卻經常被視作問題,廖炳惠即言,「我認為這位作者刻意要引動我們的『政治』考量。但它卻不具備可以吸引我的情節,……人物的鋪陳也太過於特定。」[69]不論高翊峰是否有意動用這種「策略」,但〈石堨媽媽〉形式上的悲憫與寫實、使用客語描繪鄉土,已被降維至一種以政治正確取巧的手段。

與之相反的,本土派的鄭清文則大力稱讚作者所關注的民俗信仰,其認為使用華語、客語書寫兩代的日常語言極為困難,在描繪迷信與理性的衝突上相當到位[70]。就鄭清文而言,客語書寫顯然不構成一種策略,更不是取巧的手段。其後,鄭清文擔任吳濁流文學獎的小說組的召集人[71],恰因應吳濁流百年誕辰,而取消了「只在本土刊物發表之作品方可參賽」的限制。在這放寬限制、難度提升的文學獎,最終卻是由寶島文學獎始終僅一人支持的〈石堨媽媽〉,在李喬、鄭清文推薦下獲得獎項[72]。對本土派來說,如實地以客語描繪傳統的鄉土困境,並不是一種政治正確的手段。相反的,這種文本內容與風格,正是本土派一再提倡的寫實主義美學。

事實上,評審所詬病的「政治正確作為一種策略」,本身即

---

[69] 洪韶翎紀錄,〈在生死間辯證與閒置——決審會議紀錄〉,林水福編,《泡在福馬林的時間——第一屆寶島文學獎作品集》(台北:台灣文學協會,2000年),頁147。

[70] 洪韶翎紀錄,〈在生死間辯證與閒置——決審會議紀錄〉,林水福編,《泡在福馬林的時間——第一屆寶島文學獎作品集》(台北:台灣文學協會,2000年),頁147。鄭清文,〈評審意見〉,頁135。

[71] 江中明,〈紀念吳濁流百歲冥誕——紀念館五月在新埔開幕 吳濁流文學獎不限定本土文章〉,《聯合報》,2000年03月31日,第14版。

[72] 較為可惜的是,筆者並未找到相關的評審紀錄。推薦人資料則依據《家,這個牢籠》所寫。

存在著嚴重的倒錯。在文學獎裡，使用策略並不是問題，任意一種技法、題材、語言都是能被策略化的對象。但唯有使用母語書寫、寫實主義極強的作品才會被視作「使用政治正確的策略」。評審厭惡的其實不是市儈的策略、取巧的得獎手段，而是與自身美學並不相符的寫實主義。

何以多數的評審都對於這種寫實主義感到微詞呢？這關乎的是台灣純文學場域中，表現在美學風格上的一種慣習。張誦聖結合了布赫迪厄的場域論與瑞蒙威廉斯的文化形構論，將台灣文學場域依美學位置定義為主流（主導文化形構）、現代（另類文化形構）、鄉土與本土（反對文化形構），嘗試說明解嚴前的台灣文學生態。而其中，主流意旨在國民黨主導底下，在市場媒體中表現的抒情性格。六〇年代學院知識菁英階層的現代主義風潮，則向這種保守性格挑戰，並且為主流有限度地吸收。而鄉土與本土各側重於階級與民族觀點，在與主導文化對立下所產生[73]。而主導文化中的「轉化後中國傳統審美價值」、「保守妥協精神」、「中產階級品味」也在九〇年代被作家內化且持續發揮效用[74]。作為少數派的本土與鄉土，其帶有批判現實的寫實主義，經常與主導文化在政治上的保守性格有所衝撞。故相較西方的文學場域，台灣純文學的「純」，並不單純是在反對通俗文學的商品化現象而萌生的「純藝術性」。基於主導文化長年的影響，台灣的純文學也還額外帶有一種「非政治性」與個人性。而台灣純文學對於「非政治性」的要求，更是往往大過於「非商品

---

[73] 張誦聖，〈「文學體制」、「場域觀」、「文學生態」——台灣文學史書寫的幾個新觀念架構〉，《現代主義・當代台灣：文學典範的軌跡》（台北：聯經，2015年），頁292~296。

[74] 張誦聖，〈台灣女作家與當代主導文化〉，《文學場域的變遷》（台北：聯合文學，2001年），頁120~127。

性」。[75]鄉土與本土所打造的寫實主義美學，便經常挑動到主流純文學的「非政治」敏感性格，進而以「政治正確」來否定。即便作者並非有意為之，但仍舊會受到這種類似的質疑。

這反映出了寫實主義，在文學獎的場域裡，經常需要面對的問題。就高翊峰的〈石堨媽媽〉例子來看，客家族群議題、傳統鄉土關懷在文學獎中形成一把雙面刃。它一方面能滿足文學獎中對多元想像的需求，一方面又容易因「政治正確」的「策略」而被嫌棄。創作者若要以寫實主義在文學獎場合進行攻略，絕不是一個良好的策略選擇。因為本土派評審在評審會議中通常不佔多數，若沒有特殊情況力保，容易在第一輪的票選中被剔除。就算最終能獲得名次，由於美學上不為多數評審所推崇，通常也只能抱得佳作。相較之下，本土派的評審也不見得會排斥其餘評審所熱愛的藝術型作品[76]，同場首獎許榮哲絢麗的後學作品，依舊獲得鄭清文的高分。對創作者而言，拋棄傳統人道關懷的寫實主義，或許是首要的選擇。

若說高翊峰的〈石堨媽媽〉，是作為本土派支持的寫實美學案例。那麼，李儀婷〈流動的郵局〉以及其獲獎的決選紀錄[77]，或許可以作為另一面的參照案例。該小說描繪敘事者「我」與小金開著「行動郵局車」在部落之間，辦理原住民的存匯、寄信等

---

[75] 張誦聖，〈現代主義文學在台灣當代文學生產場域裡的位置〉、〈「文學體制」、「場域觀」、「文學生態」——台灣文學史書寫的幾個新觀念架構〉，《現代主義‧當代台灣：文學典範的軌跡》（台北：聯經，2015年），頁275、290~291。

[76] 首獎〈泡在福馬林的時間〉：陳義芝5分、廖炳惠5分、李昂4分、林黛嫚4分、鄭清文4分。
二獎〈失去夜的那一夜〉：陳義芝4分、廖炳惠4分、李昂3分、林黛嫚3分、鄭清文5分。

[77] 原文為〈流動的身世〉，經對比，除了幾處語句潤飾外，並無太大差異。為了後續論者們方便查找資料，此處以成書的〈流動的郵局〉為主。

郵政業務。小說描繪部落中的年輕人外流，猶如河水一般漂流進下游城市中。而在部落的頭目達曼每個月都將手工藝品，寄給在城市生活的女兒塔桑妮，委由她販售。殊不知那些包裹都留存於郵局中，每個月定期收到女兒匯款的頭目，還認為自己的手工品有不錯的銷量，以為部落衰頹的文化終於能振興。小說數度隱晦提及部落的女兒們都下山當「會計」，認為生女兒比生男孩還要好，並結束在敘事者得知塔桑妮一樣在當「會計」。儘管小說始終沒有講明，不過透過零星的細節猜測（如馬桑妮女兒擔任會計賺不到四萬，但其餘多數人的女兒擔任「會計」卻有六、七萬收入），「會計」一職的真正指向可能為性工作者。

　　這並非是筆者依據微薄的線索，所做出的過度解讀。事實上，「會計」一詞所指，確實是性工作者。作者李儀婷便曾在訪談中提到這個設計。其稱，最初是在報紙的新聞報導裡看到相關的新聞，「原住民部落都用『會計』替代妓女的稱呼，我覺得這實在很特別，我一直在想怎麼寫一篇故事將這個稱謂用在裡面」[78]，後來又正巧看到了節目中介紹「行動郵局」的此一特殊的郵政業務，才將這兩個元素結合在一起。

　　台灣自八〇年代末，開始了一連串「反雛妓」的社會運動。在台灣結構性的資源不均下，弱勢的原住民族面臨經濟壓力，不少年輕人外流至城市從事性產業，甚至被迫販賣孩子充當雛妓[79]。儘管1995年立法通過「兒少性交防制條例」禁止了未成年性交易，政府也努力改善偏鄉的資源不均問題，但類似的悲劇似乎在〈流動的郵局〉中未曾消失。若以描繪偏鄉弱勢的視角來

---

[78] 許薇宜，〈李儀婷──小說這樣寫也是可以的啦〉，《野葡萄文學誌》第21期（2005年5月），頁103。
[79] 何春蕤，〈從反對人口販賣到全面社會規訓：台灣兒少NGO的牧世大業〉，《台灣社會研究季刊》59期（2005年9月），頁3~6。

看，〈流動的郵局〉隱然也帶有本土派所期許的寫實主義，帶著批判社會現實的可能。

只是，〈流動的郵局〉並不將焦點擺在控訴結構性問題，而是郵務員與部落老人間的善意謊言。郵務員假裝寄出了那些手工藝品，讓頭目認為原本已經衰落的部落文化，在當代能透過文化商品來重振。小說透過這種善意的謊言，來彰顯沒落鄉村的溫情。相較傳統的鄉土寫實小說，〈流動的郵局〉並不訴諸直接性的悲劇故事，也無意揭露「會計」工作的真實指涉，而是表現出一種若有似無的感傷。不過，也因為如此，由於文本始終未對「會計」的真實職業進行揭露，這樣隱晦的暗指，恐會讓讀者忽略掉這至關緊要的性工作者議題。

在〈流動的郵局〉所競爭的南投文學獎裡，本土派評審彭瑞金便認為，自己在〈主管〉與〈流動的郵局〉這兩篇原住民小說中，之所以支持前者而不支持〈流動的郵局〉，即是因為對小說的部分內容抱持著疑慮：「『流動的身世』裡面有些東西寫得比較含糊，而『主管』就寫得非常精簡。」[80]而他所稱的含糊，極有可能是指「會計」為性工作者的線索過於薄弱。過分隱晦的「會計」指稱，對於堅持批判現實的寫實主義美學，反而是一大扣分。

事實上，彭瑞金對於「含糊」的擔憂，或許自有其道理。若就其餘兩位評審的發言來看，不免讓人疑惑是否有讀出原住民被迫成為性工作者的悲歌。李昂便對彭瑞金支持的〈主管〉批評，「可是後來進入老套的題材，表現又沒有新奇之處，就是寫親人

---

[80] 〈第三屆南投縣文學獎短篇小說決審會議紀錄〉，《山林與土地的詠讚——第三屆南投縣文學獎得獎作品及》（南投：南投縣政府，2001年），頁251。

被賣為妓女,每次都是這樣的東西」[81],但對於有著同樣議題的〈流動的郵局〉,卻是將焦點擺在了「行動郵局」的特殊性上,「寫流動的郵局也寫得很不錯……尤其題材非常新穎,我想也只有在山地的人才會感動於這些事物。」[82],對於「會計」的模糊描繪未有所評論。

同場的東年也未對「會計」一職業發表評論。其與李昂相同,對於作者描繪的「行動郵局」大力讚賞,「我喜歡這篇小說並不是因為寫原住民的關係,而是因為我剛才所講的台灣文學的發展必須向地方落實;像小說裡的『流動的郵局』,我以前從未聽過……如果這篇小說只是山上寫原住民的故事,那是很舊的故事,但是寫到流動的郵局開到山上去,情況就很不一樣了。」[83] 相較起沉重的議題,較具地方特色的「行動郵局」反而更被凸顯出來。

「行動郵局」成為了標幟南投地方風情的一項細節,讓李昂與東年對此大加讚許,認為其表現出了在地的特色,是屬於外地人不了解的風土民情。不過「行動郵局」,早年在台北、台中、高雄、澎湖、花蓮等地都有行駛,後隨著一般郵局於各地普及,九〇年代後僅存花蓮玉里仍有在營運[84]。按李儀婷受訪時所稱,「行動郵局」的細節是因其看了「台灣念真情」介紹的玉里行動

---

[81] 〈第三屆南投縣文學獎短篇小說決審會議紀錄〉,《山林與土地的詠讚——第三屆南投縣文學獎得獎作品及》(南投:南投縣政府,2001年),頁247。
[82] 〈第三屆南投縣文學獎短篇小說決審會議紀錄〉,《山林與土地的詠讚——第三屆南投縣文學獎得獎作品及》(南投:南投縣政府,2001年),頁245、248。
[83] 〈第三屆南投縣文學獎短篇小說決審會議紀錄〉,《山林與土地的詠讚——第三屆南投縣文學獎得獎作品及》(南投:南投縣政府,2001年),頁249~250。
[84] 劉秀琴,〈花蓮縣河東地區行動郵局與社區互動之研究〉,《大漢學報》21期(2006年12月),頁67~70。

郵局,而所獲得的靈感[85],並非評審所認為「在地人表現在地特色」。當然,這些非在地的評審,也都僅是用「外地的視角」去觀看[86],無法以在地的文史知識去辨識出這種細節的真實性。面對自己不曾知曉的事物,將之特殊化為一種獨特的地方風情,甚而成為了文學獎競逐中的加分項目。

「會計」與「行動郵局」,這兩個同樣是李儀婷從媒體所獲得的小說細節要素,卻也恰好讓我們得以省思,在文學獎中因應不同評審美學而發揮的效益。「會計」所指的性工作者,無非是作為凸顯原住民族群的現實困境,只不過因為在指涉上過於隱晦,而讓奉寫實主義為美學的本土派評審有所遲疑。「行動郵局」原是花蓮偏鄉地區的特殊民情,在創作者將這種偏鄉景觀移植到另一個偏鄉後,成為南投的地方特色,並且為多數評審所讚揚。「會計」所代表的是一種「政治性」,關乎弱勢族群的社會現實處境。而「行動郵局」所代表的是一種「殊異性」,往往是較為冷僻而讓讀者感到新奇的知識。相較會讓多數評審感到「政治正確」而扣分的政治性,「殊異性」不僅能快速標幟出作品的特色,更有機會因其具有評審想像的地方性而得到加分。

《流動的郵局》於2005年出版時,東年則在其序文中揶揄本土評論家,不深刻了解台灣歷史文化,無法分辨什麼是優秀的地方文學,大力讚揚李儀婷寫出了鮮為人知的高山風情。並認為代表寫實主義的鄉土文學,已從表現人道精神淪為政治性的抗議工

---

[85] 經筆者翻查「台灣念真情」此一節目,介紹行動郵局的一集,確實是在花蓮玉里,而非南投。許薇宜,〈李儀婷——小說這樣寫也是可以的啦〉,《野葡萄文學誌》第21期(2005年5月),頁103。
[86] 這其實是地方文學獎很弔詭的事。多半聘請居住在外地的評審,由外地的評審來決定何謂當地的地方特色。不過,若是對於當地不夠了解,就很容易發生上述這種問題。當參賽者將他鄉的地方特色移植成為此鄉的地方特色,評審因非當地人,多半難以辨認出來。

具，甚至形成「霸權」[87]。不過，就如同前文所述，〈流動的郵局〉所描繪的「行動郵局」，其實並不是南投的地方特色，這僅僅是評審在外地的觀點下所想像出的偏鄉風景。而東年這樣對於殊異性的鼓吹、政治性的否定，實也帶有一定的危險。一則是否認族群政治（**我選這篇小說不是因為原住民**），忽視社會現實的困境；另一則是以外地視角的觀看，鼓吹殊異性的重要，但在無法真實分辨地方特色的情況下，殊異的景觀成了可任意調換使用的元素，進而讓這些偏鄉風景被均質化，反而落入了外地觀點的陷阱。

透過高翊峰與李儀婷這兩個文學獎的案例，我們可以很清楚地看到本土派的寫實主義如何在文學獎美學中屈於劣位。如果採用寫實性極強，描繪族群、鄉土困境的手法，雖然可獲得本土派的少數支持，但容易被視作政治正確的手段。相反的，如果在政治性意圖較為模糊，即便受到了本土派的質疑，但也不影響其他評審的美學評判。而本土派的評審儘管在寫實美學上，與其他的評審有所衝突，但並不代表兩者沒有美學上的交集。在以取得多數評審認同的前提下，文學獎的得獎策略實則非常明確，即是拋下容易被評審視作「政治正確」的寫實主義。只要小說出現強烈的政治使命感、明顯的社會關懷，就會成為多數評審扣分的指標。

當然，文學獎作品帶有這種反寫實主義的特性，也並不是專屬於此一時期的文學現象。張俐璇便曾批判過去在主導文化下的兩大報文學獎，文學觀點上往往帶有不涉政治現實的中產階級性格，寫實主義經常被貶為較低的位階。由於兩大報文學獎的評審組成幾乎位處於台北，不僅與主導文化的中國觀點有密切的關連，更因地利的關係而能快速接收到國外的文學思潮。是而，在文學作品上更加

---

[87] 東年，〈再造桃花源〉，李儀婷《流動的郵局》（台北：聯合文學，2005年），頁2~5。

強調西方的現代主義與後現代主義,強調文本內部意象的協調與形式技巧的創新,並推崇超越政治的人性價值,主張文學的藝術性無關乎於政治,進而打造出此種「優質文學」的概念[88]。

而到了千禧年初期,各地蓬勃發展的文學獎徵文,雖然都不似兩大報與主導文化有著強烈緊密的關聯,但「優質文學」的現象並沒有因此衰退,反而更為普遍的被沿襲承繼。這與各個文學獎所聘請的評審有著極大的關聯。即便文學獎單位盡可能在評審立場上做到多元,但由於本土派在整體文學場域中始終為少數,無法在決選中以壓倒性的票數選出符合本土派美學的作品。創作者在參賽時,便往往不需要將本土派的寫實美學作為首要目標。

台灣雖然於2000年時,由本土政黨正式執政。不過在文學場域裡,本土派並沒有因為政治力,而直接在場域裡晉升至上位。這主要是因為,此時的文學場域已經有其自主的規則,政治力並無法直接的干涉介入,只能以相對隱微的方式影響多數人的政治意識形態。處在這樣文化場域的人,其政治意識形態雖然可能與本土政黨的台灣意識相符,但在美學判準上仍可能沿襲舊有主導文化留下的觀點,因而與本土派的寫實主義有所衝突。尤其,當整體文化都逐漸在政治意識型態上由中國轉向台灣,原先僅由本土派所獨佔的政治正當性,也在瓜分中失去了可能的影響力。

這也是文學史上最為弔詭的、也最容易遭人誤解的一段。本土政黨雖然於千禧年首度執政,看似是本土派的全面勝利,實則不然。相反的,本土派的雜誌面臨財務問題,只能接連停辦,失去了對新生代創作者的影響力。而在文學獎的場合裡,則只能順延著舊有的兩大報模式,作為影響力不足的少數派,寫實主義美學不僅難以推廣,更是多數創作者極力避開的政治性。本土派長

---

[88] 張俐璇,《兩大報文學獎與台灣文學生態之形構》,(台南市:南市圖,2010年),頁219~223。

年在經濟資本與文化資本的弱勢,並沒有因為本土政黨執政而改善,反而在整體環境進入消費文化中而遭到淘汰。而靠著文學獎出頭的小說家讀者,即便早期有寫實主義小說的嘗試,但仍是因應文學獎機制,最終在美學上有了明顯的轉折。

類兩大報式的文學獎,為千禧年後台灣文學帶來了巨大的轉變。它不僅讓「優質文學」大範圍的影響了新生代創作者的文學表現,也讓「優質文學」背後的「台北觀點」進入了創作者的文化思維。其中,長期握有社會、文化資本的主流美學,不但沒有因為本土政權執政而衰微,反而透過文學獎壯大其美學觀點。創作者一再模仿類兩大報文學獎所建構的形式典範,接受其傳遞的美學價值,進而在意識形態上,有意無意的與主流文學隱含的中華民國觀點迎合。

三、無政治性的童年鄉土書寫

在前文中,筆者藉著分析小說家讀者成員的寫實主義作品,嘗試說明在文學獎的機制底下,具有傳統鄉土人道關懷精神的作品,如何在文學獎上容易遭到淘汰。靠著文學獎出道的他們,在進行純文學創作時,首要內化的一項寫作規則,即是盡可能在作品中表現出一種無政治性。這點與本土派的寫作者,存在著根本性的不同。

新鄉土的論述對象多鎖定在文學獎作品,其所觀察到的新生代無政治性的現象,並不全然是基於世代的因素,更可能是因為這些新鄉土作品,都是依循著文學獎的無政治性美學標準而誕生的。新鄉土作品並非是本土派的直接產物,它與主流文學透過文學獎所塑造的「優質文學」,在整體概念上更為貼近。新鄉土應該與較具政治反抗意識的本土派分而論之,因兩者在美學上有著明顯的衝突。

不過，讓人好奇的是，為何這些被稱作新鄉土的文學獎作品，卻都紛紛動用了鄉土的符碼呢？誠如上文所述，鄉土與本土的寫實主義美學，長年與主流文學有著顯而易見的對立關係。在階級觀點上，鄉土派的左翼意識與主流的中產階級意識衝突。在理論取向上，主流的後現代風格以無中心的主體，瓦解了本土派正在重構的台灣主體。九〇年代主流環繞著台北都會的題材書寫，也都有意與舊有的鄉土風景區隔開來。但到了千禧年初期，主流文學卻誕生這波新鄉土浪潮，開始以無政治性的方式去操演著鄉土符碼。關於這個轉折，我們或許可以從被視作新鄉土領頭羊的袁哲生談起[89]。

生於1965年的袁哲生為五年級輩的作家，在線性文學史的觀點裡，通常會被看作是影響六年級輩「小說家讀者」的重要作家。如陳國偉便認為，五年級世代的袁哲生與駱以軍，是六年級世代的作家必須要去超克的對象[90]。不過，由於世代論往往以十年為一個區隔，十年的區間裡通常會有幾度文學風潮的轉換，容易將不同時空背景出道的作者給均質化。在1999年才正式出版第一本小說集的袁哲生[91]，實則與駱以軍在資歷上有很大的區別。譬如駱以軍在1991年便獲得了時報文學獎，並陸續出版了《紅字團》（1993年）、《我們自夜闇的酒館離開》（1993年）、《妻夢狗》（1998年）。而袁哲生雖然也在1994年獲得了時報文學獎，但一直要到1997、1998陸續得到聯合報文學獎與時報文學獎，方才獲得了正式出版小說的機會。以時間點來看，出道於世紀末的袁哲生，實則較為貼近於「小說家讀者」。

---

[89] 范銘如，〈輕・鄉土小說蔚然成形〉，《中國時報》開卷版（2004年5月10日）。
[90] 陳國偉，〈後1972的華文小說書寫──世代與記憶的倫理學〉，《聯合文學》331期（2012年5月），頁32~33。
[91] 嚴格來說，其第一本小說集是1995年自費出版的《靜止在樹上的羊》。

不過,袁哲生在寫作上的轉向,相較起前述「小說家讀者」一開始遭逢的寫實主義挫折,反而呈現了一種顛倒的進程。其最早獲時報文學獎首獎的〈送行〉,以極度客觀的冷靜筆法,描繪小男孩與父親坐火車,為逃兵被捕的哥哥送行。小說始於火車的月台,細瑣地描繪小男孩如何陪著父親搭上火車、送走哥哥、回到基隆小鎮、搭公車回寄宿學校。小說幾乎未有任何情節,且在敘事層面上,以全景式地方式掃過各個角色,且不切入角色的內心世界,小說唯一的對話成為了故事的收結,表現出極度的疏離感。文本帶有強烈的現代主義美學,不切入角色內心意味著的是一種對於客觀世界的無法掌握(與寫實主義相反),並以蒼白而晦澀的語調描繪出現代人的處境。小說在美學形式上的創新,也獲得了評審張大春與李昂的極度讚賞[92]。

不過,相隔四年後獲聯合報文學獎的〈沒有窗戶的房間〉,雖然同樣在情節上沒有太大的轉換,但卻一改〈送行〉那種壓抑的風格,反倒是以獨白式的嘻笑怒罵,描繪出年輕人的黑色幽默與哀傷。而〈沒有窗戶的房間〉,在敘事的美學上也一改〈送行〉那種全然拒絕進入角色內心的方式,嘗試以有限度的第一人稱去模擬角色。這種敘事中,一方面飽含了內心活動的碎語及自嘲,但另一方面,又因無法理解他者(敘事本身的無法介入)而形成一種疏離的傷感。這種滑稽的幽默與寂寞的感傷,不僅沒有衝突,反而自成一股和諧,奠定了袁哲生日後的寫作風格。

然而,〈沒有窗戶的房間〉卻不似〈送行〉普遍獲得高分肯定,若無鄭清文力保則難以得獎[93]。鄭清文稱該篇為他心目中第一

---

[92] 〈送行〉在第一階段獲得兩票(評審五位),並在第二階段各獲張大春5分、李昂5分、轟華苓3分,成為該年首獎。王妙如紀錄,〈淡筆寫濃情——第十七屆時報文學獎短篇小說類決審會議紀錄〉,《中國時報》(1994年10月3日~6日)

[93] 〈沒有窗戶的房間〉在第一階段獲得一票(評審五位),第二階段各獲鄭

名,描摹了年輕人的說話方式,並將殯儀館以喜劇方式呈現非常獨特,更在評審意見中肯定了它的喜劇價值[94]。不過同場的朱天心卻是持相反的意見,批評角色在描繪上有所混淆,「主角說的髒話夾雜外省本省甚至軍閥用語,看不出到底是本省人還是外省人,這使得人物不成立。」[95]

細究〈沒有窗戶的房間〉,在主角心內音的敘事中確實存在著台語、華語的交雜。主角獨白中便曾出現過「臭彈」、「太衰了」、「人面闊」等台語說法,卻又不時夾雜著「王八」、「他媽的」、「老子」等華語、外省人的用詞。小說甚至調侃國族政治,對於只會重複「中華民國萬歲」、「俍客來座」的九官鳥,恨不得想要將其丟入焚化爐,「想到那隻呆鳥在油鍋裡拍著翅膀高喊『中華民國萬歲的模樣』,我就覺得好笑」[96],若有似無地嘲諷了當時的政治口號[97]。而敘事者的身分究竟是本省或外省,恰如同朱天心所言,確實是難以辨別的。

這種本省與外省的混淆,其實也老早出現在〈送行〉當中。在〈送行〉裡,外省的老父親嘗試以華語向本省的老婦人解釋,但礙於自己鄉音過於濃厚,只好請小男孩以台語說明。不過小男孩始終不願大聲說話,老父親只好模仿著兒子的台語腔調安撫老婦人[98]。除此之外,其成名作〈寂寞的遊戲〉,敘事者所生長

清文4分、詹宏志1分,與〈後門外的春天事件〉並列第三(評審獎)。
[94] 清文,〈喜見喜劇〉,《聯合報》(1998年11月27日)。
[95] 蘇沛紀錄,〈新河座標──第二十屆聯合報文學獎短篇小說獎決審會議紀實〉,《聯合報》(1998年10月20日)。
[96] 袁哲生,〈沒有窗戶的房間〉,《寂寞的遊戲》(台北:聯合文學,1999年),頁126。
[97] 「中華民國萬歲」一詞,多為外省勢力的泛藍陣營口號。諸如郝柏村在1993年在國民黨本土派抗議下辭去行政院長一職時曾高呼過,又如1994年趙少康以新黨的台北市長參選人之姿,於辯論會中向民進黨參選人陳水扁喊話。
[98] 袁哲生,〈送行〉,《靜止在──最初與最終》(台北:寶瓶出版。2005.03),頁19。

的地方，亦也是外省眷村。袁哲生作為外省二代，作品中其實帶有零星的外省身分線索。不過，其小說中交雜使用台語用詞，在文本內容上又甚少觸及中國式的外省父親。就如同當時評論者所指，袁哲生小說中帶有明顯的「弒父」情結，涉及父親的敘事一切都模糊化[99]。這多少導致了其外省身分，在日後學界的討論中逐漸被隱蔽。

而在時報文學獎脫穎而出[100]的〈秀才的手錶〉，可說是新鄉土風格的典型作品。小說以第一人稱的幼童視角，描述自己經常以「順風耳」，與秀才準時的手錶比賽，猜測郵差何時到來。而過分仰賴手錶的秀才，便經常輸給敘事者的原始感官，凸顯了科技與本能的較量。小說最終結束在秀才被誤時的火車撞死，敘事者撿到了其遺落的手錶，感到自己的聽覺逐漸喪失。其以手錶作為現代性象徵的物品，反思現代性如何去規訓人們的感知，進而讓鄉村的人們失去了原本仰賴的本能經驗。小說在表層上動用了許多鄉土的符號，鄉村風景、民間信仰都成了描繪對象，敘事上更大量使用台語。不過，卻未有明顯的現實批判傾向，而是著重在現代主義式對人性的省思。

在文學獎場域中，〈秀才的手錶〉恰好滿足了本土派對鄉土的想像，又符合了主流文學中對思想、文學性的要求。諸如東年認為此非一般的鄉土小說，更具有思想的哲理層次；鄭清文則認為，在刻劃人物生活與台語使用上非常精準，不過卻不甚了解

---

[99] 徐秀慧，〈去政治、去歷史與背離父祖──重尋價值的新生代小說家袁哲生、黃國峻〉，《中央日報》（2000年11月21日）。

[100] 〈秀才的手錶〉在第一階段獲三票（評審五位），第二階段各獲張大春5分、施淑5分、鄭清文5分、東年5分、李奭學1分，總計21分。第二名〈蛾〉僅獲9分，懸殊甚大。相較之前同樣是首獎的〈送行〉，當年〈送行〉僅拿13分，第二名〈翻漿〉8分。李欣倫紀錄，〈錶內不停轉動的時差──第二十二屆時報文學獎短篇小說決審會議紀錄〉，《中國時報》（1999年10月25日）。

「秀才」的象徵意義；施淑認為文字與思想上優秀，但小說對科技與現代性的否定，與鄉土小說相比則沒什麼特色；李奭學認為該篇小說有「為鄉土而鄉土」的刻意；張大春則未對鄉土標籤發表看法，而是關注其成長小說特質，並讚賞其以秀才的怪異與手錶象徵表現深刻的思想性。我們可以清楚看到，〈秀才的手錶〉如何去契合各個評審心目中的美學（鄭清文之於鄉土小人物、張大春之於現代主義），即便似有「為鄉土而鄉土」的疑慮，但〈秀才的手錶〉內底的藝術性，還是普遍讓這些最常抨擊「鄉土政治正確」的評審折服。〈秀才的手錶〉在文學獎中，不分派別地獲得了四位評審的高分，以壓倒性地姿態獲得首獎，也提供了後續文學獎策略一種新的風格。如何能兼備本土派所需的台灣鄉土想像，又要能滿足主流對於現代主義式的美學需求，這種無政治性的表層鄉土操演，便成了得獎的策略手段之一。

而對袁哲生個人而言，從〈送行〉高度的美學實驗，轉折到童年視角而帶有幽默感的〈秀才的手錶〉，也成為了另外一種標榜出自我風格的方法。其崛起的九〇年代末，後現代主義與各式文字實驗已蔚為風潮，〈送行〉的形式創新已不再能作為成名的突破口。同一時期，因應本土政治的崛起、眷村拆遷，外省二代的作家紛紛興起了對於自我身世的追索，連帶觸及激烈交鋒的中國結與台灣結。作為外省二代的袁哲生，也並沒有走入這場國族政治的拉鋸戰，而是直接將視野轉向鄉土，在多數作品中模糊了外省父親的身影、強化本省母系家族的鄉土敘事，並表現出了混雜的身分認同[101]。而袁哲生往鄉土敘事的轉向，也獲得了本土派的認同，諸如作品〈時計鬼〉從刊載於《台灣新文學》，連載於自由副刊的〈猴子〉亦獲吳濁流文學獎，頗有跨越省籍情結的意

---

[101] 這也有可能跟創作者的生長環境有關。亦有許多外省家庭並非住在眷村，與本省人的互動更多。不過，筆者無法確認袁哲生早年的生長環境是否如此。

味。這種無政治性的鄉土寫作,也讓他很快地與同輩作家有所區隔,並成為了此一文風的領頭羊。

這種無現實批判性的鄉土書寫,源自於將敘事者縮限於第一人稱的童年視角,以一種無知、無傷的方式,描繪凋零破碎的異質鄉村。佯裝成孩童的眼光,可以有效避免直接性的人道關懷,在面對畸零的弱勢族群,並不是投以成年悲憫的感傷,而是將其視為同樣未受社會規訓的共同體。在尚未有社會道德的規範以前,這些畸零人便成為了怪異的友人、親暱的吉祥物、滑稽的捉弄對象等。原本應當是嚴肅的社會現實議題,卻被敘事者覆蓋上了一層輕盈、奇幻的面紗。這另外也造就了一種敘事與閱讀上的落差──表層敘事雖表現了無傷的故事,但閱讀者卻能感受到其背後的畸零悲劇。在這種巧妙的設計裡,藉著這樣的設計來製造出帶有層次的藝術性。

小說家讀者的許榮哲,便明顯承接了袁哲生這樣的鄉土敘事。許榮哲與前述小說家讀者成員的歷程也較為不同,並未有明顯的寫實主義傾向以及與本土雜誌的關聯。相反的,其在繼承系譜上明顯沿著兩大報美學系統,對於朱天心、駱以軍更為熟悉。其亦自言剛踏入文學圈時,著迷於張大春的炫奇技巧,並遵從其擔任文學獎評審提及的美學觀點,而在短短幾年內大有收穫[102]。在1999年剛進入耕莘編劇班,以非文學所的身分踏入文學領域,並在短短兩、三年間迅速拿下各種文學獎[103],或許可說明其對主流文學的優質美學掌握得非常精準。其於2000年獲時報文學獎的成名之作〈迷藏〉,即是受袁哲生〈寂寞的遊戲〉影響。兩篇在

---

[102] 許榮哲,〈關於小說,我的一流父親,偉大母親〉,《小說課之王》(台北:遠見天下文化,2020年),頁6~7。

[103] 其於1999年參與耕莘編劇班,同年獲得耕莘文學獎,為其初踏入純文學寫作的一年。2000年,其一口氣拿下七座小說文學獎,其中包括了時報文學獎。參照:蔡依珊,〈用快樂書寫寂寞──許榮哲〉,《野葡萄文學誌》第10期(2004年6月),頁74。

處理童年經驗的方式上,帶著某些程度的一致。而許榮哲也曾自言,該篇小說是致敬於〈寂寞的遊戲〉[104]。下文將略為比較兩篇小說,在風格上表現上的相似性。

無論〈迷藏〉或〈寂寞的遊戲〉,同樣都以有限的第一人稱孩童視角,將背景設定在偏遠、封閉的村子。兩篇小說在一開始,都以介紹自己的童年友人為起手,並描繪出友人原生家庭的缺憾與瘋狂的特質。藉著描繪友人的畸零父母,來映照出敘事者身處的鄉村,在地理空間與社會位階中的邊緣屬性。儘管兩人在村莊背景的設定不同(許榮哲寫的是漁村、袁哲生寫的是眷村),卻一致呈現了一種被陌生化的鄉村。

> 我們村子裡的大人要是叫小孩子去倒垃圾,意思就是把垃圾提去放在孔兆年他們家門口。……孔兆年他們一家三口都不愛說話,所以有很長的一段時間,我還以為孔媽媽是一個啞巴;我很少看見她,因為她只要遠遠地看見有人走近,就立刻躲進屋裡去。[105]
>
> 一頭糾結長髮的雲飛揚,會在一起床後,就在我們這個村子裡不停地轉啊轉,偶爾他會走出我們這個村子,然後在太陽下山之後,才拖著疲憊的身子回家。據父執輩的人說,林旺的父親是在找他的老婆,也就是林旺的媽媽,聽說林旺他媽媽跟別人跑了之後,林旺的爸爸就發瘋了。[106]

兩篇小說雖然都描繪了好友原生家庭的缺憾,但其用意並不

---

[104] 許榮哲,〈空中爆炸:致敬的三種方法〉,《聯合文學》241期(2004.11),頁36–37。
[105] 袁哲生,〈寂寞的遊戲〉,《寂寞的遊戲》(台北:聯合文學,1999.05),頁25。
[106] 許榮哲,〈迷藏〉,《迷藏》(台北:寶瓶出版。2002.05),頁17。

在描繪畸零人的悲慘處境,僅是作為襯托出邊緣鄉村的一個元素。人道而悲憫的視角,往往會發散出批判現實的政治性。取而代之的,是聚焦在與童年好友的冒險故事。在袁哲生的〈寂寞的遊戲〉中,不具有明顯緊湊的情節,零散地描繪了與同齡好友的生活瑣事。其以捉迷藏作為小說主要的隱喻,細瑣地描摹出在成長的過程裡,孩童如何漸漸褪去純真,邁向成年的寂寞傷感。

〈寂寞的遊戲〉設計了兩種類型的朋友,作為成長過程中一同冒險的夥伴。孔兆年與狼狗,「一個躲著世界,一個則是全世界都躲著他。」[107]前者總是窩在自己家中,在垃圾堆中玩著自己的遊戲。後者則是血氣方剛的流氓,四處惹事而進到監牢。藉著向內自閉者與向外傷害者這兩種典型,來凸顯出其所處的鄉村其邊緣之處。在許榮哲的〈迷藏〉裡,同樣也運用了這兩種典型,「我最要好的朋友是林旺、陳皮。」[108]其中,林旺是內向的自閉者,以至於幾乎隱形一般,最後消失在村落裡。而陳皮則是被稱作「惡魔黨」一般,加入了幫派,最終被以流氓身分關入牢房。

〈寂寞的遊戲〉與〈迷藏〉,在描繪童年的回憶時,都採用了一種模糊的筆調,以輕盈而天真的第一人稱敘事者身分,描繪他們童年時無法理解的傷痛。在〈寂寞的遊戲〉中,面對明顯是弱勢的孔兆年一家人,其並沒有如成年人般帶著鄙視或悲憫,反而因為他們一家人都特別安靜而有好感。在〈迷藏〉裡,尚未被社會化的童年敘事者,則對於霸凌同學的橋段沒有任何道德感,反而以輕盈戲謔的角度去描繪施暴的過程。在這種敘事觀點裡,其不斷以表層輕盈的敘事,去包裝僅有成年後才能理解的傷痛,維持了幽默與傷感的平衡,形成了一種獨特的成長小說模式。

---

[107] 袁哲生,〈寂寞的遊戲〉,《寂寞的遊戲》(台北:聯合文學,1999.05),頁36。
[108] 許榮哲,〈迷藏〉,《迷藏》(台北:寶瓶出版,2002.05),頁16。

〈寂寞的遊戲〉非文學獎作品，是其首本小說集《寂寞的遊戲》主打篇章。這或許已是袁哲生在脫離了文學獎競逐後，開始於自身寫作上，往無政治的童年鄉土書寫的實踐。不過，這類型的寫作也很快地為許榮哲所接收，並且成為了文學獎的獲獎策略之一。相比〈寂寞的遊戲〉在敘事上較為鬆散，〈迷藏〉則具有明顯的主線，在情節上也有較為立體的轉折。

　　〈寂寞的遊戲〉與〈迷藏〉，雖同樣以捉迷藏、邊緣主題開展，不過〈迷藏〉在情節的規劃上，還額外添加了敘事者成年後的描述。〈迷藏〉各分兩條敘事線，一則敘述成年後飽受噩夢的困擾，一則敘述童年在鄉村的往事。小說一方面描繪童年無傷的記憶，一方面描繪成年後不斷困擾著自己的噩夢，兩條敘事線同步進行。一直到敘事者真正想起自己幼年時因霸凌同學，在捉迷藏的意外裡害死對方後，其原本混亂模糊的噩夢，才因理解創傷而得到了真正的解釋。小說藉著「找回童年記憶」，來解決「成年的惡夢」，在敘事進行的同時，有明確的問題與動機。相較〈寂寞的遊戲〉始終未能長大的敘事者，〈迷藏〉則向前拓展，展示了在成長以後對於過往創傷的處理。而在成年後尋找記憶的軸線上，也相對脫離了袁哲生的路線，不再能保持童年的模糊基調。

　　許榮哲在操作成人與童年的雙條敘事線上，有意將小說的謎底放置在故事的尾端，藉著收攏雙線來讓小說具有情節轉折、頭尾相襯的整齊感。不過，在場的文學獎評審對於這種雙線的處理並不是很滿意，多數認為處理成年後的部分較為不足，如施叔青便無法理解成年線的故事安排，李永平更認為在形式實驗上太過花俏。相反的，對於其描繪的童年成長啟蒙經驗，多數評審都給予高度肯定，最終也成為了平路與楊照兩位評審的首選[109]。〈迷

---

[109] 此外，評審李奭學則認為「過於匠氣，許多描述似乎看過」，不知其是否意指與〈寂寞的遊戲〉有些相似。〈迷藏〉最終得分為9分，因只獲三位評審

藏〉所沿襲的無政治性的童年鄉土，則成為了這場比賽中得獎的關鍵策略。

在本小節中，筆者藉著袁哲生與許榮哲兩個個案，嘗試說明在此一時期，在主流文學的匿名文學獎機制下，新進者如何靠著新的策略進行突破。袁哲生和許榮哲，他們倆人不同於前述的個案，在文學創作初期並沒有很明顯的寫實主義傾向，反而多是沿襲著主流的張大春，以及九〇年代大放異彩的後現代美學。不過，袁哲生在創作上往無政治性的鄉土書寫轉折，讓他有效地與同輩的族裔書寫、形式實驗區隔開來，並且取得了本土派的認可，為他日後的個人寫作風格打下基礎。而這種風格的鄉土書寫，也很快地為許榮哲所接收，讓他得以在匿名文學獎中奪下大獎，獲得了進入主流文壇的入場卷。而這種無政治性的鄉土操演，極有可能就是新鄉土寫作的原點。

綜上所言，這些在世紀末加入了文學獎競爭的文學新人們，試著靠文學獎能提供的文化資本，期望能進到文壇中。不過，在通膨式的文學獎發展下，新人們無法一舉成名，需要花費更多的心血在競逐上，創作作品多半為文學獎式的短篇小說。當他們終於熬過了比賽新人的階段，獲得了第一本書的出版機會，風格與創作的歷程上或許不盡然相同[110]，但卻也都面臨到相同的問題。在整體大眾消費文化興盛的年代裡，純文學的市場逐漸萎縮，純文學的光環與經濟利益已大不如從前。當他們才剛要在主流純文學中崛起時，等待他們的，卻是更為艱困的前景。

的分數，未能跟前兩名相比。李欣倫記錄，〈愛情追獵傳奇──第二十三屆時報文學獎短篇小說決審會議記錄〉，《中國時報》（2000年9月30日）。

[110] 如高翊峰《家，這個牢籠》明顯的寫實風格，許榮哲《迷藏》則較為後現代風格。

第三節、小說家讀者的集結

一、黃凡的復出與純文學市場的衰落

 2002年11月,長達十年沒有發表作品的黃凡於《聯合報》復出,連載長篇小說《躁鬱的國家》,並於隔年5、6月《聯合文學》雜誌接續刊載,7月由聯合文學出版社正式出版。長久為中華民國意識形態主導的聯合報系,大張旗鼓地鋪好了黃凡的復出之路,在接連的三、四年間出版《大學之賊》、《貓之猜想》、《黃凡後現代小說選》,並在許榮哲任職的《聯合文學》雜誌亦籌備了不少相關專輯。相較起前一節提及停辦的本土雜誌,黃凡的復出之路顯得順遂許多。

 黃凡以諷刺參與民主運動小人物的大報文學獎作品〈賴索〉為名,描繪底層人物被「誘騙」參與海外台獨組織並因而坐牢,出獄後再度見到當年的領袖,卻發現對方早已背叛了政治信仰。張俐璇即批評,黃凡忽略威權體制所帶來的壓迫,反而一概嘲諷反對者,是擁護了當時主流的國民黨意識形態[111]。而到了《躁鬱的國家》中,黃凡描繪對象從組織裡的小人物轉變為政黨的高階人士,恰好對應著從在野轉換到執政的民進黨,在嘲諷本土勢力上顯然始終如一。小說極盡所能地貶低本土化的政策,將「凱達格蘭大道」的正名揶揄成西洋人的名字[112]、成立客家電視台是為了選票、台語文字化為自欺的次文化[113]等。這無疑是去脈絡化

---

[111] 張俐璇,《兩大報文學獎與台灣文學生態之形構》,(台南市:南市圖,2010年),頁121~122。
[112] 黃凡,《躁鬱的國家》,(台北:聯合文學,2003年),頁80。
[113] 黃凡,《躁鬱的國家》,(台北:聯合文學,2003年),頁172~173。

的，一概忽略國民黨政權長年對本土記憶、語言的打壓，倒錯了歷史因果關聯，居於保守位置批評各種族群文化的重建。面對國民黨統治的記憶，卻無傷地停留在「人治」式的溫情取暖，有買票嫌疑的國防部長只消一個「寬容」的眼神，就能讓抗議者備受感動而放下反對立場[114]。《躁鬱的國家》也一改過往形式、藝術上的實驗，不玩弄任何技巧，把焦點集中在嘲弄本土政權，其甚至自認是反映社會問題的「新寫實主義」[115]。而即便《躁鬱的國家》具有如此鮮明的政治色彩，面對這樣的質疑時，黃凡卻又一再強調自己不具任何政治立場，稱自己關懷的是「人道主義」[116]。以「人性」、「藝術性」為由，表現出長年以來的保守性格。

這樣明顯與本土派有所衝突的人物，卻是「小說家讀者」成立的起點。按許榮哲回憶，「當時我們有感於曾經紅得發燙的文學明星黃凡沉寂十年之後再出發，卻幾乎沒有引起什麼波瀾，因而感觸這是一個小說家沒有讀者的年代」[117]。在八〇年代末期，靠著大報文學獎成名的黃凡，引領著台灣後現代文學的熱潮，在整體社會剛進入蓬勃發展的市場時，作為高層文化商品的重要代言人之一。相隔多年，當年所嘲諷的在野勢力成了本土執政黨，各種通俗大眾的文學更擠壓了高層文化商品的空間。黃凡儘管有大報媒體作為復出的管道，但顯然也難以回到從前的榮光。

2003年5月，許榮哲、王聰威、高翊峰、甘耀明、李志薔與李崇建六人，宣布組成「小說家讀者」團體。他們有些是工作上

---

[114] 黃凡，《躁鬱的國家》，（台北：聯合文學，2003年），頁206~208。
[115] 陳宛茜，〈黃凡大學之賊：批上流社會〉，《聯合報》，2004年10月14日。
[116] 張耀仁，〈我最好的作品尚未出手！〉，《聯合文學》275期（2007年9月），頁88。
[117] 許榮哲，〈那一年，大家都叫我們8P〉，《聯合報》副刊，2014年03月20日。

的同事，有些是大學的好友，彼此來自於不同的縣市。在此一時期，他們多半是文學獎的常勝軍，也出版了第一本小說集。不過，他們的文學獎作品銷量並不亮眼，整體市場仍以大眾文學佔據龍頭，因新媒介而誕生的網路文學也正要竄起。在純文學中聲量還不夠龐大的文學新人，便決定靠著沒有守門人傳統的網路媒介，在《明日報》部落格上開始他們的活動。作為領頭羊的許榮哲，旋即在上頭發表他自己的宣言：

> 我對小說怎麼寫一點意見也沒有，我在意的其實是為什麼再沒人聊小說了。我總認為傷害一位優秀小說家最惡、最狠的方法便是默視他，避談他的小說及其他。沈默是最大的傷害。長久以來，我們都用各式的沈默來傷害彼此，也傷害其他優秀的小說家們。在此，至少在此，我願作一個不沈默的讀者，一點一滴地彌補那些難以挽回的什麼，對我所敬愛的小說家們。[118]

過沒幾日，許榮哲按宣言內容，向他認為備受冷漠的小說家黃凡致敬：

> 傷害一個小說家最惡最狠的方法便是默視他。
> 我總是無端地想起黃凡，想起他睽違十年的近作〈躁鬱的國家〉，想起「黃凡躁鬱的國家」這七個字居然就像一縷輕忽的影子在副刊上無聲滑過。……傷害一個小說家最惡最狠的方法便是默視他，管他栽出來的是好瓜還是爛

---

[118] 小說家讀者，〈小說家的小說意見〉，2003年5月12日，網路連結：https://mypaper.pchome.com.tw/novelist/post/2865032，2021年4月12日最後瀏覽。

瓜。[119]

　　對於這些用大量文學獎才換得第一本書的文學新人，面對著靠處女作〈賴索〉獲得大獎一砲而紅的黃凡，心中的崇敬之情自然不在話下。然而，黃凡在復出後，並沒有得到預想中的熱烈回饋，這大概也在他們心中埋下了「純文學的榮光不再」的陰影。在《聯合文學》雜誌工作，位處生產文化產品第一線的許榮哲，可能對於這樣的衝擊有更明顯的感受。許榮哲接續著他對黃凡的敬意，在《聯合文學》雜誌上的個人書評專欄「如果我們倒立看書」，以小說形式回敬了《躁鬱的國家》，描繪整個國家陷入了暴躁，舉辦讀書會的小說家遭到無名的群眾圍毆[120]。而我們也得已見得，黃凡在「小說家讀者」的核心人物許榮哲身上，發揮了多大的影響力。

　　對「小說家讀者」而言，作品得不到任何讀者回饋的狀況，是對創作者最大的傷害。在台灣爆炸式的出版市場裡，每年有上萬本的新書出版，但並非每本書都能獲得相對的曝光量與回響。創作者花費好幾年的時光書寫、競逐比賽，終於換得出書的機會，卻被埋沒在書海裡。這些新人小說家，對於這樣的處境更是心有戚戚。是而，他們在開站不久後，就決定以讀者的身分出發，開設了「每月猛讀書」的常態單元。每月共同閱讀一本指定的書，各個成員各自發表讀後心得，並歡迎網友在底下的留言區一同參與討論。他們從創作者的身分轉換到讀者，希望能在網路平台上帶起閱讀的風氣。

　　而他們閱讀的書單如下：

---

[119] 許榮哲，〈我總是無端地想起黃凡〉，2003年5月23日，，網路連結：https://mypaper.pchome.com.tw/novelist/post/2964310，2021年4月12日最後瀏覽。
[120] 野島・J，〈躁鬱的國家〉，《聯合文學》226期（2003年8月），頁172~174。

表1 「每月猛讀書」閱讀書目

2003年6月	洪醒夫《黑面慶仔》
2003年7月	郭松棻《奔跑的母親》
2003年8月	余華《往事如煙》
2003年9月	黃國峻《是或一點也不》
2003年10月	聯合報文學獎與時報文學獎得獎作品
2003年11月	聯合文學新人獎得獎作品
2003年12月	黃凡印象。並挑選網友評論刊於《聯合文學》雜誌1月號。
2004年1月	甘耀明〈豬頭幫蠢世紀〉、許榮哲〈森林大火〉、高翊峰〈肉身蛾〉、王聰威〈PRECCINCT〉、李志薔〈地下社會〉
2004年4月	袁哲生作品（無限期延長）

這些書單中，有不少可供玩味的線索。諸如他們對於文學獎作品關注度甚高，連續兩個月集中討論當年的文學大獎作品。又或者是黃國峻的遺作《是或一點也不》出版後，便也立即列入了次月的討論書單。其中，最為特殊的一次，莫過於黃凡的作品討論。在《聯合文學》231期，為了配合黃凡新作〈30號倉庫〉的刊載，擔任雜誌編輯的許榮哲便決定於「小說家讀者」部落格上先行舉辦「黃凡網路讀書會」，並挑選網友的留言討論內容，刊登於文學雜誌上。而年輕的新人如楊佳嫻、李志薔、伊格言、張耀仁、許榮哲等人，也以網路台長的身分發表看法。網路媒介躍升到紙本媒介，文學新人重讀中生代的黃凡，許榮哲的這番安排，頗有跨世代的意味。

不過，我們很難說明這些剛要崛起的創作者、一般的網友讀者們，是否對於黃凡所操弄的意識形態有深切的了解。如楊佳嫻捕捉到的是〈賴索〉中，小人物被命運與時局擺盪的悲哀[121]；李

---

[121] 楊佳嫻，〈時差〉，《聯合文學》231期（2004年1月），頁85~86。

志薔較為正向看到黃凡批判資本主義的一面[122]；也有網友反對民進黨推行的公投，並嘲諷國民黨隨之起舞[123]，似乎更趨向保守。這種解讀上的落差，多少反映了文本閱讀上存在一定的差異，讀者的認同不見得百分百吻合文本內部的意識形態。換言之，「小說家讀者」們在意識形態上，亦可能與黃凡存在落差。不過，也正因為如此，這才是真正危險之處。因為整個新世代作家極有可能都在無意識地接收主流文學所打造的「經典美學」，並沿承了特定的美學觀點。

有趣的是，他們第一次舉辦的「本月猛讀書」，閱讀作品是鄉土小說家洪醒夫《黑面慶仔》。就如前所述，在文學獎機制底下，他們在文學創作上必須表現出符合主流文學的優質文學，過往與主流衝突的本土、鄉土及寫實主義美學，都必須從他們的作品中逐漸退位。而他們自身的文學觀點，也在「小說家讀者」成立後，對於傳統的寫實主義有著明顯地排斥[124]。其中王聰威便認為：「那個時代我沒經歷過，試著寫過類似的東西都很失敗，也不知道那個時代的洪醒夫這樣寫算不算很厲害。」[125]，批評洪醒夫的小說過於說教與悲情，認為這是「那個時代」的過時之物。

李崇建則回應了王聰威對洪醒夫小說中寫實性的質疑。其認為洪醒夫筆下的角色泰半都為小人物的縮影，並相當符合李崇建自身記憶中的街坊，未以「過時」、「未經歷過」來否定洪醒夫小說的成就。不過，李崇建的美學觀點存有明顯的轉向，「彼時

---

[122] 李志薔，〈一九八〇年，我們的大亨小傳〉《聯合文學》231期（2004年1月），頁86~87。
[123] 編輯部整理，〈黃凡小說網路討論會精華〉《聯合文學》231期（2004年1月），頁96。
[124] 有趣的是，該閱讀活動似由許榮哲發起。不過留有該次討論心得的，只剩王聰威與李崇建。
[125] 王聰威，〈那個時代──讀洪醒夫的〈吾土〉（王聰威）〉，網路連結：https://mypaper.pchome.com.tw/novelist/post/3137498，2021年4月9日最後瀏覽。

（十餘年前）看完〈黑面慶仔〉，腸腹之中熱血熱淚滾燙著……（昨日）讀畢卻已不復當初感想。老實說，我目前已不喜歡洪先生的作品。」[126]，甚至對於自己曾領受洪醒夫小說獎（爾雅年度小說獎）而感到慚愧。李崇建並比較了黃春明的小說，認為黃的敘事上較為節制、冷靜，在人物的安排上更讓小說有張力。反而是，洪醒夫的小說角色未能掌控好，外加過於光明正向的結局，無法輕易被情節說服。李崇建顯然對於寫實主義的悲情關懷有所芥蒂，而是更加偏好於節制、冷靜的技藝。

相似的情況也發生在李志薔身上。在「小說家讀者」部落格成立沒幾日後，李志薔在〈哈金與鄭清文〉一篇文章中，比較了哈金與鄭清文的寫實小說，並大力讚賞兩人以穩當簡潔的方式闡述平凡的故事，近似於海明威「冰山理論」的節制路線，表現出餘味無窮的風格。李志薔雖自稱不是寫實主義的信徒，但其實也與本土派的鄭清文有著不少淵源。其不僅讀遍了鄭清文大部分作品，甚至在《甬道》散文集獲得補助時，找上了鄭清文擔任指導老師，並且將其部分的篇章以小說的元素進行修改[127]。李志薔在接收鄭清文的寫實主義上，並不是關注其如何以文學表現鄉土、如何去批判現實，而是一種冷靜簡潔的「節制的技藝」。

筆者認為，無論李崇建或李志薔，他們早期都曾有一段時間，對於傳統的寫實主義並未有明顯的反感，諸如李崇建對於洪醒夫的盛讚、李志薔找上鄭清文指導小說，都顯示了一種寫實主義美學繼承上的可能性。但因著文學獎而進入到主流文學後，其自身在文學獎所磨練的美學，讓他們逐漸遠離了寫實主義美學，

---

[126] 括弧內文字為筆者所加。李崇建，〈閒聊黑面慶仔──崇建〉，網路連結：https://mypaper.pchome.com.tw/novelist/post/3163611，2021年4月9日最後瀏覽。

[127] 李志薔，〈哈金與鄭清文──李志薔〉，網路連結：https://mypaper.pchome.com.tw/novelist/post/2917188，2021年4月9日最後瀏覽。

否認了過於悲情、批判的鄉土作品。而在這樣的轉變裡，他們能從鄉土小說家轉換的美學，僅剩下了一種海明威式的「冰山理論」。在簡潔冷靜的筆法裡，剔除掉過分的悲情，將任何可能的意圖都埋在敘事的更底部，而不做直接性的政治批判。

綜上所言，「小說家讀者」此一團體在成立初期時，在文學場域中的位置是更為接近主流美學的。他們不似當時本土派的「台灣新本土社」，在美學上並不強調表現台灣意識的寫實主義。相反的，促成「小說家讀者」成立的，是反本土陣營的黃凡。儘管「小說家讀者」內部成員曾與本土派或多或少有關連，但在團體成立後，這些成員也已在美學上與本土派有所區隔。而若我們稍微拉開距離，在千禧年後整體純文學市場衰落的情形裡，黃凡也不是唯一被漠視的對象，體質較弱的本土陣營更是遭逢了劇烈的衰頹。只不過，當這種衰落普遍性地發生，「被漠視被傷害」的作家不分陣營之時，「小說家讀者」**選擇性**地重視了反本土的黃凡。

不過，「小說家讀者」的成立雖與黃凡有所關聯，但其成員與黃凡在外部活動、文本風格美學的交集上，並沒有密切到足夠稱之為精神導師。黃凡的復出雖然轟動一時，但在短暫地活躍幾年後又淡出文壇，其反本土的諷刺在本土化當代的年代裡，實已不合時宜。相較之下，「小說家讀者」真正的核心導師，反倒會是在本土化浪潮裡，位處主流並橫跨了本土的袁哲生。

袁哲生在外部活動上，與「小說家讀者」不少成員都有緊密的關係。其中，高翊峰、王聰威、許榮哲都曾在袁哲生任職的《FHM男人幫》雜誌擔任寫手。在文學創作無法作為一份職業的現況裡，這些新人創作者都需要另一份職業作為主業，文學創作及其獎金實都只是額外的副業而已。而在這樣的環境裡，新人創作者多半從事教職，或是媒體出版業的職員。其中，於2000年創

辦的《FHM男人幫》，袁哲生自創刊開始便擔任該雜誌的主編，並找來了不少文學獎得主擔任專題寫手。而高翊峰、王聰威兩人更是直接任職於《FHM男人幫》此一成人雜誌，袁哲生成為了他們日常工作的前輩。

然而在2004年4月，袁哲生突如其來的自戕離世，繼前一年黃國峻離世，再度文壇蒙上了一股陰影。與袁哲生一向互動密切的「小說家讀者」，旋即在當月固定的「每月猛讀書」刊出以下消息：

> 4月份的猛讀書，請大家一起來聊聊袁哲生的作品。
> 由於袁哲生與台長們有著極為親密的情感，因此，本次的猛讀書將暫無預定結束日期。而一旦結束，本固定單元將不再運作。[128]

作為開站以來的固定單元，「每月猛讀書」的無期限延長（亦即停止），實則顯示出了袁哲生對「小說家讀者」的重要性。袁哲生對於他們而言，並不單純是一種文學內部的、在文本風格美學上的前輩作家，而是更廣泛地牽涉到了創作者在外部的生命歷程的互動。袁哲生在發表、工作等諸多的面向上，都可能作為了「小說家讀者」的精神導師。

其中，在純文學產業逐漸衰落的千禧年，任職於《FHM男人幫》主編的袁哲生，其正業的工作內容全然不同於前幾個世代的作家。作家不再是教職、學者，從事的工作亦非深入社會的記者、販賣高層文化素養的文學雜誌編輯，而是負責採訪影視明星、報導八卦奇聞的成人雜誌編輯。袁哲生除了在正業上是大眾消費文化的前線生產者，自己也創作了《倪亞達》系列的大眾小

---

[128] 許榮哲《那一年，大家都叫我們8P》，《聯合報》（2014年03月20日）。

說。不過，儘管袁哲生與大眾文化有著緊密的連結，但同一時期的創作文本裡，也仍有以嚴肅為導向的純文學作品。這也造就了一個有趣的現象，在袁哲生的身上，明顯有著「左手寫大眾，右手寫嚴肅」的傾向。創作者在同一個時間裡，為了因應不同美學讀者，而主動去創作風格內容上完全不同的作品。

而這同樣表現在「小說家讀者」身上。「小說家讀者」在成立初期時，除了以「每月猛讀書」來帶動閱讀風氣外，也因聯合報系的《星報》邀稿，開始一連串瞄準大眾讀者的「中間文學」寫作，並同時開設「來篇屌小說」，歡迎網友一同加入他們在《星報》上所進行的愛情主題書寫。他們正如袁哲生一般，一方面往大眾題材書寫，另一方面又繼續在原有的純文學持續創作，形成了極為特殊的文學現象。而關於「中間文學」的部分，將留待第三章說明。

在本小節中，筆者概要性地介紹了此一團體成立的背景原因。是在整體文學市場衰落的環境下，對於黃凡復出卻無人聞問的現象，決定以讀者身分，藉著「每月猛讀書」，以討論作品的方式來帶動閱讀的風氣。「小說家讀者」成立初期，除了擁護著反本土的黃凡，各個成員在自我的美學觀點上也逐漸遠離傳統的寫實主義。另外，藉著「每月猛讀書」的停刊因素，簡要性地先點出袁哲生在此一團體中，作為精神導師般的存在。在下兩節中，筆者將藉著「小說家讀者」與本土、鄉土派的衝突，說明其位處的主流位置。以及其如何因應主流美學，在純文學創作上採用了何種風格。

二、文學觀點與鄉本、本土的衝突

「小說家讀者」在成立初期，主要活動空間集中於網路平台，其後才拓展到紙本媒體。他們首要在2003年7月，開始於聯合

報系的《星報》創作以愛情為主題的中間小說。又於2004年8月，因應《野葡萄文學誌》改版，而舉辦了「搶救文藝大作戰」。在2005年3月，於《中國時報》上連載「百日不斷電」，對於文壇的諸多現狀提出批評。在2005年4月，於《聯合文學》雜誌上開始「小說隨堂測驗」，以惡搞八卦為導向的文學冷知識挑戰。其中，高翊峰與許榮哲各在《野葡萄文學誌》與《聯合文學》雜誌擔任雜誌主編，對於團體的曝光亮相更有巨大的影響。

　　不過，「小說家讀者」所活動的媒體，幾乎都是集中在舊有的兩大報媒體系統下。而他們個人的文學作品，也多由聯合報系底下的聯合文學與寶瓶文化所出版。在進入到千禧年後，這些過去與國民黨密切關聯的媒體報業，雖然不再有強烈保守的大中國意識形態，但也未如本土媒體大力鼓吹台灣鄉土文化，而是轉向了大眾消費文化，更加關注在都會生活、影視媒體八卦等面向。活躍於其中的「小說家讀者」，自也帶有這樣的傾向。

　　在台灣文學政治的光譜裡，支持左翼大眾的鄉土文學，經常性會對私我、個人情感的描繪帶有敵意，往往認為這樣的作品無法去照見社會現實的大眾苦難。左翼的階級觀點，讓他們一則與菁英氣息濃厚的現代主義劃分，另一則與無政治意識的大眾消費文化有所衝突。與鄉土文學緊密關聯的本土文學，雖然不帶有強烈的左翼階級觀點，但同樣強調描繪台灣土地的寫實主義，以建立台灣民族共同體為目標。本土與鄉土長年在不同的觀點上與主流進行對抗。而小說家讀者在進入到主流文學的思維後，自也與這兩者產生了衝突。

　　其中，鄉土派的陳映真在2003年的聯合報文學獎決審時，對於參賽作品一致呈現了晦澀的現代主義進行批評，認為這批作品僅是「對著肚臍眼喃喃自語」。奉行左翼寫實主義的陳映真，便直接了當的表達出他的寫作觀點：「小說是為我的思想服務的

──應該表現生活、表現生活與存在的矛盾,應該反映現實,可是反映的現實又要高於實際的現實。」[129],對於年輕創作者的虛無風格很是不滿。陳映真認為,這是因為當代年輕人活在全球化以及高度資本主義的消費社會裡,但又無法對於這種消費文化所帶來的虛無進行超然的批判,而是直接流露出浸染於其中的虛無感。同場的唐諾也回應到,學術文化興盛的解構風潮,可能也導致了這樣的情況,「我們很快察覺人的虛妄性,寫實主義的虛妄、不完備,當這些東西被嘲弄光了之後,就只剩下人的喃喃自語。」[130]陳映真也在評審完聯合報文學獎後,對這種文學獎中的現代主義提出批評。他自言,在他幾次評審大報文學獎的經驗,都一致見到這種晦澀的反寫實風潮,且訴諸多元的後現代風潮更企圖扳倒寫實主義。相反的,他另外參加了移工詩選的評審,卻發現這些底層外籍移工仍以寫實主義來刻劃現實,描繪出社會的問題以及人與人之間真摯的情感,並對此給予高度的肯定[131]。

陳映真在美學上,一向抱持著寫實主義高於現代主義的評價,認為寫實主義可以促使人們看見社會在資本主義下的困境,並因而有改造社會的動力。這主要是因為,在陳映真的文學觀點裡,區分出這兩種美學的,不單純只是文學技法的表現,更重要的是其背後的主題意識關懷[132]。不過,出身自匿名文學獎的「小說家讀者」,卻隱然有將主題意識與技巧區分開來的傾向。在《印刻文學生活誌》所策劃的「陳映真專題」中,伊格言對於陳映真的「重寫實,輕現代」的看法是這樣理解的:「相較於作品

---

[129] 陳維信紀錄,〈看著自己肚臍眼・我、我、我的年代──第二十五屆聯合報文學獎短篇小說獎決審紀要〉,《聯合報》,2003年9月16日。
[130] 陳維信紀錄,〈看著自己肚臍眼・我、我、我的年代──第二十五屆聯合報文學獎短篇小說獎決審紀要〉,《聯合報》,2003年9月16日。
[131] 陳映真,〈兩種世界性的文學〉,《聯合報》,2003年9月15日。
[132] 郝譽翔,〈永遠的薛西弗斯〉,《聯合文學》201期(2001年7月),頁28。

『背後的關懷』，作品的書寫技巧是否師承現代主義，其實並不那麼重要——只要其主題意識遠離現代主義，從而趨近於陳映真口中的『現實主義』也就可以了。」[133]

在文學獎中沿承了優質文學觀點的伊格言，也自然對於現代主義被陳映真輕視感到不滿。伊格言列舉了福克納等現代主義的知名作家，質問陳映真是否也視這些現代主義經典為呢喃、無法登上檯面的作品，進而批評陳映真以政治信仰作為作品好壞的第一優先順位。伊格言在文末更認為陳映真並沒有真正看過年輕創作者在「喃喃自語」上的優秀作品，稱自己將寄一本《甕中人》給他指教[134]。

就伊格言對於陳映真的批評，我們可以察覺到兩個現象。一則是這些年輕創作者，在美學素養的洗禮上，是更為接近現代主義的，因而對於陳映真偏重寫實主義的傾向感到不滿。另一則是，這些年輕創作者將技法與主題意識區分開來，單純地視現代主義與寫實主義為一種形式技法，並因此預設了陳映真會對現代主義形式的經典作品感到認同。在他們的觀點裡，或許認為「內裡寫實主義的現實關懷，形式現代主義的絢麗技巧」是成立的，進而讓伊格言打算將自己帶有現代主義風格的作品寄給對方指教。但為什麼會造成這種技法與主題意識的區分呢？匿名文學獎所形構的「無政治介入」的主流文學觀點，可能是其中一個原因。原本帶有關懷現實意圖的寫實主義，在被以無政治性的前提給閹割以後，便與現代主義並列成為了一種單純的技法。

以寫實主義為主的鄉土文學，在被去除掉政治性的批判後，對這些新人創作者而言，也只存一種表層符號的意義。甘耀明便曾對鄉土文學作出這樣一番的見解：

---

[133] 伊格言，〈山路〉，《印刻文學生活誌》12期（2004年8月），頁81。
[134] 伊格言，〈山路〉，《印刻文學生活誌》12期（2004年8月），頁81~82。

Q：下列何者是「鄉土文學」，此題為多重是非題，請圈叉作答。

A：

一、顧名思義，凡是大量描寫鄉土的，都是鄉土文學……與此相反的，大量描寫都市生活的稱「都市文學」，非鄉土文學，所以風格包含都是小說的作家黃凡，我們可稱為都市文學作家，不能稱為鄉土文學作家。

二、在台灣，環繞原住民議題的文學常稱為「原住民文學」，而不稱鄉土文學，所以瓦歷斯‧諾幹、夏曼‧藍波安寫的是原住民文學，不是鄉土文學，他們當然也不會是鄉土文學作家。

三、將某一特殊地理區域之習慣、語言、風情、歷史、民俗、信仰作忠實精確之描述的文學作品，都算是「鄉土文學」。照這樣看來，黃凡在自己的小說區塊達成了，算是鄉土文學，也可稱他為鄉土文學作家，也可以稱都市文學作家。以此類推，原住民文學也算鄉土文學，可以稱瓦歷斯‧諾幹、夏曼‧藍波安為鄉土文學作家。

四、鄉土文學其實就是文學，只要寫「地球上」的人事物，都稱鄉土文學。

Ps：站哪裡，寫哪裡，就是鄉土文學了。[135]

在這樣的觀點裡，鄉土文學被扁平化為一種在題材上「描繪鄉村」的小說，僅藉著描繪的對象來簡單區分出鄉土文學與都市

---

[135] 甘耀明，〈下列何者是「鄉土文學」，此題為多重是非題，請圈叉作答〉，《百日不斷電》（台北：聯合文學，2005年），頁82~83。

文學。其更進一步以「如實描繪現實的人文風情」，將都市文學與原住民文學都列為「鄉土文學」，取消了背後的歷史脈絡。「鄉土文學」並不能單用其所再現對象輕易區分，它背後蘊藏著更多的是「現實主義」，是在保釣運動以後，整體文化氛圍的「回歸現實」[136]。亦即藉著左翼寫實主義的介入，透過描繪社會現實的矛盾與困境，來質疑威權統治的合法性，促使大眾有改革社會的動力。而這些抱著「文學無政治性」的文學新進者，自然無法捕捉到鄉土派的左翼觀點。

與鄉土派雙生的本土派，則是為了瓦解掉長年由主導文化建構的中國想像，以描繪本地文化風情的寫實主義來建構台灣民族共同體。然而，也因為這種分離主義的傾向，長年為主導文化所禁制，連帶造就了「台灣文學」一詞長年被壓抑。而本土派作家歷經語言轉換、長年與外省人主導的主流文學存在斷裂，產生了分裂的文學發展，也讓本土派早年以「台灣」之名建構本土派的文學史上，往往帶有排他性。龔鵬程便曾批評，本土派的文學史觀過度強調本省作家的受壓迫者形象，簡化了五〇年代反共的意義，容易忽視外省作家的貢獻[137]。而在主導文化逐漸以「台灣」取代「中國」的九〇年代，便發生了「台灣文學經典三十」的爭議事件。本土派的人士不滿這份「台灣文學」的書單裡多數與本土派建構的經典差異甚大，台灣文學一詞雖然正式進入了大眾的視野，但卻沒有翻轉本土派長年的弱勢地位，反而沿承了主流文學的美學品味。按張誦聖所言，這起事件所代表著，即是反映著主流與本土對於正當性的爭奪──一則是主流建構的現代主義文化正當性，一則是本土定位「台

---

[136] 蕭阿勤，〈鄉土文學〉，《回歸現實：台灣1970年代的戰後世代與文化政治變遷》（台北：中研院社研所，2010年二版），頁204~208。
[137] 龔鵬程，〈台灣文學四十年〉，《台灣文學在台灣》（台北：駱駝出版社，1997年），頁40~48。

灣文學」的政治正當性。對於本土派來說，他們長年以自身歷史默默耕耘的「台灣文學」，被過去使用「中國文學」的主流文學給抽換奪取，其不滿與憤恨都是可以想像的[138]。

不過，在千禧年初期，剛踏入文學生態圈的「小說家讀者」，卻是很直接地接續了主流文學對於本土派的批評。其中，甘耀明便在《中國時報》上連載的「百日不斷電」專欄中，揶揄本土派所建構的台灣文學。

> Q：什麼是『台灣文學』的人間蒸發事件？
> A：……朋友K忽然從書架上抽下一本書，說「呦！我昨天看了一位本土派評論家×××寫的台灣文學史，好怪喔！有些台灣作家不錯，為什麼在書裡會人間蒸發呢？」朋友S聽了後，搔頭說：「這不算什麼，我去國立台灣文學館，……那裡面也有台灣作家人間蒸發了。」……因此「台灣」加「文學」未必等於「台灣文學」，問題是誰來玩，就誰蒸誰了。[139]

甘耀明不僅批評了本土派所撰寫的台灣文學史，認為其中缺乏了他心目中的好作家，對於2003年甫由本土派催生的台灣文學館，也提出了相似的批評。當然，台文館的成立同樣歷經重重困難，除了歷經「現代文學資料館」、「國家文學館」易名過程，在設立位置上面對著南北資源分佈之爭[140]，組織層級在文史場館

---

[138] 張誦聖，〈現代主義文學在台灣當代文學生產場域裡的位置〉，《現代主義‧當代台灣：文學典範的軌跡》（台北：聯經出版，2015年），頁279~280。
[139] 甘耀明，〈什麼是台灣文學的蒸發事件？〉，《百日不斷電》（台北：聯合文學，2005年），頁180~181。
[140] 古遠清，〈充滿火藥味的文學事件〉，《分裂的台灣文學》（台北：海峽

裡也並不突出。而台文館成立初期,由本土派所主導的研究業務大多聚焦在日治時期作品、台語文書寫等,在深耕台灣文學歷史上有著很大的助益。我們雖然無法確認甘耀明所指的「被人間蒸發」確切作家是誰,不過大致可以猜想是某些主流美學作家。甘耀明對本土派的「排除」或許義正嚴詞,但也未見其批評「台灣文學經典三十」主流文學所進行的「排除」,其立場顯然是更偏向於主流文學的。筆者無意就甘耀明的「台灣文學消失論」提出批評,僅是為了要指出其在整體文學生態環境裡,是更貼近於主流位置,並與本土派有所衝突。

而甘耀明對於原住民文學的看法,也與本土派有所隔閡:

> ……自從葉石濤應應邀前往日本「當代台灣文學座談會」發表一篇名為「台灣文學的未來都在原住民作家的肩上!」的演講後,引發不少台灣漢人作家的私下討論,令人多了一份猜測和聯想。
>
> ……就在評審互有堅持而難分難捨之下,某資深漢人作家大聲疾呼了類似:「我們今天就是要還原住民一個公道。」為弱勢族群請命的姿態……最後選出了四位原住民作品,但是名單一揭曉,這四位都是漢人寫的,真是順水了。
>
> Ps:支持與鼓勵原住民作家,要從大環境著手,如果從文學獎比賽使力,有可能還是便宜了有書寫策略的漢人。[141]

甘耀明首要指出本土派大老葉石濤對於原住民文學的力拱,讓

學術,2005年),頁43~50。
[141] 甘耀明,〈什麼是原住民文學的「補償理論」?〉,《百日不斷電》(台北:聯合文學,2005年),頁160~161。

某些漢人作家感到有些質疑。隨後又批評在文學獎的場合裡,評審為了支持原住民作家,而選出了描繪原住民生活的作品,但最終卻發現這些作品都是漢人作家所寫。並認為,這種原住民補償理論的實施,應該就其它面向來著手,而不該從文學獎中來推動。

本土派對於原住民文學的力挺,除了是反省漢人長年以來對於原住民土地的侵奪,另一則也有瓦解主導文化長年中原觀點的意圖。在解嚴後以台灣為主體的國族論述裡,為了復甦過往被大中國文化中心所壓制的在地文化,本土派雖以福佬人為大宗,但經常聯手客家、原住民族群論述,以對抗主導文化長年穩固單一的中國人認同。除此以外,平埔族的原住民論述也提供了台灣本土另一種身分想像,得以超脫中國移民的血緣連結。這造就了本土派長年與原住民論述的緊密關聯。

不過,甘耀明對「在文學獎力拱原住民作品」的批評,不免讓人聯想到前文論及南投縣文學獎時,彭瑞金與東年在原住民風情與政治正確的協商過程。甘耀明顯然並不認同在文學獎競技裡,以族群議題作為選獎的指標,認為這種政治正確的操作會讓獎金獵人有機可乘。這種批評誠然有其道理,尤其在面對資源少數的原住民族群,就如同論者所指,牽涉到的還有「原住民性」如何被漢人觀看的問題[142]。而就甘耀明的這番批評,我們也能很明顯看到其自身的美學觀點,其實與多數在文學獎擔任評審的看法相同,都將這種族群議題視為一種得獎策略。

但就如同筆者在前文指出的,任何一種形式、語言都能是一種得獎策略。被視作政治正確的族群議題,往往才是文學獎比賽中首要淘汰的指標。在寫實主義下表現的族群議題,除了不符合主流美

---

[142] 徐國明,〈弱勢族裔的協商困境——從台灣原住民族文學獎來談「原住民性」與「文學性」的辯證〉,《台灣文學研究學報》12期(2011年4月),頁234~235。

學的需求，也因題材內容在文學評論上較好被辨識，而容易被問題化。然而，一概將族群議題視為政治正確的得獎手段，進而排除掉具有相關議題的文本，不僅無助於撼動原有的美學典律，更可能加深既存的落差問題。因為匿名文學獎無法確認作者身分，只能將表現的族群議題一貫視為得獎手段。即便創作者本身沒有刻意動用這種策略，只是如實地表現出其生長環境的族群文化，都可能會被貶為一種取巧的手段。在這種情形下，新人創作者往往必須迴避掉作品的「族群性」，以「藝術性」、「文學性」讓評審耳目一新。而新人創作者若是未能掌握主流文學所需求的優質美學，在無法獲得文學獎的情形下，便難以進入文壇，無法對既有的典範做出革命性地翻動。以「政治正確」來否定正在復甦、訴求平等的文化觀點，反而容易變相穩固原本保守的價值。

而「小說家讀者」的各個成員，雖然在團體成立以前，部分作品與本土派的寫實主義相符。但在團體成立以後，這些新人創作者卻都有所轉向。其中，描繪客家風情的高翊峰，在後續的寫作裡褪去了客家鄉土文化，反倒集中描繪在都市中的生活。而以漢人身分描繪原住民的李儀婷，則在出版完《流動的郵局》後，筆下不再以原住民為主要題材。筆者認為，他們或多或少都捕捉到主流文化的美學屬性，為了因應主流的文學觀點，而在題材、風格上產生了這般的轉折。

而這些被稱之為「新鄉土」的作家們，實則與多數論者的想像不同。他們雖然生長在本土化的時代裡，但在諸多文學觀點上卻沒有與當時的鄉土、本土派相符，反而是呈現了對立衝突的狀況。不論是寫實主義與現代主義之爭、台灣文學經典、族群文學等議題，他們都表現出歧異的立場，在批評上多半沿承主流美學的觀點。就這樣的衝突現象來看，筆者認為，「小說家讀者」的團體屬性絕非「台灣新本土社」的本土位置，而是依附在大報媒

體下的主流美學位置。

為何這些文壇新進者會靠向舊有的主流美學位置呢？除了主流文學擁有強力的文化資本，得以在文學獎中主導新人創作者的美學風格以外，其本身的中產階級性格與消費文化傾向，對這些面臨文學市場緊縮的新人也較具吸引力。因為帶有政治批判意識的文化觀點，不僅與大眾市場有所衝突，表現出的作品也往往難以取得大眾市場的青睞[143]。另一方面，台灣主導文化下的純文學，其實並沒有表現出強烈排斥商品化的傾向，反而在中產階級對於高層文化的追求下，不少作品也創造出暢銷的佳績。這或許也讓這些面對文學收入越來越薄的新進者，在尋求解套的方法上，是直接偏向了舊有的主流文學，而非本土、鄉土往政治上邁進的文學觀點。

在本小節中，筆者藉著「小說家讀者」成立以後，各成員與鄉土、本土的衝突，嘗試指出該團體在千禧年後的文學生態裡，更為貼近於主流文學的位置。在下一小節中，筆者將簡要分析他們進入了主流文學的場域後，創作的文本如何因應其美學規則而產生改變。

三、純文學創作的各自突破：以李儀婷與甘耀明的無政治鄉土書寫為例

小說家讀者在2003年成立以後，在文學觀點上與舊有的本土、鄉土社群區分開來，往訴求藝術性的主流文學場域邁進。他們各自都才甫出版第一本作品，還是個不折不扣的文學新人，卻

---

[143] 譬如左派的法蘭克福學派，即對於大眾消費文化提出批評，認為通俗文化容易愚鈍大眾。另一方面，具有批判性觀點的作品，矛頭往往指向主流大眾文化，而這也讓一般的消費群眾較難以接受。

也同時要面對整體純文學市場衰落的現況。為此，他們在行動上以兩大目標為主：1. 如何在純文學場域中進行佔位？2. 如何在純文學市場衰落的現況裡，找出突圍的方法？

而他們面對這兩大目標，在文學創作上所採用的策略其實相當容易理解。面對讀者越來越少的慘況，他們決定改造自身創作文本的風格，用通俗的文本來吸引讀者，即是第三章所描繪的「中間文學」。而在純文學場域裡，則是依循著現有的主流美學規則，以獲取內部的認可為首要目標。在文學創作裡，他們同時進行著兩種不同風格的書寫，一則是鎖定大眾讀者，另一則是鎖定純文學讀者。

在鎖定大眾讀者的「中間文學」寫作，是以團體的集體書寫為主。而在鎖定純文學讀者的書寫上，則是由成員們自行突破，各自積累文化正當性。畢竟在團體成軍以前，他們在純文學創作上都有了自己的成就，也有了一定的風格。「小說家讀者」成立的目的，並不在以前衛的藝術理念來指導純文學創作，從而引發純文學美學典律的更動，而是單純地希望找回讀者來閱讀他們的純文學創作。他們團體各自的成員，都還是希望透過個人的純文學寫作，在純文學場域裡獲得認可。基於這樣的原則，他們在純文學的發展與積累的文化正當性各有不同。諸如李崇建和李志薔，在純文學創作上都僅止步於短篇小說集。而高翊峰則是團體裡，少數專注在都市題材的寫作者。

其中，他們在純文學創作上，備受討論的莫過於「新鄉土」此一標籤，不少「小說家讀者」的成員都在此一標籤的指涉範圍。在他們成軍以後，學界則在2004年時首要提出此一概念，嘗試去定義當時這批新生代創作者的純文學作品。當然，就如同前文所述，這種無政治性的鄉土符號操演，很有可能是在文學獎的場合裡所誕生的得獎策略。他們的出道作因為收錄了文學獎作品，

便自然呈現出這樣的「新鄉土」傾向。不過,也有部分成員在後續的個人創作上,卻也繼續沿承了這種的無政治性的鄉土書寫。

在前一節中,筆者分析了袁哲生的文學創作,是如何從一片後現代實驗的主流文學裡,調度進鄉土符碼,在滿足主流美學需求下又搏得了本土派的掌聲。而這種美學風格,很快地為許榮哲所接收,並活用在其自身的文學創作上。許榮哲早在其第一本小說集《迷藏》就展現了這種新鄉土風格,後續在《寓言》、《漂泊的湖》等長篇作品裡,也都採用了這樣的敘事模式,是「小說家讀者」裡少數在風格上並無明顯轉向的創作者。

袁哲生鄉土敘事的「去政治」、「去歷史」[144],造就了其筆下的鄉村總帶著一定程度的模糊感,更關注的是畸零化的人物情節。而這種風格也在不同的時間點上影響了「小說家讀者」成員,進而導致他們的書寫加速轉向了奇觀式的鄉土寫作。其中,甘耀明在出版完第一本小說集《神祕列車》(2003)後,逐漸產生了這樣的轉向。而李儀婷則是在出版完《流動的郵局》(2005)後,不再以原住民風情為題材,同樣轉向了奇觀化的新鄉土風格。細究這種風格的轉向,或許可從兩人在《聯合文學》雜誌連載的專欄談起,並以他們後續在林榮三大報文學獎的得獎作品做分析。

甘耀明自2004年底,於《聯合文學》雜誌開始「不可能正確的鄉村指引」專欄寫作。這系列的小說受限於篇幅,多為一千字初頭的短篇,以幼童的視角為主,記載鄉村裡的奇人奇事,諸如〈夯桌二十里〉中抬著桌子上山幫忙慶典的叔叔[145]、〈壓力鍋煮

---

[144] 徐秀慧,〈去政治、去歷史與背離父祖――重尋價值的新生代小說家袁哲生、黃國峻〉,《中央日報》(2000年11月21日)。
[145] 甘耀明,〈夯桌二十里〉,《聯合文學》243期(2005年1月),頁56~57。

輕功〉中打算靠著全村唯一的彈簧床表演輕功的阿憨叔[146]等，在描繪地方鄉土上，多半充斥著荒誕的滑稽感。而觸碰到台灣歷史記憶，也同樣以輕巧的方式再現。〈鬼屋大冒險〉寫日本巡查對原住民頭目的殖民壓迫，被凌虐而死的原住民則以「鬼」的形式尋求復仇：

> ……每到夜裡，阿本仔鬼不斷唱〈君が代〉，還沒唱完，被從塌塌米縫鑽出來的「番王」用大刀割下頭，丟到糞斗。鬼頭就卡在廁所，目珠凸凸，紅舌頭從頜下拉過頸傷口，背著走，走過處塗滿黏糊的血，「哇！太棒了，就像蝸牛鬼頭呐！」阿德說到這，總要這樣解釋。[147]

對於沉重的歷史記憶，甘耀明慣以誇張的方式去重述，並帶有一種厘俗的幽默感。這一系列的專欄小說，不僅沿承了文學獎中所建立起的無政治性，更進一步以戲謔筆調來形塑個人風格。這些短篇的專欄寫作，有部分被重新改寫，收錄進其後的《喪禮上的故事》。而此類誇張戲謔的鄉土寫作，也成了甘耀明典型的招牌書寫。

在直面上來說，甘耀明或許是「小說家讀者」裡，寫作風格上與袁哲生較遠的寫作者。其筆下的鄉土雖然帶有誇張的荒謬感，但並未如袁哲生一般，包覆在一種黑色幽默的哀傷，而是呈現一種單純的厘俗狂歡。不過在這一系列的專欄寫作中，卻也有罕見地表現出袁哲生式敘事的作品。在〈神鼠咬破天〉[148]裡，便

---

[146] 甘耀明，〈壓力鍋煮輕功〉，《聯合文學》244期（2005年2月），頁38~39。
[147] 甘耀明，〈鬼屋大冒險〉，《聯合文學》245期（2005年3月），頁35。
[148] 甘耀明，〈神鼠咬破天〉，《聯合文學》241期（2004年11月），頁32~33。

以兒童視角描繪貧窮的鄉村家庭。鄉村的孩童按學校老師指示，將老鼠藥帶回家殺鼠，預計靠著鼠尾換取微薄的家計收入。然而酗酒的父親卻誤食了老鼠藥，本該死去的父親卻仍笑嘻嘻地配著老鼠藥喝酒。最後，父親則靠著「把逐漸膨脹的黃豆塞進老鼠屁眼讓老鼠自相殘殺」的奇觀方法，成功達到滅鼠的目的。而孩童則拿著鼠尾，默默地排出了離家出走的母親名字。文本一貫帶有甘耀明式的誇張狂歡的奇景表現，但卻也像袁哲生一般，在幽默的筆觸下暗藏著哀傷的故事，形成了一種藝術化的表現手法。值得注意的是，〈神鼠咬破天〉裡所描繪的鄉村，其所描繪的場景很有可能並非在台灣，而是中國。台灣早年同樣執行過以老鼠尾巴換獎金的滅鼠行動，不過將黃豆塞入老鼠的肛門裡，似乎是中國大躍進時期裡除四害運動才流行的方法。除了台灣在地的鄉野傳奇，中國尚未現代化以前的農村景觀，也成了甘耀明在展現誇張鄉土的一項素材。

李儀婷則於2005年底開始於《聯合文學》連載的「我那狗日的父親」專欄，同樣也以奇觀的鄉村場景為主。李儀婷寫作所關注的焦點，則從原住民移轉到了其外省父親記憶中的中國。小說刻意模仿山東腔，娓娓闡述民國初年的奇人軼事：「關於咱老家那些一個個絕透的人，俺都快沒個記性了熊，……，咱山東大石莊那個老家，除了遍地的高粱梗子外，就屬啥都可能會發生的貓哭耗子的瞎事最多。」[149]，當中充滿了各種當代人難以想像的怪事，諸如專門授種讓人生下類似毛澤東長相的「捏種人」[150]、以削自己頭頂膿包恐嚇討債，最後卻將頭整片削去的葛四[151]等。

作為外省二代的李儀婷，其父親口中的故鄉記憶，卻也轉瞬

---

[149] 李儀婷，〈屌的故事〉，《聯合文學》254期（2005年12月），頁64。
[150] 李儀婷，〈捏種人〉，《聯合文學》258期（2006年4月），頁104。
[151] 李儀婷，〈劈頭葛四〉，《聯合文學》255期（2006年1月），頁106。

變為鬼魅一般的對象。它並非帶著懷鄉式的情感,它對於繼承中國式的人情世故沒有興趣——取而代之的,是一種對畸人的癡迷。因為在這種畸零敘事中,它不僅如馬戲團一般帶給觀眾新鮮的感受,同時也帶有被藝術化的潛質。就如同袁哲生的畸零鄉土敘事,以誇張的方式描繪鄉村裡的邊緣人,以這種「表層奇觀、內裡悲傷」的敘事落差來營造出藝術性。以李儀婷〈走耍七〉一文為例,其描繪靠著賣藝維生的雜耍人,在每次賣藝時總帶著幾個孩子。而雜耍人所表演的戲法,竟是以長鞭分屍孩童。

> 走耍七的鞭子最後鉤住了孩子的頸子,輕輕一扯,孩子的頭也跟著掉下來了。
> 看到這兒,村裡的所有人都傻眼了。
> 走耍七望著孩子,掉著淚說:「這孩子命苦,俺養不起他,但是如果他的死,能養活他的弟妹,他也不枉這一死⋯⋯」[152]

藉著博取村民的同情心,以孩子的性命換取打賞金,藉此養活其他的孩子。在這種前現代的景觀,各種光怪陸離的現象,背後都帶有一種人道的悲情故事。而這種「以死換取活」的母題,也出現在專欄寫作〈嗷〉[153]一文裡,描繪在饑荒中為了活下去,人們只好吃下彼此的肉。不過,這種反覆出現的母題,卻也顯示了這種奇景式的描繪存在的危險。就文本整體的意義而言,小說描繪的事件與內裡指向的母題產生了斷裂。外在的事件成為可被抽換的素材,奇景的鄉村景觀淪為一種工具的手段。只要外在的

---

[152] 李儀婷,〈走耍七〉,《聯合文學》256期(2006年2月),頁86。
[153] 「直到這個時候,每個人才明白是啥麼東西在饑荒的時節裡,把他們全都給養活了。」李儀婷,〈嗷〉,《聯合文學》262期(2006年8月),132頁。

事件能夠滿足「以死換取活」的核心，那麼任何奇景的鄉村景觀都能得以成立。在這種表層鄉村符號的操演下，其背後的歷史與社會背景也都被去除脈絡，形成了模糊的風景。

李儀婷在2005年底「我那狗日的父親」的專欄，標誌了他個人風格的轉向，並延伸到了他日後的《走電人》小說寫作。這種轉向不僅表現在關注的對象，其風格也明顯地更貼近優質文學的現代主義，而其自身也明確意識到這種改變[154]。相較起甘耀明在厘俗的鄉土書寫強化，李儀婷則是在風格、題材上都產生了巨大的轉變。筆者認為，這或許是基於前一節所述的，對於族群議題的排斥。尤其李儀婷本身並非原住民，在描繪原住民的寫作階段裡，或許遭到不少「得獎策略」的罵名。在個人的寫作倫理來說，回歸自身的外省家族也比較合適一些。〈流動的郵局〉在她個人生涯寫作所接收到的教誨，並不是本土派大興的原住民族群議題，而是主流對於「殊異性」的需求。在這種背景下，同為外省二代的袁哲生，其操演的畸零鄉土對於殊異性的展現，也成了李儀婷寫作策略的選擇。

在2005年，意識形態偏向本土派的《自由時報》，也效仿起《中國時報》與《聯合報》，祭出高額獎金舉辦了匿名式的文學獎，林榮三文學獎因而正式成為台灣第三大報文學獎。高額的獎金與伴隨的知名度，也成了「小說家讀者」攻略的目標之一。在第二屆林榮三文學獎中，李儀婷與甘耀明便分別拿下了獎項。不過，儘管《自由時報》在意識形態上較為本土，但在文學獎評審的安排上，卻也是如舊有的兩大報一般，評審安排上盡可能以不同立場為主，這種機制造就了本土派評審仍在文學獎裡偏向弱勢。以下將就甘耀明與李儀婷在此次文學獎的作品，嘗試說明他

---

[154] 李奕樵，〈李儀婷——人生就是這麼荒謬〉，《聯合文學》392期（2017年6月），頁30~31。

們如何沿承了在《聯合文學》上的專欄寫作，表現出主流文學的美學特質。

在2006年，李儀婷獲林榮三文學獎二獎的〈躺屍人〉，後續被論者視為新鄉土風格的作品[155]，其以第一人稱開展，描繪「想死的母親」如何藉著「死亡」來度過自己的一生。小說初始並未明示母親的職業，僅透過零星線索，得以判斷母親為居住於墳墓附近的無業者，沒有明確的收入來源，作為兒童的敘事者只能靠著乞討祭品為生。小說的故事設定在新北金山，將此處描繪為封閉偏遠的鄉村，並以一種童稚天真的視角描繪周遭的畸零。到了故事中段，母親被外地的導演看中，擔任起擔任棺材模特兒、躺棺材替身演員，以各種飾演死人的職業為生。小說最後結束在「長年扮演死亡的母親」的真正死亡時刻，敘事者在一種內向的頓悟裡完成了生跟死的辯證，以成長小說慣有的「長大成人」。而有趣的是，對於扮演死人維生的母親，「我媽用死，養活了我和她的男人。」[156]其專欄寫作〈走耍七〉中那個「以死換取活」的母題便再度現形。

不過，相較起袁哲生在兩大報文學獎裡，靠著操演鄉土符號來獲得本土派的認同，在此次林榮三文學獎裡，李儀婷所操作的畸零鄉土敘事卻沒有得到本土派的好評。葉石濤在決審時毫不留情地批評：「這篇我沒有投，因為這個女人喔，不可能存在啦。世界上可能有這種荒唐的女人嗎？不合台灣社會的現實，我活到

---

[155] 陳芳明於名家推薦中便稱，「以新鄉土來定義李儀婷的作品風格，應該也是恰如期分。」《走電人》（台北：聯經出版，2017年），頁7。李妙晏也以〈躺屍人〉作為後鄉土小說的分析對象。李妙晏，〈後鄉土小說中的空間敘事——以李儀婷、楊富閔、陳柏言為研究對象〉（嘉義：中正大學台灣文學與創意應用碩士論文，2020年），頁32-37。
[156] 李儀婷，〈躺屍人〉，《走電人》（台北：聯經出版，2017年），頁91。

八十多歲了沒有看過。」[157]對於小說描繪的職業以及情節頗不以為意，認為不符合台灣的現實生活。不過其餘評審較持正面看法，諸如季季認為具有鄉野傳奇風格，表現出地方風情；廖炳惠認為描繪出喪葬產業的變遷；邱貴芬認為故事節奏與劇情吸引人。而黃凡則稱該篇為他心目中首選，表現出人性關懷。

葉石濤的批評並非毫無來由，〈躺屍人〉在「一心求死而選擇扮演死亡的母親」上，確實表現出極度荒誕與抽離的樣貌。而無論是季季認為的地方風情，或是廖炳惠認為的殯葬產業改變，也只是在「台北觀點」底下所造就的倒錯。李儀婷便曾自言，〈躺屍人〉是在《FHM男人幫》雜誌策畫專題中，所產生的想法。《FHM男人幫》雜誌多以煽動、怪奇等娛樂專題為名，而該專題為了介紹葬儀相關服務，因而找模特兒來試躺棺材。「我們有寫過採訪，做過這些事，就發現這也能算是一種職業。」[158]在這種背景底下，原本僅是娛樂式的一次性專題企劃，打零工般的「扮演死者」卻被職業化。若仔細深究，台灣本對於葬儀等風俗相當忌諱，此類「棺材模特兒」幾乎不可能存在，更遑論稱之為葬儀產業的變遷。根本而言，是相當脫離現實的。

這種「一次性扮死常態化為職業」的背後作祟者，正是一種對於邊緣的殊異化與美學化。李儀婷即表示，「我想貼近職業，又能哀傷。所以一直在尋找一種，擁有我不知道的能力，又作為職業的人。」[159]然而這相當危險，立基於現實的職業因而被去脈絡化、抽象化，成為被美學化的觀察對象。其對各種職業所處的

---

[157] 黃麗群記錄，〈剖開小說世界的邏輯蕊芯——第二屆林榮三文學獎短篇小說獎決審紀錄〉，《自由時報》副刊，2006年11月27日。

[158] 李奕樵，〈李儀婷——人生就是這麼荒謬〉，《聯合文學》392期（2017年6月），頁28。

[159] 李奕樵，〈李儀婷——人生就是這麼荒謬〉，《聯合文學》392期（2017年6月），頁28。

現實困境沒有直接興趣，而是將焦點轉向了具有能被美學化的特殊職業。換言之，這些職業不過是作為載體，是被架空的。這近似於〈流動的郵局〉中，被嫁接起的「行動郵局」與「會計」，在去脈絡的情況下將兩種不同的要素結合。當焦點過度擺置在被美學化、被藝術化成某種母題之時，其描繪的對象往往容易被架空，成為可被任意抽換的細節。

小說描繪的場景雖然為金山，卻也被模糊化為一種邊緣的鄉村。「金山真是一個奇怪的地方，它明明就位在東北角，一個迎海又靠山的地方，……，我應該不是要往海上泅泳而去，就是該往山的另一頭奔去，但是奇怪的是，為什麼這麼簡單的路，我卻哪裡也去不了。」[160]小說其實並沒有展現過多金山的地方風俗民情，只是將其作為畸零敘事的鄉村背景。李儀婷便也自言「每個職業我都試圖找個地方扣上去，試圖更接近土地的樣子。但真的有土地嗎？也沒有。人都很荒謬，浮在土地上。我不想寫鄉土文學，所以就只是輕輕扣。」[161]小說創作者並非如實地生長在金山、見證金山的殯葬產業，而是動用各種元素進行拼貼，打造出殊異的鄉土敘事，去包裝藝術化的核心母題。

同場甘耀明的〈香豬〉，也如同李儀婷一般，對於追求真實不再有直接的興趣。小說描繪客家人張雞胲為了滿足當地郡守的需求，藉著原住民抓捕的野豬，試圖重現祖傳的「香豬運鮎」。而所謂「香豬運鮎」，即是將香魚塞入野豬的體內，並透過針灸操控其行動。為了馴服野豬，只好開辦野豬學校，甚至為野豬上起漢文課。而香豬只要感到動怒，便會不自主地膨脹炸裂，運鮎行動即失敗。然而在殖民地的時代裡，受辱的常態，讓運鮎之途

---

[160] 李儀婷，〈躺屍人〉，《走電人》（台北：聯經出版，2017年），頁94。
[161] 李奕樵，〈李儀婷──人生就是這麼荒謬〉，《聯合文學》392期（2017年6月），頁28。

注定沒有終點。張雞胲兩次的運鮎行動極盡卑微地安撫暴怒的香豬，但香豬的暴衝最終仍被殖民地巡查蠻橫地宰殺。甘耀明維持他一貫的風格，在描繪香豬如何被操控乃至爆炸，展現了一種誇張厘俗的狂歡感。

〈香豬〉的寫作沿承了「不可能正確的鄉村指引」專欄特質，以輕盈的方式重新看待歷史，以誇張的筆調描繪鄉野傳奇。「不可能正確」一詞，昭告著對於「追求事實」的無能與抵抗。姑且不論「香豬運鮎」是否為真實的民俗傳統[162]，但訓練野豬而成立學校，又或是其筆下「原客族群」頗為和諧[163]，似乎都離史實有一段距離。廖炳惠即言，「我最近都在做日治時代作品的研究，就會覺得事情不會是這樣子的。」[164]葉石濤亦表示，「這篇小說活過日本時代的人來看就會感覺莫名其妙。那時候校長高高在上啊！不可能發生小說裡那種事情……」[165]顯然在歷史真實性上較缺乏可信度。不過，黃凡卻表示「這篇我覺得勇氣可嘉，開拓歷史另一個面向，因為對年輕人而言那不一定是悲壯的，他們很可能有不同的感受跟理解……」[166]

筆者並無意以「文學是否再現真實」來否定甘耀明或李儀婷的文學創作。在這場文學獎競技裡，這兩篇同樣被視為新鄉土的作

---

[162] 筆者對於客家文化的了解未深，無法肯定其真實性。而〈香豬〉較少有相關論文討論。

[163] 早年客家族群多位於閩南族群與原住民部落之間，以居住地而言，較常面臨出草危機，如龍瑛宗〈夜流〉即曾提及親族遭出草逝世。不過在甘耀明的〈香豬〉中，客家人與原住民似乎不存在著衝突，甚至隱然有位階高低，得以命令原住民。若說由原住民抓捕野豬，再交由客家人訓練為其故事預設的傳統，恐不符合歷史事實。

[164] 黃麗群紀錄，〈剝開小說世界的邏輯蕊芯——第二屆林榮三文學獎短篇小說獎決審紀錄〉，《自由時報》副刊，2006年11月27日。

[165] 黃麗群紀錄，〈剝開小說世界的邏輯蕊芯——第二屆林榮三文學獎短篇小說獎決審紀錄〉，《自由時報》副刊，2006年11月27日。

[166] 黃麗群紀錄，〈剝開小說世界的邏輯蕊芯——第二屆林榮三文學獎短篇小說獎決審紀錄〉，《自由時報》副刊，2006年11月27日。

品,卻沒有像袁哲生的作品一般,獲得本土派的高分好評。在最終給分上,〈躺屍人〉與〈香豬〉各獲了葉石濤2分與3分,但各從黃凡獲了5分與4分。這些所謂的新鄉土作品,雖然有時能搏得本土派的賞識,但在最根本的美學脈絡上是更貼近主流文學的。

如果說傳統的鄉土小說,是在一種已到來的現代社會之中,對於前現代的哀愁與悼念[167];那麼,這批所謂「新鄉土」小說,即是在那些前現代的事物中尋求可被美學化的對象,將之作為一種對象來凝視。而其慣用的孩童視角,本身也帶有一種前現代性的特質。因為孩童本身,尚未因為教育等種種社會體制,被文明或現代性給束縛。故總能以一種無道德感的輕盈方式,去看待那些讓他覺得驚奇,但實則是相當弱勢的畸零人物。

這種對於前現代奇觀的凝視,一部分可能源自於他們生長環境裡,並非一手經驗了這些事物,因而對於這些流傳的鄉野傳奇感到好奇。值得注意的是,他們所關注的前現代奇觀,不僅僅包含了台灣的在地鄉土,亦含括了中國的前現代。這些生長於解嚴後的小說家,其文學養分多少也包含了中國當代小說,不過礙於研究能力的限制,此處無法多加分析[168]。但筆者認為,這也是必須留心注意的地方。因為這種過度關注於奇景鄉土的描繪,容易缺乏歷史與社會背景清晰面貌,進而嫁接進不同脈絡的前現代景觀,造成了去脈絡化的結果。

我們或許可以試想這樣一種文風的誕生過程。最初,在文學獎機制裡,為了同時滿足本土與主流的美學需求,發展出一種無政治性的鄉土符號書寫。在褪去了悲情、抗議的政治性格後,這種鄉土書寫得以往更輕盈、更幽默地方式去發展。為了接近主流

---

[167] 鄭千慈,〈崩解的自我——現代主義、畸零人與戰後台灣鄉土小說〉,(台北:淡江大學中文系碩士班,2005年),頁41。
[168] 譬如汪曾祺、余華等小說家,都是可能影響他們的作家。

文學的優質美學,在策略上更加強化文本裡的殊異性,讓文本描繪的細節與真實世界有所差異。當表層鄉土符號的操演繁衍出架空的現實,便逐漸脫離了本土派的寫實精神,因而產生了衝突。

新鄉土最初或許是基於文學獎的機制所誕生的。就如同前文所述,大多新鄉土的論述都聚焦在這些小說家的得獎作品集。而「小說家讀者」成員張耀仁,也曾指出了文學獎在形構「新鄉土」風格的助力[169]。不過,在風格成形以後,它也成為了新人創作者持續累積自身知名度的策略之一。特別是主流文學場域裡,並不排斥這種型態的新型鄉土敘事,因其內底蘊涵著的是優質文學的現代主義觀點。它不僅以奇觀的鄉土擺脫傳統鄉土的悲憫,也用藝術性取代了政治性。而這種類型的鄉土寫作,或多或少也消彌了本土、鄉土的悲情敘事,讓主流文學能以另一種方式去挪移長久由反抗文化所握持的符號。

當然,在「小說家讀者」活動的這段期間(2003~2006),其成員在純文學的創作上,也是有不依循著這種新型鄉土的寫作。如張耀仁,在風格上明顯受駱以軍影響,小說多呈現淫靡華麗的情慾想像。又如高翊峰,雖然因工作而與袁哲生較為接近,但創作上並沒有明顯地沿襲袁哲生的鄉土敘事,而是另闢都市、女性的新方向。而第一本小說明顯呈現畸零鄉土的伊格言,則沒有延續這樣的寫作,反而是醞釀著科幻小說的書寫。出道作主打法國新小說式的王聰威,倒沒有繼續實驗形式的書寫,而是在國藝會補助下轉往了長篇寫作,於2008年才出版被人稱之為新鄉土的作品。筆者認為,這些創作者在寫作的歷程上,雖然共通地依循著主流的美學需求,但細部的轉向上仍有所不同。學界慣以使用的新鄉土,容易遮蔽掉這些細緻的差異,將這些作家以輕盈的方

---

[169] 張耀仁,〈貓的,你們寫的小說才是垃圾〉,《野葡萄文學誌》第16期(2004年12月),頁78。

式處理鄉土視為理所當然。而筆者在本章中,雖綜談了他們寫實主義的作品、無政治的鄉土書寫,看似理出一種線性的轉變,但筆者並不認為這通用在所有成員身上,並非所有的成員都有寫實主義作品或新型鄉土書寫的作品。盼後續研究者在處理這些個案時,應能更加細緻地進行處理。

而在同一時間裡,「小說家讀者」的部分成員雖然被學界使用新鄉土來定位,但他們團體的活動與宣言,並不意在繼續延展新鄉土論述的內涵。「小說家讀者」的成立,意在改變整個純文學市場衰微的現況。在本章裡,我們看到這些新人創作者如何通過文學獎的窄門,與本土、鄉土的政治性格衝突,努力進入到在純文學市場佔有大宗的主流文學。然而,在優質文學的形塑底下,純文學小說變得艱深難懂,文學獎的作品僅在圈內打轉,新型的鄉土書寫也只能搏得純文學界資深者的認可。要改善市場緊縮的情況,保住現有的純文學讀者是不夠的,還要想辦法往外吸引更多的讀者。為了突破這樣的困境,「小說家讀者」決定要另闢新徑。除了繼續原有的純文學創作,他們以「中間文學」為名,開啟了以都會愛情為主的新型書寫,希望以此吸引年輕的讀者。

第三章　創作上主打的中間文學

第一節、在「中間」以前：流行文化的大眾寫作

一、成人雜誌的情色與幽默書寫

>　　對文學來說，現在是什麼樣的時代？
>　　……首先，很不幸地，文學獎已經是一種常態手續。
>　　……於是，天天都可以看見來自新聞、報紙、雜誌，甚至是電視台娛樂性節目的訊息──文學？那是什麼？它還在嗎？
>　　……原來，這就是文學面臨的時代，文學人的處境。[1]

　　儘管本文在第二章廣泛地論述了「小說家讀者」團體成形前，各個成員在純文學寫作的嘗試，不過「小說家讀者」在活動期間所進行的集體寫作，卻與純文學寫作在內容與形式上有著極大的不同。就如高翊峰所言，他們透過重重文學獎機制，勉強成為了主流文學的新進者，但文學已不再為首選的娛樂文化產業。外加網路作為新興的媒介，更威脅了紙本媒介的龍頭地位。這些新進者不但無法單靠創作來獲得大量的利潤，多半也有所兼職，以寫手的身分靠著與文字相關的文化產業維生。「小說家讀者」為了打破這樣的現狀，意圖要在創作上執行「中間文學」，希望能打造出介於純文學與大眾文學的文體。

---

[1] 高翊峰，〈子彈在跳舞〉，《百日不斷電》（台北：聯合文學，2005年），頁4~6。

在喊出「中間文學」的口號之時，顯示出了這些文壇新進者並沒有過多「純藝術」的純文學包袱。事實上，在團體成立以前，他們就與大眾文化的消費產業有所關聯，多半曾進行過相關的大眾書寫。也因為對於流行文化工業的熟捻，他們並沒有表現出知識分子的排斥心態，而是願意直接面向大眾市場。是而，在探究他們如何創造出介於純文學與大眾文學的文體以前，我們或許可以先看看他們在大眾文化工業下所生產的文本。

在上一章節中，本文以袁哲生的無政治鄉土寫作，嘗試說明其在純文學創作上，如何影響了「小說家讀者」的寫作。而我們也可以從「小說家讀者」的「每月猛讀書」的停刊啟事中，明顯看到袁哲生對於他們的影響。除了在純文學創作上，作為無政治鄉土的開創者，在外部生命經驗上，袁哲生對這些文學後輩的照顧與提攜也是不遺餘力。其中，「小說家讀者」的許多成員都曾在袁哲生的邀約下，在其主導的《FHM男人幫》下擔任寫手。

《FHM男人幫》是英國FHM授權，由台灣編輯團隊進行在地化的雜誌，主打時尚、幽默、成人話題以及軟調色情[2]。雜誌封面總以性感的女模特兒為主，吸引大眾男性讀者購買。雜誌內容除了採訪報導影視明星，亦有各種冷知識的蒐集，每期開設的專題也同樣以新奇、刺激、幽默為主要訴求。袁哲生則從創刊號開始，便擔任雜誌主編，並升任成為雜誌總編輯，對於整本雜誌的重要性不在話下。由於雜誌是國外授權，在明星專訪與雜誌專題上，一部分是國際外稿，一部分則是台灣編輯團隊所撰寫。而翻譯與採訪、專欄的部分，自然就落到了袁哲生所找的這批寫手身上。

在袁哲生主導的《FHM男人幫》雜誌下（2000~2004），其寫手的陣容，不乏當時文學獎的常勝軍。其中，童偉格、何致和、

---

[2] 軟調色情（Softcore pornography）。以美學化、精緻化方式拍攝女體。視覺上相當挑逗，但並未露點。其雖以「品味」包裝，但仍帶有男性觀點視角。

王聰威、許榮哲、高翊峰、盧郁佳、盧慧心等人,都曾為雜誌的寫手,負責各種書評、影視明星採訪、專欄寫作、外稿編譯等。一本成人時尚雜誌,竟然找了一批純文學的寫作者,這或許是文學史上前所未聞的事。《祕密讀者》便曾對此一現象有所猜想:「既然是寫作,能寫純文學的作者應該也足以擔當時尚雜誌的寫手。」[3]袁哲生自身從《自由時報》的編輯跳槽至時尚雜誌,除了打破純文學寫作者只能侷限在純文學產業的想像,也顯示出跨度到大眾文化的積極與可能性。

不過,這條線索卻長期為學界所忽略。只重視文本的文學批評裡,一向難以關注到作家外部的生命經驗。而進行個人作家式的研究裡,卻往往帶著純文學的觀點,僅將這類線索視為一種「無關藝術成就高低」的謀生背景。這也讓我們在思考這段文學發展的過程,缺乏了其他想像的可能,只能限縮在既有的觀點裡。如何思索袁哲生與這些文學新進者,在這本雜誌上產生了什麼樣的連結,無疑也是重要的課題。

當然,要確認外部生命經驗的影響是困難的。擔任雜誌的編輯,並不會因為這份工作,而能直接成為其雜誌寫手的精神導師,背後勢必存在其他多重的原因(在整個文壇裡,是少數特別關心他們的前輩?抑或是在美學品味上,是他們的啟蒙者?)。各個成員在任職時間的長短與遠近,也與文本風格的延繼關係沒有正相關。若要檢視這種關係,應當還是要從個案來審慎檢視,避免過於武斷的連結。

諸如李儀婷,其無政治的鄉土寫作〈躺屍人〉,便是因為《FHM男人幫》以新奇為主的策畫專輯,而得到了「靠躺棺材維

---

[3] 秘密讀者編輯團隊,〈一個猜想:袁哲生的遺產〉,《秘密讀者》(2014.10),電子書連結:https://readmoo.com/book/210019299000101,2021年4月9日最後瀏覽。

生的職業」靈感。但李儀婷在任職於《FHM男人幫》以及轉向這種無政治的鄉土寫作的時間點，都已是袁哲生逝世以後。王聰威與高翊峰雖然都任職於《FHM男人幫》，但在文本風格上，卻不似許榮哲的無政治鄉土如此貼近袁哲生。而非「小說家讀者」的童偉格，則在《FHM男人幫》中有個人的「童偉格遊寶島」專欄。其日後曾於散文集中隱晦提及此段經歷，並被黃錦樹視為是童偉格自身寫作的某種起點[4]。在此一專欄寫作中，童偉格被要求蒐集日常新聞的奇聞，並以幽默荒謬的口吻重新講述，配合雜誌調性來呈現一種奇觀的「寶島」風景。在純文學創作上，同樣以無政治奇觀鄉土寫作為名的童偉格，或許更能表現出這種外部生命、大眾書寫與純文學書寫的重疊。

這些純文學出身的寫手，在雜誌中被分配到的工作不盡相同。王聰威大多負責採訪人物、高翊峰負責文化商品（酒、科技產品）的文案介紹，童偉格是少數擁有個人專欄寫作的創作者。不同的撰寫內容也牽涉到這些創作者在這份雜誌中，與個人純文學經驗重疊的幅度。在文案撰寫、採訪人物或翻譯外稿上，很可能比較難發揮他們的創作長處[5]。不過，在《FHM男人幫》雜誌裡，卻擁有一個固定的「不騙你」專欄，能讓他們進行面向大眾讀者的創作。

每一期的「不騙你」專欄，通常由台灣團隊的寫手負責，以第一人稱記述其所遭遇的荒謬搞笑之事。該專欄並無固定的作者，而是近似輪流般的，交由各個寫手撰寫。是而，唯一可明確辨認作者身分的，僅為標題下方的「引言」，以及故事結束後的

---

[4] 黃錦樹，〈歷史傷停時間裏的「寫作本身」〉，《中山人文學報》43期（2017年7月），頁7。

[5] 當然，這並不表示他們所寫的文案、採訪內容就沒有個人在純文學上的素養。事實上，在他們所撰寫的明星採訪稿中，常常會刻意引用一些艱深抽象的西方經典，來營造出一種中產階級所追求的高層文化。

「後記」。諸如〈肥海無邊〉一文中，引言為「盧慧心興匆匆的參加減重課程，本來想多少雕塑一下自己的身材，誰知道，卻因一包巧克力見識了難得一見的精采春光⋯⋯」，後記則為「盧慧心下課果然瘦了一點點」[6]，這種標註作者的方式相當微妙，恍若作者成為了某種被觀看的小說人物。（尤其當時這些作者普遍未出書成名，對於一般閱讀者而言，他們的名字還不具有作家的意義）這些標註作者的引言或後記，它的作用都純粹要挑起閱讀者的閱讀動機，或是塑造出某種閱讀完後的趣味。

當然，它不同於專題、專訪等偏向工作性質的寫作形式，而是讓這些文學獎得主進行他們最擅長的事──闡述故事。而其闡述的對象、面對的讀者群，無疑是大眾讀者，尤其以異性戀男性為主。是而，這類型的故事多半充滿荒誕、搞笑、自嘲的意味，並間雜奇景式描繪或色情想像。諸如〈千呼萬喚縮起來〉，高翊峰描繪自己在酒吧擔任酒保，目睹了喝醉酒的外國女性脫衣秀，「她還捧起胸罩裡那兩顆碩大的隆起物，不停抖擻：被擠起來的胸部，活像長在胸口上的屁股。」，且喝醉裸身的人越來越多，「恥毛從胯下探出頭來，一邊的乳房翻身出來喘氣，全部醉醺醺地隨著音樂扭動一具具的裸體」，最終自己在眾目睽睽下被脫去褲子，並意外露出了生殖器，「我就這樣乖乖地站在吧台上，像隻安安靜靜的『無尾』熊一樣供人觀賞著⋯」[7]，其描繪外國人巨大雄偉的性器，來滿足台灣男性讀者的好奇。並以閹割式的自嘲，營造出一種成人的幽默感。

如何闡述故事，吸引一般讀者能繼續閱讀下去，亦是這類型寫作的重點。〈拔毛遊戲〉中，許榮哲先是定調了故事中尋求一夜情的動機，以pub為起點，開始推進敘事開展。在歷經了尋找對

---

[6] 盧慧心，〈肥海無邊〉，《FHM男人幫》19期（2002年1月），頁53。

[7] 高翊峰，〈千呼萬喚縮起來〉，《FHM男人幫》3期（2000年9月），頁48。

象、朋友幫助、自己進攻等行動後,提議了「拔毛遊戲」,希望最終能達到一夜情的目標。而所謂「拔毛遊戲」,實則是一種吃豆腐的遊戲,輸家需將自己的陰毛貼在對家的身上,「這種遊戲對男生而言,輸了也是贏,想想看,能把自己的陰毛黏在陌生女孩的下巴上,那可是一件『呵呵呵』的快活事」[8],故事在「我」宿醉醒來時,發現自己臉上貼滿了陰毛達到了高點──尤其敘事者避開了「貼陰毛」的男女互動場景,更讓讀者飽含了淫慾的遐想。而正是這種遐想營造了另一層的轉折,特別是在其朋友解釋那些陰毛其實是來自男性友人之時,挫敗的意淫便形成了滑稽的趣味。

　　許榮哲在鋪排敘事的方法上,確實帶有幾分層次與流暢度。專欄的「不騙你」,即是訴求於讓人稱奇的故事。這些寫手們得以發揮在文學獎中所磨練出的技巧,拿捏文本的起承轉合,並且要能以說服讀者的方式闡述難以置信的經驗。又如王聰威的〈禍從天降〉,描繪自己與國小國中生起衝突,甚至被圍毆搶劫。而在遭遇這群孩子之時,其以極為詳實的筆法如此描繪:

>「十幾個人,但還不到能組成兩隊的狀況。年齡大大小小都有,不過總之都是小孩子。其中長得最高大的比我還壯一倍,只是臉看來就是國中生的樣子。最小的大概是小學二年級左右,連跑步起來,都還有點搖搖晃晃的,手套戴在手上像長了畸形的巨大鴨蹼。……也許是黃昏的關係,整個操場都籠罩在一片昏暗中,到處都顯得舊舊,視線也變得不清楚。剛才像是美國水牛大遷徙的放學景象已經結束了,留下一種好像會讓人一瞬間老了好幾歲的感覺。」[9]

---

[8] 許榮哲,〈拔毛遊戲〉,《FHM男人幫》5期(2000年11月),頁59。
[9] 王聰威,〈禍從天降〉,《FHM男人幫》1期(2000年7月),頁48。

這段敘事中，醞釀了一股暴風雨前的寧靜感，預示了那「比我壯一倍」的青少年們，隨時都有可能與之爆發衝突，而那種暴力甚至是超越該年紀應該有的天真，老成嫻熟的搶劫便與孩子們的外型產生了不協調的對比。王聰威透過單純的描寫場景，以疏離的緊張氛圍來達到某種敘事張力，將「小孩子圍毆大人」這種超乎常理的故事，透過小說的虛構技巧來建構出可信的細節，充分展現了文學獎磨練出的技藝。

　　當然，在以多數異性戀男性為讀者的雜誌底下，這些作品所傳達的故事以及觀點，泰半都只淪為服膺於父權文化下的產物。不論是高翊峰、許榮哲筆下的故事，都表現出保守的男性觀點，諸如對於巨大性器的崇拜以及與之而成的自卑情緒、將陰毛作為假想的生殖器意淫女性，都是一種陽剛意識的展現。即便故事看似以自嘲的方式作結，但那並不意味著對父權的顛覆，倒不如說意淫的目的早在故事結束前便已達成。在訴諸煽情、刺激的成人雜誌下，這些作品即便是由高層知識文化分子所創作，但投射的也可能只是既有的父權思維。

　　對於這種立基於父權社會結構下，所誕生的消費文化產物，女性主義自然已有諸多批評。而大眾文化底下的作品，也經常因為商業化、消費化，被法蘭克福學派批評缺乏反省力，將此視作資本主義底下愚鈍大眾的幻覺。在既有對於大眾消費文化的批評裡，往往被高層知識分子視為較低階的產物。因為大眾文化商品通常表現出大眾的集體心智，它並不訴求前衛的藝術或文化觀點，而是多數人的最大公約數。

　　然而，這是否意味著高階文化知識分子所追捧的純藝術、純文學等文化商品，就表現出更好、更高的純粹位置呢？布赫迪厄對於十九世紀的法國藝術場域之中的「藝術」與「大眾」之爭，戳破了「純藝術」自命不凡的假象。事實上，純藝術本身也是在

進行一場關於幻覺的遊戲。帶有某種形式、美學風格的產品，通過了特定的認證，形成了具有神聖的「藝術性」，並為特定的群體所接受的共識[10]。我們必須認知到的是，所謂的幻覺，乃是一個特定的群體，集體接受了這個超常的感受。文本所傳達的價值、敘事風格、潛藏的意識形態觀點都為這種幻覺的一部分。而無論是大眾文化商品或純藝術文化商品，他們在最根本上，都只是在執行一場關於其群體的幻覺生產。

將大眾文學與純文學相比，並非是將大眾文學提升到純文學的崇高地位，相反的，應是去除純文學的神聖性。我們不能忽視大眾文化所帶來的某種幻覺，同樣的，也不能忽視純文學中為自己塑造的典雅幻覺。正如前一章所批評的，主流純文學其自身帶有著無政治性的美學，事實也是某種該被留意的幻覺。但也正因為是幻覺，在從事這些創作的同時，創作者本身並不單純只是反射出該群體的一種集體意識形態。亦有可能只是因應其特定群體的幻覺，而產出了符合其想像的文本。一方面，我們仍要對安穩結構底下不自覺產生的惰性感到警醒，必須注意到幻覺所帶來的遮蔽。另一方面，我們也需意識到幻覺並不全然會覆蓋在其生產者身上，生產者仍保持有限的能動性。

是而，當這份在成人雜誌的經歷，轉換到純文學書寫時，因應其受眾的需求，便會轉向較為嚴肅的意旨，且不展現任何輕挑之感。如在《FHM男人幫》任職多年的高翊峰，將這份工作經驗轉換成純文學創作時，便一反其在雜誌裡動員的刺激、煽情元素，改採了深沉的筆調，嘗試表現出純文學所希冀的藝術性。在〈尋找封面女郎〉一文裡，便透過意識流的方式，闡述成人雜誌的編輯在尋找年輕模特兒的過程，不斷想起自己婚姻中的失敗。

---

[10] 皮耶・布赫迪厄著，石武耕、李沅洳、陳羚芝譯，《藝術的法則——文學場域的生成與結構》，（台北：典藏藝術家庭，2016年），頁357。

因為其工作的關係,經常需要與年輕女性有所接觸。年輕女性的肉體,便與家中初老的妻子形成強烈的對比。雖然成人雜誌帶有許多物化女性的視野,但編輯不斷強調自己從事的並非下流的色情行業,而是帶有中產階級品味的流行雜誌。文本裡數度出現的性愛場景,都帶有疏離淡漠的情感,作為論證靈與肉的重要機制,而非單純的娛樂用途。如描繪男編輯觸摸模特兒身上的疤,帶有情慾想像的描繪,「那層白色粉脂假皮底下的硬質肌理,宛如活的小生物,剛剛張開有牙齒的嘴巴,咬了我的指尖。」[11],明顯與成人雜誌中訴諸直接式的娛樂(快感)有所不同。當創作者不再服務消費文化的男性讀者之時,在純文學的幻覺需求下,情慾的細節便覆蓋上藝術性的氣息。

透過《FHM男人幫》與這些文學新人的交會,筆者首要嘗試指出的是,這些於千禧年初期進行文學創作的新人們,是處在大眾文學、純文學分立的年代。他們一方面在大眾文化中不斷生產文字,一方面又在純文學中競逐文學獎,因而在他們的身上顯示出了**雙重的幻覺**。這兩種幻覺時而對立,時而又能見到重疊的痕跡。我們基本不會在他們的純文學作品中,直接看到這種輕浮、與九〇年代性別運動相悖的觀點,但卻有可能被隱晦地包藏在某種美學化的敘事;我們也確實能在《FHM男人幫》的書寫裡,隱約感受到某種純文學創作者所具備的技藝,無論是故事情節的轉換,亦或是描繪場景中所控制的氛圍。

在進而論述「大眾文學與純文學」之間的中間文學前,我們勢必要理解這種雙重性的存在。在本小節中,藉著袁哲生與其《FHM男人幫》雜誌,我們不只看到了這些文學新人如何在外部活動上與這位純文學前輩有所連結,也進一步看到了他們跨度到

---

[11] 高翊峰,〈尋找封面女郎〉,《奔馳在美麗的光裡》(台北:寶瓶文化,2006年),頁89。

大眾文化的嘗試。而在《FHM男人幫》雜誌下所產生的文本,都是在預設讀者群為成人男性的情況下,所投射的幻覺。它是一種充滿異色的、滿足感官慾望的,以滑稽戲弄笑點的消遣型產物。不過,這種幻覺也僅限於這種成人雜誌的書寫。在下兩小節中,我們會見到與這種類型書寫截然不同的大眾嘗試。

二、言情文化工業下的愛情書寫

在前一小節中,我們見到了這些經過文學獎歷練的文學新人,進入到《FHM男人幫》雜誌的大眾文化生產。這樣的文學歷程,或許會讓人以為他們都是先經歷過純文學的素養,才轉換到大眾文化寫作。不過,本小節所論述的李儀婷,在出版經歷上較為特殊,先是以筆名出版兩本言情小說後,隨後因獲得文學獎,而轉往純文學的寫作。而這樣的對比,也並不意味著其餘成員是「從純文學的結構轉往大眾的結構」,大眾文化應該更普遍優先啟蒙了這個世代,無論是影視產業或是通俗讀物等。只不過這無法單從發表文本的優先序,輕易地做出判斷[12]。也或許是因為言情小說在台灣是最具有工業規模的類型,方才讓李儀婷能快速得到出書的經歷[13]。而其哥哥李崇建亦曾撰寫過言情小說,這也是值得留意的一點[14]。

---

[12] 由於本篇僅以現有資料判讀,且不牽涉訪談等形式,無法判定是否還有未出土的文本。此外,王聰威於大學時期曾在婦女雜誌《新女性》雙月刊上刊登小說。但礙於研究能力有限,留待後續研究者挖掘。

[13] 言情小說讀物相較起科幻、武俠、驚悚、推理等大眾類型更具規模。在這種情況下,若是想靠推理出道的小說家,在門檻上相對較為困難。

[14] 李崇建曾表示,當年試圖靠寫言情小說來生活,與朋友一同合寫長篇作品,卻屢遭到退稿。而轉寫短篇言情小說投到雜誌後,雖有刊登之作,但是在雜誌社要求底下被讓渡著作權,因而都未以其名發表。李崇建,〈我的菜鳥生涯過了嗎?〉,《野葡萄文學誌》13期(2004年9月),頁79。

筆名為「夏飛」的李儀婷[15]，在2000年時於新月出版社出版了《絕色誘情》與《桃色獵豔》[16]。其自言，在剛踏上言情小說書寫時，曾數次遭到退稿[17]，最後則是用盡苦心，「花了四個月的時間，研究當時市面上的言情小說，甚至製作了一份攻略表，例如：『男女主角之間，一定要有誤會，身分背景要有很大的差別。還有，故事裡面需要設計壞人。』」[18]最終才順利出版了這兩本言情小說。這兩部小說可說是其鑽研了言情小說的公式後所寫。而這種公式，我們姑且能將其視為言情小說場域的範體，屬於言情小說自己一套的幻覺。

《絕色誘情》與《桃色獵豔》兩部小說共享著同樣的世界觀，各以十方企業的白雲飛與白雲翔為主角，敘述兩兄弟各自的愛情故事，而在基礎的調性上不大相同。其中《絕色誘情》講述「厭惡交女友」的白雲飛，遇上了幫家中還債的苗筠翎，而因為女主角性格糊塗，整體故事偏向戀愛喜劇。而姊妹作的《桃色獵豔》則敘述多情的律師白雲翔，幫助淳于嵐子介入其朋友的官司，整體帶有解謎的偵探風格。儘管小說在基礎的故事調性上有所區別，不過在劇情的轉折，乃至男女主角的關係上，都不約而同地出現相似性，恰恰符合了其自言的公式套路。

其中，白雲飛和白雲翔都為都市言情小說經常出現的「總裁」形象，無論是「長年單身」或是「花心大少」，都一致帶有厭女的心態──認為身邊所有女性都是覬覦自己的財產而親近他。是

---

[15] 陳玉金，〈從成人文學獎金獵人到少年小說創作推手〉，《文訊》330期（2013年4月），頁45。
[16] 在這期間，似有在新月出版社所創辦的《文字玩家》雜誌上刊載作品。可惜現階段未能取得該雜誌，無法進行確認。
[17] 許薇宜，〈李儀婷──小說這樣寫也是可以的啦〉，《野葡萄文學誌》第21期（2005年5月），頁102。
[18] 陳玉金，〈從成人文學獎金獵人到少年小說創作推手〉，《文訊》330期（2013年4月），頁45。

而故事在前半段之時,儘管男女主角略有曖昧因素,但男主角總禁不住升起對女性無意識的敵對之心。而這種敵對心理在遇上了誤會之時,便形成了巨大的衝突。《絕色誘情》中,白雲飛看見女主角為了籌錢而參與有錢人的宴會,並被其他男人上下其手;《桃色獵豔》中,白雲翔發現女主角是為了打官司而接近他。在這種情況下,男主角皆用了一種近強暴式的方式宣洩自我的憤怒。

> 他要讓她成為他發洩的對象,讓她吃足苦頭,反正她原本就不是什麼純潔的女人。他粗魯的扯下她身上的細肩帶洋裝,在她圓嫩如凝脂的肩頭粗狠地啃咬,印下一塊齒印,以發洩他心頭泉湧般的怒氣。[19]
>
> 白雲翔如惡魔附身般,瘋狂的將她的衣服一寸寸拉開,轉眼間白玉般粉嫩的身軀已經展現在他眼前。……嵐子知道再怎麼抵抗,也只會換來他更強烈的征服慾望。她噙著淚,索性閉起眼睛不看他,只希望他趕緊將「事情」辦完,讓她脫離惡夢。[20]

為了唾棄自己隱約萌生的愛意,選擇將女性視作「邪惡的蕩婦」,並以性羞辱的方式確認自身長年的厭女價值:「自己付出金錢,女性則用身體回報」。而這兩個文本中,恰巧都有舊情人作為「蕩婦」的存在,站在女主角的對立面,企圖阻斷這段戀情的開展。但與這價值觀相反的,女主角恰好都是忠貞的處女之身,在情感與肉體上都呈現一種單純的性格。也因此,兩本小說的男主角都是在發現了床單上的初夜之血,認定了女主並非靠著出賣身體而獲得利益的蕩婦,藉著身體上的純真確認了戀愛之中的純真。

---

[19] 夏飛,《絕色誘情》,(台北:新月出版,2000年),頁150~151。
[20] 夏飛,《桃色獵豔》,(台北:新月出版,2000年),頁80~81。

而在兩篇文本中，恰好都有同樣有權有勢、試圖侵犯女主的對立男性，並以勒索贖人為故事的高潮。故事便總先經歷了男女主角的誤會，在以處女之身確認了這段感情的純真以後，卻又馬上遭遇了肉體忠貞的威脅。不過，若單就行動而言，男女主角的第一次性關係，事實上也幾乎接近強暴[21]。唯一區別了兩者的差異，僅是男女主角存有曖昧的情愫。由於故事採用了全知人稱觀點，我們得以清楚意識到男主所抱持的侵犯惡意，以及女主如何悶聲接受。在這種敘事的環節裡，「犧牲」的價值因而崇高起來，並在其後用純真的愛情化解了這種暴力。

　　這種價值觀當然存有不少問題，就今日而言，它絕不是值得推崇的倫理。不過，正如林芳玫指出，「言情小說其意識形態的本質就是，在不直接挑戰父權制度的前提下，儘量給女性個人爭取較大的空間及優越的地位。」[22]言情小說與父權結構的關係，自也已被不少女性主義者批評，當然它也提供了女性一定的能動性。本文無意陷入單向式的負面批評，或重複法蘭克福學派式的檢視。如果說言情小說是多數人批判的一種女性的幻想，那麼它必然是一種集體的產物。而本文意欲探究的，是什麼樣大眾共享的幻覺，才導致了這樣的產物。

　　兩部小說在男女主角的身分階級上相當懸殊，女主角若不是家中欠債，便是孤兒院的小孩。以一般女性讀者為客群的讀物，便順著女主角優游於各種宴會、模特兒、高級住宅等，折射出了一種大眾對上層階級的想像。無論是浪漫愛的男主，或是帶有侵犯意圖的反派，事實上都是上層階級的一體兩面。白雲雙兄弟在初夜中的蠻橫行徑暗示著他們的陰影，亦即他們可能與反派並

---

[21] 尤其在《桃色獵豔》中，女主角已有數次明確的反抗，幾乎可構成性侵。
[22] 林芳玫，〈愛情與自我的兩難〉，《解讀瓊瑤愛情王國》（台北：時報文化，1994年），頁235。

無差別。是而白雲翔在得知女主角將要控告的對象是國大代表的兒子之時,便理所當然地與之同流,以「有權有勢的人就是真理」[23]拒絕擔任律師。

小說中的敵對勢力,一則是「操弄金錢、並迫使女主父母欠下龐大債務的財團首領」,一則是「性侵累犯、人口集團共犯的政治家之子」,兩者的負面形象都指向大眾對於上層階級的不信任,尤其財團、政治家會動用一切的資源,輕而易舉的控制住社會,受苦的常民則無處可去。其中,對於性侵犯者破壞愛情中的純潔肉體,更是投射了巨大的恨意。在《桃色獵豔》中,明明是規劃了整場犯行、人口集團主謀的杜羽蝶,其量刑卻遠低於被判處「強暴唯一死刑」的錢明多[24]。在這種幻覺裡頭,他們對於上層階級如何壓榨、如何擺佈政治其實並沒有真正的興趣,反而只是一種模糊而強烈的負面情感。它對於這種壓榨的解方也極度私人,藉著與另一個比較好的上層階級的戀愛,來化解掉這種負面情緒。

這種言情的向內敘事特質,提供了女性對於自我情感複雜的探索,並兼以帶有感傷優懷的愁緒。當然,它並不渴求女性主義式的顛覆、性解放,在描繪情慾的慾望裡頭更加強調了情與性的結合,並因此形成一種耽美的性格:「高潮來時的衝擊讓他們擁緊了彼此,……有如展翅飛翔在遼闊的天空中,再盤旋而下,在下墜的快感中有如遊走在生與死的邊緣」[25]在這種性的衝擊裡,它必然是精神式的,並且將性器以「蓓蕾」、「聖地」之名給聖潔化。它與前一小節中,男性視角中的慾望有著很大的不同。

有趣的是,這種純情浪漫愛的言情「幻覺」,曾經短暫地出現在李儀婷的純文學寫作之中。在兩本言情小說出版的同年,獲得台

---

[23] 夏飛,《桃色獵豔》,(台北:新月出版,2000年),頁112。
[24] 夏飛,《桃色獵豔》,(台北:新月出版,2000年),頁221。
[25] 夏飛,《桃色獵豔》,(台北:新月出版,2000年),頁84。

中文學獎的〈靈歌〉便帶有幾分言情小說的敘事特質,甚至讓評審批評有過度浪漫化的傾向[26]。〈靈歌〉敘事因情傷而回鄉的女孩,在家鄉與封建的傳統價值有所衝突。其中,當女主角想起舊情人批評她的母親過於保守時,便有了一種近乎言情小說的敘事:

> 控制。賴雯怕看見這個詞組,讓她一時之間彷彿光裸身體,孤單站在眾聲嚷嚷的廣場,沒有一絲安全掩蔽……敏感的顫抖立即從眼波,感擾到了冰冷的指尖。她想果然不該把它帶來嗎?
> 這本書原來就附著羅琳根深不去的藍調旋律,是一道吟誦哀歌的符咒,緊貼她的記憶。[27]

而在結尾,女主角見到了祖父在田中央低吟時,從中感受到了一種田園的生命力,藉此超脫對前男友的情傷:

> 羅林,羅林,相信你也不曾聽過這麼真實的感情!賴雯被感動似的低喃,因為你的痛苦太過短淺。
> 賴雯注視月光,注視田間人影,眼眶像海波那般閃爍。……剎那間賴雯感受情感的寂寞無依,眼眶泛著淚光。那是真切從生命裡發出來的聲音,賴雯喃著,那是一條向上呈遞希望的靈歌……[28]

---

[26] 邱貴芬指「屬寫實路線,但有些處理卻不合情理或顯得過度浪漫化,較缺乏深度」,〈短篇小說類評審會議記錄〉,《探照生命裂縫的光群——第一屆中縣文學獎得獎作品集》,(台中:中縣文化,2000年),頁306。
[27] 李儀婷,〈靈歌〉,《探照生命裂縫的光群——第一屆中縣文學獎得獎作品集》,(台中:中縣文化,2000年),頁,頁199。
[28] 李儀婷,〈靈歌〉,《探照生命裂縫的光群——第一屆中縣文學獎得獎作品集》,(台中:中縣文化,2000年),頁211。

我們很難忽視這篇小說中所帶有的言情敘事腔調。只不過，這種敘事模式在其日後的寫作幾乎未能所見，可能也與純文學中有意排斥這種耽美風格有關。按甘耀明的說法，當年其聽聞李儀婷從言情小說轉往純文學創作時，便勸其踏上回頭路，反而讓李儀婷萌生不服輸的動力，而持續往純文學創作[29]。這當中顯示的某種優劣順位，自也不在話下。不過，儘管言情的成分在她的書寫中逐漸退位，但我們仍可感受到，作為一位創作者在書寫上的連續性。我們不難想像，在這種言情小說的教養底下，或許讓她較不具有過往知識分子的現實主義包袱。尤其當她轉換到《流動的郵局》中，就如她自己所言，便決定打破以往原住民書寫的悲情性格，強調自己是一個單純說故事的人，在作品中加入了「愛情」的要素[30]。就某方面而言，這或許也是種幻覺的重疊。

三、影視產業裡的羅曼史想像

不過，曾撰寫過羅曼史小說的，也不只李儀婷一人而已。高翊峰亦曾於2002年與電視單位合作，撰寫偶像劇《雪地裡的星星》原作劇本，並改編成小說發行。儘管同屬於「愛情」主題，但在表現上與前述的言情小說有很大的不同，一則是為影視化作品，另一則也與當時影視圈颳起的日劇、韓劇風潮有關。

2001年改編自日本漫畫的《流星花園》在台灣迅速走紅，連帶興起了本土產業投入偶像劇的製播工程，打破了過往拍攝歷史、鄉土劇的風氣，並以演員的偶像特質為號召力，而台劇與日

---

[29] 甘耀明，〈真糟糕，人是我害的？〉，李儀婷，《流動的郵局》（台北：聯合文學，2005年），頁116。
[30] 許薇宜，〈李儀婷——小說這樣寫也是可以的啦〉，《野葡萄文學誌》第21期（2005年5月），頁103。

劇不論在形式題材、收視客群都有很大程度的重疊,成為了論者口中「包覆」在日本文化氛圍的產物[31]。《雪地裡的星星》特意前往日本北海道實地取景,在尚未開拍前便已有日本電視台買下版權,更被稱作帶有強烈的日本風[32]。不過,《雪地裡的星星》在播放期間正好與《冬季戀歌》檔期相撞,在上演前一度引發抄襲爭議,不少觀眾認為雪景、男主角失憶、車禍等元素過於雷同,甚或認為《冬季戀歌》才屬正版[33]。然而彼時的韓劇參考日劇的元素甚多,韓劇《青春》亦曾因疑似抄襲日劇《戀愛世代》而引發爭議,台、韓偶像劇的發展晚於日本偶像劇,倒更像是台、韓劇一致對日劇的師法[34]。而《雪地裡的星星》早在《冬季戀歌》放送的前一年就已開始籌畫,「抄襲」爭議僅是無妄之災。

當然,觀眾集體感受到的相似性,也顯示了偶像劇中開始出現一種範體、獨屬於偶像劇的幻覺。由於是影視作品的關係,我們無法肯定作為一名創作者,在劇情安排上有多大的妥協。其便曾提到,在初期的故事腳本與劇本創作上,受了監製焦雄健指導與建議[35]。而或許是這種指導,讓「在編偶像劇之前,沒看過瓊瑤小說,也幾乎不看日劇韓劇,更曾警告自己:不要輕易碰觸愛情題材」[36]的高翊峰,才能迅速掌握到偶像劇中的範體。高翊峰亦曾表示,希望有朝一日能與日劇一般,將故事說得生動,並且在接受採

---

[31] 耿慧茹,〈解讀的互文地圖:台灣偶像劇之收視經驗探討〉(台北:世新大學傳播研究所,2003年),頁1~7。
[32] 褚姵君,〈范瑋琪 為愛情練大提琴〉,《民生報》(2002年3月11日)。
[33] 粘嫦鈺,〈「雪地裡的星星」青出於藍〉,《聯合報》(2002年7月11日)。
[34] 李安君、賀靜賢,〈抄你千遍也不厭倦——台劇愛取經日劇,韓劇也不遑多讓〉,《中國時報》(2002年7月18日)。
[35] 高翊峰,《雪地裡的星星》,(台北:商周出版,2002年),頁252。
[36] 李令儀,〈法律人 寫出「雪地裡的星星」〉,《聯合報》(2002年8月11日)。

訪時推薦了諸多日劇如《長假》、《東京愛情故事》、《101次求婚》[37]，顯示在創作過程中直接受日劇的影響性可能相當之高。

原著小說《雪地裡的星星》以男主角Peter與女主角怡蓉在街上相撞的邂逅為始，陰錯陽差地交換了對方的手機，因此走進對方的生活。而在進一步認識彼此後，Peter發現自己畫室中的學生邱澤，是怡蓉同父異母的弟弟，且暗戀著怡蓉。愛情劇中典型的三角戲碼便就此形成。只不過，在整個故事中，邱澤從頭到尾始終不構成撼動男女主角關係的威脅，而是陷於自溺式的暗戀。威脅男女主角戀情的，已不是言情小說中明確的反派，反倒是無可抵抗的命運。小說不斷提及Peter年幼時，曾與父親一同在北海道救出車禍受傷的一家人，並暗示著怡蓉正是那場車禍中倖存下來的女孩。這讓兩人的戀愛更像是某種命定，讓原本日常的邂逅昇華至無形之中的命定情節。故事既然起源於命運，那最終結束這段戀情的，也必然是命運。小說結束在Peter因血癌去世，無藥可醫的癌症象徵著無可抵抗的命運，只能被動接受這樣的結果。故事始終沒有提及男女主角是否又意識到彼此曾於幼年見過面，更增添了幾分「冥冥之中」的傷感。而這種「命運的操控」，以悲劇的形式昇華了這段情感，提供了年輕族群新型的愛情想像。

值得注意的是，小說操作的敘事觀點多半集中在男性，但它所預設的讀者群卻又不是《FHM男人幫》般的男性讀者。它的男性形象不再能以低俗、荒謬為主，而是要能兼顧明星的偶像特質，塑造出內斂、深沉的成熟形象。在故事當中，作為女主角的怡蓉幾乎被平板化，在Peter跟邱澤的各自隱瞞的謊言中生活。而對Peter而言，他隱瞞自己的血癌乃至習慣自己一個人生活，是為了讓自己的死亡不會帶來太多人的傷痛；對邱澤而言，他不願

---

[37] 李怡芸、黃磊，〈偉大小編劇　操控愛與恨〉，《星報》（2003年8月25日）。

直接對怡蓉告白,也是為了不打破倫理的和平。是而,女主角一直活在一種「無知的快樂」裡。小說中的男性,無論是Peter、邱澤、怡蓉父親都採用了壓抑自我的方式,隱忍著負面情緒,再現了偶像劇中作為「成熟」的男性特質。是而,在描繪情慾之時,它不是下流的,它也不是言情小說中耽美的情感。它成為一種壓抑的、帶有創傷的:

> 望著那張紅熱的面頰,Peter心頭陣陣緊縮。心跳像是在耳蝸裡重重踩踩的腳步聲。他想起好幾年前曾經在擁抱一個年紀稍長的女人時,聽過這樣的心跳聲。Peter知道現在從心底發散出來的顫抖,和當年是一樣的。
> ……透過手心,Peter知道怡蓉也在顫抖。Peter也相信怡蓉正在想辦法理解他的顫抖,那或許不盡然是害怕或期待,而是一種自然的本能。這樣的顫抖讓Peter靜靜將嘴唇湊近怡蓉時,獲得一種安心的接納。[38]
> 邱澤用十指梳過還有一點濕度的頭髮,臉色凝重地說:「我可以抱你嗎?現在……」
> ……邱澤不懂那是喜悅還是無奈。他只知道,現在必須讓壓在胸口的巨大悶滯感覺,全部傾洩在另一個身體裡。[39]

在這種壓抑裡,並不對情慾訴求露骨的感官享受,而是一種自我的傷痕。親熱的意涵不再是肉體的滿足,或是浪漫愛的唯美表現,反倒成為了缺憾的填補。是而,貫穿整部小說的未完成畫作的意象,在Peter的父親、Peter、邱澤手上輪轉,因為各自都失去了摯愛之人,而始終無法填滿畫布的空白之處。壓抑的敘事同

---

[38] 高翊峰,《雪地裡的星星》,(台北:商周出版,2002年),頁91~92。
[39] 高翊峰,《雪地裡的星星》,(台北:商周出版,2002年),頁230。

時帶來靜默疏離之感。但由於角色間的衝突張力並不足以貫穿全劇,讓不少段落都陷於男主角的自我拔河。而或許是兼及影視劇的因素,心境式的轉折無法輕易被表演,抽象的哲理思索便轉換成了角色間的辯論:

> 「……妳只要記得一件事,所有在妳眼前的景物,或許會改變,但不會消失。他們會一直在那裡等著妳。」
> 「……我喜歡畫山,因為山不會離開。可是,一個人,總有一天會離開另一個人,不是嗎?離開之後,那幅畫裡頭還剩下什麼呢……」[40]
> 親人跟親人之間,就像是這些顏料跟畫布。顏料打開之後,如果你不把它塗上畫布,時間一久,顏料就乾涸了。如果顏料一定要乾涸的,我想,讓它應該要依靠在畫布上,那乾涸,才會有意義的……[41]

角色的話語,成為了作者意欲傳達哲思的工具,只不過這種迂迴的傳遞方式,略顯幾分不自然,這種敘事形式也極少出現在他的純文學寫作中。這或與偶像劇中,為了以較容易理解的方式,去強化角色的「憂鬱」氣質。當然,這種憂鬱或哲思,都只是較為貼近常人所感知到的自由戀愛後的失落情緒。失戀所帶來的自我反省,成為當代人感到成長、成熟的捷徑。大眾的幻覺無所不在。這可能也是不少人批評,羅曼史戲劇過於強調自我的失戀,陷入一種為賦新詞強說愁之感。

當然,對於文化研究者而言,勢必會質疑《雪地裡的星星》當中的雪國、日本的象徵意涵為何。不過,故事中的北海道都

---

[40] 高翊峰,《雪地裡的星星》,(台北:商周出版,2002年),頁119~120。
[41] 高翊峰,《雪地裡的星星》,(台北:商周出版,2002年),頁196。

只是作為個人戀愛史的起點與終點，無論是Peter在幼年時救出怡蓉，或是結局Peter與怡蓉在雪地裡等待著自己生命的消亡。幼年時北海道白茫的雪景成為記憶中的傷痕，並具體表現在Peter成年後的畫作上，空白的畫布難以填上其他顏色，暗示著自己無法去愛人的狀態。而小說中，Peter唯一在世的親人為日本人雪子，並在彼此相認之時，又講述了一則「愛上不該愛之人」的戀愛故事。值得注意的是，這之中的日本形象是去歷史而平面化的[42]，僅存寺廟、溫泉與雪景這種表層的符號。以至於，故事有沒有與日本有關係都是無妨的，它可以在任何一地發展。

對於表層符號的迷戀，事實反映的是「哈日」情結，一種對於日本流行文化、異國情境中的風俗民情的喜好。「哈日」一般泛指在1990年代後，日本流行文化商品大舉入台，而年輕人對於影視、漫畫、流行樂等等的著迷[43]。年輕族群的「哈日」，乍看之下似乎以後現代脫離了老一輩的民族情緒（無論「近日」或「反日」），但實際上卻可能淪為去歷史化的，按廖炳惠所言，「流行文化不斷被市場及跨國勢力、符號所操縱，再加上後國家的文化消費意義的重新包裝，卻經常遭到去歷史化 (dehistoricized)，轉化為親密、私人領域中的微弱抗拒及另類逃逸。」[44]，仍需正視流行文化所帶來的問題。而《雪地裡的星星》作為「哈日」的偶像劇，特意將場景拉擺至雪地裡，無疑也是迎合了偶像劇中對於悲劇、淒美、寒冷的綜合感受。若是將雪地場

---

[42] 故事始於1972年冬天，Peter幼年時在車禍中救出怡蓉。而中華民國與日本於1972年9月斷交，但這段歷史顯然不對故事造成任何程度的影響。

[43] 而「哈日」與「親日」的意義則完全不同。「親日」意旨的是受過殖民統治的老一輩，在殖民現代性以及國民黨威權統治下，所產生的對日本複雜的友好情感。不過「哈日」與「親日」並非完全沒有交集，不宜將這兩者完全割裂開來討論。可見林泉忠，〈哈日、親日、戀日？「邊陲東亞」的「日本情結」〉，《思想》14期（2010年1月）。

[44] 廖炳惠，〈台灣流行文化批判〉，《當代》149期（2000年1月），頁83。

景替換至台灣的沙灘、農田,必定會讓這些偶像劇的觀眾感到違和——即便故事本身抽掉日本雪地的元素依然成立。這同時也說明了「幻覺」的特性,在所有各自不同的幻覺裡,都有一套自成的邏輯。無論該邏輯對於其他人而言多麼不具說服力(就似一般人認為純文學如何艱澀一般),對於信仰者而言,那是一套它在閱讀這些幻覺的產物前,就已具備的認知。

不過有趣的是,小說雖預設了大眾讀者,儘管在人物對話上有些不自然,但在敘事部份卻間雜了純文學式的抽象描繪:

> 一切都安靜下來,彷彿所有的生命都在這樣的顏色裡睡著了。唯一醒著的是那個聲音。它經過玄關,踩上木質地板,慢慢地走到Peter的臥房門口,停止,然後就是泡澡時把整顆頭滑入水裡的那種靜謐。[45]

除此之外,小說在結尾的定調上,更與影視劇完全不同。在小說版本中,當怡蓉終於得知Peter罹患血癌時,故事便旋即切換至邱澤的第一人稱,講述其得知怡蓉與Peter雙雙在北海道過世,而自己則接下了Peter沒畫完的畫,並對新任女友描繪這段故事。小說巧妙地將鏡頭拉遠,以反高潮的方式淡化了男女主角之死,並透過邱澤的「後日談」表現了往事如煙之感。不過在影視版本中,則全力聚焦在男女主角在雪地中之死,並且未有邱澤多年後的故事。當然,這一部分可能有商業考量[46],劇情也受到導演修改[47],不過若將小說故事照搬上電視,對於男女主角之死模糊交代、邱澤另結新歡等情

---

[45] 高翊峰,《雪地裡的星星》,(台北:商周出版,2002年),頁130。
[46] 原著小說於電視劇播映時便上市,搶先曝光了後面的故事。
[47] 高翊峰曾表示,自己並不清楚電視劇的內容,也不過問改編過程,放手讓劇組人員拍攝。李怡芸、黃磊,〈偉大小編劇 操控愛與恨〉,《星報》(2003年8月25日)。

節，在情緒轉折上過大，恐無法讓一般大眾接受。而就反高潮這點而言，他也確實跳脫了傳統愛情小說的窠臼，不刻意誇大化生死別離的悲劇，以節制的筆法為故事留下濃厚的餘味。

在《雪地裡的星星》中，我們可以看見高翊峰作為純文學的寫作者，首次跨入大眾文學的寫作嘗試。他一方面，可以動用敘事觀點、描繪景物等手法，去維持自身的純文學教養；另一方面，他必須應和偶像劇的要素，符合大眾的需求。作為純文學的新進者，同時與流行、消費文化密切的互動生產，這是值得留意的特質。

本節析論「小說家讀者」相關成員，在尚未以「中間文學」為創作目標以前，各自在面對不同大眾讀者時所採取的策略。其中，本節各分為以「情色雜誌」、「言情小說」、「偶像劇」三種不同的大眾產物，其為了呼應不同幻覺裡頭的邏輯，而生產出的文本，但與此同時，卻又融入了近似純文學場域者才有的特質。而到了下一節，所謂介於「純文學與通俗文學」的中間文學，則跳脫出了這三者大眾產物的範疇，試圖找到屬於它自己一套獨特的邏輯。

第二節、中間文學：以愛之名

一、在網路崛起的「中間文學」

在前述中，我們見到了「小說家讀者」團體成立以前，各個成員在純文學與大眾文學的不同書寫。在他們的身上，明顯表現出一種多重的創作性格。作為一名創作者，可以因應不同的讀者，在其相對應的幻覺底下，產出符合其美學標準的作品。而他們切換在不同類型寫作的熟捻，也或許讓他們萌生了一種想像――是否有可能開發出一種新的類型書寫，來重新找回當代的讀者？

「小說家讀者」最初的成立，是基於純文學市場的衰落，企圖將自身轉換成讀者的身分，以此推廣他們心目中優秀的文學作品。然而，在袁哲生逝世以後，推廣閱讀的「每月猛讀書」專欄的結束，也意味著「小說家讀者」的「讀者」身分逐漸退位。原本希望能透過青年小說家集體討論文學，來帶動起閱讀的風氣，已不再是他們主要的目標。與其推廣閱讀，不如創作能吸引大家閱讀的文本，或許才是突破純文學市場衰落的方法。為此，他們需要找到一種兼備純文學的藝術性，又具有大眾文學銷量的風格，作為他們在創作上的實踐。而「中間文學」，便成為了「小說家讀者」在創作上主打的文學理念。

　　不過，這種介於「純文學」與「通俗文學」之間的「中間文學」，並非「小說家讀者」所獨創的。事實上，中間文學最初的概念，是源自於日本「中間小說」。而所謂中間小說，泛指「在新聞和週刊雜誌上連載的追求大眾性小說，在月刊雜誌的短篇」，而這種純文學的俗化，是立基於「異常發達的新聞業培養出的小說讀者在激增，出現低水平的平均化現象」[48]，指涉的是日本戰後報業發達所出現的文學現象。而台灣在接收中間文學的概念時，捕捉的對象則是更晚近的日本作家。如楊照便將日本九〇年代的吉本芭娜娜、村上春樹與村上龍，視作是中間文學[49]。而「小說家讀者」在轉換使用「中間文學」的概念時，也並未注意到最初日本新聞報業發展的脈絡，而是直接將其視為一種單獨的文體看待。對「小說家讀者」來說，他們對「中間文學」的想像，最有可能是集中在暢銷熱賣的村上春樹等人的作品。

　　不過，若按日本「中間文學」發展的背景，台灣的「中間文

---

[48] 靳明全，〈私小說文論：中村光夫　伊藤整〉，《日本文論史要・現代部分》（北京，中國社會科學出版，2014年），頁66~67。

[49] 楊照，〈父女之間的文學情懷〉，《聯合報》1997年12月22日。

學」也應有自身脈絡。若是基於雜誌、報紙的蓬勃發展,促使原本以菁英為主的知識分子,轉向面對一般讀者、以稿酬為生而進行的寫作,那麼台灣「中間文學」的現象也應早已出現。但這還必須考量到台灣戰後國民語言的更換、識字率、長年的政治力威壓、各自的線性文學史發展之意義,才能進行更深入的討論[50]。筆者在此必須強調的是,儘管「小說家讀者」喊出了「中間文學」的文學理念,但這並不代表「中間文學」始於「小說家讀者」。事實上,遠早於「小說家讀者」以前,便也存在許多「介於純文學與通俗文學之間」的作家與作品,而具有「中間文學」的可能性。

其中,若觀察步入市場化的解嚴後文學生態,必定會注意到,同樣以文學獎出道,卻又異常暢銷的寫作者。其中,便包括了「與簡媜、郭強生同時期自全國學生文學獎崛起的張曼娟」[51],就如陳國偉所述,張曼娟暢銷的愛情小說確實開啟了一條「中間文學」的路數。張曼娟愛情小說中的創舉,在於打破了既有言情小說的公式化,以都會女性的愛情觀為主,塑造了一種在愛情過後的醒悟成熟感[52]。

而張曼娟的「中間」屬性,並非單獨屬於她一人。事實上,張曼娟於1997年成立的「紫石作坊」,也更能看到這種中間性。「紫石作坊」為台灣第一家作家經紀人公司,是媒合創作者與出

---

[50] 日本的中間小說,在日本的線性文學史觀點中,是私小說形式衰退後的新興產品,亦是一種新型的私小說精神。對比台灣,駱以軍的「近」私小說形式,與其後的「小說家讀者」,這中間似乎存在著某種弔詭的相似性。惜筆者對於日本戰後小說史並不熟悉,無法進一步分析這中間是否有一定的關聯,尚留待後續研究者檢驗。

[51] 陳國偉,〈愛情的文法:《喜歡》與類型2.0〉,《聯合文學》415期(2019年5月),頁90~91。

[52] 陳國偉,〈廉內幽夢影,窗外有情天〉,《類型風景──戰後台灣文學》,(台南:台灣文學館,2013年),頁99~107。

版公司的中間人。經紀人職業的誕生,往往意味著出版市場逐漸成熟,產業活動中有更多的利潤可以賺取。出版社為了賺取更多的利潤,爭相開出誘人的合約給暢銷的作者,而經紀人便在這之中協調出雙方都滿意的合約。除此以外,經紀人也還負責各種訪談、簽書會,作家如同明星一般,被包裝在各種商業活動裡。而「紫石作坊」不僅只是擔任兜售合約的商業人,也還額外提供了一整套的培訓計畫,在培養新人作家上更是不遺餘力。其中,作為創辦人的張曼娟,曾在其任教的東吳大學尋找新人,並且與新人作家一同出版合輯,以此讓新人獲得更高的曝光度[53]。「紫石作坊」同時也與麥田出版社合作,在「麥田新世代」此一書系上出版由「紫石作坊」所培訓出的新人作品,諸如周丹穎、孫梓評、陳思宏、張維中等人,都延此線出道。而就如張曼娟自言,這些創作者的愛情小說「不同於純文學的艱澀難讀,也不同於坊間羅曼史的淺俗」[54],儼然就是「中間文學」的翻版。

依循著特定管道出道,又有特定前輩作家作為導師,甚至帶有了特定的美學風格,「紫石作坊」底下的作家也儼然自成一個文學社群。而這些在世紀末與千禧年初期出道的文學新人,事實上也是六年級輩的作家。只不過,在現階段「新鄉土」的標籤下,循著愛情小說路數的作品難以被納入討論,「紫石作坊」與「麥田新世代」的研究仍顯不足。

「紫石作坊」基於領頭羊張曼娟強烈的「中間」性格,在社群的核心概念又環繞著大眾消費市場,使得「紫石作坊」此一

---

[53] 在劉千瑜的研究中,指出張曼娟挖掘新人的管道之一,即是透過其任教的東吳中文系課堂,挖掘有潛力的學生。而作為個案的孫梓評,其為東吳中文系,並在大三時參與了紫石作坊的培訓計畫。劉千瑜,〈孫梓評詩作研究:情感展演與視覺經驗〉,(新竹:清華大學台灣文學研究所,2020年),頁30。
[54] 張曼娟,〈出版擺渡人〉,《文訊》168期(1999年10月),頁58。

社群底下的作家,也帶有一種「中間文學」的可能。不過,他們所表現的「中間文學」,與「小說家讀者」所提倡的「中間文學」,又完全屬於不同的概念。這主要是因為這兩個社群,在文學教養上有著根本性的差異。其中,「紫石作坊」是依循著大眾市場而起的社群,成員大多不需經過文學獎的認證,而是直接面向大眾讀者。而「小說家讀者」的成員則多是經歷文學獎的認證,在文本創作上朝向艱深的嚴肅文學為主。而作為「小說家讀者」的成員張耀仁,也明確指出兩者的差異:

> 一如張曼娟之於紫石作坊,「駱以軍情結」之於六年級小說寫手,這兩派路線恰好對映著「叫我偶像」與「叫我人渣」的現象。前者是介於嚴肅文學與通俗學的「中間文學」,後者是努力向嚴肅文學頂端邁進的「菁英文學」。
>
> 也是這樣極端的概念,使得六年級小說寫手形成兩大區塊……但其中透露的訊息,恰是六年級小說寫手目前的困境:究竟,讀者想看什麼小說?六年級小說寫手難道只能被動地接受出版社或作家經紀的安排?六年級小說寫手只能再度堅守嚴肅文學,而無法容忍與中間文學平起平坐?[55]

在其論述中,便很明確地以兩邊的文學教養,將「紫石作坊」與靠著文學獎出道的寫手群給區分開來。在他的觀點裡,「紫石作坊」的中間文學受困於出版產業,只能因應經紀人與出版社的安排進行書寫。而文學獎出身的寫手們,創作的文本過於艱深難懂,難

---

[55] 在原文中,紫石作坊所指的作家有:詹雅蘭、谷淑娟、孫梓評、張維中。而「駱以軍情結」所指的作家有:童偉格、伊格言、許榮哲、高翊峰。張耀仁,〈貓的,你們寫的小說才是垃圾〉,《野葡萄文學誌》第16期(2004年12月),頁78~79。

以找到大眾讀者。對此，張耀仁提出了「小說家讀者」版本的「中間文學」，嘗試為此一世代的新人作家找出另類的解方。

> 「小說家讀者8P」在網路上的集結意義，不僅在宣示六年級小說寫手不再沿襲前世代非得從文學獎出身、必須經文壇前輩加持、僅知固守嚴肅文學而鄙視通俗文學的侷限心態，更從理解讀者、貼近時代脈動的角度，設法掀起一波屬於六年級新世代小說寫手的「中間文學新浪潮」[56]

這種新型態的中間文學，最關鍵之處在於媒介的更迭，打破了需要通過認證機制才得以傳播的傳統紙本，轉向了與新世代讀者互動密切的網路部落格。在千禧年後，面臨到「網路愛情小說」的快速崛起，仰賴紙本媒介的小說受到了強烈的壓力。所謂的「網路愛情小說」，是指1998年蔡智恆《第一次的親密接觸》颳起風潮後，在網路上形成了一種男性作者、男性角色、男性觀點的文類，有別於以往言情小說以女性為主的消費市場[57]。蔡智恆小說中刻意去除了言情敘事中的唯美風格、誇張的階級差異，並改以較為口語的筆法乃至火星文，結合了生活的物件場景，創造出生活在都市中的一種日常的現實感[58]。而其中，「深情男性」、流行符號的浸入、具有角色間情感意義的物件與地景，也

---

[56] 張耀仁，〈貓的，你們寫的小說才是垃圾〉，《野葡萄文學誌》第16期（2004年12月），頁79。

[57] 李文瑄，〈出版媒介與性別化的書寫位置：台灣網路愛情小說發展歷程（1998-2014）〉（台中：中興大學台灣文學與跨國文化研究所碩士論文，2016年），頁18。

[58] 李文瑄，〈出版媒介與性別化的書寫位置：台灣網路愛情小說發展歷程（1998-2014）〉（台中：中興大學台灣文學與跨國文化研究所碩士論文，2016年），頁27~33。

顯示著「網路愛情小說」深受日本偶像劇的流行文化影響[59]。如果說張曼娟帶領的「紫石工坊」，其中間性是建立在「言情小說」與「純文學」；那麼「小說家讀者」的中間性，則是在「網路愛情小說」與「純文學」所產生的。

　　由於網路媒介沒有傳統的守門人機制，文學創作者不再需要通過特定機構審稿，讓網路文學能跳脫開既有的美學守則。網路文學初發展的階段裡，不僅沒有純文學的嚴肅性格，也沒有依循大眾言情的公式化，而是因著新世代的年輕人想像，展現出一種獨特的愛情風格。然而，也因為網路媒介大量充斥著這類型的小說，讓多數人對於網路小說的印象多半停留在以蔡智恆為主的「網路愛情小說」風格。這也讓「小說家讀者」試著踏入網路媒介，企圖打破大眾對於網路小說的印象。無論是張耀仁對於網路小說現況的抱怨「我們快被網路小說的情情愛愛搞得昏頭轉向！」[60]，或是宣傳《愛情6p》的標語「在藤井樹、痞子蔡之外，你還有這樣的選擇！」[61]，乃至於聲稱要以愛情題材來超越當下的網路小說[62]，都可以看到他們對於網路小說的積極回應。尤其他們所處的純文學文壇裡，更經常性地對這種大眾文學有著激烈的反應。不過，他們並沒有像純文學的前輩對抱持鄙視心態，對於大眾文學棄之不顧。相反的，他們相當重視網路小說的發展。事實上，若要締造一個介於純文學與大眾文學的中間文學，其勢必要對大眾文學抱持著開放的態度，方才能建立起中間

---

[59] 陳國偉，〈廉內幽夢影，窗外有情天〉，《類型風景──戰後台灣文學》，（台南：台灣文學館，2013年），頁123~127。
[60] 張耀仁，〈貓的，你們寫的小說才是垃圾〉，《野葡萄文學誌》第16期（2004年12月），頁79。
[61] 小說家讀者，〈《愛情6P》新書發表PARTY！〉，（2004年5月13日），網路連結：https://mypaper.pchome.com.tw/novelist/post/1238898059，2021年4月9日最後瀏覽。
[62] 陳芝宇，〈談情說愛6P狼〉，《星報》（2004年5月17日）。

性。是而,「小說家讀者」除了有意要以「中間文學」與網路小說競爭外,也努力回頭消除掉純文學界自視甚高的菁英心態。

諸如李崇建便指,多數嗜讀純文學者批評年輕人只讀言情、網路小說,但卻沒有實際閱讀過文本,無法促進任何對話[63]。而許榮哲也表示,多數使用網路社群的年輕人,其實被各種網路上的娛樂資訊給佔據,以文字為主的網路小說社群相當冷清,是相對需要保護的弱勢[64]。王聰威更把矛頭指向言情小說,認為言情小說仍在租書店、出版市場佔據龍頭,而網路小說仍只是新生且非主要的類型[65]。

這些新生代作家對於大眾小說的捍衛,也可能與其在文學階段的初養成有很大關係,諸如李儀婷與李崇建,都曾為言情小說的寫手,因對該場域的熟稔而未有很大的反感。或如許榮哲,便明確提到自己的文學啟蒙為蔡智恆的《第一次的親密接觸》,進而創作出類網路小說的〈我的朋友不要臉〉,並獲得文學獎,只不過因其從文藝營、寫作班所獲得的教養,讓他在「分岔路」走上了純文學[66]。而他身在純文學場域中,卻依然對網路小說受到的詆毀而備感不平,因而在《聯合文學》雜誌籌辦了網路小說閱讀會,邀請純文學場域的年輕人閱讀,期望改變以往的刻板印象。在《聯合文學》的網路小說閱讀會中,王盛弘認為「最受歡迎的並不一定是最好的」[67],以及《野葡萄雜誌》舉辦的座談會中,

---

[63] 李崇建,〈視羅曼史與網路小說如糞土的人士,到底看過幾本呢?〉,《百日不斷電》(台北:聯合文學,2005年),頁210~211。

[64] 許榮哲,〈年輕人都躲在BBS裡幹嘛?〉,《百日不斷電》(台北:聯合文學,2005年),頁46~47。

[65] 王聰威,〈數米漿、藤井樹、霜子是什麼碗糕!懂得讀席絹,才是真正的愛台灣啦,啊你說這樣對不對!〉,《百日不斷電》(台北:聯合文學,2005年),頁132~133。

[66] 許榮哲,〈我們的臉還會放屁呢〉,九把刀《依然九把刀——透視網路文學演化史》(台北:蓋亞文化,2007年),頁9~10。

[67] 王盛弘,〈比如春麗,或者孔慶祥〉,《聯合文學》238期(2004年8月),頁71。

王蘭芬提到網路文學已有其經典,這兩個案例促使許榮哲對網路文學產生新的觀點:「典律的生成有時和作品的好壞沒有絕對關係,而在於戒律的破壞、形式的完成」[68]進而認為網路文學能得以挑戰舊有的文學形式。

是而,當郝譽翔批評網路小說「只能說它證明了台灣人的弱智,是台灣整個社會價值觀錯亂下的產物」[69]之時,許榮哲則回應了這種網路文學是腦死文學的說法,「網路小說並不教導讀者什麼,它提供的是一種娛樂。小說的起源本來就是普羅大眾酒足飯飽之後,用來娛樂殺時間的東西。可是現在純文學作品的娛樂價值簡直稀薄到比玉山上的空氣還稀薄」[70],並表示應認清網路小說的本質。姑且不論「小說作為娛樂」之論是否帶有瑕疵(**不過這種小說觀也是值得注意的一點**),但許榮哲以「網路小說」去挑戰既有的純文學典律,確實表現出不同於舊世代的保守。尤其郝譽翔在主流文學場域中可算是其前輩,許榮哲對其的批評,多少也表現了他在該場域中試著「佔位」所使用的手段[71]。

值得一提的是,這種與網路文學共同邁進的「中間文學」,並不單是一種通俗大眾對菁英的反攻,而是新世代對於舊世代的反抗。尤其網路技術在普及階段時,較為熟練者多為年輕人,在資訊落差不對等情況下,也往往引發了老舊世代間價值觀的衝突。李崇建則以自身教職為例,表示老師禁止學生看網路小說,

---

[68] 許榮哲,〈我們的臉還會放屁呢〉,九把刀《依然九把刀──透視網路文學演化史》(台北:蓋亞文化,2007年),頁13。
[69] 蔡依珊採訪,〈郝譽翔──游移兩座乳房的無性靈魂〉,《野葡萄文學誌》13期(2004年9月),頁47。
[70] 許榮哲,〈網路小說是「腦死」文學?〉,《百日不斷電》(台北:聯合文學,2005年),頁30~31。
[71] 許榮哲亦與網路文學代表的九把刀抱持相當友好的關係,更經常自稱為九把刀「文學獎上的偶像」。兩人小說調性的相似,可另對比九把刀《綠色的馬》短篇小說集。

但對網路小說卻不了解。甚至認為自己寫的東西,對學生而言是三十多年前的時代產物,文字情境落差讓年輕人無法進入[72]。許榮哲亦提到,自己在《聯合文學》收到的稿件很多都是網路小說,「這些年輕朋友面對的作品都是網路小說,他們以為這一塊網路小說就是全部的文學了」[73]。在網路小說的問題背後,除了通俗與否,亦有新舊世代的區隔。而「小說家讀者」進攻網路媒介,也有著打破新生代對於文學想像的企圖。

在本小節中,基本論述了「小說家讀者」版本的「中間文學」,其背景與形成因素。他們與同世代的「紫石作坊」並不相同,在跨度到大眾的路線上,是鎖定在新興的網路小說。他們對於網路媒介抱持著相對開放的心態,一則是因為他們與大眾小說有過密切的連結,一則是因為他們自身的世代對於網路科技並不陌生。這綜合的背景因素,讓他們在推出「中間文學」時,帶有與網路媒介強烈結合的現象。在理解了這層脈絡以後,下文將論述他們創作的「中間文學」的特質。

二、迎合都會年輕人的愛情書寫

「小說家讀者」於2003年7月開始,以團體的身分於《星報》的「情域副刊」上進行愛情書寫,並同步轉貼在小說家讀者的網路部落格上。與此同時,「小說家讀者」會預先貼上他們下個月的愛情主題,作為「來篇屌小說」的徵文主題,開放給網友競賽投稿。而後在2004年5月,將大部分於《星報》上的作品集結成

---

[72] 編輯部,〈輕與淺的年代〉,對談人:李崇建、甘耀明、張維中,《野葡萄文學誌》第16期(2004年12月),頁130。
[73] 編輯部,〈大眾作家殺死深度讀者?〉,對談人:許榮哲、李志薔、王蘭芬,《野葡萄文學誌》第16期(2004年12月),頁125。

冊，由寶瓶文化出版《愛情6p》。同年7月，他們結束了《星報》的專欄寫作，新加入的張耀仁與伊格言僅參與到最後一期「海尼根」的主題書寫。而《星報》本身也在8月時移除掉副刊版面。同年12月，他們再度交出創作合輯《不倫練習生》，以愛情的「不倫」主題進行集體書寫。除此以外，他們亦曾在《幼獅文藝》與《野葡萄文學誌》兩本雜誌發表過愛情主題的書寫。

　　值得注意的是，「小說家讀者」雖然在「中間文學」的路線上，企圖與網路文學有密切的接軌，但他們大部分創作的作品，都是直接刊登於紙本刊物上，再行轉載至網路平台。王聰威便坦言，「雖然我們現在嘗試著以網路實驗書寫，那也不就是網路文學，那還是在純文學的範疇裡面。」[74]，並表示自己仍無法直接在網路上寫作，泰半還需要先行整理過，顯然在創作上仍與網路文學存在一定程度的落差。面對純文學利潤縮減的現況，直接在網路上進行無償的小說寫作，大概也不符合他們的期望。他們與網路文學的互動，更像是力圖擴展的網路使用者的文學想像。誠如許榮哲對「年輕人只知網路文學」的描繪，便有著讓年輕人跳脫原有的網路小說類型的企圖。而他們在操作「來篇扁小說」上，挑選網友投稿的作品，並附上了評語，也頗有傳統守門人的姿態。透過挑選、評述，來提供他們的美學觀點，讓網友們能進入他們的美學體系裡。某部分而言，他們是將網路平台視作一種媒介，企圖撼動既有年輕人網路愛情小說的想像。

　　雖然這些「中間文學」的作品，最初預設刊載的平台是在紙本刊物，但因為《星報》特殊的消費屬性，其報紙的讀者群與網路平台的讀者群並未有太大的差異，都是集中在當時的年輕人。其中，刊載這些文章的《星報》，是聯合報系於1999年創辦的以

---

[74] 編輯部，〈文字賀爾蒙的暢銷力量〉，對談人：王聰威、張耀仁、敷米漿，《野葡萄文學誌》第16期（2004年12月），頁126。

影視新聞為主的報紙。其後因應《蘋果日報》進軍，於2002年由王安嘉主導，找來潘恆旭與《FHM男人幫》總編輯余光照擔任顧問[75]，拓展諸多流行、消費商品等主題，企圖從原本的影劇報轉向為「年輕人的生活報」[76]。是而，《星報》在整體方向上，集中在影視、時尚等年輕族群所追求的新潮話題。且因為年輕勞動人口往台北、都市移動，在報導上更多集中在都會生活。《星報》與網路平台在讀者群的結構上，同樣都是以年輕族群為主，這也讓「小說家讀者」在轉載相關的作品時，能夠較無落差地去貼合兩邊的讀者群。而在《星報》這種帶有強烈消費文化傾向的報紙上，也讓「小說家讀者」能跳脫傳統副刊的純文學思維，以面向大眾消費的年輕讀者，產出符合其文化想像的作品。

由於刊載於副刊，作品字數勢必會受到版面限制的影響。而文學副刊在傳統大報裡，便因消費娛樂性較低，面臨被限縮版面的現況，連載型的長篇文章越來越不吃香。在訴求大眾讀者的《星報》上，則未有大報的包袱，副刊在篇幅與內容上都訴諸精簡。「小說家讀者」也順應這個趨勢，呼籲作品應該要往短篇進行縮減。甘耀明便認為，現今副刊在字數不斷下降至3000~4000字的情況下，多數作品都能在當日刊完，其稱之為「一日文學」[77]。而在這種消費文化主導底下，「輕」與「淺」成為相應而生的美學特質。「輕」反映在作品形式，「淺」反映在內容本身。而在甘耀明認知的「輕」中，它除了是語言中高概念濃度的

---

[75] 我們不難發現小說家讀者在這幾個刊物人際資本上互動的關係。除了《FHM男人幫》的總編輯擔任該報的顧問，王安嘉亦是《聯合文學》、寶瓶出版社負責人張寶琴之女。
[76] 黃惠娟、王姵雯，〈王惕吾孫女，最美麗的報老闆〉，《商業周刊》第778期（2002年10月17日），頁46~48。
[77] 甘耀明，〈副刊版面的微文字數不斷下壓，這對文學創作有影響嗎？〉，《百日不斷電》（台北：聯合文學，2005年），頁24。

縮減,亦要表現出深刻的創造與想像力。而內容的「淺」,則是以不膚淺而有力道為主[78]。

高翊峰也曾提出類似的見解。面對學界提出的「新鄉土」標籤,其並沒有多加認同。其認為,鄉土路線長年為台灣主流,而都會路線僅留存於少數中,而他們這一輩位處於成熟的都市之中,反而是「因應網路時代的『輕、淺、短』閱讀訴求,出現了大量的通俗網路愛情小說的『類都會』現代書寫」[79]。高翊峰更加強調「現代都會小說」應以高度發展的都會生活背景,反映都市之中的議題,諸如新世代性別傾向模糊、青少年夜生活等等。儘管其口中提倡的「現代都會小說」多數都實踐在其純文學的著作上,但我們依舊能從其於《星報》刊載的中間文學見得幾分痕跡。

是而,「中間文學」便帶著副刊輕盈短小的特性,綜合了年輕族群的都會生活就此誕生。這些針對不同主題愛情小說,通常隱去了角色的複雜身世,方便讀者快速進入、抽離故事。也由於篇幅短小的緣故,這些小說通常是生活中的即景描繪,或是在結尾蘊藏反轉以製造張力。這類型的極短篇小說,也並不多加解釋,刻意留下想像空間,讓讀者在閱讀後思索文本的空白處之時,增添幾絲韻味。

如李崇建〈鬥髮〉,描繪一對男女在夜店認識,女人以一個月變化一次髮型為特色。故事首先以男人視角,敘述這段關係靠「鬥髮」維持,女人以簡訊傳遞圖案,男人必須猜出女人的髮型,只要猜錯便分手。這種戀愛形式,表現出年輕世代的速食愛情,對於刺激、快感的追求,由其在男人看到女人傳來白雞蛋的圖案時,下意識認定女人染了一頭銀髮,「妖狐似往他懷裡摩蹭,就要勾起勃發

---

[78] 編輯部,〈輕與淺的年代〉,對談人:李崇建、甘耀明、張維中,《野葡萄文學誌》第16期(2004年12月),頁130~131。
[79] 高翊峰,〈兩個私以為〉,《文訊》230期(2004年12月),頁63。

的色慾。」[80]而女人即使遲到也確實以銀髮之姿現身。只不過,小說在結尾忽然轉向女人的視角,敘事其自己在家中脫下假髮,露出了雞蛋般的光頭,上頭留有傷疤。小說原有的「速食愛情」忽然在這裡產生翻轉,原來女人之所以遲到,是為了呼應男人給出的答案而更換髮型,以繼續維持這段關係,表現了愛情深刻的一面。小說頓時顯得別有韻味,由其女人傷疤的由來、為何一度打算揭露傷疤等都未有明確說明,留給讀者更多的想像空間。

或者如高翊峰〈陷阱?〉,以不間斷的對話框形式,來描繪年輕人的網交文化。「『hi,你叫什麼?』『我姓林。』『你老人乁!我ㄙ說你的代號ㄅ。幹嘛告訴我你姓什麼!』」[81]藉著中年男子與年輕女性的對話,塑造了兩個世代的價值觀差異,同時也因中年男子打字速度慢,始終讓人摸不透其目的,一度被女子以為是要玩「電愛」。然而男人卻忽然表達自己想自殺,希望臨死前能獲得女子的msn代號,卻遭女子冷嘲熱諷拒絕。乍看之下,會認為代表年輕世代的女子相當無情,但在結尾時故事卻又突然翻轉,收結在從未使用火星文的男人一句「掰掰ㄅ」,暗示著男人的中年身分、自殺威脅可能是偽裝而來的。在這篇小說裡,不僅大量使用網路次文化元素,更結合了文學形式的實驗,強化了極短篇小說的翻轉要素。

在文本形式上,他們以短篇為主,訴求一種速食的文學。在有限的篇幅裡,盡可能以各種概念上的翻轉,去維持小說的張力與趣味性。而在文本主題上,則是以各種新奇的主題下,進行愛情書寫。而他們所安排的愛情主題,亦與舊式的自由浪漫愛情觀全然不同。在新生代的愛情觀點裡,他們或許受流行偶像劇的影響,將日常的物品與戀人的互動看作是命運的安排(譬如陰錯陽差下拿到

---

[80] 李崇建,〈鬥髮〉,《愛情6P》(台北:寶瓶文化,2004年),頁8~9。
[81] 高翊峰,〈陷阱?〉,《星報》,2004年1月10日。

對方的傘，進而開啟了一場戀情），成為象徵戀情的定情物。又或者是在新型的愛情觀點裡，愛情不再需要長長久久，短暫的戀情也有可被歌誦的美好，刺激的一夜情更是擺脫了以往忠貞的道德價值觀。他們所進行的愛情主題書寫，經筆者整理如下：

表2　中間文學的書寫主題

主題	附註
流行飾物	與信物相關的愛情故事。
擲出幾點愛情	六位小說家以各自骰子擲到的點數，發想相關的愛情故事。
推開門後的愛情	以「推開門」一句話作為愛情小說的開頭。
情書	以書信體的方式，撰寫一篇情書。
相遇的瞬間	描繪一段戀情開始之前，雙方邂逅的時刻。
約定	以男女之間的「約定」作為愛情小說的主軸。
網路愛情	與網路相關的愛情故事。
不倫之戀	與不倫相關的愛情故事。
謀殺愛情	六人接龍撰寫關於謀殺案的推理愛情故事。
出軌	與出軌相關的愛情故事。
海尼根	與海尼根啤酒相關的愛情故事。
跨界愛情	與各種童話故事、民間傳說相關的愛情故事。
一夜情	與一夜情相關的愛情故事。
愛情酒吧	以酒吧為背景的愛情故事。
華納威秀愛情六角	以華納威秀為背景的愛情故事。
《愛情6P》	收錄「流行飾物」、「擲出幾點愛情」、「推開門後的愛情」、「相遇的瞬間」、「謀殺愛情」、「跨界愛情」、「華納威秀愛情六角」。
《不倫練習生》	收錄「不倫之戀」。因伊格言與張耀仁是後來才加入的，兩人作品並未刊登在《星報》上。

他們在撰寫主題上，有著新奇的策畫，諸如「擲出幾點愛情」、「謀殺愛情」等，都是在書寫企劃上別具特色。而他們鎖定的愛情主題，也與都會生活的年輕人息息相關。在地景上，選擇了華納威秀、酒吧等都會空間；在感情上，以一夜情、出軌、不倫等具有刺激的情感為主題。他們同時表現出類似流行偶像劇的幻覺，對於命運般的邂逅有所憧憬，並以「約定」、「信物」等符號，去呼應年輕世代的愛情價值觀。

　　而這也使得「小說家讀者」的「中間文學」在不少層面上，與當時的網路愛情小說有著相似之處。譬如兩者都同樣大量出現了各種帶有象徵意義的物件。這在「飾物」主題書寫的卷頭語中說得非常明確，「戀人們用信物銘刻愛情，藉以尋找對方的座標，纏繞成永世不毀的證言。……在我們的世代，信物是一種契約，一項儀式。那是戀人們彼此才懂的祕密私語，唯有愛才能認證的專利物件……」[82]，作為消費品的物件超出其原本的功用，以昇華後的情感意義用無價來超克工業複製品的低廉，再簡單的物件都得以變得珍重。伴隨日常廣告以故事兜售產品，這種消費文化現象早已是眾所周知的幻覺了。而日常的產品除了能承載雙方的戀情約定，也會轉變為一種相遇邂逅的定情物，「小愛阿晴在月台上撞在一起，各自跌落了背包。……他們幫對方拾起背包，一模一樣的藍色，毫釐不差的外型」[83]物件甚至得以先於情感發生以前，成為「命中注定」的代言物。

　　除卻一般性的物件，具有真實意義的地點、品牌、流行樂等，也成為了標誌般的象徵作用。其中，他們也以「海尼根」啤酒為主題進行愛情書寫，夾藏了進口品新潮的異國想像，「聽到『海尼根』，你會想到什麼呢？啤酒嗎？綠色的泡沫？還是布

---

[82] 「飾物」卷頭語，《愛情6P》（台北：寶瓶文化，2004年），頁7。
[83] 李崇建，〈背包〉，《愛情6P》（台北：寶瓶文化，2004年），頁39。

萊德彼得美麗的太太珍妮佛安妮斯頓？」[84]，與時下流行的消費文化結合[85]。如張耀仁便描繪未滿二十的酒店小姐與顧客的微妙情愫，「『我好希望有人可以好好愛我喔……像對待公主那樣愛我……』她哭起來了：『我告訴我自己，在喝完第99瓶的海尼根，如果有人……如果有人……』」[86]同樣將海尼根轉化為承載戀情的定情信物。當然，海尼根也不僅作為一般物件式的約定意義，其品牌更有標舉角色年輕族群的身分，無論以「啤酒」或其他品牌（台灣啤酒）替代，都可能會失去原意。

除了特定品牌的主題書寫，「小說家讀者」亦也針對過台北信義區的華納威秀，進行愛情主題書寫。而這也與當時的網路愛情小說有所重疊。陳國偉即指出，網路愛情小說偏好描繪都市圖景，藤井樹便曾詳述誠品書店、華納威秀等地[87]。而「小說家讀者」在該主題書寫中，除了以周杰倫的演唱會當作共通的背景外，也各自也詳盡描繪了華納威秀的地區景觀。如高翊峰描繪冷戰中的情侶：

……男孩看不見女孩之後，踩上黑色踏板，像站在牆角、掛在天花板上的唐老鴨、高飛狗，一動也不動地。任由振動的電扶梯，在他的腳底板傳達聲音，緩緩載升。

上到二樓，男孩先走進左手邊的書局，在雜誌區晃了晃，買了一本籃球運動雜誌。接著，他靠在電扶梯旁的銀

---

[84] 編輯部，〈週末特別企劃report——海尼根〉，《星報》，2004年7月31日。
[85] 2004年海尼根播放了珍妮佛安妮絲頓拍攝的廣告，並在網路上舉辦票選廣告結局的活動，吸引了大批年輕人上網投票。而這波行銷活動的熱絡程度，被視為打入年輕族群的指標。
邵麗娟，〈海尼根票選 拉攏年輕族〉，《星報》，2004年5月30日。
[86] 張耀仁，〈第九十九號海尼根公主〉，《星報》，2004年8月14日。
[87] 陳國偉，〈廉內幽夢影，窗外有情天〉，《類型風景——戰後台灣文學》，（台南：台灣文學館，2013年），頁128。

色欄杆，眼角留有模糊的巨人背部與載著人群上升下降的電扶梯，一頁一頁翻閱。[88]

對於都市圖景的迷戀，便充分表現在鉅細靡遺地描繪裡，並特意標誌出各項物件。在這些文本中，我們明確可見在《星報》副刊底下，所打造出的、符合當代都會年輕人的想像需求。它一則因為版面關係，需要將文本極短化，讓讀者能在更短的時間內閱讀完一則故事。另一則基於年輕人的文化想像，而同時與網路愛情小說出現共同的特質，對於物件、都市空間的特別強化，創造出了過往言情小說不具有的生活感。

在本小節中，約略分析了「小說家讀者」在創作「中間文學」上，如何去面對年輕的大眾讀者，在企劃書寫主題上，去迎合年輕世代的愛情觀點。也因此，在他們作品裡，時常帶有與網路愛情小說相似的要素，諸如帶有約定意義的信物、對都市圖景的描繪等。我們可將這些要素，視作他們打造「中間文學」的大眾性的嘗試。而在下一小節中，我們可看到他們如何在「中間文學」裡，企圖去維持自身的「文學性」。

三、中間文學與純文學的分立與混雜

當然，這些小說具有某部分的網路愛情小說特質，是多少可被預料到之事，畢竟就其原本預設讀者群的對象，本身就更偏向年輕族群一些。不過，這些中間文學的小說，在整體風格上仍與大眾的網路愛情小說有所差異。在語言的使用、情節的安排、篇幅的長短乃至整體形式結構，都不似於當時的網路小說。

---

[88] 高翊峰，〈巨人腳下的電扶梯〉，《愛情6P》（台北：寶瓶文化，2004年），頁181。

相反的，這些中間文學的小說額外帶有一種藝術化的性格，近似於他們自身的純文學堅持。企圖要將原本淺顯的愛情題材，添加能讓人省思的細節要素。然而，在這些書寫裡，卻又與以往的純文學書寫有所區隔。我們或許該留意的是，什麼樣的題材、表現手法，是超越網路愛情小說視野的。而又有哪些主題的敘事方式，明顯與純文學所接受的教養不同。這之中彼此互相作用的關係又是什麼？

　　如明顯受駱以軍影響的張耀仁，在進入到中間文學的寫作時，幾乎褪去了過往在文學獎中以零散、破碎的崩壞故事而來的抒情筆法，「駱腔」明顯地在他的寫作中退位[89]。這或許是基於，在他自身的純文學邏輯裡，「敘述的並非故事本身，而是那些身世背後的斑駁寓意。」[90]，然而一旦要面向大眾的讀者時，故事無法再作為展現抽象概念的媒介，必須更有條理地釐清故事軸線、角色定型的關係，散亂而流動的敘事型態無法成為人人能接受的詩意美學。同時，敘事者所散發出的「惡漢」、「人渣」氣息，這種淫穢又自閹的自我過剩風格，也在面對大眾時頓時退位。當然，關鍵也並不在於「大眾與否」，駱以軍長年於《蘋果日報》撰寫專欄也未改變惡漢式的風格。這種轉變自是張耀仁在面對其預想年輕讀者所採用的策略，其預想的「中間性」。

　　是而，在〈不倫的理想溫度〉中，描繪大學教授和女學生的師生戀，甚至發現女學生的母親正是當年自己的初戀情人，這種充滿不倫以及淫穢潛力的題材，卻出奇地未有過多的誇張的描繪，反而帶有幾分言情小說的韻味。若相較其文學獎作品中描寫女兒的戀父情結，同樣都為「不倫」題材，但在情慾表現上卻有極大落差：

---

[89] 其不僅在外部活動上與駱以軍有密切關聯，連文本敘事手段也有所沿襲。
[90] 張耀仁，〈雙人衛浴〉，《之後》（台北：印刻出版，2005年），頁185。

在燈光完全滅去的浴室裡，他和她一絲不掛，彼此安靜地相對。他輕輕吻著她的脖子，她緩緩撫摸他的胸口；他為她搓揉頭髮，她為他來回擦背；她替他修剪腳趾甲，她替他刮去鬍子……

「我……」

「你……」

「妳會等我回來嗎？」

突然滴落的水珠引起了滿室迴盪的聲響，他看見漣漪漾開的姿態，一圈一圈，一圈一圈，像要把他吸入幻象的凌亂之中。[91]

夢裏那條野蟒依舊，不同的是，這次牠勒住我的脖子，眼的另一邊生出一張人臉，是我爹激動的表情！他向我告饒著情非得已，他其實也不想這麼做啊！然後半蛇半人的面孔慢慢地、慢慢地從我的肩頭移到胸口、到腰部、再到恥胯，最後倏地鑽進我的體內──那滑溜地、黏膩地不節觸感！

沒有預期的撕裂痛苦，也沒有混亂的掙扎，我的下半身反而湧起一絲絲膨脹的快感，直到他全部沒入我的身體裏面，我突然有一種幸福得想哭的衝動。

看啊，我包覆著我爹哪。我是多麼憎恨又多麼深愛著他哪。[92]

這兩者在情慾的幻想方向上，呈現極大的不同。不再訴諸怪異歪斜的遐想，反倒改用了溫婉典雅的浪漫情懷。

---

[91] 張耀仁，〈不倫的理想溫度〉，《不倫練習生》（台北：寶瓶文化，2004年），頁143。

[92] 張耀仁，〈之旅〉，《之後》（台北：印刻出版，2005年），頁144。

而純文學場域中,經常涉及的歷史記憶書寫,也在中間的需求下,轉向了柔美化、溫情化。如美軍於二戰時期轟炸台灣的歷史,在李志薔的〈海邊〉一文中,變成了美國士兵一輩子在愛情上的魔障,由於他在執行轟炸任務時見到了一名台灣女性堅忍、挺身反抗戰火的姿態,讓他一輩子都在台灣尋找這位女性,只為了「靦腆地喊著:『妳現在好嗎?』」[93]或如甘耀明的〈月落荒城〉,講述戰爭期間的皇民家庭,高階知識分子對於被妻子辱罵為「支那豬」的台灣女子有了同情之心,並在轟炸期間為其描繪裸女圖,「她躺落榻榻米,浴在潔淨的月光下,細白的汗毛如水草般,在溫膩的光線中輕浮。」[94]過往悲憫的歷史記憶,被轉化成個人式的情感愛慕,且表現了一種純潔、神聖的唯美情調。

對於這些純文學創作者而言,這些本慣以使用誇張、荒誕的手法,摸索故事背後的深沉意義,卻因「中間性」轉以羅曼史的浪漫敘事,並顯得淺顯易懂。而對一般的網路愛情小說讀者而言,這類觸及台灣歷史的題材倒也相當罕見,因愛情小說涉及歷史題材泰半是中國古典式的,場景時空多設置在民國以前的封建時代。拓展大眾文學裡非常見的題材,亦包括了高翊峰〈與美佐老師的晚餐〉。該故事環繞在家教老師、單身父親與兒子的三角關係,不過不同於大眾文學中「父子共同愛上同一人」的敘事,小說卻轉向了兒子的戀父情結,「父親就會用有一點粗糙的手心,輕輕撫摸我背後的皮膚。」[95],這種涉及情慾的背德亂倫劇碼,也徹底突破了大眾文學異性戀的一般性想像。

在上述這些案例中,我們得以在小說家讀者推廣的中間文學

---

[93] 李志薔,〈海邊〉,《愛情6P》(台北:寶瓶文化,2004年),頁48。
[94] 甘耀明,〈月落荒城〉‧《星報》,2004年5月29日。
[95] 高翊峰,〈與美佐老師的晚餐〉,《不倫練習生》(台北:寶瓶文化,2004年),頁75。

底下,看見一個有趣的命題:純文學作者如何在敘事形式上貼近大眾讀者的需求,但同時卻有意在觀點或題材上突破舊有大眾文學的認知。就如同高翊峰自己所述,「重點倒不是放下身段,而是操作方式不同!……純文學是需要經過解構後用更輕鬆、富變化的文字重新結構,才會成為年輕人容易接受的文字!」[96]在他們所創造的中間文學的邏輯之中,存在最大的共識,即是將敘事形式轉變為更加輕質的樣態。

其中,自九〇年代起對台灣造成深刻影響的村上春樹,其小說本身帶有的輕質敘事,兼能融入豐厚的哲理思考,儼然成為了中間文學最好的師法對象。除了在純文學作品《稍縱即逝的印象》就展現村上腔的王聰威[97],諸如伊格言、許榮哲也都在這系列的中間文學表現出村上風格。這種對村上風格的模仿,除了表現在大量的商品符號襯托出一種雅痞氣息[98],還有慣用瑣碎易讀的敘事風格,兼以刻意而莫名意味深長的角色對話。其中,《稍縱即逝的印象》因融合法國新小說的形式實驗,較難以閱讀直接讀出村上春樹的韻味。但當王聰威在直接面對大眾讀者時,稍微可放下藝術性的重擔,在中間小說的實踐裡,村上腔便一覽無遺地展現出來:

> ……四周露出白皙,且鑲嵌著藍綠小碎塊的馬賽克牆壁,天花板上頭還有盞鍛鐵支架的玻璃燈。我覺得有點累,煮了杯薰衣草茶,用橄欖油煎了片蛋餅,裝好一簍日光沙丁魚乾,隨手拉了把木頭椅子坐下。時間大約經過《希臘左

---

[96] 李怡芸,〈年輕作家 築夢踏實〉,《星報》,2004年2月18日。

[97] 江盈佳,〈王聰威小說研究〉(新竹:清華大學台灣文學研究所碩士論文,2014年),頁30~34。

[98] 蕭明莉,〈村上春樹在台灣──文學移植與文化生產的考察〉(台中:中興大學台灣文學與跨國文化研究所,2016年),頁69。

巴》輕鬆地看了一半這麼久，我終於覺得心滿意足。[99]

　　瑣碎的物件符號，是辨認村上式修辭最容易的方法。撇除語言風格，若就文本內容而言，在村上較具寫實的小說中，角色之間總保持疏離的情調，並且以突如其來的失蹤、死亡來表現這種疏離下的斷裂。在伊格言的〈紅蜻蜓〉中，幾乎完整地將這種韻味給表現出來。故事起於敘事者與女友可樂做愛的場景，然在敘事者接到初戀女友K（村上慣用的卡夫卡代稱）的死訊後，便結束了這場沒有高潮的性愛，並且沒有理由的與可樂分手。敘事者選擇遠離都市，在北海岸經營著自己的民宿，並遇見了另一名女孩小暑。而小暑某日留下錄音帶後也不告而別，在敘事者的沉思中，村上的身影便如此現形：

> 我忽然覺得，小暑的身世就像是那個她住過的空房間一樣。那其實不是空白，甚至可以說那反而是一種氣味的、感情的充盈。或許那原本應該存在著的某種器物或生命一般的，我的或她的「實體」，已經在離開這白色的房間、這舊時的旅店之後，沉入到黑夜裡無光的海中去了。[100]

　　整部小說不免讓人聯想到村上的《挪威的森林》，或其原型作品〈螢火蟲〉。不管是敘事腔調或細節，刻劃了在當代戀愛關係中，因為各自承擔著創傷，而近似寂寞般、互相依賴的特殊情感。尤其當敘事者了解到小暑的喪子之傷後，他才想起當年與K分手，正是因為K的親人自殺後，他無法承擔K所需要的依賴

---

[99] 王聰威，〈迷宮〉，《愛情6P》（台北：寶瓶文化，2004年），頁136。
[100] 伊格言，〈紅蜻蜓〉，《不倫練習生》（台北：寶瓶文化，2004年），頁161。

——這即是《挪威的森林》最大的核心,去承接另一個生命之中遭逢斷裂(他人之死)的艱難。是而,如同〈螢火蟲〉結尾中,靠著放生的螢火蟲光芒來體現自身的了悟,伊格言也刻意使用螢火蟲來呼應,「我看見有一個螢黃色的亮點在空中飛翔著。是螢火蟲吧。那樣緩慢孤單的飛翔,就像是一隻沒有翅翼的蜻蜓一樣。」[101] 小說不僅捕捉了村上式的腔調,也成功表現了那種沉思與意旨。

在本小節中,我們可以見到這些小說家在書寫中間文學時,如何在題材的大眾性外,去維持自身純文學的藝術性堅持。其中,他們在創作上,明顯與往常的純文學創作不同。他們不再以華麗、晦澀的包裝故事,也對奇觀鄉土的風景沒有興趣,而是轉向了柔美的愛情敘事。而村上春樹更成為了他們在尋找大眾與藝術的平衡點時,極好的切入點。筆者認為,他們所創作的中間文學全然異於他們自身的大眾書寫或是純文學書寫,儼然開發出一種新的文體。這是在他們自身的理念裡,所想像出能夠「兼備大眾性與藝術性」的一種文體。而這種文體的主要特徵,即是在主題上向大眾年輕讀者靠攏,但在形式或風格上又刻意強調藝術性。

有趣的是,雖然在這些小說中,他們明顯地表現了村上春樹式的情調,但他們卻也有意識地在其他文本中對這種風格嘲擬。此外,在他們這一系列的愛情書寫裡,若考量進諸多的外部活動,會發現更多帶有自嘲的特徵。而對於研究者而言,如何理解這種程度的落差,將於下一小節處理。

---

[101] 伊格言,〈紅蜻蜓〉,《不倫練習生》(台北:寶瓶文化,2004年),頁164。

四、在愛情鎂光燈的幕後：自我解嘲的作家形象

　　如果單就「小說家讀者」的中間文學文本而言，大抵是單純的愛情小說印象，但衡量進外部活動所形塑的作者身分，卻又有著極大的反差感。諸如「8P」、「六匹狼」等諸多代稱，都帶有些許的情色意味[102]，與一般對愛情作家的認知大不相同。而他們為了宣傳《不倫練習生》，甚至拍攝一系列被戲稱為a片的宣傳短片，其中搞笑的成分居多，作家以自身「下海」、「露點」為噱頭，為的是在網路上製造話題。「過去，文學作家太在意前輩的看法，文學成了小說家寫給小說家或評論者看的玩意，卻忽略年輕讀者的需求，8P則要放下文學身段，把自己丑化，甚至畜牲化。」[103]

　　若檢視與這些文本同步刊載的訪談、介紹、卷頭語等，我們不難發現這種落差。如刊載於《幼獅文藝》「華納威秀愛情六角」專題，便嘲弄這六個男生在怎麼可能會談情說愛，甚至還要戴口罩以防聞到他們的體味[104]，有意將自我丑化。這也恰好呼應了前述張耀仁對於紫石作坊與文學獎得主的分法，前者是「叫我偶像」，後者是「叫我人渣」。而小說家讀者在轉換到中間文學路線時，在作者形象上更是戮力強調人渣身分，企圖與前者的偶像身分做出區隔。若說「紫石作坊」所呈現的作者身分，是近似於影視圈中亮麗、清新的特質，那麼「小說家讀者」所呈現的作者身分，則是諧星般的自嘲、猥瑣氣質。當然，就某種程度來

---

[102] 在年輕世代的用語裡，「3P」意旨著三人混交的性行為活動。以此類推，「8P」則意旨著八人混交的性行為活動。而「六匹狼」的狼，也多少帶有「色狼」的意思。
[103] 李怡芸，〈這款作家　搞8P　拍A片？〉，《星報》，2005年1月10日。
[104] 編輯部，〈華納威秀愛情六角〉卷頭語，《幼獅文藝》602期（2004年2月），頁40~41。

說,兩者都是偶像,只是販賣的形象特質不同。

為了塑造這種形象,文本外部的作者訪談、介紹,便成為重要的媒介之一。在《不倫練習生》的末頁,作者各自針對「不倫」發表看法,眾人皆以搞笑姿態回答,譬如王聰威表示最不倫的關係,「做完之後,要跟他老公再做一次的關係。」[105]而在《野葡萄雜誌》策畫的「愛情酒吧」、「一夜情」愛情書寫中,也羅列諸多時尚雜誌般的問答,比如會在酒吧中何處做愛、如何在酒吧搭訕女孩、最想和什麼人發生一夜情、小說家讀者成員誰是好的一夜情對象等,而他們也必須相應做出「幽默的」答案,如李志薔便表示搭訕女生最沒用的方式,是告訴對方「我是純文學作家……或者是國片導演。」[106],或者王聰威回絕一夜情對象的方法,是發表長篇大論「說清楚一夜情不過是個後現代社會主義群體異化與自動機制的鏡室雙重表徵,要是照班雅明的說法……」[107]在這些回答裡,他們與作家的身分並無脫鉤,都表演出這個職業身分所帶有的專業知識。但在這些回答裡,卻也與傳統的作家形象決裂,帶著更多的是低俗的自嘲。

這些問題或答案,其實都近似於了八卦媒體業中,對於明星、偶像的快問快答。無論這兩者,都是基於一種刻意的表演,去滿足人們對於腥羶色的喜好。在這種情況底下,作家原本的高雅形象跌落了。他就如同大眾男性一樣開黃腔、有性幻想,透過展露自己的私生活,表現自我與常人無異,進而與讀者拉近距離。當然,這些問答在這種消費文化底下所表露的男性情慾,其

---

[105] 〈關於不倫,他們怎麼看……〉,《不倫練習生》(台北:寶瓶文化,2004年),頁169。

[106] 〈李志薔對「愛情酒吧」7Q的回答〉,《野葡萄文學誌》第10期(2004年6月),頁211。

[107] 〈王聰威對「一夜情」8Q的回答〉,《野葡萄文學誌》第11期(2004年7月),頁200。

實與成人雜誌底下的幻覺並無太大差別,都是一種父權結構下的產物,是呼應大眾而生的。在他們的回答中,會戲稱醜女為「恐龍妹」並在性事上排斥,強調女人該具有的身材與美貌,在性事上無法克制的夸夸而談。儘管可以稱這只是他們採取的一種遊戲、搏取目光的手段,但它絕對並不具有九〇年代性別運動中的正面解放意義,它甚至可能與之相違,這是需要留意的特點[108]。

這種自嘲的作者形象,極大部分表現在外部活動中,亦即主打「揚棄高調、不怕媚俗」的文學活動,具體將留於下一章與「行動文學」一同討論。而這種搞笑、嘲擬的模式,很大一部分便來自於當時年輕族群的網路次文化,我們得以見到「小說家讀者」在以訪談、口號形塑自我身分時,帶有諸多火星文、無厘頭、惡搞等要素。如許榮哲在對不倫下定義時,便使用了次文化要素:「倫就是人的意思(例如倫家=人家),所以『不倫』其實就是『不人』…….說豬的壞話、搶狗的老婆等都是不倫。」[109],表現出惡搞文化中「認真面對爛東西」的特質[110]。不過奇特的是,他們在「中間文學」的作品中,具有單純的惡搞要素作品並不多,而多少帶有一絲反諷的基調。換句話而言,在他們這些作品中,作為一種純粹的趣味、只想逗人發笑的作品並不多。若這些作品傳遞了一種嘲諷的滋味,它雖然不是傳統激烈的抗議精神,但依然有其要傳達的價值。。

在前一小節中,筆者已析論了村上春樹的敘事模式,如何成

---

[108] 若將男人可以談論性事當作性解放的特徵,那完全是錯誤的。因為男人在進入消費社會以前,就已可在各種公私領域中去談論性事,消費社會中的成人雜誌僅是將這個長年已久的產物搬到更加公共的平台。我不否認成人雜誌將性議題更加公開化的正面影響(對於避孕措施、性知識推廣),但這些成人雜誌絕對不具有性解放運動強烈的顛覆性。

[109] 小說家讀者,〈關於不倫,他們怎麼看……〉,《不倫練習生》(台北:寶瓶文化,2004年),頁165~166。

[110] 馮靖惠,〈Kuso文化 全台惡搞〉,《中國時報》,2004年5月29日。

為「小說家讀者」在執行中間文學上,作為兼顧大眾讀者與純文學式沉思的方案。然而,村上的敘事模式也存在不少讓人詬病之處,諸如慣以動用諸多的敘述去闡述、去比喻一種簡單的感覺,而被譏以缺乏內容。伊格言面對這種質疑,便以反諷而模仿了這種敘事方式:

> 「一開始還是很彆扭的。但那麼做以後,很奇妙噢,不只我和父親,連我和其他人,老師啦、同學朋友啦,的溝通也改善了。那是慢慢發生的。」她望向我:「就像是慢慢融化了那堵透明的牆、薄薄的白色硬殼也碎裂似的。你知道我的意思嗎?」[111]

其並不否認這種敘事模式的不精簡,反而有意將之拉長,並表示要持續這種沒有內容的敘事是相當困難的。村上春樹那種刻意的、文藝腔的敘事型態,在他們身上所發揮的影響,不單純是直接的模仿,而是後設式的認知。也正是這種後設的認知,讓他們可以玩弄更多形式的嘗試。諸如王聰威〈遠處的一夜〉,便以敘事者「我」與村上式角色的對話,製造了強烈的對比:

> (村上式角色語:)「這該怎麼說呢?假如先說結論的話,那一個夜,我第一次想到在遠處的自己和現在的自己究竟有什麼不同?從現在的立場來看,在遠處,支持本身存在的『軸』是否因各種人事物劇烈的搖動彎曲而破裂?即便因此有了新的面貌,對自己來說也不見得就是形成現

---

[111] 伊格言,〈有人說村上春樹的流行在過去幾年中造就文壇一片跟風,甚至有人痛斥這使得年輕人寫的文章愈來愈沒內容。實情如何?這狀況還會持續嗎?〉,《百日不斷電》(台北:聯合文學,2005年),頁35。

在的自己,可能同樣距離實況非常遙遠。因為害怕那種崩裂,而拼命逃走的人太多了。那麼,現在的自己究竟是什麼樣子的存在,難道只是失去『軸』人而已,或者是依賴了次要的什麼事物生存下去」

……我對他說的實在沒什麼興趣……我只想多吃點東西。他去端了許多炸物和手卷,我們(還有其他十來個人)繼續快樂地大吃起來。[112]

或者如許榮哲〈不倫練習生〉中,敘事者「我」與村上式的女孩在準備發生性關係之時,也存在著相似的對比:

(**村上式角色語:**)「不,我一點也不堅強,認真說起來,我比任何人都還要軟弱,因為我體內一點惡的質素也沒有。『假裝生氣,撕碎考卷,撒到空中,跑出教室』這幾個連續動作,我可是發著抖在家裡練習了一百多遍,直到完全沒感覺為止。」

……其實我並不了解,不過那對我來講並不重要,重要的是我得把這個不知所以然的悲傷話題止住,因為我的性趣正急速下降。[113]

無論王聰威或許榮哲,敘事者「我」的心內音都對於這種村上式的敘事語言感到不耐或不解,形成了一種微妙的反差感。然而,這種嘲諷並非是整體文本的負面意涵,因為這些村上式的敘

---

[112] 括號內為筆者所加。王聰威,〈遠處的一夜〉,《野葡萄文學誌》第11期(2004年7月),頁212~213。
[113] 括號內為筆者所加。許榮哲,〈不倫練習生〉,《不倫練習生》(台北:寶瓶文化,2004年),頁19~22。

事才是文本的主軸。添加配角般的嘲諷不耐,無疑是一種自嘲,更像是對於那種「他人之傷無法觸碰」而「淪於消費社會裡的表層需求(情慾、飲食)」的批評。以零星幾句敘事者「太難理解」的嘲諷,去瓦解掉佔據整個故事中村上式角色饒舌自語的悲傷,那也是作者的悲傷之處。就如同他們作為師法對象的駱以軍,充滿了丑角般的滑稽姿態。他們都在「一本正經、顰眉蹙首的姿勢中……看到了生命一種事與願違的不雅、一種欲潔何曾潔的玷汙,因而更深深的震動著」[114],作為主題的愛情反倒不再成為重點。而他們對於村上腔後設形式的認知與操弄,也讓他們與一般直接式的影響有差,多少也源於他們來自受後現代洗禮的純文學觀點。

　　文本裡頭以愛情為主題,但卻是後設式地將焦點移往了他處。這不免讓人聯想到許榮哲曾自嘲文學已到需要「掛羊頭賣狗肉」的階段[115],愛情的主題似乎僅只作為一種吸引目光的手段,「我們選擇了可以與大量讀者溝通的『愛情』,這個到最後依舊不能放棄的題材」[116]而王聰威所認為的,自己仍是在純文學範疇創作的觀點,或許也與此有所回應。就根本的角度而言,他們仍帶有純文學的某種教養與姿態,企圖將純文學的價值觀以大眾文學輕質的文字包裝。

　　然而,我們很難樂觀地認為,「小說家讀者」所創造的「中間文學」有開創暢銷的中間之路。這兩本小說合輯於2004年底出版完後,在後續都未再有相關類似的集體愛情創作。在團體後續

---

[114] 王德威,〈我華麗的淫猥與悲傷──駱以軍的死亡敘事〉,駱以軍《淺悲懷》(台北;麥田出版,2001年),頁22。
[115] 許榮哲,〈該如何重振文學的雄風?〉,《百日不斷電》(台北:聯合文學,2005年),頁106。
[116] 高翊峰〈子彈在跳舞〉,《百日不斷電》(台北:聯合文學,2005年),頁8。

的活動裡,他們則是延伸外部作者的惡搞形象,以「行動文學」的理念,舉辦了各種關於文學的惡搞活動。而愛情作為「不能放棄的題材」,在「小說家讀者」成員後續各自的創作中,也只有王聰威的《師身》、張耀仁《讓我看看妳的床》上有較為明顯的延繼。而「小說家讀者」後續在定位上,也都與網路小說、大眾小說相距甚遠,絲毫未有中間性。

這當中,我認為有兩點值得注意。一則是「小說家讀者」在作者形象上,沿襲了純文學當中的駱以軍自嘲風格,但其表現的中間文學愛情風格卻與作者身分的情色意涵有所落差。尤其他們在作者身分上,雖然融入了網路世代的次文化惡搞要素,但在創作的作品中,卻沒有這種單純惡搞的玩弄。更耐人尋味的是,若要符合他們外在塑造的人渣形象,那麼最為貼切的書寫或許會近似於他們於《FHM男人幫》的形式。不過他們卻沒有走上這條路,反而更加強調極短篇的翻轉、愛情的新型題材擴展、包裝某種沉思氛圍等,也多少顯示了他們對於一種純文學式的堅持(甚至可以說是放不下的身段)。另一則是這系列的中間文學,並無作為範體的固定形式。他們無法像自身在大眾文化工業裡一般,能夠快速地找到其特定的大眾群體,產出可被公式化的文化產品。儘管他們玩弄了許多新奇的企劃主題,但在各種形式實驗性質的寫作下,僅是在內容取向上單純地往大眾年輕的愛情觀點靠攏,最終也難以統一成鮮明的獨特風格。

當然,中間文學在定義上也存在著困難之處,關於定義的爭執也存在於團體內部。如王聰威便認為,不存在所謂的介於純文學與大眾文學的中間文學,「那只是純文學大道上的不同景色而已」[117],認為中間文學只是另一種純文學,並稱純文學作家張曼

---

[117] 編輯部,〈文字賀爾蒙的暢銷力量〉,對談人:王聰威、張耀仁、敷米漿,《野葡萄文學誌》第16期(2004年12月),頁126。

娟、吳淡如或朱少麟都不會被視為大眾文學。但伊格言卻認為，「好的通俗文學『就是』中間文學」[118]，列舉了如侯文詠、約翰厄文《達文西密碼》。而無論李志薔或張耀仁都認為純文學作者應該去了解大眾的閱讀取向，並與之調整，讓兩者有共同交集對話之處。就整體實踐的角度而言，他們形構的中間文學應為最末者。亦即他們這批純文學創作者，在面對強勢的網路愛情小說時，將創作主題擺往最受歡迎的愛情。

筆者認為，「小說家讀者」確實有意要開發出一種他們想像中介於「純文學與大眾文學」之間的文體。在他們這系列的嘗試中，我們可以很明顯地看到他們不同於自身在純文學或大眾文化書寫的風格。在瞄準大眾年輕讀者對於愛情主題的同時，又在創作的作品裡刻意融入了純文學的藝術性格。然而，這種純文學的堅持，也可能導致他們無法獲得市場的青睞。如果他們預設的讀者群為大眾年輕族群，或許不該企圖創造另一種新的文體，而是直接投入當時強勢的網路愛情小說的書寫，才能在暢銷裡成就真正的中間文學。

我們或許可以從「小說家讀者」的案例，進一步重思中間文學的涵義。它是一種賣得暢銷的純文學嗎？亦或是一種寫得較為深刻的大眾文學？或者，中間文學本身具有其自身的市場、自身的幻覺，只是在台灣始終尚未成形？這些都牽涉到更多複雜的論證，可能還需再向上追索其它可能的中間文學個案。在本節裡，筆者探究了「小說家讀者」於團體活動期間，他們在「兼備藝術性與大眾性」的想像裡，開發的「以大眾文學的愛情為主題，內底兼含純文學藝術性」的文體，是屬於他們團體版本的中間文學。不過，筆者認為在橫跨大眾性與純文學的嘗試上，他們各成

---

[118] 編輯部，〈嚴謹文學，停？大眾文學，看？中間文學，聽？〉，座談人：高翊峰、伊格言、九把刀《野葡萄文學誌》第16期（2004年12月），頁128。

員在實踐上也別有一番面貌，可作為我們思考另一種中間性的可能，將於下一節中繼續探討。

第三節、KUSO趣味作為另一種中間文學的可能

一、以惡搞來書寫都會愛情題材

　　作為集體創作的《愛情6p》、《不倫練習生》，在主題上雖往大眾靠攏，但內容卻仍然堅持著一定的純文學觀點。此外，他們在作者身分上，雖然刻意塑造了惡搞次文化的特徵，但在集體的文本創作內容裡，卻又未表現出完全的無厘頭之感。而這不禁讓人好奇，如果同樣是在主題上往愛情書寫，但完全跳脫出純文學的嚴肅，並盡可能地去展現年輕族群的惡搞文化，那麼又會是什麼樣的書寫呢？有趣的是，李儀婷的《十個男人，十一個壞》便很有可能提供我們這種另類的想像。

　　李儀婷捨棄了在言情小說中「夏飛」的筆名，改以「發條女」之名進行創作，在作者簡介上便展現了近「小說家讀者」的惡搞形象：「因為喜耍寶、搞笑，說話既辛辣又無厘頭，而且又有點好色，被譽為是文壇的『女周星馳』」[119]。《十個男人，十一個壞》多數篇章同樣刊載於《星報》，專欄名為「讓我死了吧」，於2003年11月開始連載，並因《星報》停止副刊版面，而在隔年8月草草結束。就發表報紙、時間點而言，都與「小說家讀者」所進行的中間文學創作時間點非常近（始於2003年7月，終於隔年8月）這也讓兩者在比較上具有一定的基準價值。

---

[119] 於封面內的作者簡介。

由於刊載於副刊上，這一系列文本的字數多半不超過1500字，同樣呈現了輕薄短小的特質。不過，不同於小說家讀者在形式基調上，以各種新奇的企劃實驗，《十個男人，十一個壞》的文本都共通維持著相同的調性，表現出了滑稽搞笑的風格。小說環繞在發條女、祺祺、貝蒂、發條表姊四位都會女性的生活，講述各個女人在愛情上與男人周旋，讓人哭笑不得的搞笑故事。而由於是在報紙刊載的緣故，這系列的文章雖然有固定幾位角色，但各篇文本並沒有相當緊密的劇情連結關係，無論有無看過前後內容，都不妨礙閱讀及理解。這也恰是在消費社會底下，方便讀者閱讀的特色。

　　而同樣是描繪愛情，《十個男人，十一個壞》卻並沒有像她以往的言情小說，表現出唯美的風格。與之相反的，裡面大部分男性被戲稱為海蟑螂一般，「……男人又髒又色，跟蟑螂沒兩樣。……至於海蟑螂，至少用海水泡過，看起來有點噁心又不會太噁心，聞起來有點鹹腥又不會太鹹腥，跟男人的味道差不多讓女人既嫌棄又迷戀……」[120]，隱然與「小說家讀者」的人渣形象遙相呼應。而在這系列的文本中，女人也不再具有純潔、單純的形象，反而為了塑造搞笑張力，連帶的也低俗化。此處指的低俗，並非負面含意，而是指作品角色刻意表演出超脫常理的低級符號。諸如熱愛自己狐臭的貝蒂[121]、臉上沾到屎的表姊[122]、在床事中對付媽寶男友只得假哺乳的祺祺[123]、被誤認有菜花的發條

---

[120] 發條女，〈十隻海蟑螂，十一隻壞〉，《10個男人11個壞》（台北：寶瓶文化，2005年），頁5~6。
[121] 發條女，〈來勁的燻茶鵝〉，《10個男人11個壞》（台北：寶瓶文化，2005年），頁149~154。
[122] 發條女，〈ㄅㄞˋ金龜〉，《10個男人11個壞》（台北：寶瓶文化，2005年），頁25~30。
[123] 發條女，〈噢！媽媽！〉，《10個男人11個壞》（台北：寶瓶文化，2005年），頁105~109。

女[124],這些角色雖然去除了言情小說中浪漫的形象,但並沒有被正常化,而是都被賦予了丑角一般的形象。

這種丑化的形式,便充分表現出了惡搞文化的特質,作為一種純粹的趣味用途。而台灣的惡搞文化,約源自於千禧年後,自網路媒介在年輕族群發散開的概念,「用嚴肅的態度認真地對待一個無聊的事情」[125],可說是其最大的精神。而其散發出的嘲諷、毫不在乎特質,也經常被視作年輕人作為標誌自我族群個性的手段。而在青少年為主的網路小說中,更帶有大量惡搞文化的元素,除了使用日常的俗語、網路用語、符號等非傳統書面語言,更藉著特定的文本符號(諸如周星馳)形成一種集體的共同體[126]。而若以巴赫町的狂歡節理論解釋,在惡搞所引發的爆笑不僅是一種宣洩,隱藏在青少年族群中對於惡搞語言低俗的認知,更讓惡搞具有顛覆、反抗的意味,得以在短暫的過程中去釋放日常積累的壓力[127]。但最值得注意的是,惡搞文化也經常性地對於低階的文化工業產品(如鄉土劇)抱持著嘲笑、輕蔑的姿態[128]。

惡搞文化對於特定文化工業的不屑,或許也源於該文化背後的年輕人,已對舊有文化工業輸出的幻覺感到不耐。儘管並不明確,但李儀婷的《十個男人,十一個壞》,似乎帶有幾分對言情小說的惡搞意圖。在《絕色誘情》裡,那個「誤把番茄汁當血」的搞笑橋段,僅是為了映襯女主角的天真單純,最終仍在化解誤

---

[124] 發條女,〈我承認我和他有染〉,《10個男人11個壞》(台北:寶瓶文化,2005年),頁132~137。
[125] 馮靖惠,〈Kuso文化 全台惡搞〉,《中國時報》,2004年5月29日。
[126] 呂慧君,〈台灣網路小說之呈現與發展〉,(彰化:彰化師範大學國文學系研究所,2009年),頁62~65。
[127] 石武耕,〈Kuso:對象徵秩序的裝瘋賣傻〉(台北:台灣大學新聞研究所,2006年),頁45~49。
[128] 石武耕,〈Kuso:對象徵秩序的裝瘋賣傻〉(台北:台灣大學新聞研究所,2006年),頁55~56。

會後與男主角順利結婚。在〈愛的結晶〉中，同樣是「誤把西瓜汁當血」的搞笑橋段，女主角雖然順利獲得了比賽獎項，但卻被迫和中年大叔一起共享獎品而被戲稱「愛的結晶」[129]。而那種對於上層階級男人的幻想，一則變成買仿冒品裝闊的金龜男[130]，一則變成了害怕得性病的童經理[131]，即便是看似有戀情發展機會的男人，最終也只淪為賴皮的酒鬼[132]。彷彿揶揄著言情小說中，那種癡情、多慮、完美無瑕的樣板男人並不存在。

而在情慾描繪上，那種「猶如飛向無際天空」的唯美高潮也徹底消失。男女之間的性關係，不再是一種抽象、情感式的耽美敘事，而是轉變為八卦般的厘俗趣味。女人之間交互分享床事，男人錯把沙拉油當成印度神油[133]、快速地完事並自滿地認為滿足了對方，「原本應該是兩個人欲死欲活的床事，卻弄得連充氣娃娃都不如。」[134]女性角色除了一反言情小說的純情形象，會為了追求性事的愉悅而主動劈腿，其在床上的性魅力也並非曼妙的身材，而是常人無法忍受的狐臭[135]。相較起其兩本言情小說的「聖女形象」，《十個男人，十一個壞》倒一致轉換為「慾女形象」。

值得深思的是，惡搞文化通常是來自於業餘者的身分，與文

---

[129] 發條女，〈愛的結晶〉，《10個男人11個壞》（台北：寶瓶文化，2005年），頁155~161。
[130] 發條女，〈金龜〉，《10個男人11個壞》（台北：寶瓶文化，2005年），頁25~30。
[131] 發條女，〈我承認我有病〉，《10個男人11個壞》（台北：寶瓶文化，2005年），頁110~114。
[132] 發條女，〈愛的佛山無影腳〉，《10個男人11個壞》（台北：寶瓶文化，2005年），頁78~82。
[133] 發條女，〈印度神油〉，《10個男人11個壞》（台北：寶瓶文化，2005年），頁115~120。
[134] 發條女，〈擦槍不走火〉，《10個男人11個壞》（台北：寶瓶文化，2005年），頁34。
[135] 發條女，〈來勁的燻茶鵝〉，《10個男人11個壞》（台北：寶瓶文化，2005年），頁149~154。

化工業透過技術專門化生產作品,有著很本質上的差異,業餘者在創作過程流露的拼貼感、玩弄形式與技術等,都是一種對專業者所具備生產權力的迷戀[136]。然而,這很難說明本身作為專業者的李儀婷,為何去「下放」自己,假扮成業餘者。不過,若我們將惡搞文化視作有它自身一套幻覺,作為呼應不同幻覺而進行生產的李儀婷,在作品上自然有著相當程度的落差。透過檢視一位作家歷時性地在不同幻覺中切換的過程,我們也可稍微確認了作家在那個階段中對於哪一個共同體的認同。就前述所言,儘管「小說家讀者」有意維護言情小說的大眾價值,但仍與言情小說保持一定的距離,在幻覺的選擇上更偏向青少年次文化族群。在推廣中間文學的期間,李儀婷沒有重回言情小說的舊業,而是投入了惡搞性質的愛情小說,也是極好的例證。

　　幻覺作為某一個共同體的產物,它必然切合那個共同體當中的需求,並折射出該共同體對於社會的特殊想像,這之中也必然包括了一種政治的意識形態。在《十個男人,十一個壞》裡,發條女為外省二代,其父親為山東人。在〈憤怒的麻花〉一文中,敘事2004年總統大選過後,家中也發生了如同電視般的「藍綠惡鬥」場景。不斷糾纏著發條女的豬頭,在得知民進黨勝選後,便找上發條女哭訴,認為台灣即將完了。正當發條女準備解釋自己的政治傾向時,電視上傳來新聞,表示有一名外省老兵接受不了大選結果,情緒激動下便心臟病發。豬頭旋即找上發條女的外省父親,認為其必定也受了很大的打擊:

　　　　「伯父!」豬頭眼眶又泛紅了,「伯父!」豬頭大叫一聲後,立刻撲到我爹懷裡,嚎啕大哭起來。「我們落選

---

[136] 石武耕,〈Kuso:對象徵秩序的裝瘋賣傻〉(台北:台灣大學新聞研究所,2006年),頁56。

了,完蛋了!」

　　……原本以為山東爹會安慰豬頭兩句,沒想到爹卻——

　　「誰跟你完蛋,俺可是——阿扁ㄉㄨㄥˋ!ㄉㄨㄥˋ!ㄉㄨㄥˋ」山東爹用極不標準的台語高喊。

　　……「我爹說的是台語,阿扁凍蒜啦!我在一旁解釋。」[137]

　　過往經常被想像為反對民進黨的外省族群,在這裡卻巧妙地鬆動了這種族群想像,顯示了年輕族群已從老一輩身分、意識形態認同有所轉變。對於年輕族群而言,「藍綠惡鬥」才是他們真正抗拒的對象,是而在兩造各自為政黨擁護,甚而激烈地扭打起來後,敘事者便形容這場面如同麻花一般的滑稽。小說也描繪年輕人特地到選後「泛藍抗爭選舉不公」的現場裡,只不過並非認同抗議理念,而是為了領取發放給抗議群眾的便當[138]。在年輕的世代裡,普遍對於前一個世代政治狂熱而感到厭煩,反而採取了旁觀的視角,用嘲諷去表現了這種消極的立場。這種政治冷感的心態,是在這個世代中值得留意的特質。而這兩篇小說刊登的時間點,對比當時抗爭最白熱化的階段[139],其中流露的「不與之共流」感更是強烈。

　　有趣的是,在李儀婷刻意營造的搞笑角色裡,卻出現了近似他們在純文學小說中打造的誇張化形象,乃至相近的母題。在

---

[137] 發條女,〈憤怒的麻花〉,《10個男人11個壞》(台北:寶瓶文化,2005年),頁98。
[138] 發條女,〈蟑螂的性感內衣〉,《10個男人11個壞》(台北:寶瓶文化,2005年),頁100~104。
[139] 兩篇小說原刊登時間點各為3月25日、4月2日。抗爭則自3月20日開票後,陸續有幾場大規模的靜坐、遊行等抗議活動,並在4月10日「公投拚真相」遊行中結束。

〈忘了我是誰〉一文中，阿凱是與發條女曖昧的對象，但其記性非常之差。而兩人迷路在山上之時，阿凱忽然說了一則「無記才」的故事，敘述一個樵夫健忘至幾乎是瞬間失憶的情形，可能在上完廁所後，還誤以為地上的排泄物是別人的。阿凱在敘事故事的過程中，恰好與發條女相隔一段距離。是而，猶如他自己講述的「無記才」一般，他迅速忘記自己剛剛聊天的事實，獨自一人離去而留下發條女於原地[140]。若擺在《十個男人，十一個壞》的脈絡中，阿凱充其量又只是另一個滑稽丑角的男人。但若抓回了他們在純文學場域的活動裡，「無記才」此一故事的原型，其實是來自於許榮哲的《寓言》中。而這故事正是《寓言》裡展演誇張化鄉土的重要情節之一[141]。在以奇觀鄉土為名的《寓言》中，「無記才」的故事則是首要出現在小男孩們跟蹤的大人身上，兩個女人時而親暱時而吵架的誇張變化，「她們很輕易地便會把自己給搞丟，然後一個轉身，又若無其事地把自己給撿了起來。」[142]，認為這兩個女人似乎都會瞬間失憶，帶有「無記才」的特質。這種猶如瘋子般的畸零人角色，成為襯托奇觀鄉土的手法之一。而許榮哲甚至把「無記才」的故事，類比在敘事者印象中自殺的女人身上。由於對方總像是瞬間失憶，在情緒轉換上非常快速，而讓敘事者感到自己永遠無法觸及對方的內心。「無記才」的故事也成為了《寓言》裡最核心的註腳。

許榮哲以青少年視角所進行的純文學書寫，竟奇異地與李儀婷的愛情書寫接合。而在許榮哲的作品中，自〈迷藏〉以來便慣用幼年的視角，具有大量插科打諢的瑣碎敘事，並巧妙轉換為一

---

[140] 發條女，〈忘了我是誰〉，《10個男人11個壞》（台北：寶瓶文化，2005年），頁45~49。
[141] 〈忘了我是誰〉於2004/1/1刊載，而《寓言》同樣於2004年1月出版。亦可能是行銷打書採用的策略。
[142] 許榮哲，〈無記才〉，《寓言》，（台北：聯合文學，2004年），頁69。

種殊異的文學價值,讓看似搞笑的橋段充滿深沉的悲哀,這也源自於前一章提及的,少年視角恰好能讓前現代的事物以嶄新面貌現形。惡搞文化的無厘頭,與新鄉土的荒謬怪誕,在表層展演中存在幾分互通之處,同樣的笑話故事便在各自的脈絡裡中產生了不同的效果。

　　無厘頭所引發的荒謬感,同時作為了他們在大眾文學與純文學中表現的特質。讓人值得省思的是,會不會在這些荒謬、搞笑的書寫裡,作為純文學與大眾文學都能共通使用的表層幽默風格,其實才是真正中間性的所在之處?荒謬無厘頭的角色展演,在大眾書寫裡可以誘發純粹的趣味,在純文學書寫裡又能成為展演奇觀鄉土的細節。有趣的是,許榮哲也曾融入惡搞文化,以青少年視角撰寫過《吉普車少年的網交生活》,或許存有幾分探討的空間,具體將在下一小節細而論之。

二、青少年視角下的幽默書寫:大頭春、倪亞達與吉普車少年

　　出版於2004年底的《吉普車少年的網交生活》,在文本形式上特意採用BBS看板文章的介面,並具有典型網路小說的特質,諸如橫行的書寫格式、降低每一段的文字量等[143]。一如前文所述,許榮哲在文學初養成階段中與網路文學的密切接觸,讓他在進入到純文學場域中之時,對於網路小說形式抱持著相對開放的心態。而文本也刻意雜揉進青少年的次文化,大量使用火星文、表情符號,用以模擬國中生的說話方式,表現出更加無厘頭的姿

---

[143] 李姿慧,〈張大春、袁哲生、許榮哲之少年日記體小說研究〉,(台中:東海大學中文系碩士班,2012年),頁19~21。

態,也讓他被冠上「文壇周星馳」[144],亦即惡搞文化最代表性的人物之名。而在書籍宣傳活動裡,也特意號招讀者,在書店舉辦快閃活動[145],充分表現了青少年的次文化能量。

　　許榮哲的《吉普車少年的網交生活》,確實帶有幾分另類中間性的可能。同為「小說家讀者」的張耀仁,便認為純文學對於網路小說往往抱持著強烈的鄙視心態,甚至無法容忍在排版設計的改變,總是堅守著文學理應嚴肅的高位。而他認為,《吉普車少年的網交生活》結合青少年視角的嘗試,已有許多先例,諸如袁哲生的《倪亞達》、張大春的《少年大頭春的生活週記》,並指「在過於二分的區隔下,導致『純文學vs.大眾文學』的越界視同離經叛道,進而錯失了彼此對話的可能性。」[146]張耀仁在介紹《吉普車少年的網交生活》的論調上,其實與整個團體在推廣「中間文學」的論述上極為類似。而這也可能是許榮哲以個人的身分,嘗試用不同類型,去撼動純文學的現有價值。

　　正如張耀仁所觀察,袁哲生的《倪亞達》、張大春的《少年大頭春的生活週記》,都可視為許榮哲《吉普車少年的網交生活》創作上的前例。這一類型的寫作,即是以第一人稱偽裝成青少年,用一種幼稚的視野去觀看世界,並且透過兒童幽默荒謬的看法來營造趣味。這種趣味也引起了廣大讀者的迴響,張大春的《少年大頭春的生活週記》在出版後,更躍升成暢銷讀物。

　　若單就出版順序而言,2004年出版的《吉普車少年的網交生活》,自然晚於2001年的《倪亞達》以及1991年的《少年大頭春的生活週記》,從而會有「張大春之於袁哲生,袁哲生之於許榮

---

[144] 謝育貞,〈6年級作家　「許」文壇一個夢〉,《星報》,2005年7月2日。
[145] 李怡芸,〈許榮哲　就是要惡搞〉,《星報》,2004年12月27日。
[146] 張耀仁,〈童鞋,你今天「黑特」了沒?從《吉普車少年的網交生活》思索網路文學〉,《聯合報》,2005年1月16日。

哲」這種線性繼承的錯覺。不過，按李姿慧的採訪顯示，《吉普車少年的網交生活》的原型早在《倪亞達》系列出版前，便已完稿且獲文學獎。許榮哲更明確提及，該創作確實受大頭春的概念所影響[147]。而張大春在回憶袁哲生的往事時，則提及袁哲生曾自言其創作的倪亞達，與大頭春存在著延繼關係[148]。就此來看，許榮哲與袁哲生的這兩本創作，基本都是站在張大春的延長線上，在既有的大頭春範體下各自進行延伸。而李姿慧雖曾針對這三本小說集進行比較，不過概略偏向文本式的介紹，且不觸及《吉普車少年的網交生活》最原始的文學獎版本，仍有許多不足之處。

《吉普車少年的網交生活》最原始的版本為〈我的朋友不要臉〉，原預設為電視劇劇本，後更改成小說形式，並成了耕莘文學獎的得獎作品，當時的評審便稱其為「《少年大頭春》的網路版」[149]在最原始的版本中，BBS的發文標題只是單純的日期，而未有成書後明確的標題，更具有明顯的日記體性質。但不同於張大春的日記體寫作，在〈我的朋友不要臉〉中較具有明顯的故事感，而非單純的從紀錄生活中去嘲諷時事，各篇日記具有較為有機的關聯。尤其張大春的寫作，最初是連載於《自立晚報》上，其每週與時事密切的扣合寫作，也讓它較無預設明顯的情節。

其中，故事始於阿德的網路交友生活，透過認識網友「寂寞的阿雅」，來投射現實中對周月雅的暗戀。阿德也為了讓自己看起來更有魅力，在這兩段愛戀關係中，都刻意以文學作品來唬爛其對

---

[147] 李姿慧，〈張大春、袁哲生、許榮哲之少年日記體小說研究〉，（台中：東海大學中文系碩士班，2012年），頁243。

[148] 「哲生似乎帶著些其實不必要的不安之意，支支吾吾地表示："倪亞達"只不過是"大頭春"更幼稚的延伸版。」張大春，〈袁哲生的寂寞與遊戲〉，袁哲生《寂寞的遊戲》（北京：後浪出版，2017年），電子書版本（PDF）頁5。

[149] 羅位青評語，《旦兮》新七卷第三期（1999年6月），頁30。

象，諸如村上春樹、普魯斯特都成為其調侃的對象，如《遇見100%的女孩》就變成了「很久、很久以前，有一個怪怪的人，遇到了一個漂亮的馬子，於是他編了一大堆屁話想要把這個漂亮的馬子……最後他覺得很悲哀，因為沒有把到。」[150]，大肆惡搞了原本富有文藝氣息的作品。小說中最關鍵的環節，在於愛戀對象的虛擬與現實，與「寂寞的阿雅」這個「沒有臉」的朋友見面，成為阿德最為焦慮之事。一但虛擬轉換為現實，「寂寞的阿雅」擁有了自己的臉後，便打破了虛擬與現實的平衡。是而，當阿德終於跟周月雅有密切的接觸後，得知了其討厭網路交友後，作為投射對象的「寂寞的阿雅」便忽然揭發自己偽裝的身分，讓阿德可以名正言順地回到現實。「周月雅」與「寂寞的阿雅」對稱的關係，也反映在阿德與「白爛強」身上。作為流氓的白爛強，僅在小說的頭與尾出現，在大部分故事中皆為隱身的狀態。在校園外頭滋事的白爛強，與在網路上騙人的阿德實為一體兩面的不良少年。也因而當阿德終於回歸現實時，白爛強也必然回歸現實，化解了成為流氓的心魔。小說雖以惡搞為主題，但在結尾仍給出較為正向的回應。

　　不過，小說並沒有良好的處理了網路戀愛的關係，阿德僅是外在事件（阿雅突然揭露自己說謊）的接受者，並沒有對這段關係有更深刻的反思，而又迅速尋找下一個女網友。相隔多年後，《吉普車少年的網交生活》作為〈我的朋友不要臉〉的加長版，除了添加了許多瑣碎的趣事，更新增了「凱蒂貓」的戀愛支線，並加深了「寂寞的阿雅」角色刻劃。值得留意的是，阿雅的形象更接近於他純文學寫作中，那種因無法摸清楚其真意，而感到恐懼的女性形象。

---

[150] 許榮哲，〈我的朋友不要臉〉，《旦兮》新七卷第三期（1999年6月），頁40。

> 我爸帶著遺憾死去,我媽帶著遺憾活著。後來,我媽常常夢到我爸站在她的床頭,似乎是想對他說些什麼,可惜太晚了,他已經沒有嘴了。……聽說把話憋在心裡死去的人,都會被閻羅王收回嘴巴。所以你一定要把你心底真正的話說出來。[151]

在這種威逼之下,阿德獻上了他人生第一次的告白。而到了阿雅向他接露自己偽裝的身分後,阿德並沒有憤怒地與她切斷關係,反而是在對方的要求下決定實體碰面。然而,一到了現場卻是一名自稱為阿雅妹妹的女孩子,並堅稱阿雅已出車禍而死,「我只覺得有著沙漠眼睛的女人一定不是簡單的人,她們通常都會平靜地說出一些讓人嚇破膽的恐怖話來。」[152],為阿德帶來錯愕的悲傷。基於深入描繪這段關係,也剔除了原本繼續尋找女網友的段落,讓阿德與原作相比更具有省思的深度。儘管小說一直強調著不知道真相為何,但這個無可相信的曖昧本身,就如敘事者自言,已經形成了某種傷害[153]。是而,當結尾阿德與白爛強見面時,小說給出了更為正向的答案,認為自己過往只是個愛唬人的騙子,並下定決心不再軟弱下去。

兩個版本最大的差異,在於《吉普車少年的網交生活》對於文本自身散發出的不正經、懷疑論,給出更為明確而積極的回應,而不流於單純的拆解戲耍性質。就文學史的內在意義來看,許榮哲可能也在尋找一種「克服張大春」的方式,套黃錦樹的說

---

[151] 許榮哲,〈愛的告白〉,《吉普車少年的網交生活》(台北:聯合文學,2004年),頁79。
[152] 許榮哲,〈有著沙漠眼睛的女孩〉,《吉普車少年的網交生活》(台北:聯合文學,2004年),頁191。
[153] 許榮哲,〈人生何處不曖昧〉,《吉普車少年的網交生活》(台北:聯合文學,2004年),頁200。

法，張大春的戲謔瓦解了小說的深度,「生命可能的悲劇也一併嘲謔的否定或取消了」[154],尤其大頭春本身的存在極具功能性,意在偽裝成童稚的角度,去嘲諷每週所發生的時事[155]。早在〈我的朋友不要臉〉的敘事在出發之時,失去了功能性的目的後,如何不讓以少年視角的小說,僅流於複製表層惡搞的語言,便是首要的難題。文本也勢必得去超越,僅作為「表現時代感」、「表現網路文化」的意義。而〈我的朋友不要臉〉原預設為電視劇劇本,其必定與《少年大頭春的生活週記》功能性的新聞回應有所差別。因此在最原初的版本中,儘管夾雜著各種「裝酷」、「唬爛」的敘事模式,但並沒有單純的瑣碎記事,而是在日記體的鋪張裡去刻劃角色,形成具有情節轉折的故事。

「憑弔童年的歡笑」成為了〈我的朋友不要臉〉最關鍵的核心,後於《吉普車少年的網交生活》中獲得了更深刻的落實,反映在與阿雅未果戀情的改寫。而小說在相同的敘事環節中,也同樣改用了更深沉的方式描繪：

……因為她表姊說：看漫畫是小孩子的玩意兒,而金田一都是都是唬爛的,哪有那麼多死人來給你推理……[156]
她表姊說：看漫畫是小孩子的玩意兒,而金田一都是都是唬爛的,人哪有那麼容易就死的,像她們班有好幾個人都曾經自殺,現在還不都活得好好的。

---

[154] 黃錦樹,〈隔壁房間的裂縫——論駱以軍的抒情轉折〉,《謊言或真理的技藝：當代中文小說論集》(台北：麥田出版,2003年),頁342。
[155] 大頭春的書寫在報上連載,並會回應寫作當周的時事,亦被楊照視作延續《大說謊家》的「新聞小說」。楊照,〈多重文體的滲透、對話——評張大春《少年大頭春的生活週記》〉,大頭春《少年大頭春的生活週記》,(台北：聯合文學,1991年),頁181。
[156] 許榮哲,〈我的朋友不要臉〉,《旦兮》新七卷第三期(1999年6月),頁34。

......他表姊的同學裡，居然有人每個月固定要自殺一遍，原因是她覺得「唯有自殺，才能稍稍提醒自己還活著。」[157]

小說刻意地用童稚的視角，去面對遠超過他們所理解的傷痛。在通篇惡搞的口吻底下，便在這種突如其來的嚴肅場景中，有了悼亡的契機。這無疑是袁哲生《倪亞達》系列最慣用的手法——以黑色幽默去處理難堪的創傷。袁哲生以兒童觀點去描繪同齡人的自殺，同樣以幼稚的觀點去包裝巨大的傷痛，「他跳樓前在作業本上寫說：『……我什麼事情都做不好，做不成功。』他從四樓教室的陽台跳下去，當場摔死在一樓的地板上。這次他可是成功了。」[158]，國小生的自殺也讓學校的教師們格外有壓力，沒想到兒童們卻在討論要推派誰擔任自殺代表，讓自己的老師更加難堪。這種黑色幽默，也普遍出現在袁哲生的純文學創作中，如〈寂寞的遊戲〉便以大富翁的「進監牢」來映射狼狗成年後不斷的入獄[159]。在他的小說中，更經常動用這種反差的敘事，讓成年讀者所認為的巨大創傷，以無知、搞笑的包裝去弭平。這些看似恐怖的話語並非要凸顯兒童的冷酷，僅是要展現「無知」與「無傷」的幼年狀態。

在這裡，「笑」並不是嘲諷式的平面化功能，它並無意去取消小說的深度，而是假意地去遮蓋了深度。它是一種，明知創傷都已深刻地存在，但卻「裝瘋賣傻」似地假裝遮掩悲傷本身，讓傷痛若有似無地被感受。在他們奇觀的鄉土寫作裡，這也是經常

---

[157] 許榮哲，〈三個遙遠的話題〉，《吉普車少年的網交生活》（台北：聯合文學，2004年），頁131。
[158] 袁哲生，《倪亞達原著小說（上）》（台北：布克文化，2010年），頁222。
[159] 袁哲生，〈寂寞的遊戲〉，《寂寞的遊戲》（台北：聯合文學。1999年），頁35。

出現的筆法。而就藝術史的觀點而言，恍若也站在訕笑的後現代情境裡，去對意義本身展開另類的贖回。若套黃錦樹的觀點，無論是袁哲生或是駱以軍，基本都站在張大春對寫實主義論的顛覆（對鄉土小說的文學反映現實的質疑）以後——小說無法再去代替角色說話，而兩人各自進行超越的方式，一則是不進入角色內心的淡漠觀察[160]，一則是無法進入他人內心而自我的繁衍增生[161]。即便在袁哲生多數的第一人稱觀點裡，也都採用了有限的視角，而無法進入他者的內心。因此，當敘事者封閉在幼年狀態裡，他勢必只會因無知而「笑」。但被隔在無知以外的，那個成長過程會逐漸體驗到的殘酷，實則一直存在那裡，並早一步地讓成年的讀者所認知了。小說中猶如真空地帶般的童年歡笑，便成為了袁哲生凝結的悲傷所在。

　　值得注意的是，無論是許榮哲或袁哲生，以這種童年視角作為策略，都普遍出現在他們的純文學與大眾文學的作品，也幾乎成為他們慣用的技法。而或許，我們應將把一個作者某種共同存在於純文學與大眾文學的寫作特質，視為一種中間性——它同時兼顧了大眾的娛樂性，又滿足了純文學讀者所想像的深度體悟。就《吉普車少年的網交生活》而例，在歷經了阿雅戀情的失敗後，仍不時冒升對事件真相的質疑，這也是許榮哲在純文學場域的洗禮下，才產生出的後現代觀點。

　　此處並不打算直接將這類型的作品定義為中間文學，是為了避免與「小說家讀者」所推廣的愛情書寫混淆。然而，中間文學確實存在著重新再界定的可能。事實上，許榮哲〈我的朋友不要臉〉的

---

[160] 黃錦樹，〈歷史傷停時間裏的「寫作本身」〉，《中山人文學報》43期（2017年7月），頁5。
[161] 黃錦樹，〈隔壁房間的裂縫——論駱以軍的抒情轉折〉，《謊言或真理的技藝：當代中文小說論集》（台北：麥田出版，2003年），頁354。

得獎個案或許能提供我們幾分反思之處。若檢視當時這位新進者的背景,「幾乎沒讀過任何一本當代的文學作品」[162],靠著網路小說的養分與大頭春的日記體構想,意外獲得了文學獎。另一方面,評審則將〈我的朋友不要臉〉看作是網路版本的大頭春日記,並頗為肯定其背後的時代意義。這兩者的交會點,恰是身為純文學作者的張大春,所創作出的大眾通俗的《少年大頭春的生活週記》。筆者認為,更應該注意到《少年大頭春的生活週記》的中間價值:它若不熱賣,便無法進入到許榮哲的閱讀經驗;它若不是來自有名望的純文學作者,那文學獎評審也無法輕易認可這種日記體的形式。

若我們將視角拉回日本的中間文學定義,中間文學最初即是「請純文學作家撰寫不失高品質、更富娛樂性質的作品」[163],而台灣在九〇年初期步入消費文化社會中,副刊產業已逐漸跳脫了過往嚴肅的性質。外加林耀德、黃凡、張大春這批後現代論者,有意解構鄉土文學的現實主義框架,強調文學的娛樂價值,企圖瓦解文學的使命感[164]。當然,這並非意指張大春打算往大眾讀者靠攏,張大春後續延伸的成長三部曲,便有意要讓小說變得不好笑,來調整回嚴肅的路線[165]。而他也曾自言,一開始並不預料到會這麼暢銷[166]。不過無論作者的看法為何,依舊不能改變作品熱賣的現象,及暢銷作品的既定形象。身為純文學作者,他亦曾

---

[162] 許榮哲,〈我們的臉還會放屁呢〉,九把刀《依然九把刀——透視網路文學演化史》(台北:蓋亞文化,2007年),頁8。
[163] 根本昌夫著,陳佩君譯,〈何謂小說?〉,《〔實踐〕小說教室——傳達意念、感動人心的基本方法》(台北:天下雜誌,2016年),頁37。
[164] 呂正惠,〈我們都是眼中人〉,黃凡《大學之賊》(台北:聯合文學,2004年),頁5。
[165] 賴穆萱,〈後現代青少年的辯證:論張大春的成長三部曲〉(台南:成功大學中國文學系碩士班,2011年),頁224~225。
[166] 王聰威,〈格鬥小說孩子王〉,《FHM男人幫》第6期(2000年12月),頁114。

為自己的作品辯護,「我們是不是心存成見,以為賣得好的東西就是爛,就比較不嚴肅。」[167]。而大頭春的暢銷,則被以「幽默文學」視之,意指具有內涵但又沒有純文學壓力的風格[168],儼然形成了一種新型的文類,在概念界定上其實與中間文學有些相似(同樣強調有內涵,但又能被一般讀者接受的輕盈)。有趣的是,張大春為自己辯護的「暢銷的作品也能帶有嚴肅意味」論調,竟也與十年後「小說家讀者」在推廣中間文學的理念上,有著奇異的重疊,都堅信著文學作品能兼備大眾性與藝術性。只不過,「小說家讀者」在集體上所創作的文學,是走向了一條從未有人嘗試過的道路,在創作的範體上沒有可供借鑑的暢銷先例。僅有少數的成員,以個人創作的途徑,走上了大頭春式的幽默青少年小說。特別是許榮哲在推廣中間文學的這段期間,選擇將年少的模仿大頭春的舊作改寫出版,或許也能提供我們對於中間文學另一種新的想像。

而張大春的這種「偽裝成幼年、操弄輕盈文字」的敘事方式,就後續的影響力而言,也確實是值得關注的現象。尤其在「小說家讀者」中,它也不僅僅發生在許榮哲一人身上,諸如王聰威與甘耀明,實則都有這種幽默、偏向大眾取向的作品。不過,在這種敘事模式裡,也存有一脈相承的特質而形成某種遮蔽,具體將於下文進行闡述。

---

[167] 滕淑芬,〈大頭春的告白――張大春專訪〉,《光華》第18卷第1期(1993年1月),頁85。
[168] 肇瑩如,〈幽默文學 替現代人紓解壓力〉,《經濟日報》(1993年6月19日)。

三、橫跨純文學與大眾文學的兒童視角

在前一小節中，我們看到了許榮哲、袁哲生與張大春這三人，以青少年兒童視角，所創作的大眾暢銷文學。這三個系列較具有一定的比較基準點：文本量充足而能出版成冊、屬於個人創作、外部作家層面互涉的程度較明顯等等。然而，在「小說家讀者」裡，亦有以兒童視角進行類似大眾書寫的成員，各別是王聰威與甘耀明。這兩者在使用兒童視角上，雖然與有前一小節三人的寫作風格有些接近，但由於比較的基準點差異較大，無法直接將其納入前一小節的系統進行分析。

其中，王聰威在尚未出版個人創作之前，主要是在各種文化工業下進行活動。除了擔任《FHM男人幫》雜誌的寫手以外，2001年亦曾擔任春水堂娛樂的寫手，在寶瓶出版社推出《阿貴趴趴走》兒童讀物[169]。「阿貴」是由春水堂科技娛樂所創造的動畫人物，起初靠著網路動畫起家，後跨出網路媒介，進攻傳統影視產業，並陸續推出相關衍生作品，在千禧年初期風靡全台。而王聰威所創作的「阿貴」，即是此一文化工業下的其中一項文化商品，在世界觀、角色的設定都必須遵守特定的框架。此外，《阿貴趴趴走》的預設讀者是面向中小學孩童，以科普教育為主要目的。這也與前一小節論述的，預設讀者是面向成人的黑色幽默作品，有著根本性的不同。每篇文本會有特定的故事情境，讓阿貴與相關的角色可以串場說明台灣的史地知識。也因為《阿貴趴趴走》是建立在特定目的上所進行的創作，我們很難直接將其與許榮哲的《吉普車少年的網交生活》個人性創作來比較。不過，我

---

[169] 《阿貴趴趴走》、《阿貴讓我咬一口》皆為春水堂科技娛樂在寶瓶出版社推出的書籍，主要特色在於介紹各類兒童知識。而這兩本書的協力作者馬瑞霞亦為文學獎常勝軍，並同樣為《男人幫》雜誌的寫手。

們仍可見到某些相似的特質,將於下文再行闡述。

另外,甘耀明也曾在2003年底於《蘋果日報》上,以「豬頭幫」為筆名,連載「惡童日記」專欄。不過,由於文本數量並不多,最終亦未出版成冊,在分量與傳播的效益都較低,難以與許榮哲等人相比。而甘耀明在純文學創作上,雖然同樣採用無政治的鄉土書寫,但更帶有一種狂歡式的厘俗氛圍,不似袁哲生的黑色幽默。而這點差異,也同樣表現在這種瞄準大眾讀者的青少年幽默書寫。

在豬頭幫系列的寫作中,敘事者則被框限在高中生的身分裡,相較起前一小節的中小學生,已擺脫了那種刻意的無知感。青少年的次文化,以及背後玩世不恭的心態成為主要的基調,諸如寫一群高中男生藉著碗盆當助聽器,貼在牆壁上聽隔壁鄰居的「叫春」[170]。或以外星人譬喻教官做事奇異,又融入了倒掛金鉤、鐵砂掌等武俠元素指其深不可測[171]。荒謬的形象描繪成了惡搞的重要元素,「他見到辣妹時,會激動得膀胱倒縮,尿水衝上了腦門,拚命流淚。」理應高高在上的校長甚至被戲稱為「辣妹測試機」,女學生便透過校長的「笑」或「流淚」,來判斷自己是否為美醜。「校長一哭,笑的就是辣妹。校長一笑,哭的就是恐龍妹。」[172]

更重要的是,我們隱然看到了他在純文學當中的「誇張鄉土」敘事。〈神豬追風出巡〉描繪主角打算在園遊會上賣烤豬肉,並將家裡的豬以機車運送至學校的荒謬過程。「人渣把豬放車後座,把上肢放在我肩上,兩腿綁在我腰上,催我上路……煞車更慘,……,豬緊急貼上來,……,還用老二原地突刺。

---

[170] 甘耀明,〈大自然的呼喚〉,《蘋果日報》,2003年12月1日。
[171] 甘耀明,〈外星人教官〉,《蘋果日報》,2003年12月3日。
[172] 豬頭幫,〈飆風校長淚汗尿〉,《蘋果日報》,2004年1月7日。

更誇張的是,那顆豬頭會順勢掛在我肩上看我,非要娶牠的樣子。」[173]甚至在園遊會殺豬時,一度打算要豬自我了結,避免產生「豬怨」,最後在情非得已的情況下,「我們趕快拆下牆上的電線,給豬纏上,來個CAS電宰。我插上插頭,火花一直從插孔滾出來,全校大停電,所有攤位靜下來。」[174]值得注意的是,這頭迷你豬是在都市生活的老人家,懷念其在鄉下的生活而養的,「說養頭豬才有鄉下的屎味」[175]豬作為一種鄉土(村)的符碼,在這裡便顯得相當明確。然而,在整體文本裡,鄉土的符號並非是要表現出任何懷舊純樸的滋味,而基於其能夠展現出誇張、滑稽的場景,去達到讀者需求的幽默性,因而在一個以都市背景為主的故事,由作者所招喚出來的。

　　甘耀明在無政治性鄉土的演繹上,並不是走上以無知包裝畸零人的袁哲生路線,而是單純地將鄉村的符號給誇張、狂歡化。在甘耀明的小說裡,無論豬、老鼠都只是作為一種「畜生」的低俗符碼,人並不會對其投入貓狗般的寵物情感,亦不會有傳統鄉土裡老農與老牛的共生情感。而甘耀明展現幽默的方式,則是專注在這些畜生的動物性,描繪動物如何排泄、打鬥、交配、進食。進而以華麗又誇張的死亡,諸如豬隻爆炸、被電焦,藉著難以想像的奇觀場景,達到狂歡的解放。在其文學獎作品〈香豬〉裡,這種狂歡的解放具有嚴肅的意義,爆炸香豬的內臟灑滿在日本警察身上,透過低俗的玷污來顛覆殖民與被殖民的關係。而在《蘋果日報》上的〈神豬追風出巡〉裡,淋漓而暢快的狂想,則滿足了讀者對於奇觀想像的需求。

　　綜觀「惡童日記」的系列小說,並沒有表現出太多純文學所

---

[173] 甘耀明,〈神豬追風出巡〉,《蘋果日報》,2003年12月10日。
[174] 甘耀明,〈豬仔園遊會〉,《蘋果日報》,2003年12月17日。
[175] 甘耀明,〈豬仔園遊會〉,《蘋果日報》,2003年12月17日。

需求的嚴肅意義或藝術價值。它多半只停留在單純的奇觀描繪，讓大眾得以獲得新鮮、刺激的感官享受。而這也與其刊載的《蘋果日報》取向有關。當時的《蘋果日報》，以「腥羶色」的內容為名，在滿足大眾讀者上，具有強烈的娛樂取向。而與「小說家讀者」合作密切的《星報》，也是在這種市場競爭下，轉往了更加流行與大眾的內容。有趣的是，同樣是在這種娛樂性質的報紙上所進行的書寫，個人性的寫作與集體性的寫作在採用的策略上，不管是題材、形式、風格等，都有所不同。而甘耀明在因應大眾讀者所創作的「惡童日記」，或許也可以視為另一種中間文學的嘗試。

　　這系列的「惡童日記」小說，也正逢他在《聯合文學》連載的「不可能正確的鄉村指引」階段。按其所言，「它讓我動筆時備感快樂，在其他嚴肅的寫作題材中，插撥了稍事休息的寫作愉悅。」[176]，「惡童日記」與「不可能正確的鄉村指引」顯然帶有某種可供想像的對應關係。而也確實，我們可以見到其所操演的「誇張鄉土」符號，同時出現在文學雜誌以及八卦報紙。華麗狂歡的鄉土符碼展演，一方面滿足了《蘋果日報》的大眾需求，另一方面又能在純文學作品裡成為他個人獨門的特色。有趣的是，儘管路數上甘耀明與袁哲生、許榮哲的黑色幽默有所差異，但他們在這類型以青少年視角出發的大眾書寫裡，與其純文學作品的互通性，顯然比他們在團體上創作的愛情小說來高得許多。

　　這種互通性相當的重要。對本研究而言，這些創作者在大眾文化工業下所進行的各種書寫，都不僅僅只是作家維繫生活的工作背景而已。在大眾創作裡採用的青少年幽默視角，同時出現在他們的純文學創作裡，這個混雜的中間現象，其實可讓我們進一

---

[176] 甘耀明，〈一月猛讀書：豬頭幫蠢事紀（甘耀明）〉，2004年1月9日，網路資料：https://mypaper.pchome.com.tw/novelist/post/1234936469。

步對他們的純文學創作進行反思。就像第二章一再強調的，這基本反映出了他們個人創作上，以及整體主流純文學，都隱然有著「否定政治化大於否定商品化」的傾向。而筆者認為，藉著引入大眾文化書寫的作品，能夠幫助我們重思他們的純文學作品，提供另一種批判性的視野。

其中，以幽默而形成的狂歡，是否一概帶有著正面的解放意義，仍然是需要留意的陷阱。因為若是擺放在「嘲笑」的語境裡，它是在凝視狀態底下，透過「發笑」來對於被觀看之物的凌駕[177]。若是關乎到上下的凌駕與支配關係，勢必要留意其占據的位置，以及嘲笑的對象為何。回頭檢視這種幽默型態的始祖，偽裝在幼年心智底下的大頭春，即是以兒童的觀點去嘲諷大人世界裡的每週時事。而在其嘲諷的對象裡，更包括了當時風起雲湧的民主化運動，隱然透露出中產階級的犬儒心態。

筆者無意否認張大春在八〇年代末期，對於文學避談政治、傳統反共神話的顛覆，但其所建立的「政治小說」的前提，仍是維護著主流的意識形態，如其聯合報得獎作品〈牆〉，仍是走上了與黃凡一般對於黨外運動的嘲諷[178]。正如劉乃慈對其的《大說謊家》（1988）、《撒謊的信徒》（1996）的批評，「即使是挑戰某類意識形態，也故意忽視或者閃躲檢視歷史核心的深刻問題。」[179]，表現出了中產階級的犬儒性格。在大頭春書寫中，同樣地以幼年視角去閃躲二二八議題：

---

[177] 石武耕，〈Kuso：對象徵秩序的裝瘋賣傻〉（台北：台灣大學新聞研究所，2006年），頁16~17。
[178] 〈牆〉描繪海外民主運動女性，如何遭到組織利用，與〈賴索〉嘲諷被台獨組織利用的小人物一般。
[179] 劉乃慈，〈當代小說美學與意識形態的對應〉，《奢華美學：台灣當代文學生產》，（台北：群學出版，2015.7），頁270。

> 行政院郝院長在二二八前夕邀宴受難者家屬餐敘,表示政府會提出療傷止痛措施,餐會氣氛感傷凝重。我的感想:二二八是很久很久以前發生的事了,我只知道那時外省人殺本省人,本省人也殺外省人,政府裡面因為都是外省人,所以殺掉的受難者比較多,其它我就什麼都不知道了。可是看報紙和電視的報導,好像事情很嚴重……接下來當大官的人可以說有點衰……大官又要花錢、又要道歉、還要被罵來罵去。[180]

這樣的一番話,透露出對於這種道歉戲碼的厭惡。然而,若把時間拉回其寫作的1992年,「二二八事件調查報告」方才由行政院專案小組公布,而在1989年的行政院長俞國華,更因「滿州人殺害漢人也未向漢人道歉」的不當類比而遭受激烈批評。遑論1996年時,才有李登輝作為總統首度代表政府道歉。張大春即便不避談二二八事件的存在,甚至也客串了《悲情城市》的一角,但卻明顯地與本土派激烈地平反有所區別(當然《悲情城市》的曖昧敘事當年也受到不少本土派批評)。而有趣的是,小說將母親設為民進黨支持者,父親設為國民黨支持者,並因民進黨的台獨黨綱讓父母不合[181]。在幼年的視角中,以「一切都泛政治化」來形塑自我對政治的冷感,甚至到後來,曾經強烈支持民進黨的母親選擇「出世」投入佛門,稱「談政治就是『妄語』。」[182],任何的政治反抗就在睥睨一切的出世姿態裡消失殆盡。

---

[180] 大頭春,《少年大頭春的生活週記》,(台北:聯合文學,1991年),頁113。
[181] 大頭春,《少年大頭春的生活週記》,(台北:聯合文學,1991年),頁55。
[182] 大頭春,《少年大頭春的生活週記》,(台北:聯合文學,1991年),頁156。

當然，這種撒謊、後現代的調性，也是在張大春作為外省二代，自身經歷了反威權到本土化，在本土台灣經驗真空底下所採用的策略[183]。然而，這種九〇年代對於政治運動的保守心態，相隔十年後，卻與新世代作家產生了弔詭的接合。其中，同樣為外省二代的袁哲生，便在其倪亞達系列，表現出了政治出世的觀點。故事中本該為民喉舌的立委王大尾，卻表現出言行不一的情形：以勞工之友的口號競選，卻恐嚇兒子書讀不好只能當勞工。除了靠著買票來連任立委，亦對倪亞達一家的弱勢處境未伸出援手，表現出對於民主政治的不信任感。而國族政治的「台灣人、中國人」之爭也在其筆下上演，除了描繪檯面上政治人物拿著鞋子荒謬的互毆，家庭也同樣因為政治立場，而上演國族鬥爭戲碼。袁哲生在處理家人的政治紛爭時，採用了與張大春類似的方式，以兒童的視角來觀看這些屬於大人的爭吵，並不特別認同於哪一方。以立委之子王大川「要去美國念書生活而必定是美國人」來作結[184]，巧妙地用嘻笑無知的方式迴避政治認同的問題。

　　這反映出了一種政治冷感。人們對於公民政治的參與沒有興趣，將政治視為上層階級所專屬的遊戲，而底層有選票的平民階級，也只是被意識形態口號所操弄的棋子。若按一般背景式的文學史觀點檢視，在九〇年代民主化政治運動的浪潮以後，台灣於2000年首度政黨輪替，整體社會應對政治體制抱持相對開放、樂觀的態度。然而在千禧年初期，這些文學新進者卻也對政治文化持冷漠的態度，試著保持超然客觀的出世姿態。除了前述提及李儀婷在《十個男人，十一個壞》中，與選舉階段時嘲諷了國民兩

---

[183] 黃錦樹，〈謊言的技術與真理的技藝——書寫張大春之書寫〉，《謊言或真理的技藝：當代中文小說論集》（台北：麥田出版，2003年），頁218~221。

[184] 袁哲生，《倪亞達原著小說（上）》（台北：布克文化，2010年），頁165~167。

黨支持者的瘋狂,許榮哲亦在《吉普車少年的網交生活》中,以兒童的觀點去嘲弄:

> 它想要傳達的是一種當下的感受……就好像你們大人一天到晚掛在嘴邊的『阿扁仔凍蒜、戰哥凍蒜』,一樣是在喊爽的,人生那麼苦,如果不每天鬼吼鬼叫幾聲,怎麼有勇氣繼續在這個人間煉乳(?)裡活下去。[185]

在少年的眼光底下,選舉成了一種狂熱的、宣洩情緒的工具,一切無關個人的政治理念,而是順服著政黨的操弄。其也挪揄319槍擊事件,「我們每天一睜開眼睛,看到、聽到的都很曖昧……阿扁突然中槍,可疑可疑」[186],除了對狂熱的政治選舉感到冷感以外,更帶有幾分張大春式的懷疑論調。

而政治冷感的傾向,也並不僅僅表現在這些作家的個人作品之中。王聰威作為寫手的《阿貴趴趴走》一書中,雖是在文化工業底下規劃的兒童讀物,但同樣以幼年視角表現出對政黨互鬥的反感。在王聰威負責的篇章裡,大多涉及台灣本土歷史、台灣各地特色,諸如日治時期的美術、大稻埕歷史、媽祖信仰等等,基本可將其知識範疇囊括在本土化運動底下的產物。不過,在介紹日治時期的台灣政治運動之時,卻先是以當代荒謬的政治場景起手:

> 忽然那堆人裏頭起了騷動,好像是分成兩邊的人在對罵的樣子。一邊的人舉著綠色的旗子,另外一邊的人大部

---

[185] 許榮哲,〈沒頭沒臉的鬼朋友〉,《吉普車少年的網交生活》(台北:聯合文學,2004年),頁43。
[186] 許榮哲,〈人生何處不曖昧〉,《吉普車少年的網交生活》(台北:聯合文學,2004年),頁197。

分拿藍色的旗子,還混了點黃色的旗子。
　　……不是吧!這不是台北很流行的一種全民活動叫「抗議」……
　　而且好像聽說一定要丟雞蛋,撒金紙、銀紙才刺激!
　　「……他們是好幾個不一樣的黨選在同一天遊行,故意要互相鬥來鬥去的。」[187]

　　王聰威同樣採用了旁觀者的視角,去嘲弄兩黨支持者互鬥的場景,也同樣帶著政治冷感的情調。而其甚至在介紹完日治時期的政治運動後,做出了有些危險的結論,「其實每個時代都差不多啦,互相也是鬥來鬥去。」[188],而年幼的阿貴在看著兩黨的支持者被警察用噴水車驅離時,對於群眾被沖散的場景「用看的真是覺得超爽」[189]幾乎已是種對政治反感且厭惡的情緒。

　　當然,或許會有人以為,這不過是作為一個幼兒角色,必然因無知而對政治感到厭煩,而無關於創作者本身。然而,創作者在書寫上,勢必帶有一定的選擇性,能夠去調度什麼樣的細節與觀點。同樣是在《阿貴趴趴走》裡,〈花蓮風雲〉的阿貴在無知的情況底下稱原住民為「番仔」,但在結尾被長輩有意地糾正,稱這樣的說法有歧視之意[190]。即使創作者以第一人稱去偽裝無知,但仍可以適度去介入、安插其他劇情或角色,對這種無知進行干預,以符合其心中的倫理原則。然而上述這些文本裡,卻一

---

[187] 王聰威,〈我抗議啦~〉,《阿貴趴趴走》(台北:寶瓶,2001年),頁75~76。
[188] 王聰威,〈我抗議啦~〉,《阿貴趴趴走》(台北:寶瓶,2001年),頁77。
[189] 王聰威,〈我抗議啦~〉,《阿貴趴趴走》(台北:寶瓶,2001年),頁77。
[190] 王聰威,〈花蓮風雲〉,《阿貴趴趴走》(台北:寶瓶,2001年),頁158~160。

概對政治保持冷感,沒有任何調整之意。對上層政治的不信任,無疑也是作者隱藏在幼年心智敘事中的不滿。

然而「小說家讀者」不論在年紀或所處的時空,都已與張大春的九〇年代明顯不同。經歷過政黨輪替、本土化運動等,在族群政治上多少也擺脫以往的窠臼,這些是再明顯不過的事實。不過,我們很難簡要說明,為何懷疑論者的幽魂卻又突然現行。「小說家讀者」所表現的對兩黨政治的輕蔑,最主要可能是源自於年輕世代對於古板的政治文化,在消費社會文化中所激起的惡搞、反叛之心,而在追逐流行文化的年輕族群中,往往也無法理解舊世代的政治狂熱。不過,九〇年代以降主流文學的中產階級保守性格,可能也隱然在其中作祟,我們無法否認如黃凡、張大春、朱天心作為他們純文學中的教養,作品中隱然的犬儒觀點,勢必也多少產生幾分影響。但也正是在本土化政治氛圍,「小說家讀者」在應對主流文學,以及文學史上的延繼關係,也產生了微妙的重整,具體將留於下一章說明。

此外,這種在大眾文學書寫裡所展現的一種政治冷感的氛圍,或許也能呼應他們在純文學中所展現的無政治性鄉土書寫。在第二章中,我們見到了外省二代的袁哲生,如何跳脫出當時的外省族裔書寫,改採一種無政治性的童年鄉土書寫,在文壇裡展露自我風格。然而,若我們注意到他們在大眾書寫裡,以兒童觀點所表現出的政治冷漠感,實也可以更進一步省思袁哲生在純文學中採用的策略。其書寫裡表現出的無政治性,亦可能來自於政治冷感,雖然身為外省二代,但對於前一世代激烈的政治國族之爭感到有些厭煩[191]。對於自身慣以採用第一人稱的兒童視

---

[191] 「現在的人是被綁架的一代,是一種處處被恐嚇的緊張顛倒。」其留下的手札中,這句話或許可以作為隱晦的註解。袁哲生,〈手札〉,《靜止在——最初與最終》(台北:寶瓶出版,2005.03),頁327。

角,袁哲生亦曾表示過「小說中用小孩的觀點有一個適當的距離,不似以成人的眼光來看,不是太多嘴介入,便是顯得容易有偏見」[192],隱約帶有逃離大人(及其背後可能帶有的政治身分紛爭)世界的意圖。在文學史的觀點裡頭,可將其視作在後現代解構了鄉土寫實主義後,在「不介入作為他者的角色內心」的倫理下,又同時要避開檯面上政治意識形態的紛爭,所發展出來的「以第一人稱將自我包藏在兒童內心」的寫作策略。

在本節中,我們看見了在「小說家讀者」企圖以「愛情文學」推廣中間文學以外的,以「幼年敘事」作為可能的中間性。其中,純文學作者張大春所製造的「大頭春」蔚為暢銷,並連帶影響後續純文學寫作者仿效這種文體,無論是基於純文學的文學獎、大眾文化工業的一環。而這種文體除了作為標新立異的文化商品以外,亦提供了純文學寫作者用來磨練自我倫理,作為標誌、確認寫作風格的手段。甚至是這種文類原初所隱含的意識形態性格,也隱然在形式上繼承並表現出來。

在本章中,我們見到了「小說家讀者」在團體活動過程,跳脫了「讀者」身分,不再單純以推廣文學、討論文本作品的「每月猛讀書」來打破純文學沒落的現況。他們決定以自身創作者的「小說家」身分,要以作品來找回純文學的讀者。他們多曾待在大眾文化工業下工作,對於接觸大眾一事,並沒有傳統藝術菁英的排斥。為了要讓大眾讀者對純文學產生興趣,「小說家讀者」採用了「中間文學」的理念,以當時受年輕人歡迎的愛情題材為主,嘗試混雜進純文學的形式風格。不過,這樣的嘗試並不算相當成功,相較之下,他們成員各自以幽默為主的書寫,或許更能表現出橫跨在純文學與大眾文學的中間性。在他們面向大眾,嘗

---
[192] 袁哲生,〈手札〉,《靜止在──最初與最終》(台北:寶瓶出版。2005.03),頁326。

試了創作上的突圍以後,他們決定回到純文學的場域裡,改以「行動文學」的方式,試著從內部改變純文學的生態,期盼藉著「改變純文學本身」來重新找回讀者。

第四章　行動文學與解散後的影響

第一節、行動文學的佔位與反叛

一、突破傳統想像的文學寫作：櫥窗書寫與摩斯漢堡書寫

在前一章中，本文論述了小說家讀者的「中間文學」寫作，分析了其如何在文學創作中，試著在純文學與大眾文學間找到平衡點。而「中間文學」的路線集中在文本形式的改造，其文本表現的風格，與他們自身的作者形象有一定的落差。他們在作者身分上，刻意營造了強烈自嘲式的人渣形象。而這與他們後續在外部活動上的「行動文學」有著很大的關聯：

> 就行動文學而言，「揚棄高調、不怕媚俗」的綜藝化路線已使得8P受到諸多注目與抨擊，……8P不僅在網路平台發起文學寫作活動，更將行動力轉滲透到現實世界裡，展演另外一番不同以往的文學面貌，儼然已成為台灣最具行動力的文學團體。[1]

在2004年8月，伴隨著新成員伊格言與張耀仁的加入，「小說家讀者」同時結束了他們在《星報》上一系列的「中間文學」寫作。然而，隨著高翊峰任職於《野葡萄文學誌》、許榮哲在《聯合文學雜誌》升任主編，「小說家讀者」得以進行更多大膽的嘗

---

[1] 張耀仁，〈貓的華麗的迴旋踢！誰是8P？誰怕8P？〉，《幼獅文藝》第621期（2005年9月），頁77。

試。團體從單純的文本創作走出，延續了「中間文學」所打造的人渣形象，以惡搞和挑釁的方式，進行各種與文學相關的活動，走出了獨特的「行動文學」路線。

「行動文學」一詞，在一般定義底下，通常泛指為以簡訊為媒介的「簡訊文學」。所謂的「簡訊文學」是千禧年後，伴隨著行動電話的普及，由電信業者聯合作家推廣的文學形式，以篇幅簡短、易貼近於大眾為主要特點。而中國簡訊小說的熱潮，也讓台灣的電信業者於2004年開始投入這波行列中[2]。「小說家讀者」自也追趕上這一波浪潮，如高翊峰便曾參與中華電信舉辦的手機文學座談會，將會議紀錄刊登於其主編的《野葡萄文學誌》中，並與吳淡如、方文山等人同為簡訊文學所推廣的第一波作家[3]。而小說家讀者的合輯《不倫練習生》，似也曾與電信業者合作，推出簡訊小說的形式[4]。

不過，若依循著以手機簡訊為主的定義，恐會過於狹隘地界定「小說家讀者」的「行動文學」。也尤其，「小說家讀者」的主力，並非擺在簡訊文學上。若按照他們團體自身對於「行動文學」的定義，比較接近的概念會是外部的文學活動，藉著行動來引起目光的意義，遠遠大過於他們所創作的文學作品。本文在界定「行動文學」上同樣依循著此一概念，將帶有惡搞、新奇性質的文學活動，看作是「行動文學」的一部分。

「小說家讀者」無論是在簡訊文學的嘗試，或是最初在網路

---

[2] 劉怡君，〈台灣簡訊文學書寫研究〉，（台北：臺北教育大學語文與創作學系碩士班，2010年），頁3。

[3] 余麗姿，〈簡訊小說　六日上線〉，《聯合報》，2004年12月30日。

[4] 在現有資料中，〈降生新世紀人機複合體〉一文曾提及《不倫練習生》正在與中華電信商談合作事宜。而許榮哲〈那一年，大家都叫我們8P〉一文中則表示，當年與中華電信合作撰寫簡訊小說。不過因未有實體資料，無法輕易斷言。沈燦念，〈降生新世紀人機複合體〉，《聯合報》，2005年1月30日。

部落格的集結，都頗有打破傳統紙本媒介的嚴肅想像。文學不再為紙本媒介，如書籍、報章雜誌所專屬，它可以出現在各種年輕人為主的資訊媒介裡。作為從文學獎出身的創作者，將文學拉往當時新興的媒介載體，自然也是一種行動上的突破。可惜的是，由於其經營的部落格經過多次的平台轉換，並無留存相關的留言回覆，無法見得其相關的互動過程。而簡訊小說也因資料難以取得，難以進行更深入的論述。不過，在現有的資料中，仍有兩項打破傳統模式的書寫值得一提，一則是「櫥窗書寫」，一則是「摩斯漢堡主題書寫」。

所謂的「櫥窗書寫」，即是作家現身於書店的櫥窗邊表演寫作，「八人分兩批，輪流坐在櫥窗邊寫小說，窗上貼大頭照，桌邊放著作，十足文藝」[5]，在定位上更像是行動表演劇。而這項行動最主要的目的，是打破讀者對於傳統文學的想像。讓這些創作者表演寫作的過程，展示作品是如何被書寫創作出來的。讀者除了能親臨創作的第一現場，還能直接與作者討論，讓讀者能與創作者有更親近的互動。按高翊峰所言，這齣行動劇最主要的目的在於讓讀者看見作者的創作過程，並打破長久以來作者與讀者的隔閡[6]，頗有幾分其在推廣中間文學的「找回讀者」之意。而這一系列現場寫作的文本，隨後也刊登在《野葡萄文學誌》中。

「作家現身於透明櫥窗中表演書寫」此一活動，按許榮哲自言，「完完全全就是黃凡的小說，〈小說實驗〉的翻版。」[7]，因黃凡備受冷漠而組成的「小說家讀者」，在團體活動裡，便再度向黃凡新奇的後現代小說致敬。在黃凡的〈小說實驗〉中，開場便敘事小說家黃凡將自己自囚在書店的玻璃櫃內，在與書店簽約

---

[5] 甘耀明，〈我的威而剛騎車經過〉，《自由時報》，2009年2月5日。
[6] 王蘭芬，〈文學行動劇8P櫥窗秀一秀〉，《民生報》，2004年9月3日。
[7] 許榮哲，〈那一年，大家都叫我們8P〉，《聯合報》副刊，2014年03月20日。

下,其寫作過程與創作者自身的行動都作為小說的一部分。所謂的「小說實驗」,不僅是作者表演寫作過程而已,創作者的任何舉動也同樣被視為文本的一部分。而小說家在打破了具象化的文本(櫥窗中的小說實驗)後,便進一步得以改寫現實。〈小說實驗〉一文的後設性極強,在充滿游移的敘事裡,隱然諷刺了作家身分在消費文化社會裡,成為了販賣文化商品(書籍)的一環[8],「看看把作家當速食麵處理的書店經營者,看看把作家當電影明星崇拜的讀者」[9],文學商品化的現象將作家打造成明星,讀者藉由書籍商品來窺看、假想作者的生活,本應封閉的文本開始外衍至作者本身,進而讓作者所處的現實與小說虛構產生了混淆。

　　黃凡在〈小說實驗〉裡動用了大量的後設符號,有意批判文學商品化所帶來的文學明星現象。不過,其曖昧的後現代屬性,卻連帶消弭了文本可能的批判,留下一種純粹的新奇情節。相隔十幾年後,整體文學市場已從興起轉向衰落,文本內的情節竟被新興的文學團體如實展演。我們很難說明「小說家讀者」是否捕捉到了〈小說實驗〉的諷刺對象。因為他們選擇表演的場地,正是與靠著暢銷排行榜、將書本商品化的金石堂書店合作。而他們在表演的過程裡,也有意彰顯自身的作家特質,來達到偶像化的功用。「小說家讀者」在表演「櫥窗書寫」上,很可能僅捕捉到

---

[8] 儘管呂正惠認為這批後現代論者強調文學的娛樂性,不過我們卻也看到黃凡、張大春等人有意拒絕成為大眾消費商品。按黃錦樹所言,這最主要的原因,在於這批後現代論者有意否定文學工具論的價值,這種否定裡頭卻也導引向單純娛樂的價值,可參〈謊言的技術與真理的技藝——書寫張大春之書寫〉,頁213。儘管後現代論者並不想取悅大眾,但新奇怪異的手法也成為了大眾盲目追求的商品。若是以黃凡〈小說實驗〉為例,特別強調喜歡「愛讀書」所傳遞的高尚感,並且描繪一般讀者觀看完「小說實驗」後,都陷入了瘋狂的狀態。

[9] 黃凡,〈小說實驗〉,《黃凡後現代小說選》(台北:聯合文學,2005年),頁118。

黃凡〈小說實驗〉裡表層新奇的情節而已。

而在櫥窗書寫底下的文本，泰半雖有關「櫥窗」此一主題，但並非所有寫作者都與其寫作的場景當下有密切的結合。諸如伊格言的〈夢膜〉便將場景拉往高雄，以玩具店的櫥窗場景與此呼應[10]；王聰威的〈白光〉則完全將場景拉往國外軍事戰爭，全然脫離了櫥窗的主題[11]；而甘耀明儘管是在當下看見街景後的即興寫作，但在文本上也完全與在櫥窗內的自身脫離[12]。綜觀而言，他們的小說並未有非常強烈的後設性，儘管故事有盡可能扣合櫥窗，但非藉著書寫的當下去對現實與虛構進行後設操演。尤其在讀者的圍觀下，他們不見得能產出作品，「有些成員乾脆打開電腦中的舊小說修改，裝硬幹活。」[13]對於「小說家讀者」而言，傳遞複雜的後設辯證並非首要目的，更集中在透過新奇的表演形式來獲取目光。

而在「摩斯漢堡書寫」裡，倒是一致集中在與摩斯漢堡產品相關的故事。這或許也與其定位的目標明確有關，即是將這些極短篇小說印在餐盤紙上[14]，讓一般顧客得以在用餐過程中，同時也能閱讀小說[15]。這些小說不動用任何複雜的敘事，而是專注於描繪人生的即景片刻，透過摩斯漢堡的商品，來向外延伸虛構的故事。如在醫學中心的速食店時常遇到的小孩，竟是血癌患者[16]、堅持不點漢堡的客人，與服務生日漸曖昧的角力[17]、在米漢堡的美味

---

[10] 伊格言，〈夢膜〉，《野葡萄文學誌》14期（2004年10月），頁61。
[11] 王聰威，〈白光〉，《野葡萄文學誌》14期（2004年10月），頁66。
[12] 甘耀明，〈沒有上帝的早晨〉，《野葡萄文學誌》14期（2004年10月），頁62。
[13] 甘耀明，〈我的威而剛騎車經過〉，《自由時報》，2009年2月5日。
[14] 王聰威，〈小說家讀者：「文學是從今天開始，我們做出來那樣！」〉，《作家日常（二版）》（台北：木馬文化．2018.01），頁59。
[15] 高翊峰曾提及此一活動背後的概念。高翊峰，〈文字，到底在哪裡？〉，《百日不斷電》（台北：聯合文學，2005年），頁120。
[16] 伊格言，〈小雪〉，《野葡萄文學誌》第16期（2004年12月），頁98。
[17] 高翊峰，〈一顆遺落在陸地的名字〉，《野葡萄文學誌》第16期（2004年

底下,想起了過往只靠飯糰在工廠上班的父親[18]。在這些故事中,飲食商品不僅僅只是作為食物用途,而是被以各種溫情包覆,如廣告般地讓物件本身獲得情感式的昇華。是而,這些故事必然不會是畸形、獵奇的,它甚至也不惡搞,多半傳達悵然若失、睹物思人的情調。相較起愛情、櫥窗等不同主題書寫,這系列的作品最貼近消費文化中的大眾幻覺。

而「小說家讀者」穿越在不同主題、不同媒介的書寫,也顯示了他們這一批文學新進者的處境。他們一面試圖擠進強調藝術的純文學環境裡,一面又作為文字工作者,在不同商業利益的要求下撰寫文字。這或許讓他們在橫跨各種範疇與媒介之時,顯得更加從容自在,對於消費文化也並不保持強烈的抵抗心態。長年為《FHM男人幫》撰寫商品文案的高翊峰,便認為除了紙本雜誌與副刊以外,仍有諸多發表文字平台的可能。除卻摩斯漢堡的餐盤紙、簡訊小說,在一手海尼根的硬紙提籃也能有簡短的文章,特別強調小說不一定需要以常態的紙本媒介發表。其更認為,任何需要文字的地方,勢必都需要文字工作者[19]。這多少也與袁哲生尋找大批的純文學寫作者,以優秀的文字掌控度擔任雜誌寫手有關。而這種跨媒介的發表,也代表著他們較不具有過去作家「不願與消費商品共流」的性格。諸如伊格言便曾開玩笑表示,除了「小說家讀者」的作品可以被印在餐盤紙之外,也可以推出「張惠菁寫真杯墊」、「駱以軍素描抱枕」、「張大春削船筆機」等[20]。在他們心中,文學作家

12月),頁101。
[18] 李志薔,〈遲來的米漢堡微笑〉,《野葡萄文學誌》第16期(2004年12月),頁103。
[19] 高翊峰,〈文字,到底在哪裡?〉,《百日不斷電》(台北:聯合文學,2005年),頁120~121。
[20] 伊格言,〈圖文書興起,圖像文學當紅。圖文書有未來嗎?這股風潮會持續下去嗎?未來的圖像文學會發展成什麼樣子呢?〉,《百日不斷電》(台北:聯合文學,2005年),頁104~105。

可以具備更多的可能性，不必再堅守過往藝術與商品利益的對立關係。除了可以為大眾工業生產文化商品，亦可以為各種產品代言，藉著作家本人的名氣來販售商品。

這與前一世代的純文學作者有著很大的不同。在張大春、黃凡的後現代階段裡，他們經常表現出的是一種菁英性格，較不願意與消費商品有所關聯。無論是黃凡〈小說實驗〉對作者明星化的不滿，或是張大春刻意對「衝著大頭春而來」讀者的抗拒[21]，這些後現代論者都對於商業化有所反感。但「小說家讀者」卻恰是反其道而行，更意欲強化作者的形象，將書籍背後的創作者拉至檯面，推向商業化的市場裡。這種作者的形象與學院中的「大寫作者」並不相同，它並非聖化、遙不可及的、具有典範意義的，而是更接近流行文化的明星形象。對「小說家讀者」而言，在消費文化當道的年代裡，讓作者披上明星的光環，或許才能逆轉純文學在消費市場中的困境。

在高翊峰改版《野葡萄文學誌》之時，便明確提到「把作家變成可以捧成明星的人，之後在認真嚴肅地惡搞一下文學……」，而他採取明星化的策略，即是要打破純文學嚴肅又沉重的印象，「他們跟你們一樣，去溫泉時，雄性在暗地裡比大小，雌性用眼角比形狀」[22]，企圖讓讀者看到純文學作家們與常人無異的一面，進而對其文學作品產生興趣。若由這一方面去進行理解，那麼所謂的「櫥窗書寫」無疑也是透過作家的「現形」，去拉近與讀者的距離。而在《野葡萄文學誌》裡，關於作家的問答，也不會再只是高深的知識辯答，而有更多生活日常式

---

[21] 鄭瑜雯、梁玉芳，〈頑童張大春　被編輯老婆退兩次稿〉，《聯合報》，2006年9月5日。
[22] 高翊峰，〈文學是一種撒野〉，《野葡萄文學誌》第13期（2004年9月），頁4。

的問題，讓作家作為人的形象更加立體（關於作家的星座、血型、興趣等），為的是讓讀者能感受到作家親民的一面，進而提起興趣去閱讀其作品[23]。

　　筆者認為，「小說家讀者」在「櫥窗書寫」以及「摩斯漢堡書寫」上，可作為我們思索行動文學的良好切點。這些跨媒介、跨形式的文學寫作，並不具有特別高深的文化藝術意義，更多的是反叛挑釁的新奇嘗試，來搏取大眾的目光焦點。而在這些活動裡，他們對於消費商業文化的接受度更高。他們除了橫跨大眾的中間文學，甚至也直接與資本商業合作，作品以摩斯漢堡的產品出發，並讓一般民眾在用餐時能閱讀。除此以外，他們更帶有將作者明星化的意圖，試著在消費文化的市場裡，讓純文學與時俱進。

　　是而，他們在創作「中間文學」時，在外部所建立的惡搞式作家形象，便在「行動文學」的路線上發揚光大。2004年年底，他們最後一本中間文學創作《不倫練習生》，在週邊的宣傳上便帶有強烈的惡搞效果，無論是拍攝色情宣傳片、在書裡收錄了下流的作家問答，都帶有搏取大眾的焦點的意圖。而這種惡搞、反叛的性格，更是大幅地表現在他們日後的「百日不斷電」專欄。

二、惡搞作為一種反抗姿態：「百日不斷電」的挑釁文壇

　　2005年3月，「小說家讀者」於《中國時報》的人間副刊，開始長達三個月的「百日不斷電」專欄連載。這是「小說家讀者」活動後期，以書寫的形式來企圖逆轉純文學頹勢的重要活動。也

---

[23] 但要留意的是，作家的「現形」，或者是「親民」，也勢必是一種打造過後、表演出來的形象，任何一種偶像化工程都立基於有限的標籤符號裡。他可能看上去相當平民，但他不過只是將平民作為一種標榜自我特質的符號，去確認了其上層的、讓人崇拜的偶像身分。

尤其，比起之前他們以「中間文學」在《星報》、《野葡萄文學誌》、《幼獅文藝》上發表，此次能在兩大報的《中國時報》上連載專欄，意義上實屬非凡。這代表了他們被既有的純文學場域所認可。而「小說家讀者」終於登上了他們一直為其奮鬥的文學殿堂，便決定要以惡搞挑釁的方式，發表他們對於現有文學狀況的不滿，以此來刺激舊有的文學典律。整體的專欄大致定掉如下：

> 我們粗魯地將文學文壇區分成：作家、副刊、文學雜誌、文藝營隊、網路小說、BBS、出版商、書店、文學未來、文壇八卦等等區塊，每人分擔不同的區塊，承受不同題材，以Q&A自問自答的形式，試圖諷刺文學與文壇一直處於尷尬的當下現象。最後，我們決定選擇了「嘲諷、挑釁、幽默」的文字調性，並強烈要求每一位小說家讀者8P成員，以「只能說壞話」的心情執行企劃書寫。[24]

這一系列的寫作，以純文學作為最大宗的諷刺對象，兼及揶揄了當時文化產業的相關議題。如李志薔便嘲諷作家養不活自己的情況下，能夠轉型的職業除了文字工作者外，還包括了算命師或預言家──因為文學往往可以反映社會、甚至是成為寓言小說[25]；李崇建嘲諷地方文學獎僅以「地景」作為區分對向，淪為獎金獵人場合，認為應改以主題為徵稿，並建議台南能以「三一九槍擊案」作為推理小說獎[26]；或如前述伊格言建議將作者融合商業

---

[24] 高翊峰，〈子彈在跳舞〉，《百日不斷電》（台北：聯合文學，2005年），頁9~10。
[25] 李志薔，〈作家適合怎樣的副業〉，《百日不斷電》（台北：聯合文學，2005年），頁96~97。
[26] 李崇建，〈地方文學獎有必要這麼多嗎？〉，《百日不斷電》（台北：聯合文學，2005年），頁102~103。

文化商品、王聰威為網路小說平反等。在「百日不斷電」的專欄裡，主要觀點是建立在副刊、雜誌、純文學出版界低迷的現況，期望透過諷刺的筆調，來促使純文學場域進行反思。其針對既有的保守、反商業化的現象，以網路世代年輕人的立場，認為純文學應重視市場、大眾與年輕族群的需求。

是而在這系列的書寫裡，除了對於既有的文學現象進行批評，亦有以年輕族群的幽默，來惡搞既定的文學想像。如許榮哲便形容卡夫卡為真正的惡搞大王，「卡夫卡你居然把一個好好的人一早起床就變成一隻大甲蟲、大毒蟲，還是跳蛋扭蛋什麼的。」[27]，將卡夫卡的《蛻變》刻意解讀為無俚頭而新潮的型態。或者以金庸武俠的世界觀來譬喻台灣文壇，「東邪西毒南帝北丐中神通是黃凡舞鶴張大春朱天心」[28]。將原本嚴肅的文學，以青少年的幽默惡搞來重新詮釋。許榮哲亦曾開玩笑地表示，若要重振寫作班的繁花盛景，最好便是「掛羊頭賣狗肉」，先以年輕人有興趣的「星座」主題為號召，在課程中才刻意融入文學的相關知識[29]。而這種刻意惡搞的用意，便是將文學褪除原本嚴肅的印象，以輕質幽默的外型包裝，來搏取一般讀者的關注。去除掉文學的神聖性後，方才有繼續討論的可能。

而他們在以幽默反諷的筆調所進行的書寫，雖然有激起話題的作用，但同時也帶有被禁刊的風險。在「百日不斷電」的專欄裡，便有幾度因內容過於敏感而被主編拒絕刊登。其後「聯合文學出版社」以完整重現的噱頭，將這一系列的專欄文章收錄成

---

[27] 許榮哲，〈你心目中的KUSO王是誰？〉，《百日不斷電》（台北：聯合文學，2005年），頁62~63。
[28] 許榮哲，〈耶穌死後二〇〇五年，文學還能有什麼把戲？〉，《百日不斷電》（台北：聯合文學，2005年），頁220~221。
[29] 許榮哲，〈該如何重振文學的雄風？〉，《百日不斷電》（台北：聯合文學，2005年），頁106~107。

冊，但仍有一篇遭到拿掉，且部分內容也做出了修飾[30]。經筆者比對，「百日不斷電」刊載期間應有七篇遭到「斷電」，但在出版後的合輯僅標出四篇爭議性較強的篇目[31]。而這些被拒刊的文章，撇除影射作家八卦以外，多半也是因為針對作家或副刊本身做出嘲諷批評的緣故。如伊格言便對靠著人間副刊「蛋白質女孩」系列而紅的王文華進行批評，「『通俗』沒有問題，『幼稚』才會令人呼天搶地。」，對其《61×57》流水帳式的筆法感到相當不滿[32]。或者是許榮哲批評《中國時報》開卷版，認為其選出當年度的「文壇新浪」幾乎無人聽過，戲稱開卷版為文壇的頭號嫌疑犯[33]。由聯合文學出版社收錄成冊的版本裡，如伊格言預測兩大報的十大好書名單，挖苦施叔青的新作無論如何都會上榜，但同年因施叔青作品於聯合文學出版，原本在《中國時報》連載刊出時的挖苦部分，則在出版成冊後遭到修改[34]。批評前輩作家而遭到副刊或出版社「斷電」的情形較可以理解，因背後牽涉到的是該刊物與作家的利害關係。

　　撇除針對個人作家與八卦而引發的爭議，「小說家讀者」也

---

[30] 劉郁青，〈8P遭斷電　聯合文學全收錄〉，《聯合報》，2005年7月9日。
[31] 筆者是依照成冊後的篇目，下去比對當時刊載於《中國時報》的篇目，發現共有7篇未出現在報紙上。然而按照報導所言，最後仍有一篇無法收錄進合輯版本。筆者猜測，剩下三篇未被明確標註「斷電」的篇章裡，可能有一篇是為了填補無法被刊出的一篇而寫的。
。而剩下三篇未被標註「斷電」的篇目，可能有一篇是用來替代此空缺。
[32] 伊格言，〈一九九九年，甫自美歸國的王文華以人間副刊專欄「蛋白質女孩系列」崛起，以特殊而逗趣的押韻文體與都會愛情題材成為暢銷的標的。誰知近兩年，王卻也公開感嘆「蛋白質女孩」盛世難再；彷彿自己也已經過氣。都會愛情題材有未來嗎？王文華是否能夠繼續廣受歡迎？〉，《百日不斷電》（台北：聯合文學，2005年），頁170~172。
[33] 許榮哲，〈文壇的頭號嫌疑犯是……？〉，《百日不斷電》（台北：聯合文學，2005年），頁90~91。
[34] 伊格言，〈伊格言，看你興致勃勃地在討論未來文學的樣貌，忍不住想問你，難道你會算命嗎？何不乾脆預言得具體一點，好證明你不是在信口開河呢？〉，《百日不斷電》（台北：聯合文學，2005年），頁194~195。

確實對副刊文化，提出了不少有見地的看法。如甘耀明主要針對副刊壓低單篇文章字數，並以一日能讀完的文學為主，認為「連載」的形式已不符合現代的需求[35]。而張耀仁則認為副刊並非缺乏傳播能力，而是缺乏了年輕人的想像力[36]。這些批評大致還在副刊的忍受範圍，直到高翊峰〈第二副刊的位置〉一文才慘遭拒刊。然相較起其它挖苦、揶揄的風格，高翊峰針對第一副刊與第二副刊的建言，事實上相當的誠懇。其認為，傳統以純文學為主的第一副刊正大量流失讀者，反倒是第二副刊正在開發新世代的讀者。而所謂第二副刊，是指從「家庭版」轉型而來的、面向大眾讀者的副刊版面，諸如「繽紛」、「浮世繪」、「花編」等版面，刊登的內容更具趣味與易讀性[37]。而前述的《蘋果日報》、《星報》的副刊取向，事實也與第二副刊非常貼近。是而，高翊峰針對第一副刊做出了幾點建議，由筆者整理如下[38]：

1. 載更多新世代作家的作品。
2. 予能寫出優秀作品的「非作家」一個專欄或發表平台，以增加更多的讀者互動。（近似第二副刊）。
3. 出更鮮明與衝撞感的企劃，藉著吸引年輕人，不被網路媒介淘汰。
4. 為企業家投放廣告且具有品質的商業版面，讓副刊也能生產利潤。

---

[35] 甘耀明，〈很懷念副刊連載的年代，大家一起閱讀，一起討論，還有這機會嗎？〉，《百日不斷電》（台北：聯合文學，2005年），頁68~69。
[36] 張耀仁，〈何謂副刊？對於文學出版的意義是什麼？〉，《百日不斷電》（台北：聯合文學，2005年），頁94~95。
[37] 向陽，〈繽紛花編繪浮世——報紙「第二副刊」的文學傳播取徑觀察〉，《文訊》190期（2001年8月），頁46~49。
[38] 高翊峰，〈第二副刊的位置？〉，《百日不斷電》（台北：聯合文學，2005年），頁100~101。

5. 成上述四點後，依舊維持原本副刊的文學尊嚴。

　　就這五點來看，無不呼應著前文所論述的「小說家讀者」的特質，精準說明了他們正是在網路文化與消費文化洗禮底下的新生代純文學作家。不過，這五點各自有其訴求、反抗的目標，我們難以斷定究竟是哪一點觸碰到了敏感的神經。相隔一個月後，高翊峰則試圖緩頰，認為人間副刊已明顯有「寫手大眾化」（尋找明星擔任）、「專欄年輕化」、「內容當代化」（與時事議題更相關）。而他在同一篇文章裡也表示，副刊應開放更多非作家職業的寫手，吸引大眾讀者閱讀，活絡整體副刊的社群。而原本的純文學作家也應跳出雜誌、副刊，在新的媒介上進行書寫，來捕捉新的讀者群[39]。而高翊峰提到的人間副刊改版內容，雖不見得是受「小說家讀者」直接的影響[40]，但「小說家讀者」在一旁推波助瀾的效益仍是不可忽視的。

　　相較起他們在《星報》上以「中間文學」去面向大眾讀者，在人間副刊上的「百日不斷電」，在對準純文學上便顯得相當銳利。尤其是與純文學息息相關的副刊產業，其能產出的利潤越來越低：「老字號的副刊、文學雜誌已經從近十人的編制，一路裁減到只剩兩人……文學書的再版機會微乎其微，而這絕無僅有的一刷從三千本、二千本，一路跌到一千、五百，而且創作者的版稅還必須與出版社共體時艱地打個六折」整體純文學產業環境相當不友善，「……文學無給職的時代已經全面到來！不，文學還是各大出版社沉重的負荷」[41]他們作為純文學場域的一員，面臨

---

[39] 高翊峰，〈人間副刊的改版計謀？〉，《百日不斷電》（台北：聯合文學，2005年），頁184~186。

[40] 比如尋找明星當寫手，在高翊峰提出建議一文前便有。不過九把刀以撰寫「三少四壯」之專欄，應與「小說家讀者」在推廣網路文學有所關聯。

[41] 許榮哲，〈大家都在說小說家的壞話〉，《百日不斷電》（台北：聯合文

內部純文學產業的現況,只得大力提出批評,期望能從根本來改善純文學嚴肅而不吸引人的既定印象。

不過,「小說家讀者」在「百日不斷電」上所進行的惡搞與嘲諷,最終則招來了許多罵名,特別是來自於一般讀者的批評。單就現有資料而言,筆者並無見到「小說家讀者」與其他作家有非常激烈的論戰。而他們遭受讀者的批評,多半也只是無稽的人身攻擊。按他們自言,「聽說人間副刊那邊打算把『百日不斷電』停掉,因為它們收到很多老讀者的抗議!」[42],副刊、雜誌的純文學讀者,長年所共享的「典雅」、「嚴肅」、「藝術」的幻覺,遭到了「小說家讀者」嚴重挑釁,或許才是引起軒然大波的原因。而這種現象也延續到了專欄文章集結成冊,在書籍上市不久後,便遭到讀者要求回收下架,出版社只好為此召開記者會力挺「小說家讀者」[43]。

值得注意的是,儘管「小說家讀者」對純文學現況有所嘲諷,也被許多讀者批評,但「小說家讀者」並沒有被純文學的生產機構阻隔在外頭。這是一項非常關鍵的事實。這意味著「小說家讀者」仍有限度地被純文學場域所接受,讓他們能夠在其中發表自己的觀點,對舊有的現象提出意見,去進行一場屬於純文學的內部鬥爭。對「小說家讀者」而言,「中間文學」的愛情小說,是一種往外部的大眾讀者嘗試。而惡搞、反抗的「百日不斷電」,則是一種對內部純文學的檢討反省。他們作為純文學的創作者,曾經試著透過創作來引起外部讀者的目光。而到了「百日不斷電」的階段裡,則試著要鬥倒純文學內部的沉重與嚴肅印

學,2005年),頁245~246。
[42] 許榮哲,〈大家都在說小說家的壞話〉,《百日不斷電》(台北:聯合文學,2005年),頁241。
[43] 劉郁青,〈聯合文學出書 力挺8P〉,《民生報》,2005年7月9日。

象,期望整體純文學能帶有輕鬆、大眾的可能,以此翻轉在消費市場的弱勢處境。

當然,要發起內部鬥爭,還是需要仰賴一些背後的資本。在本小節中,我們看到了「小說家讀者」以「百日不斷電」來進行反抗,企圖撼動既有的純文學典律。這種誇張、引人注目的直球式批評,也可以說是「行動文學」的一部分。在下一小節中,我們將看到他們在持續「行動文學」的過程裡,如何在現有的資本下,繼續他們的鬥爭行動。

三、行動文學的資本:成為《聯合文學》雜誌與《野葡萄文學誌》的編輯

在前一小節中,我們看到「小說家讀者」在《中國時報》上所進行的「百日不斷電」專欄,對於副刊與純文學界提出了諸多批評。儘管他們有幾篇文章遭到修改或被拒刊,但他們並沒有完全被純文學界排除在外。他們依然可以持續在副刊上面發表文章,亦或是像聯合文學這種老牌的純文學出版社願意幫他們出書。筆者認為,「小說家讀者」擺出的對抗姿態,與本土派作家無法在大報、雜誌上刊登而做出的反抗,是截然不同的。相較起本土派,「小說家讀者」是更為貼近主流的純文學系統,特別表現在非政治化的傾向。另一方面,「小說家讀者」的成員也多受此一系統的文學獎認證,並且出版第一本書,逐漸成為此一系統底下的新人作家。他們在純文學作品所表現出的,符合純文學美學的藝術性,讓他們握有最基礎的文化資本。

一個團體若要持續活動,它勢必得要具有各式的資本。抽象的文化資本,譬如一篇備受認可的作品,可以為作家覆蓋上某種神聖的加持,成為特殊的美學通行證。即便作家默默無名,與文

學界裡的人素不相識,但會因為作品在美學上有符合該場域的高度成就,而特別容易受到提拔。另一方面,各式的社會資本也相當重要。譬如在人際關係上,若與出版機構有著比較密切的連結,較容易被看見而有出版的機會。決定一個作家乃至於一個團體,取決於各種資本的關聯。而再進一步分析「小說家讀者」如何以各種活動來實踐他們的「行動文學」時,可以先稍加分析他們團體所擁有的外部社會資本。

在「小說家讀者」成立以前,該團體成員共享的背景,除了多曾在袁哲生主導的《FHM男人幫》雜誌底下擔任寫手,還有幾位作家多曾為大學同一個系所的同學。諸如甘耀明、李崇建之於東海中文,又諸如甘耀明、李儀婷、許榮哲之於東華英創所[44]。在這個階段裡,他們大多都還是文學新人,是尚待被提拔的作家,只能不斷角逐文學獎,作為最底層最單純的供稿者。在工作或學校裡,雖然可能認識了前輩作家,但那僅只是提供最基礎的人際資本,在尚未正式出書成為一名作家以前,與前輩作家的人際關係都還派不上用場。他們在這個各自角逐文學獎的階段裡,從生活中人際關係所獲得的,更多是在同輩之間的伙伴關係。是而,他們從單打獨鬥的新手作家,集結成一個文學團體,以集體的方式來嘗試獲取更多的資源。

而在「小說家讀者」成形後,最一開始活躍的平台,是為網路上的部落格,透過「每月猛讀書」以及「來篇扁小說」主要兩個單元來進行活動,並且定期刊載於《星報》上的愛情文章。這是「小說家讀者」開始握有某種權力與資本的階段。撇除掉媒介的想像,我們不妨將這種部落格的形式看做是一種「同人雜

---

[44] 英創所的問題較為複雜。我們很難推估英創所提供的「文學教養」,是否有明顯可辨識的特質,或者是對他們造成影響。特別是許榮哲、甘耀明、李儀婷在入學以前,就已有輝煌的得獎經歷。

誌」：由一群理念相同的文藝創作者，在單一平台上固定發表自己的作品，有著每個月固定的專欄，並且提供了新進者將稿件投稿至其中發表的機會。「小說家讀者」共通經營的部落格，其實近似於刊物，站長的身分之於來逛版的網友，就如同雜誌的編輯之於一般讀者。而網友也會投稿作品至「每月來篇屌小說」，希望能被站長（編輯）所選上，讓自己從一般的讀者晉升到供稿者的身分，並獲得某種榮耀感。

而高翊峰亦曾提出「網路文學雜誌」的藍圖，希望力邀純文學作家、評論家，亦兼及自身對副刊改版的期望，亦即增加一般讀者的投稿與新生代作家的專欄。只不過，高翊峰同時強調，這份刊物是無法擔負稿酬的[45]。不論是高翊峰提到的網路文學雜誌，或是單從就部落格作為一種刊物的想像，它最大的優勢在於幾乎不受任何經濟資本的掌控，不需要負擔各種印刷費。但在沒有負債停刊的風險下，相應的也無法支應任何稿酬。這對當時這批新進作家，勢必是相當困惑且難以越過的門檻──通過層層文學獎所換得的文化認證，不僅無法提供一個全職的作家身分，甚至是作為副業都不見得有相應的經濟回報。無償的文字寫作更讓他們與一般的網路文學寫作形成了弔詭的相似，多少讓他們藉著文學獎獲得的專業者身分有了危機。對他們而言，堅守著某種純文學的價值仍是重要的，除了「每月猛讀書」、「來篇屌小說」兩個類似於討論會的專題以外，多數刊載在部落格平台上的文章，都也已發表在實體報章雜誌。而單就在網路部落格進行的行動，由於受眾多為一般網路年輕人，在曝光與累積資本上，多是向下捕捉年輕受眾，而非在原本的純文學場域裡獲得前輩的注目。

誠然，若要在純文學場域進行鬥爭，除了靠文學獎不斷獲取

---

[45] 高翊峰，〈《網路文學雜誌》〉，《百日不斷電》（台北：聯合文學，2005年），頁84~85。

文化資本以外，文學的外部活動勢必也要回到仰賴實體媒介的主流文學裡。如果「百日不斷電」只是在網路部落格上連載，可能會因媒介的受眾屬於年輕大眾族群，它的挑釁勢必無法激起那麼強烈的反應，甚至可能也會在平台的更迭底下遭到遺忘。而「小說家讀者」雖然各在《中國時報》、《星報》、《幼獅文藝》上有或長或短的專欄，但那都僅作為供稿者的身分，觸發的效益其實與作為個人供稿者並無太大的差距。「小說家讀者」在活動前期，多半都還只是單純的文本生產者，是文化產品生產環節下的中下游。在這種情形下，他們多是處在被動的狀態下，只能仰賴在文學獎累積的文化資本，能讓他們接到下一次邀稿。

是而，在這整個鬥爭的過程裡，其實最為重要的並不是發表驚天動地的宣言，宣稱要創作出什麼樣的作品或文學觀點。這些標新的文學見解，在資訊爆炸的年代裡，隨時都會被輕易遺忘。要發揮有效的改革，反而是進入到生產機構的更上層，去對一整個生產品產生超越單一文本所能達到的效用──相較作為一名作者在書中呼籲對報章雜誌進行改革，倒不如實際進入產業工作。在2004年8月，高翊峰接手擔任了《野葡萄文學誌》的主編；在2005年4月，許榮哲在《聯合文學》雜誌從編輯晉升到主編。這兩人先後當上了雜誌的編輯，便成為了「小說家讀者」在進行「行動文學」上最重要的社會資本。一旦握有了出版生產機構，它可以除了提供基礎的經濟資本，也可以讓他們以一種內部改革的方式，去實踐他們所要達成的文學理念。而當特定的成員掌握了出版生產機構，也往往會成為團體活動的領頭者，能決定團體之活動如何配合雜誌運行銷售的方針。就如王聰威所言：「榮哲和翊峰才是真正的發動機兼靈感來源」[46]，在這兩人掌握兩本雜誌的出版下，多數活動都由他們兩

---

[46] 王聰威，〈小說家讀者：「文學是從今天開始，我們做出來那樣！」〉，《作家日常（二版）》（台北：木馬文化。2018.01），頁59。

人所構想。團體的特質也因而與他們個人的特質有所重疊。

　　「小說家讀者」成立於2003年，恰逢《印刻文學生活誌》與《野葡萄文學誌》成立那一年，兩本雜誌同樣與出版社共合一體，前者為印刻文學出版社，後者為小知堂文化出版社，而這兩本雜誌的出現對於「小說家讀者」在活動上有著相當程度的影響。其中，《野葡萄文學誌》在成立之時，便主打仿效日本《達文西》雜誌風格，找來藝人拍攝封面照，強調全民閱讀與書寫的重要性，在雜誌內容上更貼近平民與通俗化，亦廣招網路文學寫手成為旗下作者[47]。而《野葡萄文學誌》更設有「野葡萄文學網」，以近似部落格的方式營運，並固定挑選優秀作品刊載於雜誌[48]。並若我們細究高翊峰的雜誌理念，不難發現與《野葡萄文學誌》有所重疊[49]，而其本身又於成人時尚雜誌工作過，在文學雜誌需要接洽相關影視明星的需求下，顯然是不二人選。

　　高翊峰於《野葡萄文學誌》成立一週年後擔任其雜誌主編，按其與王聰威的對談，兩人不約而同提到了自身從時尚雜誌轉換到文學雜誌工作後，首要工作即是為原本定位不明的文學雜誌打造內部的「guide book」，諸如在雜誌取向、開本、欄位、字級與字距等都需要保持一致，偏向於雜誌視覺上的定調[50]。不過，若我們細究改版前後的風格，除了單純的版面調整以外，在內容上事實也有了相當大的變化。雜誌的整體取向從原本的暢銷書籍（勵志書、圖文書等），逐漸轉換到純文學書籍，在採訪作家的部分

---

[47] 丁文玲，〈《雜誌圈》野葡萄文學誌　等開學！〉，《中國時報》，2003年7月27日。
[48] 陳姿羽，〈九月一日《野葡萄文學誌》上市〉，《聯合報》，2003年8月24日。
[49] 當然那些理念都為其任職於雜誌後才發表。某些想法也可能是在接手雜誌後才產生的。
[50] 王聰威、高翊峰對談，朱宥勳紀錄〈盡情享受編輯雜誌的樂趣吧！〉，《編輯樣》（台北：木馬文化。2014.01），頁229~262。

大量新增了純文學作者。若以副刊比喻，近似從原先的「第二副刊」，轉換到介於純文學與大眾文學的中間。更重要的是，諸如「四邊剪角」、「一九八〇的呢喃」、「只許青年對談」都是為了新生代作家而設，我們得以見到不少當時仍是學生的七年級作家如陳栢青、湯舒雯等，已在雜誌上頭嶄露鋒芒。在每期的專題裡，如惡搞文學、情色文學等也更具有「小說家讀者」的風味[51]。有趣的是，在情色文學一輯中，恰逢出版分級制度爭議，在雜誌封面上特意貼上限制級標章。而因分級制度數度遭到退稿的李昂，其《花間迷情》的部分內容恰好與《野葡萄文學誌》該期情色主題相符，因而得以順利刊登[52]。儘管兩者在情色的根本意義上可能有很大不同，但卻因分級制度風波，意外地與場域的資深者合流。而整體《野葡萄文學誌》在高翊峰接手後，從原本單純的大眾取向，轉向了帶有純文學藝術品味又兼顧大眾輕盈需求，近似「小說家讀者」在推廣「中間文學」的概念。

在高翊峰接手《野葡萄文學誌》前，「小說家讀者」便曾在上頭各刊載過「愛情酒吧」、「一夜情」兩個愛情小說的主題書寫。而在高翊峰主導雜誌以後，諸如李志薔、王聰威、許榮哲等人，都曾以個人身分進行創作，在雜誌上發表小說。而雜誌在對談、專訪上，也大量出現與「小說家讀者」的成員。在鬥爭的過程裡，一但團體的一員取得了生產機構的上層，便得以主導各種生產品。在這個階段裡，除了能夠持續生產具團體理念的產品，亦能夠直接刊載團體成員的作品，透過雜誌能賦予的合法性，去建立各個成員的文化正當性，讓他們得以累積更多屬於個人的文化資本。就鬥爭的策略而言，將資源完全傾注在團體本身並不是

---

[51] 相關資料可參考附錄2。
[52] 王蘭芬，〈大陸花城雜誌回收！台灣花間也有迷情？〉，《民生報》，2005年3月11日。

明智的決定,而是應該讓團體的各成員擁有更多的文化資本,藉此去凸顯團體在場域中的重要性。

相同的例子,同樣發生在許榮哲任職的《聯合文學》雜誌。許榮哲於2003年進入《聯合文學》之時,當年度的專欄除了其自身以野島・J為筆名的「如果我們倒立看書」以外,其餘專欄作家泰半為五年級以上的中壯年作家如張小虹、奚密、柯裕棻等人。然自2004年開始,《聯合文學》便推出了「六年級新勢力」專欄,廣邀了當時甫出版一、兩本書的青年作家,如廖偉棠、張耀升、李欣倫等七人,而這其中亦包括了許榮哲與甘耀明兩位「小說家讀者成員」。在該介紹語中也刻意表現了混雜流行文化與嚴肅文學模樣,「一個既神聖又世俗的文學世代」[53],明顯的表現出「小說家讀者」一直以來的「中間」概念。不過,撰寫專欄人數的提升,基於雜誌有限的篇幅,也讓每位新生代作家的作品更為濃縮。而到了2005年,雜誌更推出了「上升12星座」專欄,就連尚未出書的向鴻全、陳栢青也都成為了專欄作家。在這十二位受邀的青年作家中,除了甘耀明、許榮哲以外,還加入了高翊峰、王聰威、李儀婷三位與「小說家讀者」密切相關的作家。

作為一位專欄作家,意味著其已從單純的投稿者晉升,成為報章雜誌一段固定時間中的生產者,並且能如工作一般固定的領取薪水。儘管作為薪水的稿費實質相當微薄,但更為重要的是背後的象徵意義,意味著受到了雜誌合法性的認可。專欄作家不僅可以從其中獲得一種虛榮感,更可以在規律的曝光底下,獲取更多無形的文化資本。並且在預想的、被觀看的目光裡,適度地去對自我寫作風格調整,而不會因「不符合該場域的美學」而流失掉正當性。諸如李儀婷、甘耀明的無政治性奇觀鄉土寫作,都是

---

[53] 專題介紹語,〈六年級新勢力〉,《聯合文學》241期(2004年11月),頁23。

在《聯合文學》雜誌上進行專欄創作。而許榮哲亦曾在《聯合文學》雜誌上進行「說小說家的壞話」的個人專欄，以近似駱以軍的無賴風格，將真實作家揉雜進其虛構的書寫裡[54]，加以營造「小說家讀者」在外部作者形象上的人渣性格。

不過讓人疑惑的是，這種專欄的晉升，對當時僅出一本書（甚至還沒出書）的作家而言，是否是一份過早的加持？我們必須要避免以後見之明的視角，因在後見的眼光裡，可能只會在某種無意識的忽視裡獲得某種偏差的答案，錯認這些作家是因為「優秀」才得以獲得這種晉升。事實上，這些作家多半是聯經體系所養成的作家（泰半由聯合文學、寶瓶文化出版），相較之下，紫石作坊所養成的作家（張維中、陳思宏）、本土派作家（胡長松、吳菀菱）等不同社群但出版資歷並不輸人的同輩，顯然都無法獲得相等的加持。誠然，這批在《聯合文學》雜誌上獲得專欄的寫作者們勢必具有一定的實力，但同時，它必也是因其背後掌握的社會資本，才得以迅速取得文化的正當性。

相較之下，《印刻文學生活誌》在推介六年級作家上，倒顯得較為不足。其雖設有「超新星」專欄，提供新人作家投稿亮相之處，但在2005年真正設有六年級作家的年度個人專欄，僅有伊格言與楊佳嫻兩人的「Motorcycle Gossip . com」一輯而已，反倒多為朱天文、羅智成等已有知名度的作家坐鎮。而細究《印刻文學

---

[54] 諸如袁哲生、舞鶴、郝譽翔、成英姝等小說家都在他的專欄小說裡出現。許榮哲便自嘲自己，這樣繼續書寫下去，可能會進似駱以軍一般，形成虛構與現實混淆的道德爭議。不過，在駱式小說的邏輯裡，這些現實荒謬的小說素材，都是為了表現個人存在的痛苦。這也讓許榮哲在操作駱式小說上，得以從單純的荒謬無賴，轉向一種卑微的抒情。諸如其描寫他們如何無賴、唬爛地要上酒店後，但在一陣淫穢的笑聲過後，卻突然想起已逝的袁哲生，對他的缺席感到十分惆悵。許榮哲，〈寂寞的游戲：酒店見習〉，《聯合文學》242期（2004年12月），頁42~43。許榮哲，〈童謠謀殺案：打破駱以軍〉，《聯合文學》243期（2005年1月），頁60~61。

生活誌》上頭活躍的作家,泰半多為其總編輯初安民在2002年離開《聯合文學》以前所養出的中壯年作家。就根本而言,《印刻文學生活誌》與《聯合文學》最基礎共享著一脈而相似的主流美學價值。然而,因為新雜誌的創立,帶動了班底作家的移動,連帶影響了原本的市場分布,《印刻文學生活誌》與《聯合文學》便成了顯而易見的競爭關係[55]。

而這種競爭關係,便成為了「小說家讀者」活躍的重要關鍵之一。多年後許榮哲便提及,當年印刻文學帶走了諸多一線作家,讓《聯合文學》在競爭上屈居下風,只得不斷推出新奇的企劃如「文學下議院」,試圖挽救頹靡的氣勢[56]。兩家雜誌的競爭關係,也讓許榮哲得以在《聯合文學》專欄上,批評楊照在《印刻文學生活誌》上的連載歷史小說[57],而沒有受到任何的「斷電」。此外,「小說家讀者」對於本土派的微詞,或許也基於這兩家雜誌的競爭關係,尤其早年《印刻文學生活誌》與本土派仍保有若干聯繫[58],《印刻文學生活誌》相對帶有高層文化菁英的傾向。而若回到「小說家讀者」活躍的那幾年,我們也幾乎很難在《印刻文學生活誌》上見得他們的身影,最多都只以個人作家的身分在進行活動。《聯合文學》之所以會讓新生代作家紛紛站上一線的專欄,不單是許榮哲一人的功勞,而是在雜誌缺乏中生代主力情

---

[55] 向陽,〈戰國不存,時代未來——從《印刻》、《野葡萄》同步創刊談起〉,《台灣文學館通訊》第3期(2004年3月15日),頁4~9。

[56] 許榮哲,〈每當我氣炸了,就想起鍾肇政一個永遠不死的故事〉,2020年5月17日,網路連結:https://www.facebook.com/photo/?fbid=3009303525804277&set=a.106735962727729,2021年4月9日最後瀏覽。

[57] 許榮哲,〈一九××:球應該怎麼踢?〉,《聯合文學》246期(2005年4月),頁86~87。

[58] 不少本土派作家仍在上面有發表文章,而《印刻文學生活誌》的相關活動中,也與「台灣文學館」有所合作,亦曾與《台灣e文學》推出同捆訂購的方案。另外,鄉土派的作家也較長出現在《印刻文學生活誌》上。

況底下，於市場競爭中所採用的另一種策略。在競爭關係中最重要的「差異」，即是將「新生代作家」作為一種招牌特色。

是而，《聯合文學》也成了「小說家讀者」進行各種實驗的重要之處。除了在部落格當中開辦「黃凡小說閱讀會」，將網路討論內容搬至雜誌、力邀文藝青年閱讀網路文學以外，諸如「據說，他們是文壇的妖魔鬼怪」專題裡，是將李昂、舞鶴等人的頭像以美國總統山的方式於雜誌封面呈現。又或者配合「聯合文學新人獎」徵辦，而以「魔戒遠征軍」主題調查過往得獎人的近況。這些都表現出「小說家讀者」結合流行文化的新生代活力。而許榮哲在正式擔任雜誌主編後，更策畫了「文學下議院」此一專輯，號招了五六七年級的文藝青年，一連展開了四期不同的專題。而在首發的「票選新台幣上的作家」專題卷頭語中，也展現了前述的厭惡兩黨政治的意識形態性格：

> 從來，台灣就沒有真正的民意！
> 　在這個統獨對立，只問藍綠不問黑白的時代，所有的選舉都脫離不了政治。那麼台灣還有真正的民意嗎？沒有黨鞭，不會被綁樁，沒有特定的政治取向、每個人都具名投票……[59]

這一系列的專輯，除了「票選新台幣上的作家」，還包括了「票選台灣最接近諾貝爾作家」、「以一句話象徵這個時代」、「不應被忽略的作家」共四個專題。有趣的是，這一系列的專題，也被許榮哲視作在「百日不斷電」訕笑式的專欄結束後，對

---

[59] 編輯部，〈不為人知的排行榜　新台幣上的作家〉，《聯合文學》249期（2005年7月），頁33。

於文壇的另一種重建工作[60]。我們得以見到整體專輯較不具有那麼強烈的嘲諷意味，而是找來新世代作家去重新構築屬於他們的文學想像。也基於具名投票的原因，我們多少能從「小說家讀者」在選擇作家的傾向上，得以捉摸出文學史上典律繼承的問題。而在該專題中，更多的包含了「小說家讀者」密切相關的新生代寫作者。是而，在處理較為宏觀的文學史現象之時，我們尚須爬梳不同新生代寫作者與「小說家讀者」的關聯，留待下文中再行處理。

在本小節中，我們見到了「小說家讀者」背後的資本流動關係。他們不僅是表現出強烈的反叛或新奇的文學觀點，更重要是，這些團體成員曾在《野葡萄文學誌》與《聯合文學》雜誌兩個刊物中擔任主編，透過掌握生產機構的上層，來替團體與團體成員提供更多的文化正當性。而在當時新生的《印刻文學生活誌》與《聯合文學雜誌》的競爭關係裡，「小說家讀者」更因此得以採用更為新穎的方式，以達到他們心目中「增加文學閱讀」的目標，而此策略也成為了老牌文學雜誌在競爭下的求生之道，兩者相輔相成。

當「小說家讀者」的成員成為了雜誌的主編後，他們不再像以往一樣，被動地接受邀稿，只能靠書寫來展現理念。當他們握有了相對充足的資源後，他們可以開始更多關於文學的行動實驗。「行動文學」不再僅僅侷限在紙上，而能擴展成各種新奇的活動。他們以娛樂有趣所推出的文學活動，也進一步帶領了新人作家，將於下文各別論之。

---

[60] 許榮哲，〈大家都在說小說家的壞話〉，《百日不斷電》（台北：聯合文學，2005年），頁245。

第二節、行動過程的新秀產物

一、選秀大行動——搶救文壇新秀大作戰

　　2004年9月，伴隨著高翊峰接手《野葡萄文學誌》，進行一週年的改版，與「小說家讀者」共同推出了培育新人作家的「搶救文壇新秀大作戰」活動。其原初的設想中，是徵招兩名有志創作的新人，透過「小說家讀者」三個月的磨練，最終選出一名作家與小知堂文化簽約出書。在核心概念類似於選秀節目，透過導生制一對一的教學，針對各個寫作者的不足之處進行補強。而這些活動的過程，例如他們個人的讀書心得、接受「小說家讀者」寫作指導的紀錄，以及最終創作的作品，都會刊登在雜誌上。而除了實體雜誌媒介以外，他們也必須同步在野葡萄文學網上公開作品，並學習如何面對讀者、與網友互動等，在最終決賽階段中，網路的投票活動亦是評分的參考依據。可惜的是，「野葡萄文學網」現已關閉，無法蒐集到相關網路資料。

　　整體活動在一開始便明確定位為近「搶救貧窮大作戰」的綜藝節目，在活動標語上打出他們最為人所知的「揚棄高調，不怕媚俗」，並激烈喊出：「搶救文壇新秀大作戰當然可以搶短線，因為我們並不向任何人索討什麼！」[61]足見他們在走向綜藝化路線時，其對於嚴肅文學的叛逆之心。在該活動的行動宣言裡，便明確提到這是一場針對當前文學半死不活的改變。他們認為真正的問題不在讀者、出版市場，而是負責生產文學作品的作家。更將問題對準於文學獎，認為新人若只靠文學獎機制出頭，終將加

---

[61] 小說家讀者，〈搶救文壇新秀大作戰〉，《野葡萄文學誌》第13期（2004年9月），頁66~67。

深純文學與大眾文學的斷裂。因而,他們意欲開創另一種提拔新人的機制。而他們也深知這很難成為一種常態可行的方案,將這場選秀行動視為具有實驗性質的「行動文學」一環,「文學不是我們以前想像那樣,也不會是我們未來想像那樣,而是從今天開始,我們做出來那樣!」[62],打算先打破既有的文學生態,以直接的行動作為第一守則。

當然,若以「小說家讀者」在當時的身分而言,最多只算青年小說家,猶淺的寫作資歷或許會讓人質疑其導師身分的正當性。不過,他們對自己的資淺頗有自知,在刊載「搶救文壇新秀大作戰」各個導師的介紹時,還特意邀請各成員撰寫一段初踏上文學創作的奮鬥經驗,諸如張耀仁便提到自己依舊有著「菜鳥中的菜鳥」的自棄感[63]、李崇建亦自嘲無法以寫作為職業的他仍是菜鳥[64]。在主流文學中並未獲得足夠地位的他們,也讓他們在面對這些新秀時,更接近於「學長」而非「老師」。因而在指導過程中,如高翊峰會將自己退位成「新進的創作者」,以切磋問答的方式取代直接的、教條式的指點[65]。然而,寫作資歷與文壇定位上都還算資淺的「小說家讀者」,雖讓他們更不具包袱一些,但實質也存在著某些當時的他們無法克服的難題,將於下文進而論述。

「搶救文壇新秀大作戰」活動一開始僅規劃培育兩名新秀作家,但最終在九二名海選中轉為開放為四名作家,最終入選的分

---

[62] 小說家讀者,〈行動宣言〉,《野葡萄文學誌》第13期(2004年9月),頁68~69。
[63] 張耀仁,〈傷害!傷害!傷害!〉,《野葡萄文學誌》第13期(2004年9月),頁74。
[64] 李崇建,〈我的菜鳥生涯過了嗎?〉,《野葡萄文學誌》第13期(2004年9月),頁79。
[65] 高翊峰,〈一種很累的錯覺〉,《野葡萄文學誌》第16期(2004年12月),頁74。

別是涂宇欣、張嘉璘[66]、謝曉昀與呂眉均。除卻謝曉昀已於2004年獲基隆市海洋文學獎而出書[67]以外，其餘三位參賽者都未有相關的得獎紀錄。每位參賽者各由兩位小說家讀者成員進行指導。而報名徵選選秀活動的參與者，也有不少是與「小說家讀者」部落格互動密切的網友，如後來成名的黃崇凱、洪茲盈、丁允恭都在此時以新人之姿登場，前兩者的小說也是因而首次在紙本媒介中獲得刊登[68]。而這三人之所以未能進入到「搶救文壇新秀大作戰」的培育活動裡，並非因為資質或潛力不好，如許榮哲便曾對丁允恭表示，「你的作品可能是這一群人裡頭最突出的，但你這個人卻是最不適合這個遊戲的。」[69]，顯見了在這場綜藝化活動裡的娛樂考量。

而由於野葡萄文學網上的相關資料已佚失，現階段只得從《野葡萄文學誌》所刊載的文本來進行論述。除了這幾位新秀作家在初選階段與最終決賽階段各兩篇創作以外，更為珍貴的是「小說家讀者」指導過程的紀錄，以及其所開設的書單，多少能檢視這批創作者受到什麼樣的美學教養。可試參以下表格[70]：

---

[66] 由於張嘉璘之「嘉」一字為異體字，在《野葡萄文學誌》與《聯合文學》刊登時，經常改以張嘉璘替代之，其後則改名為張子璘。

[67] 《海洋愛欲三部曲》由基隆文化局出版，在出版效益上無法跟主流文學出版社相比。尤其地方文學獎相較報章雜誌文學獎，在文化正當性的地位上更為下層。若以這份資歷而言，謝曉昀當時被視為新秀作家，並非沒有道理。謝曉昀，《海洋愛欲三部曲》，（基隆：基隆市文化中心，2004年）。

[68] 各為黃崇凱〈評審意見〉、洪茲盈〈缺角〉，同一期裡亦刊登丁允恭〈Waco以西一萬哩〉，一致擺放於新銳野台秀。據猜測，應是這三位落選者打著「反搶救聯盟」旗幟，以另一種方式行銷並博取目光的手段。可參《野葡萄文學誌》15期（2004年11月）。

[69] 許榮哲，〈那一年，大家都叫我們8P〉，《聯合報》副刊，2014年03月20日。

[70] 自《野葡萄文學誌》15期的「讀書心得報告」與16期的「指導討論紀錄」整理而成。

表3 「搶救文壇大作戰」活動中所開設的書單

參賽者	指導老師	讀書心得之書單	指導討論之書單
呂眉均	伊格言、張耀仁	卡夫卡《城堡》、駱以軍〈降生十二星座〉	米蘭昆德拉《小說的藝術》
謝曉昀	甘耀明、李志薔	黎紫書〈蛆魘〉、成英姝〈公主徹夜未眠〉	瑪格麗特愛特伍《與死者協商》
涂宇欣	高翊峰、李崇建	伊恩‧麥克尤恩〈固態幾何〉、郝譽翔〈洗〉	艾可《悠遊小說林》
張嘉璘	許榮哲、王聰威	李儀婷〈流動的身世〉、古井由吉〈瘦女〉	伊藤‧卡爾維諾《給下一輪太平盛世的備忘錄》

　　四位參賽者在作品風格調性上有著極為強烈的不同。如謝曉昀〈嚴禁就地死亡〉維持著詭異疏離的腔調，專注於暴力與死亡場景的描寫，被李志薔認為是極具純文學企圖心的小說[71]；涂宇欣〈永弗晝夜We will be together〉則是以抽象而抽離的敘事為主，最後輔以新聞社會事件來解謎整體故事，而其中解謎的成分連帶翻轉了前面整體敘事，被高翊峰視做一種短暫式的驚嚇效果[72]；張嘉璘〈活者的記憶〉則是以單親家庭的祕密為故事的主軸，在形式、腔調與內容都相當平凡，不過許榮哲卻認為其擁有相當優良的說故事能力，能在溫暖如日劇的表層中安插具衝突力的殘酷情節[73]。而呂眉均〈女婚〉也是近似日常的小說敘事，主題如其名擺放在女性婚姻的描寫，最終如張耀仁所述，收束在張愛玲式的人生了悟[74]。而這些

---

[71] 謝曉昀，〈嚴禁就地死亡〉，《野葡萄文學誌》14期（2004年10月），頁132~136。
[72] 涂宇欣，〈永弗晝夜We will be together〉，《野葡萄文學誌》14期（2004年10月），頁137~141。
[73] 張嘉璘，〈活者的記憶〉，《野葡萄文學誌》14期（2004年10月），頁142~145。
[74] 呂眉均，〈女婚〉，《野葡萄文學誌》14期（2004年10月），頁146~155。

書單,或者是針對作品提出的建議,多少也是相應著參賽者的風格而變化,諸如李志薔便針對謝曉昀較為意識流而破碎的筆法提出建議,認為其應往練習「說完整的故事」發展。或伊格言與張耀仁針對呂眉均較為瑣碎而日常的風格提出另一種方向,認為其可往「奇想」與「超出常軌」發展。

當然,我們很難說明「小說家讀者」所安排的書單,以及提供的建議,究竟有無被這四位參賽者很好的轉化。若比對初選與決選的作品,謝曉昀在整體風格上幾乎沒有改變。呂眉均與涂宇欣則是在吸收了某些建議後,轉化出另一套風格。比較值得注意的是張嘉璘,即為該活動最終的決勝者,其小說維持了基本的日常調性,但在整體敘事上卻有了極大成熟的改變。而這種幾乎稱得上成功的改造,最根本可能源於新秀在小說概念的轉換。王聰威在第一次的建議中,便闡述了他自身的文學觀點:

> 許多人寫小說的時候,總是先準備好一個自認為有價值的議題,或是一則可以吸引人的故事,然後才開始想用什麼方法寫出一篇小說來。……現在,我希望妳可以換個角度來想。比方說,我們來寫一篇「很快」的小說,或是一篇「忽然這麼慢」的小說。……再來想想有什麼故事或議題符合這些感覺的小說,這時,我希望妳會發現,其實任何故事都符合。[75]

在這種觀點底下,故事的情節與議題都被擺在後位。同場的許榮哲,也一再強調「故事並不等於小說」。若要理解這兩者的差別,關鍵或許是在於小說本質,更貼近於「說故事」中的

---

[75] 王聰威,〈給張嘉璘的建議〉,《野葡萄文學誌》15期(2004年11月),頁75。

「說」的過程,亦即在說故事中所帶有的獨特的腔調及在此姿態下引領出的概念。「寫小說」便如同「說故事」一般,裡頭的議題、題材、情節等都是可以任意抽換的元素,真正的核心點還是在小說本身的概念。若以第二章所述的「新鄉土」問題,那麼無論是李儀婷的〈走耍七〉或是〈躺屍人〉,核心概念都僅在於「已死換取活」,而其背後的鄉土場景、人物故事情節都只是任意替換的元素而已。

有趣的是,他們對於呂眉均與張嘉璘兩人較為日常而寫實的風格,竟也都不約而同的提出以海明威「冰山理論」作為效仿的手段。諸如伊格言便認為呂眉均若要保持這種「靜水流深」的筆調,還可以補充閱讀艾莉絲孟若與瑞蒙卡佛的小說[76],而這兩位作家都被他視為「冰山理論」的實踐者[77]。或者許榮哲也挪用此一概念,「一篇好小說通常表現在那些看不見的地方上,這有點近似於『意在言外』。」[78]並強調小說必須要以迂迴的形式傳遞,避免直觀地將意念表露出來,「想像每一篇小說都是一座冰山。水面上的,讀者看得見;水面下的,讀者看不見……透過水面上的冰山,去模擬、去揣想、去建構……那看不見的冰山。」[79]姑且不論他們對於「冰山理論」的挪用正不正確,但這確實是一個值得留意的細節。

而更關鍵的是,「小說家讀者」會不斷以「小說的虛構」作

---

[76] 伊格言,〈伊格言給呂眉均的建議〉,《野葡萄文學誌》15期(2004年11月),頁67。

[77] 伊格言,〈伊格言,決定和費茲傑羅同一邊〉,2012年9月5日,網路連結:https://okapi.books.com.tw/article/1525,2021年4月9日最後瀏覽。

[78] 許榮哲、張嘉璘,〈你有鐵支「輕、快、準、顯、繁」,我有柳丁「重、慢、曖、隱、簡」──讀伊塔羅・卡爾維諾《給下一輪太平盛世的備忘錄》〉,《野葡萄文學誌》第16期(2004年12月),頁65。

[79] 許榮哲,〈測不準,測不準〉,《野葡萄文學誌》第16期(2004年12月),頁68。

為最大的前提。他們已然走上了張大春對鄉土寫實小說的質疑，如張耀仁便表示「像是寫實主義東西，它的意義往往太清楚，而失去了他的趣味，……對於現實的全盤複製，是對小說的污辱……」[80]而走在這樣的觀點裡，他們往往會以更加後設的角度看待小說創作，如高翊峰便認為小說建構在引導讀者的想像之上，而許榮哲更進一步對這種「引導」的概念延伸，認為可以透過設計機關來引導不同讀者的想像，讓小說在一開始便擁有多重的含意。有趣的是，為了不讓小說成為他們口中教條式、意念先行的模樣，高翊峰特別強調在撰寫小說人物對話之時，必須要揣摩人物心境，方才不會讓角色過度曝露作者的意念[81]。這或許是對袁哲生「不切入人物內心」的倫理轉折，從「無法進入他人之心」轉折到「在一種有限的情境內去將自我投入他人」，而非現實主義式的以作者本位去替角色發聲（這自是張大春設下的難題）。對他們而言，如果不操作晦澀、抽象的敘事，而是進入到某種寫實性語言之時，最關鍵的其實還是在於剔除掉現實主義的抗議性格。

是而，當他們在最終決選階段時，面對了李眉均的〈做西裝的女人〉時，紛紛以「意念先行」來否定其小說。諸如張耀仁便認為，在預設女性主義的概念底下，作品就會成為了理論概念的代言人。許榮哲亦認為，當作者亮出了女性主義概念時，只會流失掉更多讀者，並稱「革命早已成功，何必再需宣言？」[82]有趣

---

[80] 伊格言、張耀仁、呂眉均，〈那些看似存在與極需辯證的──讀米蘭昆德拉《小說的藝術》〉，《野葡萄文學誌》第16期（2004年12月），頁72。

[81] 李崇建、高翊峰、涂宇欣，〈帶讀者一起迷路在真假林中──讀安貝托艾柯《悠遊小說林》〉《野葡萄文學誌》第16期（2004年12月），頁70~71。

[82] 許榮哲，〈評審感言〉，《野葡萄文學誌》第18期（2005年2月），頁127。

的是,我們幾乎可以看見在文學獎裡,主流文學否定「政治正確」的習性,幾乎在此回魂重現。一種不涉特定政治脈絡的,僅關於「技藝」與「人性」的優質文學,成了他們最為明顯的意識形態。這種意識型態的運行,往往在於先意識到了「政治意圖」,再以技巧、形式、藝術性等作為調焦的工具。而這往往也讓討論流於矛盾,如伊格言先稱該篇的技巧優良,但其後李崇建則稱其技巧差勁,無法轉化概念至小說。而當許榮哲認為,小說只要將女性的宣示拿掉,單純增強父女間的對抗(回到一種人性面的),伊格言又認為不需增強角色互動,而是整體缺乏了故事動機[83]。只要政治意圖是明顯的,任何一種對角色、敘事、技巧的調整,都很難成為他們心目中的好作品。

　　對呂眉均的女性主義小說的否定,並不是一種父權男性敘事的保守回應。這是更深層的,主流文學對於左翼現實主義的「意念先行」的排斥。筆者認為,許榮哲對於「冰山理論」的推崇,強調小說的「意圖」不能過於突出,極有可能是這種美學下轉換而來的。只是在任何突出的意圖裡,「政治正確」特別容易被辨識出來。而在決審過程裡,如謝曉昀、涂宇欣也都被視為在小說意圖上太過明顯,如李崇建指其他三篇都直接表達情緒或概念,但缺乏了處理。王聰威更直言這類型的小說往往看開頭就能猜測其發展。相較之下,張嘉璘是最完整捕捉到「隱藏意圖」概念的新秀,在〈早苗〉中緩緩推進敘事,讓張耀仁亦指出了她的「冰山」之處,「處理的東西表面上沒什麼張力,但張力其實是在水面底下。」[84]是而在最終投票階段裡,張嘉璘獲得了七位評審的

---

[83] 呂眉均作品討論部分。黃蟲紀錄,〈只是一場文學概念、情境與投票選擇的大論(混)戰!〉,《野葡萄文學誌》第18期(2005年2月),頁130~134。

[84] 張嘉璘作品討論部分。黃蟲紀錄,〈只是一場文學概念、情境與投票選擇的大論(混)戰!〉,《野葡萄文學誌》第18期(2005年2月),頁

第一名,高票成為了「搶救文壇新秀大作戰」的獲勝者。

值得留意的是,謝曉昀在整體風格上,一直都趨向於純文學中,現代主義式的對於死亡、支解與暴力的迷戀。按理而言,這批著迷於怪異、新奇的鄉土符號的「小說家讀者」,應會對謝曉昀這種風格投以較大的認同。不過,最關鍵的是謝曉昀的小說泰半只停留在表層形式的暴力,如許榮哲說的,欠缺了內在精神的暴力[85]。而所謂內在形式的暴力,更近乎於一種人性而普世的思索。是而,無論是李儀婷或甘耀明在表層敘事展演了如何怪異的鄉土符號,它最終勢必會朝向內面的抒情轉折,〈神鼠咬破天〉一文最終就是在對母親的思念中結束,企圖傳遞一種終極的人道關懷(以至於表層符號在去脈絡的情形也是成立的)。而相較之下,張嘉璘的〈早苗〉則是因為亡夫的情人忽然現身,並帶著懷孕的身子希望得到大老婆的安慰[86],提供了在平凡日常中得以溢出常軌,並轉向抒情的契機。而也正是這種抒情的轉折,營造出了他們口中的「冰山底下」的深度。但一再要強調的是,這種往內面的抒情轉向,可能帶著去脈絡的危險。如張嘉璘在理解李儀婷〈流動的郵局〉[87]一文時,顯然也無法注意到「會計」的真實職業,「作者也並未清楚的點名隨著卡社溪流出的部落兒女,究竟在平地從事著什麼樣的工作,但是,從文章的鋪排中,我可以輕易感受出平地與高山、老人與年輕人之間碰撞出的,是多麼令人感傷。並且無以言喻的宿

134~137。
[85] 謝曉昀作品討論部分。黃蟲紀錄,〈只是一場文學概念、情境與投票選擇的大論(混)戰!〉,《野葡萄文學誌》第18期(2005年2月),頁127~130。
[86] 張嘉璘,〈早苗〉,《野葡萄文學誌》第17期(2005年1月),頁150~154。
[87] 原文閱讀為尚未易名的〈流動的身世〉。未免混淆,正文以〈流動的郵局〉為替代。

命。」[88]讀者甚至在尚未觸碰到小說的核心真相以前,就輕易地流於感傷的抒情中。嚴肅的社會現實議題被懸空,只剩下莫名的悲傷情感。這也正是第二章筆者意欲批判的遮蔽問題。

有趣的是,高翊峰曾在座談會反省,「搶救文壇新秀大作戰」所要培育的新秀究竟是屬於純文學、大眾文學還是中間文學?[89]就決選的角度而言,他們有適時考量進作者在外部活動的特性,諸如是否跟網友有良好的互動、能否吸引到更多的讀者、是否有繼續創作的潛力等。而張嘉璘的作品帶有某種日劇性質,被他們類比為吉本芭娜娜、江國香織等日本女作家,實際也是被視作原本意欲拓展的都會愛情主題的中間小說。值得留意的是,「小說家讀者」在活動過程中曾注意到她個性上較為內向,亦對其能否持續承受創作的壓力感到擔憂。而張嘉璘在拿下合約並出版了《早苗》以後,後續也確實沒有繼續推出作品。這場突破傳統文學獎機制的新秀篩選,最終的優勝者沒有活躍在文壇,筆者認為相當可惜。

綜觀而言,「搶救文壇新秀大作戰」相較起他們其他的行動文學,倒顯得異常嚴肅而正經許多。而對這些方才出版第一、二本小說集的青年作家,他們能提供的資源實則相當有限,無論是外部的社會資源或內部的美學思考。他們很難提供中間小說所需要的暢銷祕訣,相反的,他們所傳授的文學教養卻都是從文學獎中所磨練出來的純文學觀點。對「小說家讀者」而言,他們最大的難題與限制便落在此處。即便在口號與活動上,看上去充滿了反叛與年輕世代的衝勁,但在最核心的觀點裡,他們依舊無法跳脫純文學的觀點。

---

[88] 張嘉璘,〈讀李儀婷《流動的身世》〉,《野葡萄文學誌》15期(2004年11月)頁77。

[89] 編輯部,〈嚴謹文學,停?大眾文學,看?中間文學,聽?〉,座談人:高翊峰、伊格言、九把刀《野葡萄文學誌》第16期(2004年12月),頁128。

不過，就正向的意義而言，這場活動裡最為重要的並不在於他們是否帶來多叛逆的思想。而是這批青年小說家尚處在文壇新進者的身分裡，卻同時帶領著更為年輕的寫作者，一同在場域中進行鬥爭。值得注意的是，「搶救文壇新秀」一詞，也成了其日後於耕莘寫作會開辦文藝營的主要名稱。「搶救新秀」也幾乎可以說是「小說家讀者」重要的理念之一。

二、文學冷知識──小說隨堂測驗

「小說家讀者」在2004年底結束了「搶救文壇新秀大作戰」的活動，是其首次與新人創作者合作，一同在紙本媒介亮相的嘗試。不過就雜誌屬性而言，《野葡萄文學誌》算是主打年輕族群的刊物，即便有些許純文學作家的專訪，但其受眾仍與老牌的副刊雜誌有很大的不同。而「搶救文壇新秀大作戰」的活動雖然以選秀節目包裝，但實質內容仍較具嚴肅性質。而同樣以遊戲性質包裝的另一場「行動文學」活動，則為2005年4月開始於《聯合文學》的「小說隨堂測驗」專欄。

「小說隨堂測驗」由「小說家讀者」設計一系列的題目，並邀請新生代的文藝青年作答。這系列的題目並無固定的範疇與形式，考驗的亦不是深度抽象的文學概念，多半是冷知識的八卦問答。這其中可能是徵引多本愛情小說的句子，要求考生回答其出自於何處[90]；名列各個文學獎得主的得獎感言，猜測出自於哪位文學獎得主[91]；匡列知名小說裡的情侶姓名，回答其源於哪本小說[92]。這些冷

---

[90] 小說家讀者，〈小說隨堂測驗──愛情小說大考驗〉，《聯合文學》252期（2005年10月），頁161~158。

[91] 小說家讀者，〈小說隨堂測驗──小說家的得獎感言〉，《聯合文學》254期（2005年12月），頁156~159。

[92] 小說家讀者，〈小說隨堂測驗──小說裡的神仙眷屬〉，《聯合文學》

僻知識的問題，多少讓人聯想起許榮哲在「說小說家的壞話」專欄的嘗試，帶有幾分娛樂而八卦的性質。它形塑了某種作者的明星特質——答題者不見得需要對文本有深刻的理解，而是要捕捉該作家在主流文壇的特殊形象。諸如在猜測小說家的詩作中，便刻意設計了台語詩，讓答題者在看到其擬音字「e」（台語「的」一字）之時，能迅速聯想到轉往台語書寫社群的宋澤萊[93]。

而這類型的題目同樣也延伸到《聯合文學》舉辦的「全國巡迴文藝營」，在文學營白天的課程結束後，舉辦「3對3，千‧萬文藝大挑戰」的冷知識問答。以往文學營的夜間活動以靜態的劇場表演、電影為主，但在「小說家讀者」接手的時候，晚會活動則改辦成氣氛熱烈的冷知識大考驗。他們更特別為文藝營的導師設計題目，如羅列三張女作家的眼睛照，要讀者回答哪一雙眼睛為郝譽翔。或者將九把刀、向陽等人的筆名、本名與照片分隔開來，要讀者配對出正確的選項[94]。這一概也延續了高翊峰在《野葡萄文學誌》所做的，將作者給偶像化的工程。

面對這些中壯年作家的偶像化，自然也需要新生代的創作者來對其「膜拜」。「小說家讀者」與他們互動密切的文藝青年[95]，諸如黃蟲（黃崇凱）、Missfly（洪茲盈）、丁允恭、謝曉昀等人都成為答題者，而其中亦不乏在部落格互動密切的網友如

256期（2006年2月），頁156~159。

[93] 當然，如果只因看到台羅用法便聯想到宋澤萊的話，那也代表他們對台語寫作社群的不熟悉。而其選的台語詩源自《一枝煎匙》，則為《聯合文學》出版。小說家讀者，〈小說隨堂測驗——小說家的詩〉，《聯合文學》255期（2006年1月），頁150~153。

[94] 小說家讀者，〈3對3，千‧萬文藝大挑戰之「導師題」〉，《聯合文學》249期（2005年7月），頁116~117。

[95] 由於多數都採用筆名，有些許人的真實身分無法分辨，亦不排除某些篇章可能是「小說家讀者」自問自答。以下羅列者，皆是曾出現在《聯合文學》其他的活動裡，確定為非虛構人物。

VVW、小8（章芷珩）。這些文藝青年最初可能是作為部落格的網友，僅以讀者的身分在網路上活動。然而在接收這些生產品的同時，亦會激起他們對於寫作的欲求，尤其在智識水平普遍提升的新生代裡，單要能夠「書寫」已非難事。而這些新進者在踏入寫作階段的初期除了已要在大眾文學、純文學的類型中做出選擇，進到純文學系統後，更需要去理解種種複雜的美學幻覺。「在這個系統中，什麼樣的東西會被認可？」、「在這個系統中，什麼作品（或作者）是握有極高正當性的？」、「在這個系統中，在什麼樣的地方生產，才能夠獲得足夠的文化、經濟資本？」這些新進者的困惑，則與「小說家讀者」所建構的文學明星，巧妙地連接在一起。他們可能在極短的時間，便在這種遊戲式的活動裡，無形中接收到了當下文學界裡被視為重要的作家與作品。特定的作家與作品不斷地在題目中被提起，可能就引發了這些參與遊戲的新人，有了進一步想閱讀的興趣。

這些偶像化的文學明星，最初可能只是要作為行銷的噱頭，但偶像化的明星光環勢必也成為一種巨大的幻覺，它對新進者產生的影響甚至遠超於學院中以知識理論建構的「經典作者」。在「小說隨堂測驗」中，以哪些特定的作家為題，便成為極好摸索在《聯合文學》相關的主流文學裡，「小說家讀者」意欲推廣的作家及其美學價值。撇除掉村上春樹、米蘭昆德拉等這一輩熟稔的外國作家，以及九把刀、痞子蔡等年輕世代較為熟知的網路作家，入題的當代純文學作家多為林耀德、黃凡等八〇年代以降的主流文學。本土或鄉土的作家，則也都是獲得主流熟知且認可的如宋澤萊、洪醒夫、黃春明等人。這當然也是受限於「小說家讀者」所處的主流文學，實則已與本土文學如《台灣文藝》、《台灣e文藝》等刊物有很大的斷裂，是他們在場域中無法跨出的界線。而著重於主流當代文學的推廣，也多少連帶影響了他們下一輩的文藝青年，諸如在「小說

填字遊戲」一輯中，回答者小8能迅速辨認出張大春、駱以軍與袁哲生的《男人幫》雜誌，但對於楊青矗〈在室男〉、吳錦發〈春秋茶室〉這類的鄉土小說卻完全答不上話（即便收錄〈春秋茶室〉的《青春三部曲》當年於《聯合文學》出版）。而對於已明顯給出「〈糟糕的台灣文學界〉、『台灣新文學先鋒』」等線索，答題者也只是仰賴前後空格的字詞猜測為張我軍，但也完全不曉得其人其事，僅因名字特別而有印象[96]，顯然也對本土、鄉土派所建構的日治時期台灣文學史並不熟捻。

而對於這些亟欲從讀者身分轉型的文藝青年，在成為以創作為主的作家身分以前，勢必得經過層層的考驗，不論是外在文化認證的機制（文學獎），或是自我技藝的磨練。特別是在書寫層次，必須去揣摩純文學寫作的敘事型態。而這時，「小說家讀者」在《FHM男人幫》雜誌擔任寫手的身分，便奇妙地轉移到了這些新進者的身上。在寫手的身分裡，他必須在生產上層所規劃的題目底下發揮、預想閱聽者的接收，在有限制的空間裡去進行書寫。諸如在「小說家塔羅牌」一專題底下，以卡爾維諾的《命運交織的城堡》為發想，設計了五張小說家的塔羅牌，並要求洪茲盈與VVW任選卡牌來進行創意寫作。其中，這五張塔羅牌個別是「黃春明教皇」、「駱以軍魔鬼」、「邱妙津命運之輪」、「袁哲生魔術師」、「8P愚者」。而每張牌各有其對應的作者形象與意義，如「教皇」意旨著悲憫之心，與黃春明的鄉土小說特質互相對應。

而洪茲盈則選擇了「駱以軍魔鬼」與「8P愚者」，前者意味著「絕望中的希望」，後者則為「草率而衝動的」的負面意涵。而在〈命運交織的Motel〉裡，洪茲盈便活用了這兩者的元素，透過卡牌的揭露來達到極短篇小說的高潮效果。其先是敘事一對情

---

[96] 小說家讀者，〈小說隨堂測驗——小說填字遊戲〉，《聯合文學》248期 2005年6月，頁158~161。

侶從失火中的旅館逃出來,並藉著抽取塔羅牌來計算過去、現在與未來的命運。而當得知了「過去」的卡牌為「駱以軍」,「現在」的卡牌為「8P」,敘事者才猛然想起,原來是昨晚在閱讀完《譴悲懷》後入眠,忘記將燒水的電湯匙拔開,進而引發了旅館的大火。而故事便在拒絕抽取「未來」的卡牌下,與毫不知情的情人相擁,結束在尚未燃盡的旅館外頭[97]。小說篇幅雖短,但相當巧妙地運用「絕望的希望」及「愚者」兩個要素,亦隱然展現了「說故事」般引導讀者的能力。

而「小說家讀者」也特意舉辦了「小說模仿大賽」主題,要求丁允恭與謝曉昀各自挑選一則新聞,並以小說家的口吻重新虛構該新聞。除了指定模仿張大春以外,丁允恭選擇了駱以軍腔調,謝曉昀則選擇了成英姝腔調。這些新秀作者不僅要熟讀這些作家的文本,甚至要揣摩、將自我帶入該作家的身分裡,以模仿出其敘事特徵。而無論丁允恭或謝曉昀,在模仿張大春的段落時,都刻意選用了政治時事的題材,前者挑選的「國代陳源奇便當爭議」,後者挑選的「腳尾飯事件」,並假以一種客觀的第三人稱模式,在敘事中隱然帶有機巧的諷刺。如丁允恭在描繪老國代抱怨開會僅有三百元便當,而改以吃泡麵抗議時,想起了多年前的國代會議上翻桌的魚翅羹,「就算要翻桌,也得要翻得有價值、翻得豪氣。這場國大開來無非就是要翻掉什麼的,則用來打翻的午餐豈可廉價?⋯⋯陳元奇幾乎要潸然淚下地打開泡麵,開始他的午餐。」[98]將張大春諷刺迂腐政治的口吻學得相當精準。

這一系列的「小說隨堂測驗」,主力雖然是作為「小說家讀

---

[97] 小說家讀者,〈小說隨堂測驗──小說家塔羅牌〉,《聯合文學》250期 2005年8月,頁158~161。
[98] 小說家讀者,〈小說隨堂測驗──小說模仿大賽〉,《聯合文學》249期(2005年7月),頁165~169。

者」用於惡搞、戲謔的「行動文學」一部分，但它卻也奇異地提供了文藝青年亮相的機會。就雜誌的整體意義而言，它不僅是行銷的噱頭，也讓中老世代得以理解年輕人如何想像、建構文學。而「小說隨堂測驗」固然帶有遊戲性質，但它卻也提供了一種「類書單」，讓剛踏入主流文學的創作者，能迅速跟上既有文化正當性較強的文本與作家，以另一種隱晦的模式去體驗主流的美學價值。它不見得能提供直接有效的指導建議，新秀寫作者也並非能一舉躍入文壇，但在出題過程所列舉的這些小說、作家，則自然是屬於一份主流美學的系譜藍圖。它最為重大的意義，是藉著偶像化的途徑指出了（可能也包括建構）場域裡「大寫」的作者，既構築了新秀步入主流文壇所需的幻覺（那個眾人一同相信某類型文本為優秀的），也在一種新進者必然需要進行的超克裡，在超越其崇拜對象的過程裡完成了線性文學史的繼承。

而不論「搶救文壇新秀大作戰」，抑或是「小說隨堂測驗」，這兩者雖然在性質上有所差異，但他們都有一個共通的特色，即是與新興的文學創作者保持優良且密切的互動。雖然在過往的文學場域裡，既有的作家拉拔新秀作家並非罕事，如紫石作坊便有以張曼娟為首，帶領新人作家出版合輯的《馬戲團》等書[99]。不過最為特殊的一點在於，「小說家讀者」任一成員在當時並不算是具有足夠分量的作家，並不見得是靠其文本或作家的「經典」位置來吸引到新銳創作者。他們更像是透過引人注目的文學遊戲來吸引新生代的讀者，而被包裝的文學教養，無形之中也激發了特定的文藝青年，使其進一步成為創作者。這也讓他們與新秀之間的互動顯得非常曖昧，就更寬廣的意義來說，確實更像是站在同一條延長線上的學長學弟關係。

---

[99] 由張曼娟帶領其底下新秀作家，如陳慶祐、谷淑娟、蔣美經、詹雅蘭、張維中、孫梓評。紫石作坊，《馬戲團》，（台北：麥田出版，2001年）。

當然，這幾項活動能在紙本雜誌上刊載，與許榮哲和高翊峰擔任該雜誌的主編有著很大的關係。是而，當許榮哲與高翊峰離開了雜誌工作之時，「小說家讀者」的相關活動便無法與雜誌有密切的聯動關係。外加自2006年後「小說家讀者」處於半解散的狀態，後續便無相關的活動。不過，主導「小說家讀者」大方向的許榮哲，後續則轉移陣地至耕莘青年寫作會活動，並且舉辦了融合「搶救文壇新秀大作戰」以及「小說隨堂測驗」概念的文藝營——「搶救文壇新秀再作戰」。

三、團康文藝營——搶救文壇新秀再作戰

　　耕莘文教院最早於1963年由耶穌會的牧育才神父創辦，為台灣解嚴前的重要文化場域，因其特殊的宗教性質，讓其成為少數不被政治力直接干涉、而能舉辦各式藝文活動的場合，長年以推廣文化事業為名。而其底下的耕莘寫作會及「暑期寫作班」則始於1975年，為台灣民間少數大型的創意寫作課程，成為培育不少作家的重要機構[100]。不過在組織長年的發展底下，勢必得面臨傳承交棒的問題，而團體若失去了向心力，即便表面上同屬於同一個團體，但實際上內部成員可能並無密切的關聯，這也讓以團體為研究目標的可能失去意義。而本文論及的，自2006年後由許榮哲主導的耕莘青年寫作會，與前述的耕莘系統已有極大的落差與斷裂，詳細分期階段可另參丁明蘭碩論。

　　誠然，許榮哲在創作初期階段曾參與過「耕莘寫作班」，不過當時耕莘所開辦的文藝課程已逐年縮減，在2005年之時一度有招生不足而無法開班的危機。「很多人安慰陸神父：『這不是耕

---

[100] 丁明蘭，〈耕莘青年寫作會之發展與研究（1966~2009）〉（臺北教育大學台灣文化研究所碩士論文，2010年），頁2~10。

莘的問題，而是大環境的問題，文學是沒落的貴族，我們必須面對。」[101]這樣的論調，亦與當時純文學雜誌、出版沒落的現況極為相似，搶救了老牌文學雜誌的「小說家讀者」，也將目光轉向了老牌文藝團體。而原本為耕莘寫作班講師之一的許榮哲，便在陸達誠神父的委託底下，開辦了「搶救文壇新秀再作戰」文藝營，並於活動結束後，招募部分學員成立了新一代的耕莘青年寫作會成員（其以「第一屆」重新計算）。而首次舉辦的「搶救文壇新秀再作戰」，則成為了「小說家讀者」最後一次以團體為名的活動，在交棒的意義上頗為濃厚。

「搶救文壇新秀再作戰」為三天兩夜的文藝營形式[102]，近似當時兩大文學雜誌主辦的「全國巡迴文藝營（聯合文學）」、「全國台灣文學營（印刻文學）」，主打招生對象多為年輕一輩的文藝青年，且較不具有「鹽分地帶文藝營」強烈的本土政治傾向[103]。不過，「搶救文壇新秀再作戰」與前兩大文藝營有兩大最不同之處，一則在於師資部分集中於「小說家讀者」本身，而非廣邀重量級作家。另一則在於營隊設計上，擁有更多救國團式的團康活動。尤其是後者的團康性質，讓文藝營不只成為了神小風口中的「好玩」的文藝營[104]，亦因團康易連結人際間的情感，也讓文藝營成為了青年創作者彼此結識的重要場合。

而所謂的「好玩」，即是透過設計各種與文學相關的團康活動，讓文藝青年以合作來參與文學冷知識的相關考驗，亦即將

---

[101] 許榮哲，〈沒有耕莘，如夢一場〉，李儀婷、凌明玉、陳雪鳳主編《你永遠都在：耕莘50紀念文集》（台北：秀威資訊，2016年），頁267。
[102] 僅第一屆為兩天一夜。
[103] 有關「鹽分地帶文藝營」與「全國台灣文學營」兩者的比較，可參赤松美和子論文。赤松美和子，〈台灣文學的夏天──五十年的文藝史〉，《台灣文學與文藝營》（台北：群學出版，2018年），頁66~67。
[104] 神小風，〈溫暖得讓人不斷回身擁抱〉，《聯合文學》272期（2007年6月），頁67~68。

「小說隨堂測驗」實體化的團體比賽。這種活動最早已曾在2005年《聯合文學》舉辦的文藝營中實行，即前述的「3對3，千‧萬文藝大挑戰」的機智問答，晚會題目包括了：「哪一位作家不是死於交通意外？」、「哪一位名人沒得過梅毒？」[105]等。正如論者丁明蘭所指出的，許榮哲在「全國巡迴文藝營」晚會改良的嘗試，造就其進一步設計「搶救文壇新秀再作戰」的課程構想[106]。而猜謎節目式的遊戲性質亦讓當時參與過不少文藝營的研究者備感意外[107]，顯見其特殊之處。就「搶救文壇新秀再作戰」一、二屆的課程表來看，諸如「小說拍賣」、「世界文學的東邪、西毒、南帝、北丐、中神通」[108]，表現了許榮哲以「惡搞、有趣來包裝純文學」的手法。

而更為關鍵的是，「小說家讀者」在授課的方向更具功能性，就如楊佳嫻所指，多半以攻克文學獎為目的[109]。在文藝營課程上，便包括了「文學獎攻略手冊」、「五十萬小說讀書會」（閱讀林榮三文學獎得獎文本），不免給人一種培養文學獎獵人之遐想。這多少關乎「小說家讀者」本身的屬性，因團體成員多半為文學獎的常勝軍。早在營隊舉辦前，其團體便曾在「每月猛讀書」中特別針對

---

[105] 小說家讀者8P，〈小說隨堂測驗──千萬文藝大挑戰〉，《聯合文學》251期（2005年9月），頁158~161。

[106] 丁明蘭，〈耕莘青年寫作會之發展與研究（1966~2009）〉（臺北教育大學台灣文化研究所碩士論文，2010年），頁80~81。

[107] 赤松所參與的屆次為2006年，與前述的相隔一年。赤松美和子，〈台灣文學的夏天──五十年的文藝史〉，《台灣文學與文藝營》（台北：群學出版，2018年），頁115。

[108] 第一、二屆課表可參耕莘青年寫作會部落格：〈「搶救文壇新秀再作戰」文藝營〉，2008年10月19日，網路連結：https://wearethe123.pixnet.net/blog/post/25688613，2021年4月9日最後瀏覽。〈第二屆「搶救文壇新秀再作戰」文藝營〉，2008年10月24日，網路連結：https://wearethe123.pixnet.net/blog/post/25688625，2021年4月9日最後瀏覽。

[109] 楊佳嫻，〈除魅之書〉，朱宥勳，《作家生存攻略》（台北：大塊文化，2020年），頁5~6。

文學獎文本開辦讀書會[110]。而於《野葡萄文學誌》當中，更特意將許榮哲名列為「六年級文學獎常勝軍」，並以文學獎獵人作為惡搞文學嚴肅意義的一環[111]。他們更特以舉辦「說文學獎的壞話」系列座談，旨在分析文學獎作品與評審座談紀錄[112]，而將評審美學考量納入分析範疇，更是跳脫了傳統中文學創作者的思維。

　　不過，他們之所以能成為文學獎的常勝軍，並不單單只是建立在對於評審美學的分析而已。就如本文一再強調的，他們長期浸染在文學獎機制底下的「優質文學」，即便分析看似是站在文學獎之外，但實則是更像是來自內部的一種自我分析，多少將焦點集中在「技藝」本身。若要獲獎，僅對作品、評審紀錄進行分析是不夠的，關鍵依舊在於分析時所採用的觀點。只有當分析採用的觀點與主流文學的觀點保持一致之時，進入到主流文學所掌控的文學獎機制裡，方才能較無偏差的掌握到評審的口味與喜好。（試想若其採用本土派、大眾文學的觀點，那麼無論如何分析，都很難進入到主流文學的範疇）而在「小說家讀者」針對文藝營所開立的書單中，我們更能明顯見到主流美學的影響。撇除世界文學、日本文學與中國當代文學的書單[113]，在第一屆文藝營所開設的台灣文學文本，多半是主流文學所認可的文本[114]，即便出現了鄉土小說家，所選的也

---

[110] 可參見附錄，鎖定的對象為兩大報文學獎及聯合文學新人獎，都是當時被稱作文壇入場券的指標性獎項。

[111] 該專題刊登後遭讀者抗議。〈猛打賞寫手　獲獎秘辛大公開〉，《野葡萄文學誌》14期（2004年10月），頁24。

[112] 神小風，〈「說文學獎的壞話」系列座談〉，《耕莘文教基金會會訊》3期（2007年4月），頁17~18。

[113] 當然，這份書單也非常具有參考價值。我們不難發現，在他們推薦的小說裡不脫特定幾位作家，不過外國作家何其之多，為何只有特定幾位與特定文本較容易被接收，這確實是值得反思的現象。

[114] 白先勇〈遊園驚夢〉、黃春明〈兒子的大玩偶〉、陳映真〈山路〉、七等生〈我愛黑眼珠〉、舞鶴〈悲傷〉、黃凡〈如何測量水溝的寬度〉、張大春〈四喜憂國〉、駱以軍〈降生十二星座〉。〈「搶救文壇新秀再作戰」文藝營〉，2008年10月19日，網路連結：https://wearethe123.pixnet.net/

多是抒情性濃厚、並非單純抗議精神的小說，如陳映真〈山路〉、黃春明〈兒子的大玩偶〉。而到了第二屆文藝營，更開設了「台灣短篇小說No.1世紀大決審」此一課程，我們更精準見到已然內建於他們心中的典律，這些被拱上「優秀小說」決審的文本有黃凡〈如何測量水溝的寬度〉、駱以軍〈降生十二星座〉、朱天心〈古都〉、張大春〈將軍碑〉與黃春明〈兒子的大玩偶〉，而這些文本實則不脫當時的主流美學。若拿「台灣文學經典三十」之爭議相比，這些被「小說家讀者」視為足以代表台灣短篇小說的文本，無疑也會遭受本土派強烈的抗議。

正如丁明蘭指出的，耕莘舉辦的文藝營相較起其他兩大雜誌的文藝營，吸引到的是更多有志創作文學者，而不是單純對於「名作家」的追尋。這一則可歸功於其設計的課程活動及其「搶救新秀」招牌標語，另一則可歸功於以「寫作門診」為誘因，提供學員難得的機會，能接受導師在文本創作上實務的指導[115]。而若對比赤松美和子所做的研究，當時參與《全國台灣文學營》的學員泰半有創作投稿經驗，但文藝營本身並未提供指導創作的課程，認為其很難達到培育作家的功用[116]。相較之下，「搶救文壇新秀再作戰」在指導創作上，確實比多數文藝營提供了更多的課程。特別是在課程中，額外安排了已得過獎的前屆學員擔任輔導員，協助指導一般的學員。也在相關報名資訊羅列前一屆學員的得獎紀錄，猶如補習班羅列金榜來宣稱自我品牌的效益。

按朱宥勳所指，受「小說家讀者」所照顧，而與「搶救文壇新秀再作戰」或耕莘青年寫作會息息相關的作家，除了前述已在

---

blog/post/25688613，2021年4月9日最後瀏覽。

[115] 丁明蘭，〈耕莘青年寫作會之發展與研究（1966~2009）〉（臺北教育大學台灣文化研究所碩士論文，2010年），頁82~83。

[116] 赤松美和子，〈台灣文學的夏天──五十年的文藝史〉，《台灣文學與文藝營》（台北：群學出版，2018年），頁77~78。

「大作戰」現身的黃崇凱、洪茲盈,還包括了其自身、賴志穎、神小風、林佑軒等人[117]。該團體不僅成了後進新秀在文學創作相互交流的場合,更提供了他們迅速掌握更豐厚的人際資本——無論是上承「小說家讀者」,或是平輩間人脈網路的擴張。但要留意的是,這些作家的成就不見得能直接歸功於「搶救文壇新秀再作戰」,三天兩夜能做到的教學效果實屬有限,創作之於個人更往往展現在各種不同之處。外加耕莘青年寫作會慣於在文藝營結束後,挑選該屆文藝營學員,這讓論者在分析其影響之處時需要多加小心,因我們很難釐清哪些教養是早在接受文藝營洗禮前便有的。而團體隨著時間的擴張,成員間彼此不見得有密切的互動,在缺乏互動的情況下,無論是文學創作的影響與人際資本的獲取都難以達成。若團體成員存在太多這樣的個案,那麼以團體進行分析便失去詮釋效用,這是猶要注意的一點。

　　這些新秀作家與「小說家讀者」的接觸以及文學啟蒙,各也存在著不同的差異。如洪茲盈,最早是透過「小說家讀者」的部落格網站,因閱讀了他們的「不倫愛情」主題書寫,而萌生了創作的意圖[118]。又如朱宥勳,則因「建中青年社」舉辦的大眾小說獎,而早與許榮哲、高翊峰兩位評審有所認識。當時更因首獎的作品描寫露骨的性愛場面,引發了社會各界的爭議,任職《聯合文學》的許榮哲更特意製作一期專題回應,朱宥勳作為建青主編亦在《聯合文學》上表達了創作自由的理念[119]。而又如神小風,

---

[117] 朱宥勳,〈親愛的,我們壓縮了整部文學史〉,《聯合文學》341期(2013年3月),頁32。

[118] 在創作簡介上便稱,「……忽有來自『批西鬧』新聞台之八仙過海顯靈(當時只有六仙),降下仙丹一枚明為《不倫之戀》,服用後七七四十九天,我便寫出了生平第一篇小說。」洪茲盈,〈缺角〉,《野葡萄文學誌》15期(2004年11月),頁152。

[119] 朱宥勳,〈後AV女優時代〉,《聯合文學》243期(2005年1月),頁50~51。

則是在文藝營時方才認識「小說家讀者」,而這甚至影響到了其創作的文類,讓原本可能書寫網路小說的他轉向純文學寫作,亦表示希望自己的寫作能在大眾文學與純文學找到平衡[120]。

而許榮哲在接手耕莘青年寫作會後,事實也讓耕莘的兩個大傳統有了一定程度的轉變。一則是文藝營,另一則是招收團體新成員的方式。其中,就如丁明蘭所考察的,耕莘文藝營在「搶救文壇新秀再作戰」以前,原本只是半年寫作班裡學員的郊遊聯誼活動。不過許榮哲巧妙地將其原有用來活絡氛圍、營造溫暖的宗教團康活動,轉化為吸睛又提供結識創作者的文藝問答,並且改造成大型文藝營的營隊模式[121]。此外,早年耕莘慣以在每一期寫作班結束後,讓學員成為寫作會成員,在成為團體成員後,有機會從輔導員進一步晉升為講師[122]。而到了新一代的耕莘青年寫作會之時,吸收了有志創作的文藝青年,提供他們互相交流的機會。而輔導員為文學獎常勝軍的身分,也變相成為了招生的最佳廣告。除此之外,在夏天舉辦的「全國高中生文學鐵人營」,在講師的分配上則多是已成名的寫作會成員,諸如朱宥勳、神小風、李奕樵等人都曾為該文藝營的講師[123]。團體成員同樣也可以在文藝營中擔任講師,繼續來傳承某種教養。

而「耕莘青年寫作會」也經常與「小說家讀者」相互支援,在發想思路上不僅相近,亦有行動實踐上的合作。其中,他們

---

[120] 許文貞,〈小說之神與平庸少女〉,《新北市文化季刊》14期(2014年8月),頁41~43。
[121] 丁明蘭,〈耕莘青年寫作會之發展與研究(1966~2009)〉(臺北教育大學台灣文化研究所碩士論文,2010年),頁80~81。
[122] 丁明蘭,〈耕莘青年寫作會之發展與研究(1966~2009)〉(臺北教育大學台灣文化研究所碩士論文,2010年),頁124~125。
[123] 可參耕莘文集中的年表,其名列了文藝營的講師名單。〈耕莘青年寫作會大事記〉,李儀婷、凌明玉、陳雪鳳主編《你永遠都在:耕莘50 紀念文集》(台北:秀威資訊,2016年),頁447~455。

也一同開辦了帶有實驗性質的「行動文學體驗班」,以「外部實地體驗加上內部文本閱讀」,結合了公娼、夜店等實際場景的走訪[124],多少也打破了常人對於文學課程的想像[125]。按許榮哲所言,這場活動是由寫作會成員所發想的[126]。我們也得以見到,「小說家讀者」這種玩世不恭的態度,也讓他們對於文學產業有更不受拘束的想像,不再受限於傳統高層文化知識分子的框架。

有趣的是,我們不難發現這些新秀與「小說家讀者」共享了某項特質——許多為非科班出身的創作者,卻在跨入純文學創作後,一舉奪得了具有相當分量的文學獎。諸如洪茲盈,若以其於2004年方結識「小說家讀者」為基準,其在2005年便奪得了「聯合文學小說新人獎」。而同年「聯合文學小說新人獎」的首獎,則為高翊峰的妻子彭心楺,過去以「家屬」的身分曾參加「小說家讀者」的聚會,但在辭去醫護工作轉寫小說後,亦迅速奪得了大獎[127]。筆者認為,他們確實掌握到了某種「得獎體」的概念,但那並非單純的公式寫作,而更像是某種文學教養與心法。

而朱宥勳對於這種文學獎的心法,歸結在一種現代主義式的美

---

[124] 許榮哲,〈不可思議的耕莘青年寫作會〉,《耕莘文教基金會會訊》3期(2007年4月),頁6。
[125] 在招生簡章中,便提到「你可能讀過黃春明的小說〈看海的日子〉,認識裡面的妓女「白梅」……這門課就是要讓你親身來到小說筆下場景,並且和小說裡的人物,像老朋友一樣的面對面,傾聽她們訴說背上的故事……」不過讓人困惑的是,實際與妓女接觸但無法解決現實與虛構的裂解,不正是張大春〈再見阿郎再見〉、駱以軍〈紅字團〉與寫實主義告別的重要主題嗎?由於未曾實際參與課程,無法斷定其中如何看待現實與虛構的關聯。不過小說家讀者顯然不是徹頭徹尾的後現代主義者,就對特定寫實小說的推崇來看,這點無庸置疑。簡章可參:〈【課程】行動文學體驗班〉,2007年5月7日,網路連結:https://wearethe123.pixnet.net/blog/post/25688548,2021年4月9日最後瀏覽。
[126] 許榮哲,〈不可思議的耕莘青年寫作會〉,《耕莘文教基金會會訊》3期(2007年4月),頁6。
[127] 趙啟麟,〈彭心楺:我喜歡加護病房〉,2010年11月8日,網路連結:https://okapi.books.com.tw/article/126,2021年4月9日最後瀏覽。

學概念,是「台灣已經發展得非常精純的現代主義式短篇小說的經驗總結」[128],並認為這是透過文學獎出道的新人作家,所必備的基礎小說技術。這個看法富饒趣味,與前文一再批判的主流文學形構的優質文學觀點得以互相呼應。在主流文學獎的機制底下,文學新人只能排斥政治意圖明確的寫實作品,轉向類現代主義的洗禮。必須注意的是,他們單純將現代主義視作一種「技術的」,也顯示了其實並非徹底的現代主義者(或後現代主義者),更多時候可能只汲取了文本表層的形式意義。就某方面而言,他們得以超脫舊有美學的框架(因為框架早被去脈絡化),但同時也保障了現代主義美學的優先順序(作為最基礎的學習技能)。

而這些新秀作家,便成了下一個世代的領頭羊。譬如在2011年由七年級推出的「台灣七年級金典」選文,小說組八人的名單中已有五人是前文所提及的新人作家[129]。而這批作家更與聯經體系相關的寶瓶文化出版社有密切的關連,其於2010年所推出的「文學第一軸線」六位新人作家,除了吳柳蓓與郭正偉外,其餘四人都與「小說家讀者」脫不了關係[130]。而「文學第一軸線」系列的總序亦由甘耀明撰寫,多少可見傳承之意味。朱宥勳亦曾直接表示,是因為參與了文藝營,在加入耕莘青年寫作會後與「小說家讀者」熟識,得以在寶瓶文化出書,顯見了外部人際資本的作用。當然,朱宥勳也特別強調其是在獲得了較為指標性的文學獎後,才能較有餘裕的出版[131]。文學新人還是需要在最基礎的層面上,透過文學獎來獲得一

---

[128] 朱宥勳,〈親愛的,我們壓縮了整部文學史〉,《聯合文學》341期(2013年3月),頁32~35。

[129] 這八人共為:黃崇凱、賴志穎、陳育萱、神小風、楊富閔、林佑軒、朱宥勳、盛浩偉。朱宥勳、黃崇凱編,《台灣七年級小說金典》,(台北:釀出版,2011年)。

[130] 這六人共為:郭正偉、吳柳蓓、朱宥勳、神小風、彭心楺、徐嘉澤。另外,洪茲盈與黃崇凱第一本小說集亦在寶瓶文化出版。

[131] 朱宥勳,〈文學營隊是寫作路的跳板嗎?〉,《文壇生態導覽》,(台

定的正當性,這幾乎是此一時期純文學圈的共識。

綜觀而言,無論是實境秀形式的「搶救文壇新秀大作戰」、將文學八卦惡搞為冷知識的「小說隨堂測驗」,或者是以好玩有趣為主張的「搶救文壇新秀再作戰」文藝營,「小說家讀者」無不盡可能地顛覆傳統對文學的高雅想像,並拉拔新秀作家。然而,若將視角拉得更遠一些,這一系列的惡搞或許仍難以動搖文學高雅的純正性。就如同布赫迪厄所言,這種挑釁與鬥爭,終究只是為了確認他們與資深者的不同,在否定現有制度的決裂下,以此達到佔位。在某種程度來說,這些宣言可能只會流於空洞,佔位才是最終的結果[132]。譬如許榮哲就曾自言,後輩的文藝青年往往只將他們的行動視為一種遊戲,卻無法嚴肅看待其行動意義,「大部分的時候,我們都清楚明白那一年的實驗終究失敗了。」[133],「中間文學」與「行動文學」最終都成為了單純展現差異、用來標新立異的口號而已。

然而極其重要的是,「行動文學」所帶領出的一批新秀,無疑也成為了下一個世代重要的小說家。新秀作家通過獲得文學獎所帶來的文化正當性,外加自「小說家讀者」所累積而來的人際資本,得以迅速在新的十年中集結隊伍。當然,對於關注文本藝術史的研究者而言,外部的人際資本或許不能滿足其線性關係的想像。不過「小說家讀者」所建立的美學品味,確實影響了這批新秀作家的文學觀點,將於下一小節綜合論述。

北:大塊文化,2020年),頁194~196。
[132] 皮耶・布赫迪厄著,石武耕、李沅洳、陳羚芝譯,《藝術的法則——文學場域的生成與結構》,(台北:典藏藝術家庭,2016年),頁371。
[133] 許榮哲,〈那一年,大家都叫我們8P〉,《聯合報》副刊,2014年03月20日。

第三節、延繼的文學遺產

一、台灣文學正名化後:「文學下議院」所票選出的典律

　　九〇年代末期以來,伴隨台灣文學逐步正名化,即便舊有立場偏中的資本媒體,也都慣以改採「台灣文學」替代「中國文學」。「台灣文學」的概念,基本已脫離了本土派原先詮釋的框架。世紀末的「台灣文學經典」爭議,反映的正是「台灣文學」一詞已被主流文學所接收,並擴充了其涵蓋的範圍。而在這場論戰裡,原是本土派健將的陳芳明也有了明顯轉向,否認了本土派這種排他式的觀點[134],在立場上更加趨向於主流文學。

　　陳芳明於1998年開始於《聯合文學》雜誌連載「台灣新文學史」,多少反映了解嚴後「台灣」與「中華民國」兩者概念的重整。舊有「中國(中華民國)」概念底下的文學作品,吸收了日漸合法化的「台灣」概念,形成現階段凝聚多數人的「台灣文學」共同體想像。而陳芳明於「台灣新文學史」所採用的史觀,將國民黨威權統治視為「再殖民」、解嚴後替換政黨視為「後殖民」[135],更引發了不少討論。這種史觀隱藏的獨立意識形態,講中國國民黨政權視為外來的殖民政權,自也遭到統派陳映真不少批評[136]。不過,本土派也並非對此史觀完全認同,如游勝冠便指其「後殖民」階段並未疏理殖民的殘餘,「至於文壇,這種殖民化勢力更透過某些盤

---

[134] 陳芳明講評,彭小妍,〈等待黑暗逝去,光明來臨的日子〉,陳義芝編,《台灣文學經典研討會論文集》(台北:聯經出版,1996年),頁498。
[135] 陳芳明,〈台灣新文學史的建構與分期〉,《聯合文學》178期(1999年8月),頁162~173。
[136] 陳映真,〈以意識形態代替科學知識的災難〉,《聯合文學》189期(2000年7月),頁138~160。

據主流媒體的殖民者作家,持續掌控著台灣文學的品味與價值取向。」[137],進入民主化的階段並不代表去除殖民文化,直接進入後殖民的框架裡,反而會忽視掉既有的資本權力結構。

姑且不論殖民與否,「聯合報系」相關的媒體即是過往戒嚴體系所扶植出的產物,其養育出來的主流作家仍在解嚴後佔據了極大的資本。我無意將其負面化,或將其視為邪惡而需打倒的對象,因這其中的從業者更多的是無意識的活動。而如其底下的《聯合文學》雜誌,也從早年的中國文學概念,逐步向台灣文學落實,儘管其中仍夾帶著舊有的主流美學意識。整體的文化氛圍事實近似於社會政治氛圍,都是在既有的中華民國體制內,去接收並融合了台灣的概念,讓中華民國與台灣成為了混雜而新興的共同體。當然,既然是接收的,那勢必也是經過選擇而有意識地被轉化。

有趣的是,「小說家讀者」恰好崛起在這個重整的階段裡。在他們文學養成的階段裡,他們對逐漸取得正當性的本土文化具有一定程度的認識,甚至也撰寫過相關的知識性書籍,諸如王聰威《阿貴趴趴走》便是將台灣史地知識融入兒童讀物中,或者是其《中山北路行七擺》亦是結合了台北歷史的散文書寫。不過,也正是在這養成的階段裡,本土相關的刊物雜誌逐漸式微,這些刊物的式微與政治因素並無直接相關,而是受限於在消費社會中需求的經濟資本。因而新進者如高翊峰、李志薔等人就算在其中得以發表篇目,但若受眾有限、稿費低廉,新進者在其中所換取的人際與經濟利潤過於薄弱,很難有足夠的誘因在其中繼續發表。在轉向主流刊物、文學獎的途徑裡,其文學觀點勢必也隱微地隨之產生變化。

---

[137] 游勝冠,〈後殖民,還是後現代──陳芳明台灣文學史書寫的論述困境〉,原始資料為《台灣文學研究工作室》,後由中國內容農場網站備份。網路連結:http://m.aisixiang.com/data/20451.html,2021年4月9日最後瀏覽。

在前文中,曾約略提及許榮哲於《聯合文學》所策劃的「文學下議院」此一活動,這系列包括了「新台幣上的作家」、「台灣最接近諾貝爾作家」、「以一句話象徵這個時代」、「不應被忽略的作家」共四個專題,而前兩者更是將青年所勾選的作家以具名方式呈現,多少可看出他們內心中所建構的文學經典。而這些具名投票的選民們除了「小說家讀者」以外,亦包括了他們在各個不同活動中所帶領的新秀。不過最有趣的是,在票選的名單上,兩者卻呈現了極大的落差。

在票選「新台幣上的作家」,各分為「台灣新文學運動以後作家」以及「歷代中文創作作家」兩個投票欄,各有「一千、五百、一百」三種面額,而按常理而言,作家的經典地位應依序與面額大小有關。這兩大命題的設計相當有趣,在預設答題上,一則對應的是台灣現當代文學,另一則是不限於前者的中文創作。故而在後者的答題上,除了少數人回答台灣文學作家,多半都以中國古典文學為主,兼觸及中國現代文學的張愛玲、魯迅、沈從文等人。不過亦有答題者將徐志摩、聞一多等人擺在台灣現當代文學的票選中。這份題目的設計,最基本保障了「台灣文學」作家現身的比例,起碼不會在直接面對「歷代中文作家」之時而遭到掩蓋。但這多少也說明了,在當時代的文化氛圍裡,文化中國(無論古典或五四)依舊是極其強勢的存在,以致在一個國家所發行的紙鈔上需要其作為符號的象徵。這兩個命題的並行,也更像是兩種不同史觀的並行。而小說家讀者與其帶出來的新秀,在票選「台灣新文學運動以後作家」一命題裡,所想像的文學典律幾乎完全不同,試見以下列表[138]:

---

[138] 由筆者整理。〈不為人知的排行榜 新台幣上的作家〉,《聯合文學》249期(2005年07月),頁34~43。

表4 「小說家讀者」與新秀作家所票選的「新台幣上的作家」

小說家讀者	1000元	500元	100元
王聰威	張大春	席絹	黃春明
甘耀明	楊逵	賴和	鍾理和
李志薔	賴和	鍾理和	白先勇
李崇建	賴和	吳濁流	楊逵
李儀婷	賴和	鍾理和	黃春明
高翊峰	吳濁流	呂赫若	賴和
張耀仁	袁哲生	駱以軍	邱妙津

新秀	1000元	500元	100元
Missfly	白先勇	瓊瑤	黃春明
VVW	8P	陳映真	賴和
丁允恭	棄權	棄權	賴和
小8	黃國峻	紀蔚然	周夢蝶
朱宥勳	白先勇	張大春	駱以軍
張嘉璘	棄權	蔡康永	陳朵
謝曉昀	棄權	朱西甯	王文興

「小說家讀者」在票選中，幾乎一致選擇了過往受本土派推崇的日治時期作家，諸如楊逵、呂赫若等人，猶以賴和、鍾理和兩人作為總票數最高的前兩人，這當然反映了既有的台灣文學史已進入了主流文學的範疇裡，特定作家如賴和已成為眾所認可的「台灣新文學之父」。不過若細看他們所帶出來的新秀，這些新秀在初步入場域階段尚未接受到更多不同面向的文學教養，其選出來的作家卻幾乎擺放在當代文學，似乎未有接收到特定幾位日治時期作家作為典律的現象。尤其如日後長期推廣台灣文學的朱宥勳，在這個階段其心目中的台灣文學經典，竟也多是主流美學

底下的張大春、駱以軍。

而在「台灣最接近諾貝爾文學獎作家」的投票欄目裡，實也凸顯了這種落差。在該次投票中同樣設置兩個命題，一則是票選最有可能獲諾貝爾文學獎的台灣作家，另一則為因過世而無法獲獎的遺珠之憾。而「小說家讀者」與他們帶領的新秀，在此次投票上也呈現了近似前述的落差，試見以下列表[139]：

表5　「小說家讀者」與新秀作家所票選的「台灣最接近諾貝爾文學獎的作家」

小說家讀者	在世作家	已逝作家
王聰威	白先勇	賴和
甘耀明	李永平	李榮春
李志薔	黃春明	賴和
李崇建	白先勇	鍾理和
李儀婷	陳映真	王禎和
高翊峰	黃春明	王禎和
張耀仁	駱以軍	棄權
許榮哲	黃春明	王禎和

新秀	在世作家	已逝作家
Missfly	棄權	邱妙津
VVW	王禎和	鍾理和
丁允恭	龍應台	連橫
小8	七等生	棄權
朱宥勳	夏宇	邱妙津
張嘉璘	白先勇	三毛
謝曉昀	張大春	邱妙津

---

[139] 由筆者整理。〈距離諾貝爾文學獎最近的台灣作家〉，《聯合文學》250期（2005年08月），頁22~26。

有趣的是,「小說家讀者」很大一部分都把票投給了黃春明與王禎和,其次是白先勇與賴和。他們票選的幾位作家,都已是公認的典律作家,這些作家作品也通常飽含一種淑世的人道精神。相較之下,新秀所票選的作家倒無一致性,僅邱妙津作為他們所認為的遺珠之憾,推測應與同志議題脫不了關係。最讓人備感疑惑的是,若小說家讀者心目中的典律為這些鄉土作家,那麼為何這些新秀並沒有在文學初養成階段時便接收到了相同的典律?按前一節他們與這些新秀作家互動的過程,在活動裡所開出的書單,基本上不存在賴和、王禎和、鍾理和等作品。若比對同一時期,高翊峰於「百日不斷電」專欄發表的〈在傳聞裡的文學現況?〉一文,或許能捕捉到在「典律」與「作為文學教養的書單」兩者微妙的落差:

> 有一次我到東海大學帶舞蹈社團,這裡頭有一位是中文系的大三女學生,我問他讀過哪些當代中文小說家的小說作品,女學生說「賴和、楊逵、呂赫若……」接著,我再問她:「有沒有還活著的作家?」女學生說:「有,白先勇,公視正在演他的《孽子》……」然後,我再問:『有沒有看過張大春的《四喜憂國》、黃凡的〈賴索〉、駱以軍的《遣悲懷》?』女學生支支吾吾說:「上現代文學的時候,聽過張大春跟黃凡的「名字」……駱以軍……是不是寫《放生》那本小說的……[140]

在他們眼中的文學現況裡,年輕讀者普遍不認識當代作家,反而只認識本土化以後典律性逐漸加強的日治時期作家。其不僅

---

[140] 高翊峰,〈在傳聞裡的文學現況?〉,《百日不斷電》(台北:聯合文學,2005年),頁38~39。

在該文中感嘆一般學生不認識黃凡、張大春等人，亦表示如袁哲生也鮮為人知，年輕讀者只識九把刀等暢銷的網路作家。也因而，當他們終於有機會以行動來具體影響年輕讀者之時，在推介的作品自是當代主流美學的作品，諸如其舉辦的「黃凡小說讀書會」，亦或是在新秀栽培活動、文藝營中所開出的書單，都意在傳遞當時的主流美學觀點。**因唯有理解了主流美學觀點，讀者才有辦法從中獲得趣味，並且能繼續閱讀下去。**而少部分的讀者在轉換身分至創作者時，也因為掌握到主流的美學系統，而能更快在純文學中獲獎，進而成為新人作家。

當然，必須一再強調的是，「小說家讀者」並非徹底地與本土化浪潮脫節，他們是身處在「中華民國、台灣」兩種史觀混雜的共同體裡，亦即當時的主流文學社群[141]。我們仍可在票選名單中，從他們推介的典律中見到這個傾向。不過，楊宗翰指出此一票選多半仍集中在既定的典律印象，對於投票者是否真的有吸收進其圈選作家（譬如賴和）的作品精神，抱持相當的疑惑[142]。而在「搶救文壇新秀大作戰」中，「小說家讀者」不斷向新秀強調避開現實主義的政治表露，也確實讓人疑惑鄉土文學的社會關懷層次，似乎與他們的文學教養有所衝突。無論賴和、呂赫若、楊逵等人，之所以被他們視作經典，多半也可能只是來自主流文學接收台灣史後，為這些作家所建構的典律形象。但在內在的作品美學上，就如同他們看待洪醒夫的鄉土寫實小說一般，可能已感受到某種「過時性」，難以捕捉到這些本土、鄉土小說背後的脈絡與核心精神。

---

[141] 在當時本土文學界如台灣筆會中，曾高舉李魁賢為諾貝爾文學獎提名人選。不過在此次票選當中，卻完全沒有出現其名，可再次說明兩者社群的分隔。

[142] 楊宗翰，〈印象才是真正的吸票關鍵？〉，《聯合文學》250期（2005年08月），頁62。

也因此，他們在解讀這些日治時期的經典作家時，往往撇除了殖民、反抗等政治意涵，而是迂迴轉向了人性層次或是小說技法。諸如伊格言在評論龍瑛宗的〈植有木瓜樹的小鎮〉之時，認為其核心是在於未果而悲觀的浪漫情愛，並認為其中的木瓜意象帶有《詩經》一般的詩意，得以對應少女清新又易毀的形象[143]。其基本上略去了木瓜作為南方殖民地的熱帶象徵，亦未試圖挖掘文本中的反抗意涵，而是將焦點擺向了人性層面的浪漫愛。或者是許榮哲在介紹賴和的〈一桿稱仔〉之時，則是以「冰山理論」來詮釋，認為秦得參因不理解潛規則，而在與日本警察交涉的過程遭到刁難。其更加強調，讀小說必須理解每一篇小說的潛規則，將其視為讓小說更有深度的技法[144]。在觀點上也未擺在小說當中的殖民與反抗意識。這些過往被本土派看作具有相當程度的反抗作品，在「小說家讀者」的詮釋上幾乎都淡化了。

　　他們對於這些「台灣文學經典」的詮釋，表現出了不同於以往的鄉土、本土派的觀點。並非以社會、政治的立場出發，而是以個人情感式的，或是文學技法的視野，重新對這些經典作品做出詮釋。這是相當有趣的現象。他們並不似以往的後現代主義者，直接背向這些對立面的台灣經典作品。在主流文學吸收進本土的台灣文學概念後，依循著主流美學進來的「小說家讀者」，也正企圖以另外一種非本土的脈絡，去理解這些文學經典。

　　在本小節中，我們從「小說家讀者」與他們栽培出的新秀，在各種票選的經典名單裡，看見一個有趣的現象。「小說家讀者」雖然認同檯面上的台灣文學經典，但在核心上，仍然是抱持

---

[143] 伊格言，〈植有芭樂樹的小鎮——龍瑛宗《植有木瓜樹的小鎮》與楊順清《台北二一》〉，《印刻文學生活誌》19期（2005年3月），頁164~166。
[144] 許榮哲，〈南一小說講堂：許榮哲談賴和《一桿「稱仔」》〉，網路連結：https://www.youtube.com/watch?v=UPGjJlhLU5g&ab_channel=%E8%A8%B1%E6%A6%AE%E5%93%B2，2021年4月9日最後瀏覽。

著主流文學的觀點，在推崇的美學上猶以黃凡、張大春等後現代主義為主。不過，他們並沒有完全否定這些經典，而是會以另一種詮釋方式來閱讀。而這也造成了另一個有趣的現象，他們可能在美學觀點上與鄉土、本土作家有所衝突，但他們卻也同時能以另一種方式詮釋這些鄉土、本土的作品，形成了另類的延繼關係，將於下文中繼續闡述。

二、另類的重整：鄉土與本土的另一種延繼

在第二章中，我們看到了這些新生代的作家，如何與本土、鄉土派在文學觀點與立場上有所衝突，諸如伊格言批評陳映真的政治性，顯示了他們在根本的文學理念上與鄉土、本土的斷裂。然而，在前一小節中，我們卻又看到了「小說家讀者」在票選上，不約而同地對本土、鄉土所推崇的日治時代台灣作家經典有所認同，並以另一種角度來進行詮釋。這也讓筆者進一步思考，這些作家是否在文學立場上雖與本土、鄉土衝突，但卻也對其創作的作品有另一種詮釋的思考與銜接。

其中，主導《台灣新文學》、《台灣e文藝》的宋澤萊，其帶領的本土社群，是非常有意識地在對抗世紀末的後現代虛無，戮力以自然的寫實文學來呼應本土政權的崛起。宋澤萊曾在《台灣新文學》上批評，認為當前的文學界充滿了漂泊虛無感，僅一概地表現出後現代與晦澀的文風，關注在個人的情感與身體，對於外在的社會現實缺乏描繪的能力[145]。宋澤萊更表示，他對於模仿村上春樹風格，在闡述故事、現實能力較為薄弱者都一概退稿，

---

[145] 宋澤萊，〈當前文壇診病書〉，《台灣新文學》第4期（1996年4月），頁275~304。

反對這種後現代的虛無風格[146]。然而，若我們對比「小說家讀者」在操作「中間文學」所使用的村上春樹文風，不難發現「小說家讀者」在立場上與宋澤萊的本土社群有所衝突。

儘管如此，但「小說家讀者」並沒有因為立場不符，而全然否定掉宋澤萊的作品。在許榮哲任職的《聯合文學》雜誌裡，便曾以「據說，他們是文壇的妖魔鬼怪」，針對黃凡、舞鶴、李昂與宋澤萊四人做作家專輯。在主流文學逐漸吸收了台灣文學的概念後，即便在作家的政治觀點有所衝突，但只要作品具有被認可的藝術價值，都可以被以另類的方式重新詮釋。在該專輯中，甘耀明便認為宋澤萊的《熱帶魔界》與《血色蝙蝠降臨的城市》較具有奇幻風格，與他所認知的「與現實纏繞想像」的魔幻寫實較不相同，已經超脫了現實的邏輯。並指出宋澤萊個人的宗教體驗雜揉在文本之中，這種個人式的體驗已超越了拉美魔幻寫實的群體共感經驗。而甘耀明更類比大眾文學，認為其中的善惡對決的橋段，總是回到邪不勝正，並認為基督教徒的「聖靈與邪魔之戰」，與《魔戒》、《哈利波特》有異曲同工之處[147]。將宋澤萊的作品與大眾文學相比，即可能是受「小說家讀者」推廣「中間文學」的影響，不過宋澤萊小說中所雜揉的武俠、偵探元素，更可能是立基於宗教小說的傳道意味[148]。甘耀明並無針對兩部小說的政治批判、基督教義有所描述，反而將其輕質化、奇幻化了。

相反的，本土社群對於宋澤萊的詮釋，卻是極為肯定其魔幻

---

[146] 洪英雪訪問，〈宋澤萊訪問錄〉，《台灣e文藝》第5期（2002年6月），頁40。
[147] 甘耀明，〈社會版的群魔亂舞〉，《聯合文學》244期（2005年2月），頁22~23。
[148] 余杰，〈寫作與信仰不能二分，必須俱進〉，2016年11月15日，網路連結：https://www.peoplenews.tw/news/07ca8085-6f82-41f4-8031-cfe743130184，2021年4月9日最後瀏覽。

寫實的嘗試。胡長松便認為《熱帶魔界》其具有極強的寫景能力，其表現的「魔幻寫實」現實感強烈（完全與甘耀明詮釋的相反），指出了小說中以「魔」暗諷大中國主義者[149]。呼應了其自身在《台灣e文藝》中，所強調的寫景寫實技巧，反對虛無、空泛的小說寫作，高舉大眾寫實主義之旗[150]。而後續在胡長松的寫作裡，也明顯順延著宋澤萊在基度教與魔幻寫實的本土路線。在一般藝術史的觀點裡，可能會認為宋澤萊的魔幻寫實，與甘耀明在無政治鄉土表現的魔幻寫實，存在著聯繫關係。不過，筆者並不認同這樣的看法。一則是因為甘耀明對於魔幻寫實的想像，很明顯地不認為宋澤萊的書寫是魔幻寫實，亦也在採訪中再次表現這樣的看法[151]，顯然與本土派的想像有所落差。另一則是必須衡量到魔幻寫實在九〇年代台灣的兩種發展路線，明顯存在著「主流張大春」與「本土宋澤萊」的不同路數，而「小說家讀者」在文學教養上應是較為貼近前者的[152]。

除此以外，伊格言在其碩論裡，對於宋澤萊的接受史也頗值得注意。其集中在宋澤萊早年現代主義作品，與其後期被王德威詮釋為「鬼魅氣息突破鄉土文學」的《蓬萊誌異》[153]，獨漏了寫實主義時期的《打牛湳村》。並認為，宋澤萊自身排斥的「現

---

[149] 胡長松，〈挑戰邪惡與困境的生命想像暴動——論宋澤萊魔幻寫實小說《熱帶魔界》〉，《台灣新聞報》（2001年2月12~27日）。
[150] 胡長松，〈台灣文學的大眾寫實〉，《台灣e文藝》第3期（2001年8月）頁6~10。
[151] 在舒懷緯的採訪中，在提完莫言的魔幻寫實後，向甘耀明詢問宋澤萊的魔幻寫實是否有所不同，而甘耀明則認同這樣的看法，認為其更接近奇幻，並帶有宋自己的個人特色。舒懷緯，〈論甘耀明《殺鬼》的後鄉土書寫〉（台中：靜宜大學台灣文學研究所碩士論文，2013年），頁150。
[152] 譬如李儀婷的〈走電人〉，在取名上不難聯想到張大春的〈走路人〉。而馬奎斯在九〇年代引進台灣，在主流與本土都有各自接收的脈絡，這點應特別注意。
[153] 王德威，〈國族論述與鄉土修辭〉，周英雄、劉紀蕙編《書寫台灣：文學史、後殖民與後現代》，（台北：麥田出版，2000年），頁76。

代主義」,無意識地以畸零形象流露出,並創造出極高的藝術價值[154]。伊格言並不對宋澤萊表層敘事傳遞的鄉土感到興趣,而是關注於宋澤萊本身早年現代主義洗禮的痕跡,以及創作主體不時因這種現代主義痕跡而散發出的鬼氣。換言之,關注的是作品本身依循現代主義所表現的藝術性,而非創作者本身的寫實主義與其政治性的文學觀點。

在伊格言的碩論裡,處理的是現代主義與鄉土文學的延繼關係,主要關注鄉土小說家黃春明、王禎和、七等生、宋澤萊、施明正與舞鶴文本中的畸零人形象,認為在這種畸零的再現中表現出與現代性的角力。在挑選特定的作家與文本上,表現出強烈的選擇性:「因由於現代主義與畸零人角色的加入,在與現代性的糾葛之上,他們比某些單純懷抱政治或社會信仰的鄉土小說家(如陳映真、王拓)更有趣一些」[155],對於描繪政治現實的文本抱持相對較低的評價。面對政治性強烈的鄉土文學,伊格言選擇了另一種繞道的方式,單純地關注文本表層的現代主義美學表現,而非鄉土文學內裡本身的政治現實關懷精神。

不管是「小說家讀者」直接與鄉土派的衝突,或是在「搶救文壇新秀大作戰」的諄諄告誡,我們不難看出他們對於現實主義的不滿。但在另一方面,我們卻又不時會見到他們開出的書單裡,偶爾出現特定的鄉土作品。而伊格言雖然因為寫實主義的政治性,與鄉土派的陳映真在文學觀點有所衝突,但並不代表其無法認同鄉土派的作品。在伊格言批評陳映真的文章裡,便表示相較政治性強的〈忠孝公園〉、〈唐倩的喜劇〉,自己更喜歡〈山

---

[154] 鄭千慈,〈崩解的自我——現代主義、畸零人與戰後台灣鄉土小說〉,(台北:淡江大學中文系碩士班,2005年),頁90。
[155] 鄭千慈,〈崩解的自我——現代主義、畸零人與戰後台灣鄉土小說〉,(台北:淡江大學中文系碩士班,2005年),頁14。

路〉。在這種比較裡，也讓我們見得這批新世代作者的價值觀，是如何轉化鄉土文學的養分：

> ……我的感動主要並不來自於我（於小說中）藉由「典型人物」體會了「社會存在的具體矛盾」；而至於「改革或改造的慾望」，我早在〈山路〉之前就有了，大概也未敢勞煩陳公映真之教誨。我的感動多數來自於少女蔡千惠更為鍥而不捨的**愛情與人道精神**，是作者陳映真的大師手筆使我見識了**小說佈局之精巧與自由**，從而使得蔡千惠之堅貞真正有了令人鼻酸哽咽的力量。那是每一位至今猶堅持走在小說技藝這條曲曲彎彎的山路上的年輕創作者們最初與最終的熱情與信仰：文學之所以動人，不就是因為他大於政治，大於智識、大於現實嗎？……[156]

伊格言特別強調了〈山路〉裡的人道關懷，以及促成小說高潮的技藝手段。就如同前文所述，他們並不是接收到小說的政治現實批判，而是為其筆下人物真摯的情感而動容。這多少可以解釋，為何他們在挑選鄉土作家的作品之時，黃春明的小說總是在〈兒子的大玩偶〉、〈看海的日子〉打轉，而不是暗諷美援的〈蘋果的滋味〉。「人性」成為了「小說家讀者」從鄉土文學接收而來的重要遺產，他們在舊有鄉土派的文學裡看到的並不是脈絡而系統性的壓迫與反抗，反而是角色間最內裡的情感，關注的核心是更為內向的。

為何會造就這樣的現象呢？這一則跟他們所處的時代，脫離了文本背後的具體脈絡。不管是文本所描繪的景觀，或是其文本

---

[156] 粗體為筆者所加。伊格言，〈山路〉，《印刻文學生活誌》12期（2004年8月），頁82。

外在的生產因素,都與他們有所遙遠,難以感受到整體的文化脈絡,只能以他們自身的閱讀經驗去進行純粹文本的賞析。另一則可能源自於文學獎式的磨練,匿名的評審機制,也讓他們習慣了這種匿名的、純粹的「只以文本說話」的閱讀方式,而很難深刻體認到作者、作品與時代背景等複雜的關係,進而也造成了一種「純文本」的閱讀方式。這也形成了弔詭的處境──他們很多時候可能對文本本身抱有極大的崇敬,為文本內的技巧或價值觀所感動,但卻很難體認到文本以外的作者身分及意識形態。他們可以對作品給予極高的評價,但卻在文學觀點上與作者有很大的衝突。就如同前文所述,雖然「小說家讀者」在整體外部活動上,與後現代主義作者有較為密切的關連、與本土、鄉土則較為疏遠,但他們並沒有完全接收到前者的精神與立場。(他們倒是很果斷地擁抱了文學商品化的現象,而並非如黃凡、張大春擺出曖昧的批評姿態。[157])「小說家讀者」在文學史的脈絡上,以作品為重的接收方法,竟讓他們奇異的跳脫了前行時代純粹的對立與斷裂,而將各式風格與作品以片段的脈絡延承下來。

而在另一方面,這批新生代創作者在歷經了文學獎的洗禮後,褪去了寫實主義的批判精神。他們在創作上,更加關注的是個人性的情感,以及其能展現出的內在人性。即便描繪的主題與內容,是具有政治批判的可能性,但都會被特意地抹除與輕盈化。,譬如許榮哲的《寓言》,雖號稱是以美濃水庫事件為出發點,看似應描繪客家鄉村及抗爭的集體經驗,不過就如同顏崑陽所指,任何傳統的抗議、鄉村風景都被簡化成模糊的樣貌[158]。而

---

[157] 當然,台灣的後現代有其發展的背景脈絡,筆者也並不認為張大春等人是真正意義上的後現代論者(以外國的脈絡而言)。
[158] 顏崑陽,〈世界一個大規模的寓言〉,許榮哲《寓言》,(台北:聯合文學,2004年),頁18~22。

這也確實是許榮哲刻意所為，其便提及自己如何在小說中處理「反美濃水庫」抗爭的橋段：

> ……在我的小說裡對環保或對政治的控訴或批判都是很輕的，幾乎沒有撂下任何重話，如果有也是很好笑的狠話。當然在現實生活裡我是批判的、不滿的，可是真正寫成小說的時候，我唯一想批判的是人性，只有**人性和情感**，才有批判的立足點……我總是藉由一些糊塗的、不可信任的，甚至是瘋子的口說的，我之所以盡量用這些不可信賴的人的角度去批判，主要是想讓批判變得沒有那麼嚴重。**因為，我終究是想說個故事的**，而不是要去表達自己的立場，即是那個立場是對的，是多麼有建地的。[159]

　　文學不再是反映現實、引起大眾讀者改革社會的工具。在主流文學的文學獎機制下，他們眼中的文學成為了一種無涉政治的純粹藝術娛樂品。當有關政治的、社會的議題冒升時，他們的身分退縮至純粹的作家，成為一種單純「說故事的」小說家。就如同李儀婷〈流動的郵局〉遭批評過於表層之時，其給出的回應是，「我是一個說故事、寫故事的人」[160]，將自己單純化為小說產品的生產者。小說家的身分也有了明顯的遞轉，不再強調高深而抽象的理論，也不再是介入現實、啟蒙大眾的左翼姿態，反而成了一種單純的「說故事」的職業。而職業化也同時意味著專業化、技藝化。純文學場域累積的文化知識、藝術素養，各種風格

---

[159] 粗體為筆者所加。許榮哲、許正平對談，〈那波光小鎮裡的海與煙火——青年小說家的小說地盤〉，《野葡萄文學誌》17號（2005年1月），頁59。
[160] 許薇宜，〈李儀婷——小說這樣寫也是可以的啦〉，《野葡萄文學誌》第21期（2005年5月），頁103。

與藝術主義，都在專業化下成了單純的技藝，一種獨屬於純文學作家的職業專業。

　　同樣依賴文學獎出道、為「小說家讀者」影響甚深的朱宥勳，在不少的文學觀點上，其實可以作為「小說家讀者」的另一個註解。在論述作家是否該如何看待文學與政治的關聯時，朱宥勳提到在自身剛踏入文學圈的階段裡，身邊的作家都秉持著「文學歸文學，政治歸政治」的看法（或許正是「小說家讀者」）。然而，在歷經了318學運後、整體年輕世代氛圍轉向公民政治參與後，其自身所處的社群都認為政治無法跟文學二分。朱宥勳試著以作家專業化，來嘗試對後者說明，為何文學圈的人會普遍認同文學與政治分隔的看法，「文學創作者、作家──這種身分上是一種『匠人』。匠人的身分認同，來自於自身特有的技藝，以及為了這項技藝所付出的打磨與熬煉。」[161]並認為，若以政治判斷凌駕文本內容，往往是對創作者技藝的否定。（這無疑符合了主流文學以「政治正確」來降維寫實主義，以「得獎策略」來取消政治批判性）。朱宥勳則嘗試轉換主流文學潔癖般的非政治性格，認為文學是相對抽離於政治，而非完全排斥於政治。並認為在這樣的抽離性下，可以超脫於俗世，更專精在獨屬於作家職業的文學技藝。

　　依賴著主流文學機制出道的朱宥勳，作為台灣本土化後的新生代（特別是作為本土化產物下的台文所學生），在歷經了2010年後各式的青年公民政治參與，明顯已不具有從前的政治冷漠。而在其《學校不敢教的小說》，其挑選的作品也跳脫出了過往的純粹對立，本土派、鄉土派、後現代、現代派的作品都各在其中，也反映出了台灣文學為主流文學接收後，過往反對文化的典

---

[161] 朱宥勳，〈文學人意識形態：文學vs政治〉，《文壇生態導覽》（台北：大塊文化，2020年），頁62~63。

律已逐漸被吸收。而朱宥勳也跳出了「小說家讀者」單純地後現代技法迷戀，對於黃凡、張大春的作品有所反省。對於黃凡的懷疑論式引導出的消極面向不給予肯定，認為仍要跳脫這種虛無的觀點[162]。而對於張大春，其意自言高中時非常喜歡其拆解、質疑一切大歷史為假的氣魄，不過其在閱讀了陳千武等重建台灣史的敘事後，才理解了張大春站在主流位置的從容——其之所以能質疑大歷史，是因那樣的史觀早已根植在整個社會體制中，而本土派的歷史卻始終處在被噤聲的狀態。對於彼時主流派的後現代主義，在以虛構否定現實主義觀點以後，朱宥勳彷彿也站上了延長線上，找到了另一種克服的方法：「我們不能接受一切都是虛假的，一定還有什麼真實的憑藉存在於某處。」[163]

相當有趣的是，朱宥勳曾於2011年時，試著以「重整」的文學史想像，來說明「七年級」的文學發展。不過，在這個時候，普遍的七年級都還沒出版個人作，這份關於七年級的文學想像，顯然是有些過早。相較之下，這份重整之論，某種程度也指向了同樣倚賴文學獎出頭的「小說家讀者」。朱宥勳認為，新生代作家在文學史上，承接了各種文學史的風格技藝，面對各種新興的議題，並且不再著重在大敘事的描繪上。因為害怕大敘事的踰矩代言（寫實主義的難題），是而轉向了個人情感的描繪。

> ……他們翻轉了以往的文學常規，將個人情感至於最重要的地位。……傳統寫實主義認為文學的任務是「忠實反映人生」，現代主義則強調探索人內在的心理狀態，捕捉人

---

[162] 朱宥勳，〈懷疑論的厚度——黃凡《賴索》〉，《學校不敢教的小說》（台北：寶瓶文化，2014年），頁180~181。
[163] 朱宥勳，〈真實止步之處——張大春《將軍碑》〉，《學校不敢教的小說》（台北：寶瓶文化，2014年），頁175。

> 類集體、永恆的哲學存在,而在形式實驗上走得最遠的後現代主義,則是徹底否定了敘事裡任何「真實」的可能性。七年級世代擺盪在再現的可能與不可能之間,並不認為寫作只是紀錄、反映的工具,但也沒有虛無到認為反映均不可為。所有外在現實都經過折射,但至少個人情感是可以自己拿握的。[164]

　　朱宥勳認為,新生代作家暫時停下了新的藝術主義探索,而是開發既有的美學形式(寫實、現代、後現代),專注在個人情感的書寫。極為有趣的是,朱宥勳同樣將各類藝術風格,看作是文學敘事上的一種技藝,一種單純的敘事形式,用以闡述故事的風格載體。而朱宥勳所稱的,面對各類議題,從大敘事轉向個人情感描繪的傾向,事實上也反映在「小說家讀者」身上。譬如前文所述的許榮哲與美濃水庫、李儀婷與原住民雛妓,他們都是在面對社會議題時,轉向了個人式的情感敘事,避開了社會政治的批判。他們慣以將前行時代的文化思潮單純視為一種敘事型態上的技藝,並在面臨社會議題時,轉向個人內在的情感探索,以符合主流文學的無政治性格。

　　筆者認為,這反映出了千禧年以後,依賴著文學獎出道的新世代風格。在本土化的年代裡,他們對於台灣意識並不排斥,也視過往反抗文化的本土、鄉土派的作品為經典。針對作品本身的閱讀,讓他們較能擺脫前行世代的窠臼,廣泛吸收到不同派別的文本,而未因立場對立而產生了直接的斷裂。但基於主流文化的非政治性,他們往往吸收的是較具有藝術、抒情意義的作品。並在個人作品上共同表現了一種向內的私我情緒,以抒情取代了

---

[164] 朱宥勳,〈重整的世代——情感與歷史的遭遇〉,《台灣七年級小說金典》,(台北:釀出版,2011年),頁8。

原有的悲情意識。而他們在文學與政治的二分下，更傾向將自我定位在純粹的「說故事者」的作家職業身分，更加關注在敘事層次的技藝上。或許可說，他們對產生抒情能導向人性關懷的機制（技術）之興趣，遠遠大過於文本面向現實的抗議意涵。而在這種多重、複雜的因素底下所產生的文學觀點，也進而向下延伸了後續至下一輪的新進者。

三、解散、餘波與補遺：「新鄉土」論述及袁哲生遺產

（一）蔚為主流的新鄉土論述

「小說家讀者」在2006年5月，於耕莘舉辦了第一屆的「搶救文壇新秀再作戰」以後，在沒有正式宣告的情況下，團體悄悄地解散。這中間多半基於成員各自的生涯與寫作規劃，諸如伊格言為了撰寫《噬夢人》，而選擇暫時退出團體。畢竟「小說家讀者」在舉辦各式活動上，都需要耗費相當大的精力，要能同時兼顧個人創作與團體活動，並非一件容易的事。而在幾位成員陸續暫時退出後，「小說家讀者」便未再繼續集體的活動。

「小說家讀者」後續若有合體的契機，大多是在耕莘青年寫作會每年舉辦的「搶救文壇新秀再作戰」營隊上。「小說家讀者」的領頭羊許榮哲，在轉移到耕莘青年寫作會擔任導師以後，也延續了過往以遊戲包裝文學的方式，並且讓「小說家讀者」的成員可以持續影響新生代的創作者。而「搶救文壇新秀再作戰」持續開辦至2018年，超過十年的營隊生命，也在千禧年後成為台灣重要的文藝營之一。而耕莘青年寫作會的成員，也另立了新的文學團體「想像朋友寫作會」，其也自稱延繼了「小說家讀者」的精神。與新秀作家的密切互動，是「小說家讀者」在解散以後，能持續發揮影響力的重要因素之一。

綜觀千禧年初期,「小說家讀者」在網路剛發展的階段裡,試著以近網路愛情小說的中間文學,試圖拯救利潤越來越薄的純文學。不過,他們的理念並沒有獲得太大的重視,多半只被視為純粹搏知名度的手段。而他們自身,後續在創作上,也只有少數人曾繼續愛情大眾題材的書寫,譬如王聰威在《師身》與《戀人曾經飛過》,都算是延續中間文學的嘗試。而以青少年幽默視角撰寫通俗小說的許榮哲,後續也與李儀婷合開了出版社,改往兒童文學讀物發展,可算是另一種中間的延續。

　　在跨過了千禧年後的第一個十年,網路與3c科技產品逐漸普及,網路不再是獨屬於年輕人的使用工具。新興的社群媒體也席捲而來,臉書取代了過往的部落格,並將人們以更緊密的方式連結在一起。作家在臉書上無償發表文字已成常態,靠著社群媒體而竄起的新作家也不在少數。各種大小論戰也移往了臉書平台,經由網路的筆戰裡來劃清各種界線,也並非罕事,未來的研究者要如何處理與保存資料,或許也是需要迫切思考的事[165]。而舊有的本土社群,也有吳明益在臉書社群的助瀾下,成為了新一代暢銷的純文學作家,其個案的特殊性更是值得注意[166]。另一方面,台灣本土認同度逐漸提高,公民參與政治的意願上升,風起雲湧的公民運動也反轉了既有的政治冷漠。而「小說家讀者」的成員如伊格言,也曾罕見地以《零地點》來介入現實,與反核四運動

---

[165] 筆者在研究上,便因網路部落格的許多資料佚失,而很難做出更細緻的剖析。或許應該趁社群媒體尚未衰落以前,開始新世代的網路文學資料建構,簡要建構出幾場網路平台上重要的文化論爭。

[166] 「台灣新本土社」在千禧年初期時,也曾經在網路平台上活動,不過引發的關注度不如「小說家讀者」。而「台灣新本土社」在後來,則轉向較為小眾的母語書寫社群。吳明益作為少數以華語寫作的創作者,後續作品也帶有一絲村上春樹風格,可視為本土的另外一種轉向。而其在社群媒體的世代裡,靠著臉書文章來擴張讀者群,《天橋上的魔術師》更被公視改編為影像作品,知名度與千禧年初期相差甚遠。

有所連結，打破了純文學的非政治性格。

然而在學界裡，卻長年使用「新鄉土」的框架，來檢視這些六年級輩的創作者，似乎始終無法照見更為細緻的區別。自2004年范銘如提出「新鄉土」概念嘗試詮釋六年級世代作家的小說後，學界便相繼使用此一框架，嘗試為這些文本找到概念性的詮釋。更經常以線性文學史的概念，上延至鄉土文學作家，企圖找到某種鄉土性的承接。不過，就如同前文所指，諸如張耀仁曾指新鄉土的成因是文學獎、高翊峰認為應更加關注在都會而非新鄉土，這些新生代作家對於此一框架都有所抗拒。而被稱作為新鄉土的作家們，甚至也曾不約而同地反對了「鄉土文學」的標籤[167]，林肇豊更為此剖析「鄉土文學」在當代的意涵，認為可能是「鄉村土俗」與「現實主義」兩種不同性質在作祟，而讓新生代小說家對鄉土的標籤有所抗拒[168]。

而按本文所分析，「小說家讀者」對於「新鄉土」的抗拒倒非常可以理解。他們與傳統鄉土派的政治介入觀點有所衝突，在文學素養的承接上是更貼近主流的後現代美學。而他們自身在推廣的中間文學上，也與鄉土符碼存在著很大的差異。筆者認為，學界必須更加細緻地處理「新鄉土」的標籤。使用此一標籤，極容易將「新鄉土」與「鄉土」做文學史線性的繼承連結，卻忽視掉這些作家很可能是與鄉土派存在著衝突關係。而另一方面，「鄉土」與「本土」本身存在一定程度的雙生關係[169]，也很容易將「新鄉土」直接

---

[167] 林欣誼，〈鄉土文學作家不想要的大帽子〉，《中國時報》，2010年9月5日。
[168] 林肇豊，〈生產鄉土性：一個觀察台灣鄉土文學的新視角〉，「蕪土吾民：2012年文化研究會議」論文（文化研究學會，2012年1月），頁15。
[169] 在一般大眾的認知裡，會認為「鄉土文學」與台灣民族意識有關。不過論戰期間普遍都沒有統獨之分，仍在中國民族意識之中。直到後來的台灣意識論戰，才傾向於以民族意識來劃分本土與鄉土。從鄉土到本土，兩者同樣作為反抗主流威權的社群，其實存在著不少曖昧關係。相關論述可見蕭阿勤《回歸現實：台灣1970年代的戰後世代與文化政治變遷》。

地與台灣意識與本土化運動做連結,但卻沒注意到他們在本土政權執政期間,在政治上表現出的冷感。而一概的將「新鄉土」看作是本土化下的產物,也容易忽略了掉此一時期,其實還有著更為本土的社群,努力呼應著台灣意識的觀點進行創作。

不過,學院與評論界的認證機制,依然維持著很高的正當性。儘管「小說家讀者」進行了都會愛情的中間文學,或是惡搞性質濃厚的行動文學,似乎都很難進入到學界的目光。較為可惜的是,諸如高翊峰致力開發都會題材、王聰威轉回愛情書寫,似乎都很難受到一定的重視。在場域的鬥爭裡,除了不斷以博取目光來換取知名度外,最重要的仍是受到來自機構的典律認證,猶以學院賦予的文化正當性為主。而論述的發明與創作時間的接近,交叉促長了此一現象的蔓延。

「小說家讀者」在以文學獎競逐階段之時,許是特意針對文學獎評審,採用了一種混雜鄉土題材與現代主義的策略,進而獲得了文壇的入場卷。這與整體政治、社會氛圍並無直接關聯,而是他們找到了某種標記自我的方式,能清楚地與前行輩分隔開來,並得以貫注自我的文學價值。就如甘耀明自言,「那年,開始寫鄉土小說,**我寫得很快**,也得到一些獎,我發現這個區塊比較容易切入,**寫起來很順手**,又能加入許多想像,**讓我快樂地說故事**。」[170]鄉土成為了承載的符號,並在對前現代的凝視裡找到共通人性的情感。另一方面,他們也為了塑造自我個人特色,在文本中加入了區域性的地景作為標誌。如許榮哲便自言,「小說的『劃地為王』其實是有強烈的排他性的」[171],藉著在尚未有人

---

[170] 粗體為筆者所加。陳瓊如,〈甘耀明:六年級第一人〉,《聯合文學》299期(2009年9月),頁41。

[171] 許榮哲、許正平對談,〈那波光小鎮裡的海與煙火——青年小說家的小說地盤〉,《野葡萄文學誌》17號(2005年1月),頁58。

書寫過的地域上「劃地」,便能夠在排除他人的情況下建立自我的風格。其指出甘耀明的苗栗關牛窩、童偉格的新北八里,而其自言是透過《寓言》嘗試將高雄美濃劃入自己的版圖裡。

而「小說家讀者」裡,亦存在較晚趕上「新鄉土」認證的作家。王聰威在2005年出版出道作後《稍縱即逝的印象》,遲遲未被納入「新鄉土」的版圖裡。在其2008年出版的《濱線女兒》、《複島》兩本書,才首次標誌了高雄的哈瑪星,相較先前出版的《中山北路行七擺》,南方的地景顯然比台北城市更能吸引到學界內的「鄉土」目光。而這兩本書也基本一改了《稍縱即逝的印象》抽象而晦澀的敘事,轉向了更為村上春樹式的輕質,成功地在「異質腔調」書寫鄉土的道路上,與其他「小說家讀者」成員做出區隔。

當然,學界慣以使用「鄉土」標籤,或許與整體台灣社會邁向本土化有關。如李昂便認為以「鄉土」代稱過於偏狹,試著改以「新寫實」稱之。「新鄉土」與「新寫實」同樣都被看作是本土化浪潮下的產物。而新寫實的概念,則在王國安的補充下,與新鄉土有所區隔,其強調新寫實「……剔除了議題的包袱、控訴的重量,以直面社會、直指人心的視角,以輕盈的筆觸,重回小說予人閱讀樂趣的本質……」[172]並各自以「寫實主義基調」定義「新寫實」、「現代主義基調」定義「新鄉土」。王國安確實較為精準地區隔了兩者,並進一步指出了「新鄉土」與「新寫實」的共向,「當作家有意識地擺脫政治、歷史、國族等大敘事的影響,轉向個人化的小敘述時,屬於個人的『情感』也將被凸顯出來……」[173]在結論上與朱宥勳的重整之論有所呼應。

---

[172] 王國安,,《小說新力:台灣一九七〇後新世代小說論》(台北:秀威出版,2016年),頁125。

[173] 王國安,,《小說新力:台灣一九七〇後新世代小說論》(台北:秀威出

筆者認為，無論「新鄉土」或「新寫實」，這種共通轉向個人私我情感的傾向，並不全然是整體世代的因素所致。而是在仰賴既有的文學獎制度下，依循著此一管道出道的純文學作家，只能不斷地吸收既有藝術風潮留下來的形式風格，在非政治性的要求下轉往個人情感的探索，對於社會政治不能流露出直接坦白的關注下，所產生的一種文學風格。若以這個角度重新思索「新鄉土」的框架，我們才能將這些作家的其他作品與活動（中間文學、行動文學），從單一的新鄉土想像裡給解放出來，更細緻地看到他們行動的意義與可能性，並對現有的文學獎制度與生態更進一步的反思。

（二）袁哲生作為另一種補遺的想像

本文於第二章、第三章中，各自論述了袁哲生如何在文學史的內部意義上，影響了「小說家讀者」。我們不難發現，袁哲生對於短篇小說名家的推崇，諸如馬奎斯、瑞蒙卡佛、海明威等[174]，都與「小說家讀者」所開立的名單有所重疊。這份有些雜亂、同樣缺乏脈絡而很難連結的書單中，其實也近似於「小說家讀者」的情形。即隱藏在這些外國文學底下的美學價值觀，都是在抒情的脈絡底下，去關注於內在個人的情感。他們都不是寫實、現代主義的忠實信仰者，他們信仰的小說美學實質是更普世（而不需脈絡就能展現）的人性價值。

不過，袁哲生作為「亡兄」的符號，他的影響絕不只是在文

版，2016年），頁247。
[174] 袁哲生，《靜止在──最初與最終》（台北：寶瓶出版。2005.03）。裡面提到有徐四金、姜德、馬奎斯、海明威、納拉揚、瑞蒙卡佛、韓少功、葛蒂瑪、大江健三郎、沈從文、汪曾祺、契訶夫、黃春明、賀伯特、徐四金。此外，許榮哲的《小說課》名單中，以及「小說家讀者」的書單中，跟這幾位作家重疊度也很高。

學創作上的層次,而是更廣泛影響到了「小說家讀者」的外部行動。這不僅基於袁哲生在純文學創作上,以新型的鄉土書寫在文學獎開闢出了一條新路。也包含了袁哲生在成人雜誌擔任主編,讓他們看到了作為一位文學創作者的不同可能性,而更帶有幽默與惡搞的性質。當然,其書寫的《倪亞達》暢銷作品,既提供了他們往大眾取向的中間文學想像,也為他們覆蓋上了只靠純文學無法維生的陰影。而袁哲生找來他們擔任成人雜誌的寫手,也奠基了一種微妙的情誼,一種前輩對於後輩的拉拔感。無論那是否源自於袁哲生有意識的傳承,但所謂亡兄,即意味著倖存者在亡者身上見到了一個未竟而中斷的理想。這也讓「小說家讀者」在進行各項活動時,更多少帶有幾分紀念袁哲生的意味。

　　首要,於袁哲生逝世一週年時,在《聯合文學》擔任主編的許榮哲與在《野葡萄文學誌》擔任主編的高翊峰,分別在各自的雜誌舉辦了「袁哲生紀念專輯」。其中,在《聯合文學》連載「說小說家的壞話」專欄的許榮哲,已數度在詼諧的筆下,幽微地傳達了對袁哲生逝去的致意,在駱式那種插科打諢的胡扯後,倖存者始終面臨的難題(即無法進入他人的「真子之心」)便又再度出現,面對無法觸及的傷痛只好一再委婉地以「我會原諒你的」,做出他們最靠近(也最無能為力)的道別[175]。而在袁哲生逝世一週年時,《聯合文學》雜誌除了刊載袁哲生的兩篇作品外,更記錄了許榮哲、王聰威、高翊峰與李儀婷一行人去追悼袁哲生之事[176]。作為了事件的最初見證者(親臨了死亡的現場),他們所擔負的不僅只是追想其人其事,他們不自覺的會具有倖存

---

[175] 許榮哲,〈寂寞的遊戲:酒店見習〉,《聯合文學》242期(2004年12月),頁42~43。
[176] 李儀婷,〈這一天,他們出發去尋找袁哲生〉,《聯合文學》246期(2005年4月),頁104~105。

後的責任感,而有意識地去思索要如何進行傳承。

而高翊峰主編的《野葡萄文學誌》,也特意舉辦了「大叔,您哪位啊?」此一企劃,邀請七年級的新秀各自撰寫對袁哲生的印象。除了黃崇凱以外,諸如陳栢青、湯舒雯、黃柏源等人都為受邀新秀。而雜誌也特意擬定四個題目,除了要求新秀們描述對袁哲生之印象、其最不可思議傳聞、對其哪本小說最欣賞以外,更要以袁哲生作為小說主角,撰寫一篇極短篇小說。這不禁考驗了新秀們對於袁哲生的認識程度,更讓其人以虛構方式重新回魂,讓新秀們各自以其方式致敬[177]。而相較起《幼獅文藝》、《誠品好讀》做的紀念專輯,《野葡萄文學誌》是唯一將寫手集中在七年級新秀的雜誌。這多半源自於袁哲生直面向後輩影響的,是六年級作家如童偉格、「小說家讀者」等人,對甫踏入文學創作的七年級生而言,與袁哲生較難有密切的關聯。不過也正因如此,我們多少能見到高翊峰在面對「傳承」一事上,其實及早的便將這份遺產的延長線往下延伸,這是值得留意一點。

而傳承,勢必是資深者之於新進者的。袁哲生對「小說家讀者」的照顧,讓他們更有自覺去延續這種精神,在他們最主要的兩個拉拔新秀的「搶救」活動中,我們都不時可見袁哲生的陰影。諸如在舉辦文藝新人選秀之時,便明確提到這項活動所受的影響,「由於過去已故作家袁哲生在《男人幫》雜誌裡給予他們這些新人許多機會,因此現在他們也想幫助其他的文壇新人。」[178]或者是舉辦文藝營之時,擔任導師的高翊峰亦曾直接表示:「他是一個非常提攜後進的人,所以我們才辦了『搶救文壇

---

[177] 〈大叔,您哪位啊?——八〇後的袁哲生印象〉,《野葡萄文學誌》20期(2005年4月)頁124~127。

[178] 王蘭芬,〈網路6P狼變成8P狼了〉,《民生報》,2004年8月28日。

新秀再作戰』」[179]而甚至是高翊峰後來任職的《GQ》成人雜誌找來黃崇凱擔任寫手[180]，更多少複製了這套「傳承」的模式。

若我們重新審視「小說家讀者」的「中間文學」與「行動文學」，不難發現這兩者隱藏的袁哲生陰影。袁哲生曾針對自己創作倪亞達系列，便曾表示對於悲情的排斥，盡可能強調幽默的正向意義，對於大眾文學更抱持著積極的看法「通俗文學在我們這個時代，真是非常好的時刻，我們應該去發展它。」，[181]並一再強調純文學與大眾文學各自不同的功用。不過，袁哲生的離世也同樣促使整體文化界不斷自省，認為純文學寫作者只能不得已的轉換到大眾文學書寫，凸顯的是純文學市場的不健康與死寂[182]。這無疑都交叉促使了「小說家讀者」進行思考，如何讓整體純文學擁有健康的模樣、該為後續的新秀留下更加良好的文學市場等。無論「中間文學」或「行動文學」，雖然在宏觀視角來說，這兩項宣言只是新進者在場域內進行鬥爭所用以標誌自身獨特性的工具，但若還原到這個脈絡裡，那麼用來標誌自我的兩項宣言其實無不帶有對亡者的致意，都是倖存者源自於私我的行動。

有趣的是，若我們檢視許榮哲所帶領的耕莘青年寫作會，也多少能感受到袁哲生的陰影。其中，神小風曾提到自己與耕莘緊密的關聯，是因為在參加完文藝營後接到許榮哲的電話，「當時他已是個小說家，卻願意打電話給我、鼓勵我，其實他可以不理我的。」[183]其認為自己起步晚，但受到了許榮哲的鼓勵後，而有

---

[179] 神小風，〈溫暖得讓人不斷回身擁抱〉，《聯合文學》272期（2007年6月），頁68。
[180] 黃崇凱，〈後記〉，《黃色小說》（台北：木馬，2014年），頁267。
[181] 袁哲生口述，李令整理，〈免費的獎品──倪亞達的笑聲〉，《誠品好讀》第43期（2004年5月），頁78。
[182] 鍾文音，〈關於自由與詛咒 疑惑與不平〉，《誠品好讀》第43期（2004年5月），頁77。
[183] 趙啟麟，〈神小風：說謊只是我生存的方式〉，2010年11月10日，網路連

了繼續寫作的動力。若擺置在耕莘文教院的脈絡中，這種人情、溫暖的鼓舞，與其自身長久以來的宗教脫不了關係。但若將「小說家讀者」及袁哲生的脈絡拉入，這無疑也是立基於耕莘的溫情傳統之上，所產生的一種重疊（或是改造）。

無疑的，倖存者所背負的，一種自覺的責任，在通常意義而言都是負債。尤其對「小說家讀者」來說，他們仍處在場域中新進者的位置，無論在改造文學風貌、帶領新秀入場等，都並非他們在那一個階段中所需主動擔負的。而以「行動文學」四處惡搞、挑釁的姿態，遭來不少的罵聲，多少也都是一種負擔，「而8P雖然了解這些行動注定要失敗，但仍想為逐漸式微的文壇增加刺激的創意。」[184]在這種「預知失敗但依然衝撞」的情境底下，也顯示了那無法揮去的陰影。接手改造老牌文學雜誌的許榮哲，「幾乎是對台灣文學雜誌取材與編輯傳統的徹底背叛」[185]，自也累積不少壓力與罵名。曾任職於《自由時報》副刊的袁哲生，曾留下「文學創作者盡可能不去編輯文學雜誌」的教誨[186]，而選擇長時間留在時尚雜誌工作。這對從一開始便在時尚雜誌的高翊峰與王聰威倆人在意義上更屬非凡，其中高翊峰只在《野葡萄文學誌》工作一年後便離職，起初或許是意圖接下帶領新秀的責任，不過仍難擺脫那陰影的教誨，最終回到時尚雜誌工作。而王聰威則是在逐漸擺脫新進者身分時接手《聯合文學》雜誌，在整體改版幅度上更為龐大。

結：https://okapi.books.com.tw/article/index/74，2021年4月9日最後瀏覽。
[184] 劉郁青，〈聯合文學出書　力挺8P〉，《民生報》，2005年7月9日。
[185] 王聰威，〈小說家讀者：「文學是從今天開始，我們做出來那樣！」〉，《作家日常（二版）》（台北：木馬文化．2018.01），頁59。
[186] 范瑀真，〈此生只為小說狂〉，2016年1月15日。網路連結：https://castnet.nctu.edu.tw/HakkaPeople/article/8997?issueID=589，2021年4月9日最後瀏覽。

高翊峰於2004年轉入擔任《野葡萄文學誌》主編,對雜誌進行改版。而王聰威則在2009年進入《聯合文學》,被稱為「將時尚雜誌概念引入」,對老牌文學雜誌進行了大幅度的調整。兩人不約而同提到,自己在進行改版時參照的日本《達文西》雜誌,以及過去在《FHM男人幫》裡的經驗。

> 　　王：……FHM內部還有一本嚴格的「GUIDE BOOK」在指導編輯,包括每一個單元應該怎麼做、圖像如何使用、文字要怎麼寫……它第一優先定應該要的是建立雜誌本身的性格、精神與要求。
> 　　……可是文學雜誌卻停滯不前,跟其他類型的雜誌一比,好像是停留在古代似的……所以,我想第一個可以讓讀者重新發現它的方式,就是在封面上決勝負。……比如像《達文西》或者過去《野葡萄文學誌》用明星當封面……我參考了日本版《GQ》的影像風格……。[187]

　　王聰威努力要推動的,是將文學雜誌「大眾化」、「年輕化」,打造消費意願,來吸引年輕的文學讀者。強調品味上與時俱進,跟上當代的美學風潮,找回以前「人人閱讀」的盛世。在改版的參考上,《聯合文學》雜誌隱然接下來了高翊峰當時於《野葡萄文學誌》的未竟之業。相較起許榮哲、高翊峰當年以「小說家讀者」在雜誌上進行的嘗試,王聰威接手進行的改版,已較無強烈的挑釁與搞笑意味,而是將文學打造一種精緻的消費產品。就某部分而言,他跳脫了「小說家讀者」惡趣味式的風格,修正出一條新型的道路。而若就大體的方向來說,也未偏離

---

[187] 王聰威、高翊峰對談,朱宥勳紀錄〈盡情享受編輯雜誌的樂趣吧!〉,《編輯樣》(台北:木馬文化。2014.01),頁232、250。

「小說家讀者」的改造企圖，成功將文學以更輕質的方式進行傳播。而王聰威任職於《聯合文學》雜誌後，也相繼推出了「21世紀，新十年作家群像」、「20位40歲以下最受期待的華文小說家」等專題，其中也大量包括了「小說家讀者」的成員，是該團體解散以後，少數仍能夠過握有生產機構而發揮影響力，並讓各成員能在解散後持續獲取文化正當姓。

值得留意的是，他們在這樣陰影下所交接的遺產，也無疑影響了為他們所帶領的新秀作家們。如黃崇凱便曾自言，其與袁哲生僅有一面之緣，但因與小說家讀者密切的互動，而讓他隱然將袁哲生視為其寫作的起點[188]，在其《文藝春秋》中也特意於最後一篇向其致意。或者如朱宥勳等人所籌辦的《祕密讀者》，亦籌畫了袁哲生逝世十週年的專題，探討其後所留下的遺產為何[189]。而《祕密讀者》以匿名的書評為噱頭，意欲打破長久以來書評不敢說真話的現象，強調不說好話上，也頗有其前輩「小說家讀者」的姿態。

而這或許也是文學史最弔詭與最有趣之處。不論他們在推動「中間文學」、「行動文學」的實質內涵為何，最終都並未以他們推行的樣貌留存下來，反而變化成不同的形態，以不同的形式延繼下來。而若要說「中間文學」、「行動文學」這兩項最核心與最原初的起點，也並不是單純的惡搞與挑釁之心，而是對於已逝者的傳承，而袁哲生也確實進一步向下影響了新一代的寫作

---

[188] 陳琡分，〈《黃色小說》黃崇凱：我總是想把開始寫小說這件事歸因於袁哲生〉，2014年12月11日，網路連結：https://okapi.books.com.tw/article/3306，2021年4月9日最後瀏覽。

[189] 秘密讀者編輯團隊，〈一個猜想：袁哲生的遺產〉，《秘密讀者》（2014.10）。由於該雜誌主打匿名書評，所有內文皆未標明作者，此處附上該期所有編撰人員：朱宥勳、印卡、李奕樵、杜佳芸、唐小宇、翁智琦、盛浩偉、黃崇凱、翟翔、蔡佩均、蕭鈞毅、謝三進、羅毓嘉、陳柏青、elek、Godwind、林巧棠、張敦智、黃健富、馬千惠。

者。這或許是在整個純文學與大眾網路文學角力、本土政黨與中華民國史觀對接，在種種重整的年代裡，留下的一個隱喻——猶如他們對於文學作品多半僅吸收到「人性價值」一般，最終所留下來的、所傳承的，其實只是一種單純的「內面」。

第五章　結論

　　本論文以「小說家讀者」為例，透過該團體在文學界裡的活動，嘗試摸索純文學生態在千禧年過後所產生的變動。其中，本論文第二章首要以「小說家讀者」成員早年的寫實作品為例，嘗試指出「新鄉土論」當中的「無社會使命感」、「異質鄉土感」並非直接源自於該世代成長背景與鄉土的斷裂，在高翊峰、甘耀明的小說中，都還能見到過往鄉土小說的悲情要素。透過他們在文學獎作品的轉折，我們可見在文學獎中主流美學觀點的影響，在避免被視作政治取巧的手段下，轉往無涉社會現實，強調新奇殊異的技藝與題材。這一類型的文學作品往往能在文學獎中不分派別的獲得認可，往往更加強調小說角色間的人性價值。不過也因過度強調人性價值，往往帶有去脈絡、去歷史化的危險。

　　而「小說家讀者」的成立與活動，實質與他們被稱作「新鄉土」的作品，有著極大的不同。其中，在文學寫作上他們主張「中間文學」，亦即介於純文學與大眾文學的書寫。這樣的文學主張源自於當時代的背景，網路文學處於剛興起的階段，而純文學市場在整體消費文化底下，銷量已逐年下滑，反應在副刊、雜誌及出版社上。當時的純文學新進者，先是透過文學獎獲得主流文學的入場卷，然純文學的生產機構往往無法提供這些新進者足以生活的稿酬。這些新進者極早的便在消費主義底下的文化工業下工作，諸如言情小說產業、成人雜誌寫手等，他們除了本身是消費文化的接收者，亦是產製者之一。這讓新進者相對於純文學內的資深者較無負擔，對於文學商品化並不似後現代主義者張大春、黃凡抱持曖昧拒絕的姿態，反而是抱持著開放的心態。也讓他們在自我定位上，能夠因應各種場域需求進行寫作，更像是職業化的「說故事的人」，

而不是舊有的知識分子。其中，他們以新興的網路媒介為平台，打破傳統媒介的形式，與年輕的網路族群互動。而他們更抓準了時下流行的網路愛情小說，其「中間文學」的主題一致鎖定於愛情，企圖讓讀者看見更具深度的小說形式。

而在「行動文學」上，則是以惡搞、幽默為主要基調，企圖顛覆純文學過往的嚴肅形象。在自我的形象上，更主打惡漢、無賴的性格，並在「百日不斷電」專欄中，針對文壇的現況大肆批評。而他們也嘗試將文學包裝成文化商品，除了大量八卦化的將作家當作明星行銷、將文學的冷知識結合遊戲、為速食商品撰寫文案般的小說，更如綜藝節目般舉辦培養新秀的真人節目。這一切最主要的目的在於吸引年輕族群的目光，企圖找回流失的文學讀者。而在吸引年輕讀者的同時，也同時造就了新一批的新進者，尤其後續於耕莘舉辦的文藝營及寫作會，更成為了七年級創作者重要的搖籃。

不過，無論「中間文學」或「行動文學」，其活動所採用的形式與基調，實質都未在後續的純文學界中留存，而是隱晦轉化成其他模式。這與他們最原初的動機有關，在這些活動的核心底下，並不是帶著純粹的反叛、挑釁之心，而是源自於一種當時純文學困境的急迫。尤其在「小說家讀者」成立不久後，便遭逢了其前輩袁哲生之死。這多少形成了他們在改造純文學、拉拔新秀作家的理念，即便就當時「小說家讀者」的資歷而言，仍只屬於文壇的新進者，但他們卻有一股不自覺要進行承擔的衝動。而也基於這樣的關係，他們與下一個世代的寫作者也維持緊密的關係，宛如複製了他們與袁哲生的兄長之情。

而若就文學史的內在意義而言，袁哲生無疑也是他們美學的啟蒙者。在純文學寫作上，袁哲生慣以從鄉土題材出發，但在文本核心上關注的是普世的人性價值。相較起文本生產背後複雜的

時代背景脈絡,他們更傾向關注於文本本身,專注在其包裝故事意義的技法。這讓他們在純文學創作上,更多時候是面向自我情感的,無論文本形式寫實或現代,都明顯擺脫了舊有的敘事型態。而若深究其背後原因,則源自於張大春、黃凡等後現代主義者對鄉土歷史的解構,虛構與小說使命感之意義形成了衝突,讓新進者在進入了主流美學的觀點後,首要便有意識地排除了現實主義。而小說對技藝化的強調,讓這個階段的小說家身分有所轉型,不再是知識分子的樣態,成為了需要技法來說故事的一種職業。也基於只關注於生產品的緣故,慣以對於文本進行純粹的美學剖析,弔詭的讓他們能接收過往特定的鄉土文學作品、現代主義作品、後現代主義作品等,而完全忽略掉背後系統性的衝突。這多少顯示了其所佔據的主流文學場域中的美學更迭。台灣的純文學場域中,長久以來對於政治抱持疏離感,實則也隱藏在這批新生代創作者。這並不意味著他們完全無涉政治,而是當涉及到社會現實層面之時,往往還需要包藏著內面的抒情主義,讓小說能在社會關懷之外,傳達更為宏觀的人性意義。

而新進者在從事文學創作上所採用的觀點,必然受到其發表的社群所屬的派別影響。諸如高翊峰、李志薔等人,早年在發表作品的途徑上,實則也與本土派的刊物有所關聯,他們並不見得在一開始便帶有主流美學的觀點。不過,真正主導文化方向的,最終仍是在經濟資本上。在逐漸式微的本土派雜誌發表文章,除了受眾相對稀少以外,稿酬也無法與當時的文學獎相比。無論本土派在政治上取得多少正當性,在經濟資本上只要處於弱勢,其能發揮的文化影響力仍是相對有限。也由其在主流文學適度融合了本土派所握有的台灣史觀後,其能對新進者提供的誘因,更是相對稀少。在千禧年後的台灣文學場域中,相對悲觀的是,新進者往往要先透過文學獎機制的篩選,經歷主流美學的洗禮後,方

才能出道成為作家。

　　是而，就算如「小說家讀者」帶有如此挑釁意味的嘗試，他們仍難跳脫主流文學的思維。因基於對純文學美學的熟稔，讓他們在報章雜誌的轉型時期中，能有機會以惡搞名義來執行，但卻又不至於遠離純文學的美學觀點。若深究這些惡搞反叛行動，他們的成功並不見得來自於他們的衝勁，更多的是來自於背後生產機構的默許。這造就了相當有趣的現象，表面而言，他們看似以激烈的言論在場域內進行鬥爭來累積知名度，但實質上卻也為其生產機構提供了轉型的契機。而「小說家讀者」部分的成員為生產機構的從業員，更為其行動奠定了足夠的社會資本，除了能讓他們順利活動，更能迅速提供文化正當性給個別成員。不過，文化正當性的詮釋權仍決定性地握在學院裡頭，即便個別作家在創作上有所突破，但仍被侷限在「新鄉土」、「新寫實」的框架裡。而在這樣的框架底下，更多的是未被照見的文學寫作，包括了高翊峰自身的都市書寫、紫石作坊一系列作家、本土派的胡長松等人，這些都是尚待挖掘的研究對象。

　　綜上所述，我們基本能見到「小說家讀者」在千禧年後，如何在純文學中佔位的過程。而「小說家讀者」的成員，各自也在當代中占有一定的聲量，並進一步影響了新生代的創作者。而他們以文學創作者的身分，企圖扭轉當時代純文學的頹勢，確實也頗值得給予正面評價。本文雖對其作品提出不少批評，但並無意對創作者下指導棋，而是要以評論者的身分去指出作品可能帶來的遮蔽，避免單純的樂觀主義盛行。在橫跨了近二十年以後，也許我們終不用再僅是以呵護新人創作的心態進行研究，而是能以更宏觀的視角進行批評。它可能有些銳利，但唯有如此，我們才能正視這二十年以來的文學發展與困境。

第六章　參考資料

一、小說家讀者作品

王聰威,《中山北路行七擺》,（台北：印刻,2005年）。
王聰威,《作家日常》,（台北：木馬,2013年）。
王聰威,《稍縱即逝的印象》,（台北：印刻,2005年）。
王聰威,《編輯樣》,（台北：聯經,2014年）。
王聰威,《複島》,（台北：聯合文學,2008年）。
王聰威,《濱線女兒》,（台北：聯合文學,2008年）。
王聰威、馬瑞霞,《阿貴趴趴走》,（台北：寶瓶,2001年）。
甘耀明,《水鬼學校和失去媽媽的水獺》,（台北：寶瓶文化,2005年）。
甘耀明,《神祕列車》,（台北：寶瓶文化,2003年）。
甘耀明,《喪禮上的故事》,（台北：寶瓶文化,2010年）。
伊格言,《幻事錄——伊格言的現代小說經典十六講》,（台北：木馬文化,2014年）。
伊格言,《拜訪糖果阿姨》,（台北：聯合文學,2013年）。
伊格言,《零地點》,（台北：麥田出版,2013年）。
伊格言,《甕中人》,（台北：印刻出版,2003年）。
李志薔,《甬道》,（台北：爾雅,2001年）。
李志薔,《雨天晴》,（台北：麥田出版,2003年）。
李崇建,《上邪！》,（台北：寶瓶文化,2003年）。
李儀婷,《走電人》,（台北：聯經文化,2017年）。
李儀婷,《流動的郵局》,（台北：聯合文學,2005年）。
夏飛,《桃色獵豔》,（台北：新月出版,2000年）。
夏飛,《絕色誘情》,（台北：新月出版,2000年）。
發條女,《10個男人11個壞》,（台北：寶瓶文化,2005年）。
高翊峰,《肉身蛾》,（台北,寶瓶文化,2004年）。
高翊峰,《奔馳在美麗的光裡》,（台北,寶瓶文化,2006年）。
高翊峰,《家,這個牢籠》,（台北,爾雅出版,2002年）。

高翊峰，《雪地裡的星星》，（台北，商周出版，2002年）。
張耀仁，《之後》，（台北：印刻出版，2005年）。
許榮哲，《小說課之王》，（台北：遠見天下文化出版，2020年）。
許榮哲，《吉普車少年的網交生活》，（台北：聯合文學，2004年）。
許榮哲，《迷藏》，（台北：寶瓶文化，2002年）。
許榮哲，《寓言》，（台北：聯合文學，2004年）。

合輯

8P，《百日不斷電——別為文學抓狂》，（台北：聯合文學，2005年）。
王聰威、伊格言、李志薔、高翊峰、甘耀明、李崇建、許榮哲、張耀仁，《不倫練習生》，（台北：寶瓶文化，2004年）。
網路6P狼，《愛情6P》，（台北：寶瓶文化，2004年）。

二、專書

九把刀，《依然九把刀——透視網路文學演化史》，（台北：蓋亞文化，2007年）。
大頭春，《少年大頭春的生活週記》，（台北：聯合文學，1991年）。
王國安，《小說新力：台灣一九七〇後新世代小說論》，（台北：秀威出版，2016年）。
古遠清，《分裂的台灣文學》，（台北：海峽學術，2005年）。
朱宥勳，《文壇生態導覽》，（台北：大塊文化，2020年）。
朱宥勳，《作家生存攻略》，（台北：大塊文化，2020年）。
朱宥勳，《學校不敢教的小說》，（台北：寶瓶文化，2014年）。
吳明益，《本日公休》，（台北：九歌出版，1997年）。
李儀婷、凌明玉、陳雪鳳編，《你永遠都在：耕莘50紀念文集》，（台北：秀威資訊，2016年）。
李靜玫，《〈台灣文化〉、〈台灣新文化〉、〈新文化〉雜誌研究（1986.6~1990.12）：以新文化運動及台語、政治文學論述為探討主軸》，（台北：編譯館，2008年）。
赤松美和子，《台灣文學與文藝營》，（台北：群學出版，2018年）。
周英雄、劉紀蕙編，《書寫台灣：文學史、後殖民與後現代》，（台

北：麥田出版，2000年）。
東海大學中國文學系，《夔鳳文學獎作品集第三集》，（台中：東海大學中文系，1994年）。
林水福編，《泡在福馬林的時間——第一屆寶島文學獎作品集》，（台北：台灣文學協會，2000年）。
林芳玫，《解讀瓊瑤愛情王國》，（台北：時報文化，1994年）。
林瑞明編，《2006年台灣文學年鑑》，（台南：國立台灣文學館，2007年）。
洪惠冠編，《一九九九竹塹文學獎得獎作品輯》，（新竹市立文化中心，1999年6月）。
袁哲生，《倪亞達原著小說（上）》，（台北：布克文化，2010年）。
袁哲生，《寂寞的遊戲》，（北京：後浪出版，2017年）。
袁哲生，《寂寞的遊戲》，（台北：聯合文學。1999.05）。
袁哲生，《靜止在——最初與最終》，（台北：寶瓶出版。2005年）。
張俐璇，《兩大報文學獎與台灣文學生態之形構》，（台南市：南市圖，2010年）。
張誦聖，《文學場域的變遷》，（台北：聯合文學，2001年）。
張誦聖，《現代主義・當代台灣：文學典範的軌跡》，（台北：聯經，2015年）。
陳秀義、鄭素卿編，《山林與土地的詠讚——第三屆南投縣文學獎得獎作品及》，（南投：南投縣政府，2001年）。
陳國偉，《想像台灣：當代小說中的族群書寫》，（台北：五南出版，2007年）。
陳國偉，《類型風景——戰後台灣大眾文學》，（台南：國立台灣文學館，2013年）。
陳國偉，《類型風景——戰後台灣文學》，（台南：台灣文學館，2013年）。
陳惠齡，《鄉土性、本土化、在地感——台灣新鄉土小說書寫風貌》，（台北：萬卷樓出版，2012年）。
傅銀樵，《邊陲文化筆記——台灣文壇遊走四十年的驚奇》，（苗栗縣政府，2018年）。
紫石作坊，《馬戲團》，（台北：麥田出版，2001年）。

黃凡,《黃凡後現代小說選》,(台北:聯合文學,2005年)。
黃凡,《貓之猜想》,(台北:聯合文學,2005年)。
黃凡,《躁鬱的國家》,(台北:聯合文學,2003年)。
黃凡《大學之賊》,(台北:聯合文學,2004年)。
黃崇凱,《黃色小說》,(台北:木馬,2014年)。
黃崇凱、朱宥勳編,《台灣七年級小說金典》,(台北:釀出版,2011年)。
黃錦樹,《文與魂與體:論現代中國性》,(台北:麥田出版,2006年)。
黃錦樹,《謊言或真理的技藝:當代中文小說論集》,(台北:麥田出版,2003年)。
路寒袖編,《探照生命裂縫的光群——第一屆中縣文學獎得獎作品集》,(台中:中縣文化,2000年)。
劉乃慈,《奢華美學:台灣當代文學生產》,(台北:群學出版,2015年)。
蕭阿勤,《回歸現實:台灣1970年代的戰後世代與文化政治變遷》(台北:中研院社研所,2010年二版)。
駱以軍,《淺悲懷》,(台北;麥田出版,2001年)。
謝曉昀,《海洋愛欲三部曲》,(基隆:基隆市文化中心,2004年)。
龔鵬程,《台灣文學在台灣》,(台北:駱駝出版社,1997年)。
皮耶・布赫迪厄著,石武耕、李沅洳、陳羚芝譯,《藝術的法則——文學場域的生成與結構》,(台北:典藏藝術家庭,2016年)。
根本昌夫著,陳佩君譯,〈何謂小說?〉,《〔實踐〕小說教室——傳達意念、感動人心的基本方法》,(台北:天下雜誌,2016年)。

三、論文

(一)期刊論文

王國安,〈再探「台灣新寫實主義」——以張經宏、徐嘉澤的小說為觀察文本〉,《人文社會科學研究》第7卷第3期(2013年9月),頁1-18。
王國安,〈從花柏容〈龜島少年〉及《愛食小便宜的安娜》看「台灣新寫實主義」〉,《實踐博雅學報》17期(2012年1月),頁43-62。

王國安,〈許榮哲及其小說研究〉,《人文社會科學研究》第7卷第4期,(2013年12月),頁21~39。

王梅香,〈台灣文學作為作品社會學研究對象的發展與可能〉,《社會分析》第9期(2014年8月),頁111-149。

何春蕤,〈從反對人口販賣到全面社會規訓:台灣兒少NGO的牧世大業〉,台灣社會研究季刊59期(2005年9月),頁1~42。

林淇瀁,〈戰後台灣文學傳播困境初論:一個「文化研究」向度的觀察〉,《新聞學研究》51期(1995年7月),頁143-162。

林麗雲,〈變遷與挑戰:解禁後的台灣報業〉,《新聞學研究》95期(2008年4月),頁183~212。

范銘如,〈後鄉土小說初探〉,《台灣文學學報》11期(2007年12月),頁21-49。

徐國明,〈弱勢族裔的協商困境──從台灣原住民族文學獎來談「原住民性」與「文學性」的辯證〉,《台灣文學研究學報》12期(2011年4月),頁205-238。

陳惠齡,〈從「生產鄉土」到「科幻鄉土」──台灣新世代鄉土小說書寫類型的承繼與衍異〉,《國文學報》55期(2014年6月)。

黃錦樹,〈歷史傷停時間裏的「寫作本身」〉,《中山人文學報》43期(2017年7月)頁1-21。

劉秀琴,〈花蓮縣河東地區行動郵局與社區互動之研究〉,《大漢學報》21期(2006年12月),頁61-87。

鄭力軒;陳維展,〈從國家與社會的關係看紅毛港遷村案的歷史變遷〉《高雄文獻》第4卷3期(2014年12月),頁140-154。

(二)學位論文

丁明蘭,〈耕莘青年寫作會之發展與研究(1966~2009)〉,(台北:臺北教育大學台灣文化研究所碩士論文,2010年)。

石武耕,〈Kuso:對象徵秩序的裝瘋賣傻〉,(台北:台灣大學新聞研究所,2006年)。

江盈佳,〈王聰威小說研究〉,(新竹:清華大學台灣文學研究所碩士論文,2014年)。

何京津,〈從「鄉土」到「在地」:論90年代以降新世代鄉土小說〉,

（臺南：成功大學台灣文學系碩士論文，2011年）。
呂慧君，〈台灣網路小說之呈現與發展〉，（彰化：彰化師範大學國文學系研究所，2009年），頁62~65。
李文瑄，〈出版媒介與性別化的書寫位置：台灣網路愛情小說發展歷程（1998-2014）〉，（台中：中興大學台灣文學與跨國文化研究所碩士論文，2016年）。
李姿慧，〈張大春、袁哲生、許榮哲之少年日記體小說研究〉，（台中：東海大學中文系碩士班，2012年）。
耿慧茹，〈解讀的互文地圖：台灣偶像劇之收視經驗探討〉，（台北：世新大學傳播研究所，2003年）。
郭怡均，〈愛如何可能？伊格言小說研究〉，（台南：成功大學台灣文學系碩士論文，2016年）。
舒懷緯，〈論甘耀明《殺鬼》的後鄉土書寫〉，（台中：靜宜大學台灣文學研究所碩士論文，2013年）。
黃晨芳，〈地域、歷史與敘事的三重奏：李志薔作品研究〉，（高雄：高雄師範大學國文學系碩士論文，2017年）。
楊明慧，〈台灣文學薪傳的一個案例──由吳濁流到鍾肇政、李喬〉，（台中：東海大學中國文學系碩士論文，2003年）。
翟憶平，〈九〇年代以降後鄉土小說發展研究〉，（嘉義：南華大學文學系碩士班研究所碩士論文，2008年）。
劉千瑜，〈孫梓評詩作研究：情感展演與視覺經驗〉，（新竹：清華大學台灣文學研究所，2020年）。
劉怡君，〈台灣簡訊文學書寫研究〉，（台北：臺北教育大學語文與創作學系碩士班，2010年）。
鄭千慈，〈崩解的自我──現代主義、畸零人與戰後台灣鄉土小說〉，（台北：淡江大學中文系碩士班，2005年）。
蕭明莉，〈村上春樹在台灣──文學移植與文化生產的考察〉，（台中：中興大學台灣文學與跨國文化研究所，2016年）。
賴穆萱，〈後現代青少年的辯證：論張大春的成長三部曲〉，（台南：成功大學中國文學系碩士班，2011年）。
羅惠娟，〈甘耀明小說研究──以2011年以前的作品為討論範圍〉，（嘉義：中正大學台灣文學與創意應用研究所碩士論文，2012年）。

饒展彰，〈甘耀明新鄉土小說中的死亡書寫研究〉，（台中：中興大學台灣文學與跨國文化研究所碩士論文，2014年）。

李妙晏，〈後鄉土小說中的空間敘事——以李儀婷、楊富閔、陳柏言為研究對象〉，（嘉義：中正大學台灣文學與創意應用碩士論文，2020年）。

（三）**會議論文**

陳芳明講評，彭小妍，〈等待黑暗逝去，光明來臨的日子〉，陳義芝編，《台灣文學經典研討會論文集》，（台北：聯經出版，1996年）。

彭瑞金，〈從《台灣文藝》、《文學界》、《文學台灣》看戰後台灣文學理論的再建構〉，封德屏主編，《台灣文學發展現象：五十年來台灣文學研討會論文集（二）》，（台北：文建會，1997年）。

蔡易澄，〈如何生產新鄉土？——重探千禧年新鄉土論述〉，國立中正大學台灣文學與創意應用研究所主編，《躍界×台灣×文學：第十七屆全國台灣文學研究生學術研討會論文集》，（台南：國立台灣文學館，2021），頁317~342。

四、雜誌文章

小說家讀者，〈3對3，千．萬文藝大挑戰之「導師題」〉，《聯合文學》249期（2005年7月），頁116~117。

小說家讀者，〈小說隨堂測驗——小說家的得獎感言〉，《聯合文學》254期（2005年12月），頁156~159。

小說家讀者，〈小說隨堂測驗——小說家的詩〉，《聯合文學》255期（2006年1月），頁150~153。

小說家讀者，〈小說隨堂測驗——小說家塔羅牌〉，《聯合文學》250期2005年8月，頁158~161。

小說家讀者，〈小說隨堂測驗——小說填字遊戲〉，《聯合文學》248期2005年6月，頁158~161。

小說家讀者，〈小說隨堂測驗——小說裡的神仙眷屬〉，《聯合文學》256期（2006年2月），頁156~159。

小說家讀者，〈小說隨堂測驗——小說模仿大賽〉，《聯合文學》249期

（2005年7月），頁165~169。

小說家讀者,〈小說隨堂測驗——愛情小說大考驗〉,《聯合文學》252期（2005年10月），頁161~158。

小說家讀者,〈行動宣言〉,《野葡萄文學誌》第13期（2004年9月），頁68~69。

小說家讀者,〈搶救文壇新秀大作戰〉,《野葡萄文學誌》第13期（2004年9月），頁66~67。

小說家讀者8P,〈小說隨堂測驗——千萬文藝大挑戰〉,《聯合文學》251期（2005年9月），頁158~161。

王盛弘,〈比如春麗,或者孔慶祥〉,《聯合文學》238期（2004年8月），頁68-71。

王聰威,〈白光〉,《野葡萄文學誌》14期（2004年10月），頁66。

王聰威,〈格鬥小說孩子王〉,《FHM男人幫》第6期（2000年12月），頁110~115。

王聰威,〈給張嘉璘的建議〉,《野葡萄文學誌》15期（2004年11月），頁75。

王聰威,〈禍從天降〉,《FHM男人幫》1期（2000年7月），頁48。

王聰威,〈遠處的一夜〉,《野葡萄文學誌》第11期（2004年7月），頁210~213。

台灣新本土社,〈台灣新本土主義宣言〉,《台灣e文藝》創刊號（2001年1月），頁30~89。

甘耀明,〈夯桌二十里〉,《聯合文學》243期（2005年1月），頁56~57。

甘耀明,〈沒有上帝的早晨〉,《野葡萄文學誌》14期（2004年10月），頁62。

甘耀明,〈社會版的群魔亂舞〉,《聯合文學》244期（2005年2月），頁22~23。

甘耀明,〈神鼠咬破天〉,《聯合文學》241期（2004年11月），頁32~33。

甘耀明,〈鬼屋大冒險〉,《聯合文學》245期（2005年3月），頁34~35。

甘耀明,〈壓力鍋煮輕功〉,《聯合文學》244期（2005年2月），頁

38~39。

伊格言,〈小雪〉,《野葡萄文學誌》第16期(2004年12月),頁98。

伊格言,〈山路〉,《印刻文學生活誌》12期(2004年8月),頁81~82。

伊格言,〈伊格言給呂眉均的建議〉,《野葡萄文學誌》15期(2004年11月),頁67。

伊格言,〈夢膜〉,《野葡萄文學誌》14期(2004年10月),頁61。

伊格言、張耀仁、呂眉均,〈那些看似存在與極需辯證的——讀米蘭昆德拉《小說的藝術》〉,《野葡萄文學誌》第16期(2004年12月),頁72~73。

向陽,〈期待新的篝火點燃——從傳播的角度談文學的生死〉,《聯合文學》225期(2003年7月),頁90-93。

向陽,〈戰國不存,時代未來——從《印刻》、《野葡萄》同步創刊談起〉,《台灣文學館通訊》第3期(2004年3月15日),頁4~9。

向陽,〈繽紛花編繪浮世——報紙「第二副刊」的文學傳播取徑觀察〉,《文訊》190期(2001年8月),頁46~49。

朱宥勳,〈後AV女優時代〉,《聯合文學》243期(2005年1月),頁50~51。

朱宥勳,〈親愛的,我們壓縮了整部文學史〉,《聯合文學》341期(2013年3月),頁32~35。

呂眉均,〈女婿〉,《野葡萄文學誌》14期(2004年10月),頁146~155。

宋澤萊,〈照亮台灣的真實——兼論王世勛所言「一國文學若強,則國勢必強」的道理〉,《台灣新文學》第11期(1998年12月),頁4~16。

宋澤萊,〈當前文壇診病書〉,《台灣新文學》第4期(1996年4月),頁60-83。

李志薔,〈一九八〇年,我們的大亨小傳〉《聯合文學》231期(2004年1月),頁86-87。

李志薔,〈遲來的米漢堡微笑〉,《野葡萄文學誌》第16期(2004年12月),頁103。

李奕樵,〈李儀婷——人生就是這麼荒謬〉,《聯合文學》392期(2017

年6月），頁26~31。

李奕樵，〈想像朋友寫作會〉，《聯合文學》405期（2018年7月），頁38。

李崇建，〈「書寫一輩子」的理想〉，《文訊》198期（2002年04月），頁81~82。

李崇建，〈兄弟〉，《台灣新文學》第11期（1998年12月），頁144~156

李崇建，〈我的菜鳥生涯過了嗎？〉，《野葡萄文學誌》13期（2004年9月），頁79。

李崇建、高翊峰、涂宇欣，〈帶讀者一起迷路在真假林中──讀安貝托艾柯《悠遊小說林》〉，《野葡萄文學誌》第16期（2004年12月），頁70~71。

李儀婷，〈走耍七〉，《聯合文學》256期（2006年2月），頁86。

李儀婷，〈屌的故事〉，《聯合文學》254期（2005年12月），頁64。

李儀婷，〈捏種人〉，《聯合文學》258期（2006年4月），頁104。

李儀婷，〈這一天，他們出發去尋找袁哲生〉，《聯合文學》246期（2005年4月），頁104~105。

李儀婷，〈嗷〉，《聯合文學》262期（2006年8月），132頁。

李儀婷，〈劈頭葛四〉，《聯合文學》255期（2006年1月），頁106。

李儀婷，〈誰是下半身？誰又是上半身？〉，《聯合文學》247期（2005年5月），頁117。

林泉忠，〈哈日、親日、戀日？「邊陲東亞」的「日本情結」〉，《思想》14期（2010年1月），頁139~159。

洪英雪訪問，〈宋澤萊訪問錄〉，《台灣e文藝》第5期（2002年6月），頁34~63。

洪茲盈，〈缺角〉，《野葡萄文學誌》15期（2004年11月），頁148~152。

胡長松，〈台灣文學的大眾寫實〉，《台灣e文藝》第3期（2001年8月），頁6-28

涂宇欣，〈永弗晝夜We will be together〉，《野葡萄文學誌》14期（2004年10月），頁137~141。

神小風，〈「說文學獎的壞話」系列座談〉，《耕莘文教基金會會訊》3期（2007年4月），頁17~18。

神小風,〈溫暖得讓人不斷回身擁抱〉,《聯合文學》272期(2007年6月),頁67~68。

袁哲生口述,李令整理,〈免費的獎品——倪亞達的笑聲〉,《誠品好讀》第43期(2004年5月),頁78。

郝譽翔,〈永遠的薛西弗斯〉,《聯合文學》201期(2001年7月),頁28~31。

郝譽翔,〈新鄉土小說的誕生:解讀六年級小說家〉,《文訊》230期(2004年12月),頁25-30。

高翊峰,〈一種很累的錯覺〉,《野葡萄文學誌》第16期(2004年12月),頁74。

高翊峰,〈一顆遺落在陸地的名字〉,《野葡萄文學誌》第16期(2004年12月),頁101。

高翊峰,〈千呼萬喚縮起來〉,《FHM男人幫》3期(2000年9月),頁48。

高翊峰,〈文學是一種撒野〉,《野葡萄文學誌》第13期(2004年9月),頁4。

高翊峰,〈兩個私以為〉,《文訊》230期(2004年12月),頁63。

張曼娟,〈出版擺渡人〉,《文訊》168期(1999年10月)。

張嘉璘,〈早苗〉,《野葡萄文學誌》第17期(2005年1月),頁150~154。

張嘉璘,〈活者的記憶〉,《野葡萄文學誌》14期(2004年10月),頁142~145。

張嘉璘,〈讀李儀婷《流動的身世》〉,《野葡萄文學誌》15期(2004年11月),頁77。

張耀仁,〈我最好的作品尚未出手!〉,《聯合文學》275期(2007年9月),頁87-89。

張耀仁,〈傷害!傷害!傷害!〉,《野葡萄文學誌》第13期(2004年9月),頁74。

張耀仁,〈貓的,你們寫的小說才是垃圾〉,《野葡萄文學誌》第16期(2004年12月),頁76~79。

張耀仁,〈貓的華麗的迴旋踢!誰是8P?誰怕8P?〉,《幼獅文藝》第621期(2005年9月),頁76~79。

張鐵志、蘇郁欣，〈吳明益：「書本閱讀能讓你擁有一段無與倫比的沉浸經驗。」〉，《Verse》第4期（2021年2月），頁20~30。

許文貞，〈小說之神與平庸少女〉，《新北市文化季刊》14期（2014年8月），頁40~43。

許榮者、許正平對談，〈那波光小鎮裡的海與煙火——青年小說家的小說地盤〉，《野葡萄文學誌》17號（2005年1月），頁58~59。

許榮哲，〈一九××：球應該怎麼踢？〉，《聯合文學》246期（2005年4月），頁86~87。

許榮哲，〈不可思議的耕莘青年寫作會〉，《耕莘文教基金會會訊》3期（2007年4月），頁5~7。

許榮哲，〈我的朋友不要臉〉，《旦兮》新七卷第三期（1999年6月），頁30~42。

許榮哲，〈拔毛遊戲〉，《FHM男人幫》5期（2000年11月），頁59。

許榮哲，〈空中爆炸：致敬的三種方法〉，《聯合文學》241期（2004.11），頁36~37。

許榮哲，〈寂寞的游戲：酒店見習〉，《聯合文學》242期（2004年12月），頁42~43。

許榮哲，〈測不準，測不準〉，《野葡萄文學誌》第16期（2004年12月），頁68。

許榮哲，〈童謠謀殺案：打破駱以軍〉，《聯合文學》243期（2005年1月）。頁60~61。

許榮哲、張嘉璘，〈你有鐵支「輕、快、準、顯、繁」，我有柳丁「重、慢、曖、隱、簡」——讀伊塔羅‧卡爾維諾《給下一輪太平盛世的備忘錄》〉，《野葡萄文學誌》第16期（2004年12月），頁64~65。

許薇宜，〈李儀婷——小說這樣寫也是可以的啦〉，《野葡萄文學誌》第21期（2005年5月），頁102~103。

野島‧J，〈躁鬱的國家〉，《聯合文學》226期（2003年8月），頁172-174。

陳玉金，〈從成人文學獎金獵人到少年小說創作推手〉，《文訊》330期（2013年4月），頁44-47。

陳芳明，〈台灣新文學史的建構與分期〉，《聯合文學》178期（1999年

8月），頁162~173。

陳映真，〈以意識形態代替科學知識的災難〉，《聯合文學》189期（2000年7月），頁138~160。

陳國偉，〈後1972的華文小說書寫——世代與記憶的倫理學〉，《聯合文學》331期（2012年5月），頁32~37。

陳國偉，〈愛情的文法：《喜歡》與類型2.0〉，《聯合文學》415期（2019年5月），頁90-91。

陳維信記錄，〈新台灣寫實主義的誕生——21屆聯合文學小說新人獎決審紀實〉，《聯合文學》277期（2007年11月），頁6-28。

陳瓊如，〈甘耀明——六年級第一人〉，《聯合文學》299期（2009年9月），頁38~41。

傅銀樵，〈推行「淨化媒體」的全民運動！〉，《台灣文藝》176期（2001年6月），頁4~5。

傅銀樵，〈編輯報告〉，《台灣文藝》172期（2000年10月），頁2。

須文蔚，〈數位文學的前世今生〉，《文訊》183期（2001年1月），頁42-43。

黃惠娟、王姵雯，〈王惕吾孫女、最美麗的報老闆〉，《商業周刊》第778期（2002年10月17日），頁46~48。

黃蟲紀錄，〈只是一場文學概念、情境與投票選擇的大論（混）戰！〉，《野葡萄文學誌》第18期（2005年2月），頁126~137。

楊佳嫻，〈時差〉，《聯合文學》231期（2004年1月），頁85~86。

楊宗翰，〈印象才是真正的吸票關鍵？〉，《聯合文學》250期（2005年08月），頁62。

廖炳惠，〈台灣流行文化批判〉，《當代》149期（2000年1月），頁76-95。

滕淑芬，〈大頭春的告白——張大春專訪〉，《光華》第18卷第1期（1993年1月），頁84-86。

編輯部，〈大叔，您哪位啊？——八〇後的袁哲生印象〉，《野葡萄文學誌》20期（2005年4月）頁124~127。

編輯部，〈不為人知的排行榜 新台幣上的作家〉，《聯合文學》249期（2005年7月），頁34~57。

編輯部，〈六年級新勢力〉，《聯合文學》241期（2004年11月），頁

23。

編輯部，〈華納威秀愛情六角〉卷頭語，《幼獅文藝》602期（2004年2月），頁40~41。

編輯部，〈距離諾貝爾文學獎最近的台灣作家〉，《聯合文學》250期（2005年08月），頁22~26。

編輯部整理，〈大眾作家殺死深度讀者？〉，對談人：許榮哲、李志薔、王蘭芬，《野葡萄文學誌》第16期（2004年12月），頁124~125。

編輯部整理，〈文字賀爾蒙的暢銷力量〉，對談人：王聰威、張耀仁、敷米漿，《野葡萄文學誌》第16期（2004年12月），頁126~127。

編輯部整理，〈王聰威對「一夜情」8Q的回答〉，《野葡萄文學誌》第11期（2004年7月），頁209。

編輯部整理，〈李志薔對「愛情酒吧」7Q的回答〉，《野葡萄文學誌》第10期（2004年6月），頁211。

編輯部整理，〈黃凡小說網路討論會精華〉《聯合文學》231期（2004年1月），頁94-97。

編輯部整理，〈輕與淺的年代〉，對談人：李崇建、甘耀明、張維中，《野葡萄文學誌》第16期（2004年12月），頁130~131。

編輯部整理，〈嚴謹文學，停？大眾文學，看？中間文學，聽？〉，座談人：高翊峰、伊格言、九把刀《野葡萄文學誌》第16期（2004年12月），頁128~129。

蔡依珊，〈用快樂書寫寂寞──許榮哲〉，《野葡萄文學誌》第10期（2004年6月），頁70~75。

蔡依珊採訪，〈郝譽翔—游移兩座乳房的無性靈魂〉，《野葡萄文學誌》13期（2004年9月），頁44~49。

盧慧心，〈肥海無邊〉，《FHM男人幫》19期（2002年1月），頁53。

謝曉昀，〈嚴禁就地死亡〉，《野葡萄文學誌》14期（2004年10月），頁132~136。

鍾文音，〈關於自由與詛咒　疑惑與不平〉，《誠品好讀》第43期（2004年5月），頁77。

羅位青評語，《旦兮》新七卷第三期（1999年6月），頁30。

五、報紙文章

未署名,〈「遊子心聲」徵文〉,《中國時報》,1991年6月25日。
肇瑩如,〈幽默文學　替現代人紓解壓力〉,《經濟日報》,1993年6月19日。
王妙如紀錄,〈淡筆寫濃情——第十七屆時報文學獎短篇小說類決審會議紀錄〉,《中國時報》,1994年10月3~6日。
蘇沛紀錄,〈新河座標——第二十屆聯合報文學獎短篇小說獎決審會議紀實〉,《聯合報》,1998年10月20日。
鄭清文,〈喜見喜劇〉,《聯合報》,1998年11月27日。
李欣倫紀錄,〈錶內不停轉動的時差——第二十二屆時報文學獎短篇小說決審會議紀錄〉,《中國時報》,1999年10月25日。
江中明,〈紀念吳濁流百歲冥誕——紀念館五月在新埔開幕　吳濁流文學獎不限定本土文章〉,《聯合報》,2000年03月31日。
李欣倫紀錄,〈愛情追獵傳奇——第二十三屆時報文學獎短篇小說決審會議記錄〉,《中國時報》,2000年9月30日。
徐秀慧,〈去政治、去歷史與背離父祖——重尋價值的新生代小說家袁哲生、黃國峻〉,《中央日報》,2000年11月21日。
胡長松,〈挑戰邪惡與困境的生命想像暴動——論宋澤萊魔幻寫實小說《熱帶魔界》〉,《台灣新聞報》,2001年2月12~27日。
褚姵君,〈范瑋琪　為愛情練大提琴〉,《民生報》,2002年3月11日。
粘嫦鈺,〈「雪地裡的星星」青出於藍〉,《聯合報》,2002年7月11日。
李安君、賀靜賢,〈抄你千遍也不厭倦——台劇愛取經日劇,韓劇也不遑多讓〉,《中國時報》,2002年7月18日。
李令儀,〈法律人　寫出「雪地裡的星星」〉,《聯合報》,2002年8月11日。
丁文玲,〈《雜誌圈》野葡萄文學誌　等開學!〉,《中國時報》,2003年7月27日。
楊照,〈父女之間的文學情懷〉,《聯合報》,1997年12月22日。
陳姿羽,〈九月一日《野葡萄文學誌》上市〉,《聯合報》,2003年8月24日。
李怡芸、黃磊,〈偉大小編劇　操控愛與恨〉,《星報》,2003年8月

25日。
陳映真，〈兩種世界性的文學〉，《聯合報》，2003年9月15日。
陳維信紀錄，〈看著自己肚臍眼‧我、我、我的年代——第二十五屆聯合報文學獎短篇小說獎決審紀要〉，《聯合報》，2003年9月16日。
甘耀明，〈大自然的呼喚〉，《蘋果日報》，2003年12月1日。
甘耀明，〈外星人教官〉，《蘋果日報》，2003年12月3日。
甘耀明，〈神豬追風出巡〉，《蘋果日報》，2003年12月10日。
甘耀明，〈豬仔園遊會〉，《蘋果日報》，2003年12月17日。
豬頭幫，〈飆風校長淚汗尿〉，《蘋果日報》，2004年1月7日。
高翊峰，〈陷阱？〉，《星報》，2004年1月10日。
李怡芸，〈年輕作家 築夢踏實〉，《星報》，2004年2月18日。
范銘如，〈輕‧鄉土小說蔚然成形〉，《中國時報》開卷版，2004年5月10日。
陳芝宇，〈談情說愛6P狼〉，《星報》，2004年5月17日。
馮靖惠，〈Kuso文化 全台惡搞〉，《中國時報》，2004年5月29日。
甘耀明，〈月落荒城〉‧《星報》，2004年5月29日。
邵麗娟，〈海尼根票選 拉攏年輕族〉，《星報》，2004年5月30日。
編輯部，〈周末特別企劃report——海尼根〉，《星報》，2004年7月31日。
張耀仁，〈第九十九號海尼根公主〉，《星報》，2004年8月14日。
王蘭芬，〈網路6P狼變成8P狼了〉，《民生報》，2004年8月28日。
王蘭芬，〈文學行動劇8P櫥窗秀一秀〉，《民生報》，2004年9月3日。
陳宛茜，〈黃凡大學之賊：批上流社會〉，《聯合報》，2004年10月14日。
李怡芸，〈許榮哲 就是要惡搞〉，《星報》，2004年12月27日。
余麗姿，〈簡訊小說 六日上線〉，《聯合報》，2004年12月30日。
李怡芸，〈這款作家 搞8P 拍A片？〉，《星報》，2005年1月10日。
張耀仁，〈童鞋，你今天「黑特」了沒？從《吉普車少年的網交生活》思索網路文學〉，《聯合報》，2005年1月16日。
沈燦念，〈降生新世紀人機複合體〉，《聯合報》，2005年1月30日。
王蘭芬，〈大陸花城雜誌回收！台灣花間也有迷情？〉，《民生報》，2005年3月11日。
謝育貞，〈6年級作家 「許」文壇一個夢〉，《星報》，2005年7月2日。
劉郁青，〈聯合文學出書 力挺8P〉，《民生報》，2005年7月9日。

劉郁青,〈8P遭斷電　聯合文學全收錄〉,《聯合報》,2005年7月9日。
鄭瑜雯、梁玉芳,〈頑童張大春　被編輯老婆退兩次稿〉,《聯合報》,2006年9月5日。
黃麗群紀錄,〈剝開小說世界的邏輯蕊芯——第二屆林榮三文學獎短篇小說獎決審紀錄〉,《自由時報》副刊,2006年11月27日。
丁文玲,〈台灣新寫實主義文學　年輕崛起〉,《中國時報》,2008年03月21日。
甘耀明,〈我的威而剛騎車經過〉,《自由時報》,2009年2月5日。
林欣誼,〈鄉土文學作家不想要的大帽子〉,《中國時報》,2010年9月5日。
許榮哲,〈那一年,大家都叫我們8P〉,《聯合報》副刊,2014年03月20日。

六、電子媒體

小說家讀者,〈《愛情6P》新書發表PARTY！〉,2004年5月13日,網路連結：https://mypaper.pchome.com.tw/novelist/post/1238898059,2021年4月9日最後瀏覽。
小說家讀者,〈小說家的小說意見〉,2003年5月12日,網路連結：https://mypaper.pchome.com.tw/novelist/post/2865032,2021年4月12日最後瀏覽。
王聰威,〈那個時代——讀洪醒夫的〈吾土〉（王聰威）〉,網路連結：https://mypaper.pchome.com.tw/novelist/post/3137498,2021年4月9日最後瀏覽。
未署名,〈「搶救文壇新秀再作戰」文藝營〉,2008年10月19日,網路連結：https://wearethe123.pixnet.net/blog/post/25688613,2021年4月9日最後瀏覽。
未署名,〈【課程】行動文學體驗班〉,2007年5月7日,網路連結：https://wearethe123.pixnet.net/blog/post/25688548,2021年4月9日最後瀏覽。
未署名,〈第二屆「搶救文壇新秀再作戰」文藝營〉,2008年10月24日,網路連結：https://wearethe123.pixnet.net/blog/post/25688625,

2021年4月9日最後瀏覽。

未署名，〈駐館作家王聰威先生於高雄文學館開講——現場實況錄影〉。網路連結：http://kcrm.ksml.edu.tw/lit_00_61.htm，2021年4月9日最後瀏覽。

伊格言，〈伊格言，決定和費茲傑羅同一邊〉，2012年9月5日，網路連結：https://okapi.books.com.tw/article/1525，2021年4月9日最後瀏覽。

伊格言，〈伊格言暫時離開小說家讀者〉，2006年6月15日，網路連結：https://web.archive.org/web/20060627133659/http://www.wretch.cc/blog/novelist，2021年4月9日最後瀏覽。

余杰，〈寫作與信仰不能二分，必須俱進〉，2016年11月15日，網路連結：https://www.peoplenews.tw/news/07ca8085-6f82-41f4-8031-cfe743130184，2021年4月9日最後瀏覽。

吳明益，〈伏案書寫，正如仰望繁星〉，2011年5月28日，網路連結：https://www.facebook.com/notes/3771366766229584/，2021年4月9日最後瀏覽。

李志薔，〈哈金與鄭清文——李志薔〉，2003年5月18日，網路連結：https://mypaper.pchome.com.tw/novelist/post/2917188，2021年4月9日最後瀏覽。

李崇建，〈書寫一輩子的高翊峰〉，2006年12月26日，網路連結：https://im80081888.pixnet.net/blog/post/2967982，2021年4月9日最後瀏覽。

李崇建，〈閒聊黑面慶仔——崇建〉，網路連結：https://mypaper.pchome.com.tw/novelist/post/3163611，2021年4月9日最後瀏覽。

范瑀真，〈此生只為小說狂〉，2016年1月15日。網路連結：https://castnet.nctu.edu.tw/HakkaPeople/article/8997?issueID=589，2021年4月9日最後瀏覽。

祕密讀者編輯團隊，〈一個猜想：袁哲生的遺產〉，《祕密讀者》（2014.10），電子書連結：https://readmoo.com/book/210019299000101，2021年4月9日最後瀏覽。

張耀仁，〈【一九七三】讀高翊峰《家，這個牢籠》——評論：耀小張〉，2003年05月15日。網路連結：https://mypaper.pchome.com.tw/novelist/post/2888964，2021年4月9日最後瀏覽。

許榮哲，〈我總是無端地想起黃凡〉，2003年5月23日，，網路連結：

https://mypaper.pchome.com.tw/novelist/post/2964310，2021年4月12日最後瀏覽。

許榮哲，〈每當我氣炸了，就想起鍾肇政一個永遠不死的故事〉，2020年5月17日，網路連結：https://www.facebook.com/photo/?fbid=3009303525804277&set=a.106735962727729，2021年4月9日最後瀏覽。

許榮哲，〈南一小說講堂：許榮哲談賴和《一桿「稱仔」》〉，網路連結：https://www.youtube.com/watch?v=UPGjJlhLU5g&ab_channel=%E8%A8%B1%E6%A6%AE%E5%93%B2，2021年4月9日最後瀏覽。

陳琡分，〈《黃色小說》黃崇凱：我總是想把開始寫小說這件事歸因於袁哲生〉，2014年12月11日，網路連結：https://okapi.books.com.tw/article/3306，2021年4月9日最後瀏覽。

游勝冠，〈後殖民，還是後現代——陳芳明台灣文學史書寫的論述困境〉，原始資料為《台灣文學研究工作室》，後由中國內容農場網站備份。網路連結：http://m.aisixiang.com/data/20451.html，2021年4月9日最後瀏覽。

趙啟麟，〈神小風：說謊只是我生存的方式〉，2010年11月10日，網路連結：https://okapi.books.com.tw/article/index/74，2021年4月9日最後瀏覽。

趙啟麟，〈彭心楺：我喜歡加護病房〉，2010年11月8日，網路連結：https://okapi.books.com.tw/article/126，2021年4月9日最後瀏覽。

附錄

附錄一:《聯合文學》雜誌專題變化與「小說家讀者」成員發表篇目

刊期	專題名稱	篇名	作者
213期（2002/7）	「文學的知己——夏志清教授（下）」		
214期（2002/8）	「愛的吶喊」	〈單打獨鬥說故事〉,頁99~頁109	郝譽翔、黃國峻、許榮哲對談。許正平整理
215期（2002/9）	「詩的盛宴——1992諾貝爾文學獎得主德瑞克・沃克特訪台專輯」		
216期（2002/10）	「原鄉踏查」		
217期（2002/11）	「聯合文學18歲了！第十六屆聯合文學小說新人獎」		
218期（2002/12）許榮哲擔任助理編輯	「雪地禪思——高行健與『八月雪』」		
219期（2003/1）許榮哲擔任雜誌助理編輯	「五年級紀念冊」		

刊期	專題名稱	篇名	作者
220期（2003/2）	「慾想無限 尋找台北十大愛情現場」		
221期（2003/3）	「寫作者的側影／懷念朱西甯先生」	〈疫〉，頁160~頁162	野島・J
		〈測量兩岸的文學距離／兩位七〇年代出生的小說寫作者對話〉，頁80~84（許榮哲、孫哲對談）	許榮哲／採訪整理
222期（2003/4）	「北京味兒（上輯）」	〈日蝕〉，頁155~157	野島・J
223期（2003/5）	「北京味兒（下輯）」	〈孔雀的叫喊〉，頁155~157	野島・J
		〈躁鬱的國家〉，頁20~42	黃凡
224期（2003/6）	「從圍城中飛出來」	〈躁鬱的國家〉，頁126~154	黃凡
		〈暗示〉，頁155~157	野島・J
		〈美好品質年代的精神〉，頁81	李崇建
225期（2003/7）	「我們在這個世界的信鴿——從『作家・編輯・出版・評論』四個角度看文學」	〈魯賓遜漂流記〉，頁170~172	野島・J
	特輯：「與網際網路發生親密關係」		
226期（2003/8）許榮哲擔任雜誌編輯	「啊，留白——紀念青年小說家黃國峻」	〈躁鬱的國家〉，頁172~174	野島・J
		〈人間告別〉，頁55	許榮哲
227期（2003/9）開始「青春新浪」專輯	「青春新浪 當代青年作家群的文學創作賞」	〈遊樂場〉，頁88~93	伊格言
228期（2003/10）	「來自鹿港的文學姊妹——施叔青李昂作品聯展」	幻城，頁166~168	野島・J

刊期	專題名稱	篇名	作者
229期（2003/11）	「文學新聲代 第十七屆聯合文學小說新人獎」		
230期（2003/12）	「遙遠的追尋——當代小說精選」	〈鬥陣俱樂部〉，頁170~171	野島・J
231期（2004/1）	「黃凡最新小說〈30號倉庫〉」	〈30號倉庫〉，頁68~84	黃凡
		〈一九八年，我們的大亨小傳／讀〈人人需要秦德夫〉〉，頁86	李志薔
		〈一輩子的隱喻〉，頁89	伊格言
		〈請問黃凡先生：《如何測量水溝的寬度》〉，頁90	許榮哲
		〈票開出來了〉，頁91	張耀仁
		〈黃凡小說網路討論會精華〉，頁94~97	編輯部整理
		〈人形籠〉，頁143~151	高翊峰
232期（2004/2）	愛情地圖——日與月的追逐	〈鸚鵡定理〉，頁156~157	野島・J
		〈旗后與哈瑪星：相親〉，頁125~127	王聰威
		〈台中：偽詩人及其愛情〉，頁137~140	甘耀明
233期（2004/3）	哈維爾vaclav havel	〈看得見的鬼〉，頁158~159	野島・J
234期（2004/4）	青春還魂：牡丹亭	〈七信使〉，頁162~163	野島・J
235期（2004/5）	「Viva Tonal 跳舞時代」	〈惡魔事典〉，頁110~112	野島・J
		〈別鬧了！哲生〉，頁70~73	高翊峰
		〈秀才上網記〉，頁78	王聰威
	特輯：「為袁哲生送行」	「秀才燒水」網站留言	編輯部

刊期	專題名稱	篇名	作者
236期 （2004/6）	「巴黎巴黎，我住巴黎」		
	當月作家：「袁哲生」		
237期 （2004/7）	「追憶那聲鑼・追憶洪醒夫」	〈愛麗絲漫遊量子奇境〉，鎮頁154~155	野島・J
		〈趕赴一場「文人街頭」的盛會〉，頁90~91	駱以軍口述，張耀仁整理
238期 （2004/8）	「耍電影囉！」	〈原來，是可以接近的〉，頁98~99	高翊峰
	獨家特輯：「網路小說閱讀實驗」	〈在狂暴的颱風眼中〉，頁102~103	張耀仁
239期 （2004/9）	「你的我的詩歌節」	〈其實，我是一個□□□〉，頁112~114	張耀仁
240期 （2004/10）	「誰是anna may wong黃柳霜？」	〈文藝青年的似水流光〉，頁54~56	甘耀明
		〈天荒，以及天荒〉，頁134~135	伊格言
241期 （2004/11）	「小說是最遼闊的夢想——第十八屆聯合文學小說新人獎特輯」「六年級新勢力」專欄開始	〈神鼠咬破天〉頁32~33	甘耀明
		〈空中爆炸：致敬的三種方法〉，頁36~37	許榮哲
242期 （2004/12）	「維多利亞時代的抒情詩」	〈黃昏河流〉，頁38~39	甘耀明
		〈寂寞的遊戲：酒店見習〉，頁42~43	許榮哲
243期 （2005/1）	「尋找第七武士：陳明才」	〈夯桌二十里〉，頁56、57	甘耀明
		〈童謠謀殺案：打破駱以軍〉，頁60~61	許榮哲

刊期	專題名稱	篇名	作者
243期（2005/1）	主題徵文：「校園自拍」、「這就是我的告白」	〈後av女優時代〉，頁50、51	朱宥勳
244期（2005/2）	「據說，他們是文壇的妖魔鬼怪」	〈壓力鍋煮輕功〉，頁38、39	甘耀明
		〈一個人的聖經：焚書派對〉，頁42、43	許榮哲
		〈靠「妖」啊！〉，頁20、21	伊格言
	特輯：「建青大眾小說獎爭議」	〈社會版的群魔亂舞〉，頁22、23	甘耀明
		〈在玻璃櫃的中心呼喊黃凡〉頁27~29	王聰威
		〈那一天是這樣的…〉，頁62	朱宥勳
		〈一種撫慰人心的行業〉，頁62	高翊峰
		〈一個av女優的養成遊戲〉，頁65	許榮哲
		〈最後的戀人〉，頁118~120	九把刀
245期（2005/3）	「穿越國度的招喚，詩是最遼闊的海」	〈鬼屋大冒險〉，頁34、35	甘耀明
		〈愛情白皮書：五年級小說家的合照〉，頁36、37	許榮哲
246期（2005/4）	「蝴蝶效應：一隻蝴蝶就足以毀滅整個世界」許榮哲擔任雜誌主編（代理）	〈一九××：球應該怎麼踢？〉，頁88~87	許榮哲
		〈如何料理一鍋膨脖屎〉，頁96~97	甘耀明
		〈這一天，他們出發去尋找袁哲生〉，頁104~105	李儀婷／側記
	「袁哲生逝世週年專輯」	〈流動的郵局〉，頁135~140	李儀婷

刊期	專題名稱	篇名	作者
246期（2005/4）	「新人上場：李儀婷」	〈如果可以再多說一點〉，頁141	李儀婷
		〈小說隨堂測驗〉，頁158~161	小說家讀者8P
247期（2005/5）	「命運的俄羅斯輪盤：降生十二星座」	〈宮崎駿的魔法公主是魔羯座的〉，頁16	李崇建
		〈龍眼寶寶和超級預防針〉，頁86~87	甘耀明
		〈莫言傳奇：小說家伊索寓言〉，頁90~91	許榮哲
		〈誰是下半身？誰又是上半身？〉，頁117	李儀婷／整理
		〈8頁圍剿尹麗川：新世代文學的對話〉，頁118~125	李儀婷／記錄
		小說隨堂測驗，頁158~161	小說家讀者8P
248期（2005/6）	「21世紀，人生盤點」	〈落難的小飛俠〉，頁104~105	甘耀明
	許榮哲擔任雜誌主編，特約編輯有甘耀明、王聰威、高翊峰	〈舞鶴悲傷：不為人知的流星雨〉，頁108~109	許榮哲
	「小說新人獎之魔戒遠征軍專輯」	小說隨堂測驗，頁158~161 考試者：小8	小說家讀者8P
249期（2005/7）	「不為人之的排行榜新台幣上的作家」	〈誤闖山溪的流氓鯨魚〉，頁108~109	甘耀明
		〈最後的三毛〉，頁112~113	許榮哲
		「101文藝青年大搜查」，有missfly（洪茲盈）、vvw、小8、丁允恭、王聰威、甘耀明、朱宥勳、李志薔、李崇建、高翊峰、張耀仁、湯舒雯、童偉格、謝曉昀等，頁32~59	黃崇凱整理

刊期	專題名稱	篇名	作者
249期（2005/7）	「小說新人獎之魔戒遠征軍專輯」	〈誰才是我們的文學作家？〉，頁60	許榮哲／採訪｜小野／口述
		〈誰是台灣的樋口一葉？〉，頁61	許榮哲／採訪｜柯裕棻／口述
		3對3，千・萬文藝大挑戰之「導師題」，頁116~117	小說家讀者8P
		〈子彈在跳舞〉，頁162	高翊峰
		小說隨堂測驗，頁165~169 參賽者：謝曉昀、丁允恭 模仿：張大春、駱以軍、成英姝	小說家讀者8P
250期（2005/8）	「距離諾貝爾文學獎最近的台灣作家」	〈颱風過後，詩的星空〉，頁68~69	許榮哲｜鄭順聰／採訪記錄
		〈比大小〉，頁82~83	甘耀明
		〈人間失格：失去一個做人的資格〉，頁94~95	許榮哲
		諾貝爾文學獎大搜查，有missfly（洪茲盈）、vvw、小8、丁允恭、王聰威、甘耀明、朱宥勳、李志薔、李崇建、高翊峰、張耀仁、湯舒雯、童偉格、謝曉昀、李儀婷、許榮哲等，頁20~33	李儀婷，黃崇凱／整理
		〈文學孤星／李榮春〉，頁47	甘耀明
		小說隨堂測驗，頁158~161 missfly（洪茲盈）、vvw	小說家讀者8P

刊期	專題名稱	篇名	作者
251期 （2005/9）	「一句話一個時代！」	〈小冬瓜和渡海開台雞〉，頁92~93	甘耀明
		〈不道德的祕密：我們尊敬我們自己〉，頁106~107	許榮哲
		「一句話一個時代」，有missfly（洪茲盈）、vvw、小8、丁允恭、李志薔、王聰威、甘耀明、朱宥勳、黃崇凱、李崇建、高翊峰、張耀仁、湯舒雯、童偉格、謝曉昀、李儀婷、許榮哲等，頁16~頁43	
		小說隨堂測驗，頁158~161 三對三	小說家讀者8P，黃崇凱整理
252期 （2005/10）	「太陽系第10大行星」	〈阿通伯治鬼〉，頁104~105	甘耀明
		〈人在江湖漂，誰能不挨刀〉，頁108~109	許榮哲
		〈賀景濱不與時人彈同調的故事〉，頁27	李崇建
		〈蛋白質女孩之前的王文華〉，頁29	Missfly
		〈陳輝龍開始有點討厭村上春樹了〉，頁30	王聰威
		〈不可簡寫省略的張貴興〉，頁33	黃崇凱
		〈嚼一顆王尚義橄欖〉，頁37	謝曉昀
		小說隨堂測驗，頁158~161 參與者：席夢絲	小說家讀者8P

刊期	專題名稱	篇名	作者
253期 （2005/11）	「為21世紀說書 第19屆聯合文學小說新人獎專號」	〈緩慢行進中的屍體〉，頁49~58，推薦獎	彭心楺（高翊峰妻子）
		〈解鑰〉，頁60~67，佳作	洪茲盈
		〈漂流人間18年的《沒卵頭家》王湘琦〉，頁168~176	李儀婷、謝育昀
254期 （2005/12）	「作家‧捷運‧美食」專欄換成：上升十二星座，六年級新勢力結束	〈新店：金牛座〉，頁27	高翊峰
		〈雙子座：高級不良少年伊格言〉，頁62	許榮哲
		〈巨蟹座：彈子房〉，頁63	甘耀明
		〈獅子座：屌的故事〉，頁64	李儀婷
		〈天蠍座：窗外凸出物〉，頁67	高翊峰
		〈水瓶座：紅色塑膠圈〉，頁70	王聰威
		小說隨堂測驗，頁156~159 參與者：陳遠	小說家讀者8P
255期 （2006/1）	「王湘琦，一個小鎮醫生的故事」	〈雙子座：變態小說家〉，頁104	許榮哲
		〈巨蟹座：越野車〉，頁105	甘耀明
		〈獅子座：劈頭蒭四〉，頁106	李儀婷
		〈天蠍座：彼得〉，頁109	高翊峰
		〈水瓶座：鯊魚夾〉，頁112	王聰威
		〈小說隨堂測驗〉，頁150~153	小說讀者8P
256期 （2006/2）	「恨愛情」	〈雙子座：救救佩蓮女孩〉，頁84	許榮哲
		〈巨蟹座：水果台〉，頁85	甘耀明
		〈獅子座：走耍七〉，頁86	李儀婷
		〈天蠍座：浮在石牆上的女人〉，頁89	高翊峰

刊期	專題名稱	篇名	作者
256期 （2006/2）	「恨愛情」	〈水瓶座：發傳單〉，頁92	王聰威
		〈時間的故事〉，頁20~29	伊格言／小說｜楊佳嫻／詩
		〈尾生之歌〉，頁30~39	甘耀明／小說｜廖偉棠／詩
		〈我終究是抵不上一袋打包待食的肉羹麵〉，頁144~145	vvw
		〈小說隨堂測驗〉，頁156~159	小說家讀者8P
257期 （2006/3）	「懷舊年代　亞洲流行文化與歷史記憶（上）」	〈雙子座：傳說中造謠的女人〉，頁108	許榮哲
		〈巨蟹座：家庭理髮〉，頁109	甘耀明
		〈獅子座：荷澤東村〉，頁110	李儀婷
		〈天蠍座：一本書一根菸一支打火機的生活〉，頁113	高翊峰
		〈水瓶座：阿給〉，頁116	王聰威
		〈世界的盡頭〉，頁118~119	李崇建／採訪
		〈小說隨堂測驗〉，頁158~161	小說家讀者8P
258期 （2006/4）	「愛情的難題／洛神賦」	〈雙子座：搶救文壇新秀再作戰〉頁102	許榮哲
		〈巨蟹座：麵包樹狂想曲〉頁103	甘耀明
		〈獅子座：捏種人〉頁104	李儀婷
		〈天蠍座：假人紳士〉頁107	高翊峰
		〈水瓶座：S頁A〉頁110	王聰威

刊期	專題名稱	篇名	作者
258期（2006/4）	「愛情的難題／洛神賦」	〈小說隨堂測驗〉頁156~159	小說家讀者8P 艾茵
259期（2006/5）	「張愛玲 金鎖記／文學京劇新風潮」	〈雙子座：少女的機車人生〉，頁117	許榮哲
		〈巨蟹座：睡覺飛行員〉，頁118	甘耀明
		〈天蠍座：如此破碎描寫的草稿記憶〉，頁121	高翊峰
		〈水瓶座：回音〉，頁124	王聰威
260期（2006/6）	「夢與思想的儲藏室——寫作者的書店風景」 許榮哲轉特約編輯	〈雙子座：小說的八百種死法〉，頁130	許榮哲
		〈巨蟹座：溫泉殭屍〉，頁131	甘耀明
		〈獅子座：韓二醜〉，頁132	李儀婷
		〈天蠍座：靜止的燦爛陽光〉，頁135	高翊峰
		〈水瓶座：六月新娘〉，頁138	王聰威
261期（2006/7）	「你有你的，我有我的，光亮／台日相互印象的交錯」	〈雙子座：斑斕如孔雀的蛇〉，頁154	許榮哲
		〈巨蟹座：拆屋大隊〉，頁155	甘耀明
		〈獅子座：紅馬將軍〉，頁156	李儀婷
		〈天蠍座：時間的無理值〉，頁159	高翊峰
		〈水瓶座：加班〉，頁162	王聰威
262期（2006/8）	「戒不掉的空間癮 文化人的祕密基地」	〈雙子座：目盲者的歧路花園〉，頁130	許榮哲
		〈巨蟹座：手機恐龍〉，頁131	甘耀明
		〈獅子座：噢〉，頁132	李儀婷
		〈天蠍座：以百年計的不信任感〉，頁135	高翊峰

刊期	專題名稱	篇名	作者
262期（2006/8）	「戒不掉的空間癮 文化人的祕密基地」	〈水瓶座：席丹頭捶事件〉，頁138	王聰威
		〈竹雞〉，頁141~147	朱宥勳
		〈藍斯洛〉，頁148~149	朱宥勳
263期（2006/9）	「全西班牙的人都愛他！吟遊詩人劇作家羅卡」	〈雙子座：高空跳水的海明威豹子〉，頁126	許榮哲
		〈巨蟹座：天然冷氣房〉，頁127	甘耀明
		〈天蠍座：人間蒸餾〉，頁130	高翊峰
		〈水瓶座：Ze頁hyr is the 頁hantom of sigh〉，頁133	王聰威
264期（2006/10）	「紅頂商人胡雪巖傳奇」	〈第一本書的推薦序〉，頁132	許榮哲
		〈東海鬼故事〉，頁133	甘耀明
		〈一斤孫卿〉，頁134	李儀婷
		〈街頭人偶之一，不多加動作〉，頁137	高翊峰
		〈遊行〉，頁140	王聰威
		〈高陽筆下的胡雪巖〉，42~43	黃崇凱
		〈愛恨糾纏的鬼魅嘉年華〉，頁99~101	高翊峰
		〈那年夏天，我們在蘇花〉，頁126~127	李志薔
265期（2006/11）	「第20屆聯合文學小說新人獎」		
266期（2006/12）	「人生常酒」	〈神啊，請教我的母親仇恨與憤怒〉，頁132	許榮哲
		〈假鈔〉，頁133	甘耀明
		〈八齒毛的槍桿子〉，頁134	李儀婷

刊期	專題名稱	篇名	作者
266期 （2006/12）	「人生常酒」	〈終章，有關死亡的事〉，頁137	高翊峰
		〈萬事萬物的起源〉，頁140	王聰威

附錄二：《野葡萄文學誌》專題變化與「小說家讀者」成員發表篇目

刊期	主題	專輯	附註
第七號（2004.3）	「看書進補讓心靈健康的閱讀」	作家直擊：虹影、劉克襄、王慧玲、星座小王子 名人寫真：郝廣才 野葡萄讀書會：幾米《地下鐵》	主編：顏琪庭 推理、圖文書為野葡萄雜誌前期主軸，不過在高翊峰時，雖沒有裁去專欄，不過在分量上稍微縮減。諸如圖文書採訪作家從兩人縮為一人。 另外如藝人、其他領域名人，也是一開始就有
第八號（2004.4）	「旅行文學的仲春饗宴」	名人寫真：施叔青 作家直擊：褚士瑩、高翊峰 野葡萄讀書會：《魔戒》	主編張曉彤
第九號（2004.5）	「閱讀母親文學風貌」	名人寫真：廖玉蕙 作家直擊：水泉、春樹 野葡萄讀書會：亞森羅蘋系列	主編張曉彤
			袁哲生過世消息，僅約略提於「出版大事記」一欄
第十號（2004.6）	「當文學遇上電影」	名人寫真：蔣勳 作家直擊：許榮哲、詹雅蘭 野葡萄讀書會：克莉絲蒂推理全集	主編張曉彤
			6p作品刊登

刊期	主題	專輯	附註
第十一號 （2004.7）	「踏上冒險文學之旅」	名人寫真：張曉風 作家直擊：方文山、阮慶岳 野葡萄讀書會：蔡智恆《第一次的親密接觸》	主編張曉彤
			6p作品刊登
第十二號 （2004.8）	「恐怖喔！鬼文學」	名人寫真：小野 作家直擊：張惠菁、李欣倫	主編高翊峰
第十三號 （2004.9）	「文壇新生動員令」	凝視作家：郝譽翔、鐘怡雯、廖偉棠 初次曝光：劉中薇 新銳野台秀：廖之韻、游羽靖、邱秀玲 Special Interview：林懷民	主編高翊峰
			特別企劃：搶救文壇新秀大作戰 開本從25K改成21×28.5CM
			新增欄目：兩岸知青擂台賽
第十四號 （2004.10）	「KUSO文學十撇步，惡搞萬萬歲！」	凝視作家：許悔之、鐘文音、張啟疆 初次曝光：許正平	主編高翊峰
			新增欄目：「四邊剪角」，張耀升、劉中薇、黃文成、黃宜君
			文學獎獵人被視為KUSO一種，後遭讀者抗議
			「櫥窗書寫」作品刊登
第十五號 （2004.11）	「翻譯人的苦水天堂——一群低分貝的文學通靈者」	凝視作家：王文華、陳大為、楊佳嫻 初次曝光：許婉姿 新銳野台秀：黃崇凱、洪茲盈、丁允恭	特別企劃：搶救文壇新秀大作戰
			新銳野台秀刊登的是被淘汰的作品

刊期	主題	專輯	附註
第十六號 （2004.12）	「作家的祕密基地」	凝視作家：阿盛、黃凡、柯裕棻 初次曝光：楊家紅 新銳野台秀：陳伯軒	特別企劃：「搶救文壇新秀大作戰」
			「摩斯漢堡」作品刊登
第十七號 （2005.1）	「吉普賽。文學。人」	凝視作家：鄭清文、劉黎兒 本月注目作家：伊能靜、黃小貓 一九八〇的呢喃：陳栢青 初次曝光：顏艾琳 小說力量：王聰威小說 只許青年對談：許正平與許榮哲、臥斧與高翊峰	新增欄目：本月注目作家、一九八〇的呢喃、只許青年對談
			特別企劃：搶救文壇新秀作品刊登
第十八號 （2005.2）	「文學獎，不是碼碼都有獎！」	凝視作家：駱以軍、成英姝 本月注目作家：張維中、郭昱沂 Special Interview：曹又方 一九八〇的呢喃：許婉姿 初次曝光：黃泊源 小說力量：許榮哲小說 只許青年對談：解昆樺與李長青 新銳野台秀：林德俊、羅喬偉	特別企劃：搶救文壇新秀出爐
			「手機文學座談會」記錄
第十九號 （2005.3）	「Welcome!軟硬兼「濕」情慾色界」	凝視作家：東年、蔡逸君 本月注目作家：陳玠安、黃宜君 Special Interview：李文烈、席慕蓉 一九八〇的呢喃：黃柏源 初次曝光：何致和 只許青年對談：黃小貓與李欣倫 本新銳野台秀：李佳穎、達瑞 小說力量：李昂小說 切片試讀室×《黑夜之後》（孫梓評、張耀仁、楊美紅、伊格言評論） 六零後思維：郝譽翔、蔡逸君	書封列限制級，強調35歲以上才能看，呼應當時的分級風波。
			「熱血高校特區知校刊革命」企劃開始
			《黑夜之後》為村上春樹一書

刊期	主題	專輯	附註
第二十號 （2005.4）	「二樓書店大排檔！找書，請上二樓！」	凝視作家：劉克襄、伊麗川 本月注目作家：九把刀、凌性傑 Special Interview：蔡明亮 一九八〇的呢喃：湯舒雯 初次曝光：廖玉蕙 小說力量：李儀婷小說 只許青年對談：古嘉與陳柏青 新銳野台秀：小8 切片試讀室×《黑夜之後》（楊美紅、李崇建、楊佳嫻、李欣倫評論） 六零後思維：郝譽翔、蔡逸君	特別企劃：袁哲生逝世週年紀念小集
第二十一號 （2005.5）	「獨立出版不倒翁!!」	凝視作家：顏忠賢、陳雪 本月注目作家：李儀婷、李亞 Special Interview：白先勇、曹瑞原 一九八〇的呢喃：古嘉 小說力量：李志薔小說 新銳野台秀：葛愛華 切片試讀室×《四季奇譚》（楊美紅、張耀仁、孫梓評、李欣倫評論） 只許青年對談：楊佳嫻、鯨向海 六零後思維：蔡逸君	
第二十二號 （2005.6）	「給書賣個面子吧！好樣書封、惡敗書封，書封設計的現在vs未來？」	凝視作家：許正平、徐國能 本月注目作家：李長青、魚果 Special Interview：黃春明 初次曝光：夏佩爾 小說力量：廖偉棠小說 新銳野台秀：林德俊、許雅銘、貓印子、任斐潔 切片試讀室×《偉大的猩猩》（楊美紅、張耀仁、解昆樺、李欣倫評論）	高翊峰離開。其後一直無主編

附錄三：「小說家讀者」年表

西元年	月份	事件描述
2000年	7月	《FHM男人幫》雜誌創刊，袁哲生擔任主編。曾於其下擔任寫手者有：童偉格、何致和、許榮哲、高翊峰、王聰威、盧慧心、盧郁佳等人。
2002年	8月	許榮哲與郝譽翔、黃國峻對談，提及當代文壇困境於「單打獨鬥說故事」。
	12月	許榮哲於《聯合文學》雜誌擔任助理編輯。
2003年	1月	許榮哲於《聯合文學》雜誌擔任雜誌助理編輯。
	5月	黃凡復出，於《聯合文學》雜誌刊登《躁鬱的國家》。
		7日，「小說家讀者」於明日報新聞台成立。成員有：許榮哲、高翊峰、甘耀明、王聰威、李志薔、李崇建。
	6月	「本月猛讀書」：洪醒夫《黑面慶仔》 「來篇屌小說」：「啤酒」主題徵文
	7月	「本月猛讀書」：郭松棻《奔跑的母親》 「來篇屌小說」：「骰子」主題徵文
		13日，《星報》「情域副刊」刊登「小說家讀者」小說，主題「流行飾物v.s愛情」。
	8月	「本月猛讀書」：余華《往事如煙》 「來篇屌小說」：「推開門」主題徵文
		2日，《星報》「情域副刊」刊登「小說家讀者」小說，主題「擲出幾點愛情」。
		許榮哲於《聯合文學》雜誌擔任雜誌編輯。
	9月	「本月猛讀書」：黃國峻《是或一點也不》 「來篇屌小說」：「情書」主題徵文
		10日，《星報》「情域副刊」刊登「小說家讀者」小說，主題「推開門後的愛情」。
2003年	10月	「本月猛讀書」：聯合報文學獎與時報文學獎得獎作品 「來篇屌小說」：「相遇的瞬間」主題徵文

附錄　321

西元年	月份	事件描述
2003年	10月	25日,《星報》「情域副刊」刊登「小說家讀者」小說,主題「小小說一下vs情書」。
	11月	「本月猛讀書」:聯合文學新人獎得獎作品 「來篇屌小說」:「約定」主題徵文 15日,《星報》「情域副刊」刊登「小說家讀者」小說,主題「相遇的瞬間」。
	12月	「本月猛讀書」:黃凡印象。並挑選網友評論刊於《聯合文學》雜誌1月號。 「來篇屌小說」:「網路與愛情」主題徵文 13日,《星報》「情域副刊」刊登「小說家讀者」小說,主題「約定」。
2004年	1月	「本月猛讀書」:甘耀明〈豬頭幫蠢世紀〉、許榮哲〈森林大火〉、高翊峰〈肉身蛾〉、王聰威〈PRECCINCT〉、李志薔〈地下社會〉 10日,《星報》「情域副刊」刊登「小說家讀者」小說,主題「網路愛情」。
	2月	《幼獅文藝》602期刊登「小說家讀者」小說,主題「華納威秀愛情六角」。
	4月	「本月猛讀書」:袁哲生作品(無限期延長) 10日,《星報》副刊「不倫之戀」徵稿,由「小說家讀者」評選,並刊登於部落格。 《星報》「情域副刊」刊登「小說家讀者」小說,主題「不倫之戀」,分於10、17、24日刊登。
	5月	15日,《星報》「網路上的芳鄰」刊登「小說家讀者」小說,主題「謀殺愛情」。 《星報》「網路上的芳鄰」刊登「小說家讀者」小說,主題「出軌」,分於當月22、29日,與6月5日刊登。 由寶瓶文化出版合輯《愛情6P》
	6月	《野葡萄文學誌》第10期刊登「小說家讀者」小說,主題「愛情酒吧」。

西元年	月份	事件描述
2004年	7月	《星報》「網路上的芳鄰」刊登「小說家讀者」小說，主題「海尼根」，分於當月31日，8月7、14、21日刊登。張耀仁、伊格言於《星報》系列中連載中，僅參與此次活動。
		《野葡萄文學誌》第11期刊登「小說家讀者」小說，主題「一夜情」。
	8月	高翊峰於《野葡萄文學誌》擔任主編。
		「搶救文壇新秀大作戰」活動開始，徵求參與者至9月10日為止。
		27日，《野葡萄文學誌》舉辦改版記者會。伊格言、張耀仁一同出席。
	9月	2日，於忠孝東路四段金石堂書店，舉辦「櫥窗寫作」活動。
		15日，舉辦《野葡萄文學誌》週年暨改版撒野派對，並公布「搶救文壇新秀大作戰」所選出的四名新人。
		19日，舉辦「大眾作家殺死深度讀者？」座談會。與談人為許榮哲、李志薔、王蘭芬。
		25日，舉辦「文字賀爾蒙的暢銷力量」座談會。與談人為王聰威、張耀仁、敷米漿。
	10月	16日，從明日報站台轉至無名小站。明日報相關資料於pchome站台。
		月初，「小說家讀者」每日新作連載。由許榮哲〈吉普車少年的愚蠢生活〉打前鋒，接續刊載王聰威〈稍縱即逝的印象〉。
		23日，舉辦「嚴謹文學，停？大眾文學，看？中間文學，聽？」座談會，與談人為高翊峰、伊格言、九把刀。
		30日，舉辦「輕與淺的年代」座談會，與談人為李崇建、甘耀明、張維中。
	11月	於摩斯漢堡進行「行動文學」書寫。
	12月	由寶瓶文化出版合輯《不倫練習生》。
		26日，許榮哲於金石堂汀洲店舉辦《吉普車少年的網交生活》新書發表會，並與讀者發起快閃活動。
		26日，於台電大樓伯朗咖啡，舉辦「搶救文壇新秀大作戰」決賽。

西元年	月份	事件描述
2004年	12月	26日,於女巫店首次舉辦網聚,朱亞君、楊佳嫻、廖之韻、謝曉昀等人到場。並首次播放「不倫自拍」影片,為新書《不倫練習生》宣傳。
2005年	1月	舉辦「手機文學座談會」。
		6日,與中華電信合作「簡訊文學」。
	3月	7日,於《中國時報》連載「百日不斷電」專欄,連載至6月21日。
	4月	許榮哲於《聯合文學》雜誌擔任雜誌主編(代理)。
	5月	舉辦神聖小說讀書會,有王聰威《稍縱即逝的印象》、高翊峰《傷疤引子》、張耀仁《之後》、伊格言《甕中人》、甘耀明的《水鬼學校和失去媽媽的水獺》、高翊峰《奔馳在美麗的光裡》。
	6月	許榮哲於《聯合文學》雜誌擔任雜誌主編,特約編輯有甘耀明、王聰威、高翊峰。
		由聯合文學出版合輯《百日不斷電——別為文學抓狂》。
		高翊峰離開《野葡萄文學誌》。
	8月	4~6日,於2005年全國巡迴文藝營擔任講師,舉辦「3對3,千・萬文藝大挑戰」活動。
	12月	26日,甘耀明「吊死貓-我要上學去」和高翊峰的「肉身蛾」於客家電視台播放
2006年	3月	傳李崇建想退出「小說家讀者」,並預計開設寫作班。
	5月	5~7日,與耕莘寫作會合作,舉辦第一屆「搶救文壇新秀再作戰。新生代作家有:賴志穎、徐譽誠、朱宥勳、洪茲盈、神小風、黃崇凱等人。
	6月	3日,於耕莘文教院四樓,8P與耕莘合作「組織文學團體,掀起文學浪潮」,邀請參與「搶救文壇新秀再作戰」學員,組成耕莘青年寫作會。
	6月	21日,伊格言於無名小站上宣布,為了寫作長篇科幻小說,暫時退出8P。
	6月	許榮哲於《聯合文學》雜誌轉為特約編輯。
	7月	甘耀明、李崇建、李儀婷、許榮哲等人,於台中開設「千樹成林」寫作班。

西元年	月份	事件描述
2006年	11月	11日,於耕莘文教院舉辦「說文學獎的壞話」,同日進行耕莘文學獎決審與頒獎典禮。 與談人有:王聰威、林德俊、楊佳嫻、李志薔、李儀婷、張耀仁、伊格言、高翊峰、許榮哲、駱以軍、張瀛太、張子璇。

語言文學類　PG3096　文學視界153

千禧年後台灣文學社群的生產與介入
——以「小說家讀者」為觀察核心

作　　　者 / 蔡易澄
責 任 編 輯 / 陳彥儒
圖 文 排 版 / 陳彥妏
封 面 設 計 / 嚴若綾

出 版 策 劃 / 秀威資訊科技股份有限公司
法 律 顧 問 / 毛國樑　律師
製 作 發 行 / 秀威資訊科技股份有限公司
　　　　　　114台北市內湖區瑞光路76巷65號1樓
　　　　　　電話：+886-2-2796-3638　傳真：+886-2-2796-1377
　　　　　　http://www.showwe.com.tw
劃 撥 帳 號 / 19563868　戶名：秀威資訊科技股份有限公司
　　　　　　讀者服務信箱：service@showwe.com.tw
展 售 門 市 / 國家書店（松江門市）
　　　　　　104台北市中山區松江路209號1樓
　　　　　　電話：+886-2-2518-0207　傳真：+886-2-2518-0778
網 路 訂 購 / 秀威網路書店：https://store.showwe.tw
　　　　　　國家網路書店：https://www.govbooks.com.tw
經　　　銷 / 聯合發行股份有限公司
　　　　　　231新北市新店區寶橋路235巷6弄6號4F
　　　　　　電話：+886-2-2917-8022　傳真：+886-2-2915-6275

2025年7月　BOD一版
定價：420元
版權所有　翻印必究
本書如有缺頁、破損或裝訂錯誤，請寄回更換

Copyright©2025 by Showwe Information Co., Ltd.
Printed in Taiwan
All Rights Reserved

讀者回函卡

國家圖書館出版品預行編目

千禧年後台灣文學社群的生產與介入：以「小說家讀者」為觀察核心 = Production and intervention of Taiwan's literary communities in the new millennium : an examination of "Novelist-cum-readers"/蔡易澄著. -- 一版. -- 臺北市：秀威資訊科技股份有限公司, 2025.07
　　面；　公分. -- (語言文學類；PG3096)(文學視界；153)
BOD版
ISBN 978-626-7770-05-4(平裝)

1.CST: 臺灣小說　2.CST: 通俗文學　3.CST: 文學評論　4.CST: 臺灣文學史

863.097　　　　　　　　　　　　　　114008914